이 책을 사랑하는 나의 아들과
MZ세대에게 바칩니다.

나의 바램이
나를
그곳으로 이끌었다.

시대를 초월한 성공의 열쇠 10가지

초판인쇄	2022년 5월 4일
초판발행	2022년 5월 13일
지은이	손미향
발행인	조현수
펴낸곳	도서출판 더로드
기획	조용재
마케팅	최관호, 최문섭
편집	이승득
디자인	토 닥
주소	경기도 고양시 일산동구 백석2동 1301-2
	넥스빌오피스텔 704호
전화	031-925-5366~7
팩스	031-925-5368
이메일	provence70@naver.com
등록번호	제2015-000135호
등록	2015년 6월 18일
ISBN	979-11-6338-258-4 03810

정가 19,500원

10 Keys for your Success

시대를 초월한 성공의 열쇠 10가지

손미향 지음

R 도서출판 더 로드
The Road Books

서 문

우리는, 우리의 작은 손안에 얼마나 많은 보물이 있는지 잘 알지 못한다. 타고난 재능이 많은데 너무 늦게 발견하기도 하고, 제대로 활용하지도 못하고 삶을 마감하기도 한다. 만약 매일 출근하는 일터가 기쁘지 않지만 돈 때문에 일하는 것이라고만 생각한다면 그것은 너무 비참한 삶일 듯하다. 스스로 자신만의 타고난 재능을 찾아내어, 강점으로 삼아서 하고 싶은 일을 신명나게 해보는 일터를 찾아야 한다. 미래를 만들어 갈 우리 젊은이들은 자신이 원하는 일을 하며 돈도 벌고 꿈도 이루기 위해서 어떻게 해야 할까 고심하고 있다. 그래서 이 책을 써야겠다고 결심했기에 단순히 직업을 찾아주는 매뉴얼이 아니라 그 이상의 역할을 해줄 것이라고 자부한다. 내가 그런 확신을 가지고 일터에서 체득해왔고 실제 그렇게 살아왔기 때문에 자신 있게 말해줄 수 있게 되었다.

우리가 재능을 찾으려면 자신의 삶 속에 미션이 무엇인지 먼저 탐색해야 한다. 이력서를 들고 뛰어다니기 전에 먼저 자신이 어떤 것을 원하는지 간절히 질문해보면 '나로부터' 답을 찾을 수 있다. 이 세상에 태어났고 죽기 전에 내가 꼭 이루고 가야 할 미션이 무엇인지 찾는 것은 직업을 선택하는 것보다 더 중요한 일이다. 일터에서 일을 하게 되었을 때 스스로 이루어 갈 자신의 비전과 미션이 무엇인지 상상해보고 담담히 비전 노트에 적어본다. 주변의 모든 상황을 따지고 감안하기 전에, 만약 절대 실패하지 않는다면 해보고 싶은 일이 무엇인지를 적어야 한다. 직장 생활을 시작하면서도 끊임없이 궁금해 하며 스스로에게 질문하고 답하는 '내적대화'를 지속해야 한다. 간절히 구하지도 않고 그냥 살아간다면 답은 영원히 알 수 없다. '커리어를 통해서 이루어야 할 나의 소명'이 무엇인지를 발견해가는 과정이, 바로 평생 지속해 나가야 할 인생 여정(lifelong discovering journey)이다.

국제 유학생이 증가하고 있고, 4차 산업 시대의 지구촌 취업은 더욱 어려워져 고민은 가중될 것이다. 하지만 그렇다고 해서 너무 두려워할 필요는 없다. 시인이자 철학자인 니체는 "풍파는 언제나 전진하는 자의 벗이다. 풍파 없는 항해는 얼마나 단조로운가. 고난이 심할수록 나의 가슴은 고동친다."라고 말했다. 우리 스스로 자신의 인생 미션을 깨닫고 자신이 왜 이 세상에 태어났는지 알아내기만 한다면 그 어떤 어려움에 봉착하더라도 삶을 포기하지 않을 수 있다. 때때로 일하는 장소는 다양하게 바뀔 수도 있지만 근본적으로 해야 할 삶의 미션은 변하지 않는다. 중요한 것은 어디에서 일하느냐가 아니라 무엇을 하는가 이다.

나는 30년 직장 생활 중, 지난 20여 년 간 비영리 기관들에서 일을 하며 마케팅PR 커뮤니케이션이라는 툴을 통해 영리 섹터와의 가교 역할을 해왔다. 남다르게 글로벌 커리어에 대한 다양한 도전을 해왔기에 '드림 브릿지'라고 소개되고 있다. 나의 커리어는 연봉에 따라 움직이기 보다는 내 가슴이 두근거리는 곳으로 향했다. 그렇게 선택하며 살아 온 것이 쉽지 않은 과정이었지만 매 순간 기쁘게 일할 수 있었던 이유는 나의 미션과 부합된 길이었기 때문이었다. 백세 시대를 맞이하여 가능하다면 인생 후반은 나의 소중한 노하우를 미래 세대와 나누며 살아가고자 한다. 그래서 사명감을 지닌 인재 육성 전문가로서 청년들에게 코칭을 통해 '자기 주도적' 맞춤형 커리어코칭 프로세스를 디자인해 주고 있다. 각 설계에는 반드시 재능기부 봉사를 통한 인성 교육이 공동의 선을 회복시키도록 포함되어진다. 모두가 다른 겉모습만큼 우리 모두의 내면도 똑같은 사람은 하나도 없다. 세계 시민의 인성 교육은 '스스로' 자신만의 독특한 컬러를 지닌 경력 경로(career path)를 수립하는데 활용할 수 있는 자원을 확보할 수 있도록 돕는 것이 될 것이다. 물론, 인생 전체를 반영하는 커리어 설계가 하루아침에 이루어지지는 않을 것이다. 일확천금을 얻다가도 땅 끝까지 추락해 진짜 자아를 찾는 여행을 다시 시작할 수도 있는 것이 인생이기 때문이다.

신종 코로나바이러스 감염증(코로나19)과 오미크론 등으로 전 세계 기업 활동 위축에 대한 우려가 커지고 있다. 비대면, '온택트'로 '온라인 중심' 시대가 오면서 세상이 십 년 이상 앞당겨진 혼란스러운 상황이라 취업은 더욱 갈피를 못 잡고 있다. 언택트에서 콘택트로 우리의 일상이 돌아가고는 있지만 채용 규모는 확정되지 않아 앞으로 최소 5년간 한국 시장에서의 일자리는 쉽지 않을 것이라고 예상한다. 코로나 이후, 대기업들은 더 이상 예전과 같은 규모로 공채를 진행하지 않고 오히려 상시로 경력자를 채용하는 방향으로 흘러가고 있다. 결국 신입 직원을 채용해도 일하는 방식을 알고 있는 인재를 선호하므로 대학을 졸업하는 젊은이들에게 더 이상 설자리가 기다리고 있지 않다는 말이 되기도 한다. 설상가상 예측불허 코로나 이후 상황에 대해 부모님도 교수님도 답을 말해줄 수 없는데, 이제 막 대학을 졸업하는 청년들은 어떻게 해야 할 것인가. 코로나 이후 시대에는 기존의 방법이 더 이상 통하지 않게 되었다.

흔히들 조직은 일할 사람이 없다고 한다. 그런데 청년들은 일할 곳이 없다고 한다. 무엇이 문제일까 생각해보자. 실력을 갖춘 융합형 인재가 부족하다는 뜻이다. 치열함으로 무장하고 자신이 진정 잘하는 것에 기쁜 마음으로 모든 것을 걸고, 자기를 위한 투자를 통해 항상 준비된 자에게만 기회가 올 것이다. 청년들은 워라밸을 외치기 전에 젊어서 열정적으로 일하는 법을 배워 '일 맛'을 먼저 알아야 할 것이다. 자신의 재능을 근간으로 강점을 발견해 자신과 맞는 조직을 찾아 일하게 되는 이들에게는 조직이 오히려 성장의 장이 될 것이다. 4차 산업 시대는 더욱 개인화를 가속화시킬 것이기에 기술력의 역량 위에 휴머니티가 더해진 태도와 비전, 그리고 협업만이 기계와 대체할 수 없는 경쟁력이 될 것이다.

나의 멘티 K는 낯선 문화에 호기심을 갖고, 사람들과 어울리는 걸 즐기는, 성품이 좋은 학생이었다. 그는 실력도 토익 평균 점수대였지만 남다른 열정과 성장 가능성이 있어 해외 취업 시장에서 해볼 만하다고 생각했다. 한국 기업을 사로잡을 만한 스펙도 없는 취준생이었지만 해외 취업으로 자신의 잠재 가치를 인정받고 싶다고 했다. 그는 학창 시절에 적극적으로 학교생활을 하면서 관심 있는 분야에서 다양한 경험을 했고 이공계열 전공이지만 디자인 분야도 함께 공부했기에 자신만의 강점을 찾아냈다. 그는 이공 계열 지식을 갖춘 '융합형 인재'가 되어 성공적으로 꿈을 이룰 수 있었다. 아마존, 구글, 테슬라와 같은 글로벌 기업들은 스펙보다는 '진짜 실력을 갖춘 사람'을 찾고 있다.

우리가 맞게 될 4차 산업혁명 시대는 기존의 산업이 새로운 산업으로 대체되어 대변혁이 되는 패러다임의 중심에 있음을 의미

한다. 이러한 변혁의 때에 청년들은 자국을 넘어 전 세계가 그들의 경쟁 무대이며 글로벌한 경쟁력을 갖추어야 하는 현실에 직면하고 있다. 미래 세대들은 자원이 풍부한 개발도상국 젊은 리더들과도 적극적으로 협력을 해야 할 것이다. 끊임없이 경험하고 도전하며 지속적인 배움을 통해 얻는 즐거운 자기 계발로 자신만의 독특한 커리어를 개척해야 한다. 단순히 직장에 들어간다는 의미를 넘어서 자기 성장에 이르는 커리어 개발은 생이 다하는 순간까지도 계속될 것이다. 남들이 정해주는 커리어가 아니라 나 자신이 좋아하는 것을 업으로 삼아야 힘들어도 또 다시 도전하고 싶어지는 법이다. 남이 좋다고 하는 조직에 들어가 일하는 것은 어느 순간이 오면 한계에 도달할 수도 있을 것이다. 스스로 하나씩 '찐' 자기의 것을 찾아 도전하고 쌓아 나가야 한다. 커리어 개발은 자기와의 싸움이고 누구도 대신해 줄 수 없는 진짜 자아를 찾는 것이기에 진정으로 의미 있는 성장 과정이다.

미국의 전자상거래 업체 아마존은 코로나 상황에서도 오히려 직원을 10만여 명 추가 고용하기로 했다고 보도되었다. 신성장 산업들은 훈련된 인재를 필요로 하고 바로 업무에 투입할 수 있는, 이른바 선수를 찾고 있다. 구인난이 심하다 해도 유명 기업은 여전히 취업 준비생이 서로 가서 일하고 싶어 하기 때문에 입사 원서가 빗발친다. 경력은 부족할지라도 실력이 있고 그 일에 대해 간절히 원하는 열정과 열망이 보인다면 조직은 그들을 선택할 것이라고 확신한다. 결국은, 글로벌 경쟁력이 답이다. 이제 글로벌 기업들은 아시아에서 성장 가능성을 보고 있고 실력 있는 인재를 찾고 있다. 최근 선전하고 있는 쿠팡의 리더십은 하드 워킹으로 결과물을 내야 하는 성과주의 시대가 도래 하였다는 것을 잘 보여주고 있다. 합리적 발상을 통한 편리함으로 승부하며 로켓배송을 통해 빠른 시간 안에 고객들에게 배송하도록 한 것이다. 내가 제일 잘 할 수 있는 것을 찾아내어 남다른 방법으로 성공한 것이다.

카카오, 네이버 등 스타트업들이 찾고 있는 인재는 바로 진짜 실력 있는 "세계 시민"이 될 것이다. 더 이상 인맥이나 학연으로 소개에 의지해서 일하는 행태는 어필하지 않을 것이다. 앞으로 우리 사회의 주춧돌이 될 MZ세대는 공정함과 성과를 인정받는 일터를 꿈꾸는 미래 세대 리더들이다. 그들은 돈도 많이 벌고 싶어, 직장에서 일을 하면서도 투자와 부업도 하는 경우가 대부분이다. 물론 그 중에는 공무원이 되어 안정된 삶을 살기를 선호하기도 하고 돈 욕심을 내고 싶어 하지 않는 경우도 있을 것이고, 혹은 마이너의 삶을 사는 이들도 있을 것이다. 어떤 길을 가는지는 모두 자신의 선택일 것이다. 20대 젠지(Generation Z) 세대 청년들은 가치 있다고 생각하는 일에 꽤 쿨하게 도전한다. 무신사 같은 기업의 성공에서 보여 지듯이 커뮤니티 안에서 브랜드를 선택하는 Z세대는 그래서 더욱 자본주의에 어울리는 세대가 될 것으로 본다. 그들은 자신이 가치 있다고 생각하면 도전하고 진심으로 좋아하는 일을 하며 재능을 강점으로 삼아 일터에서 진검승부를 할 것이다.

나는 한국뉴욕주립대학교 첫 커리어 개발 센터장이자 연구교수로 역임하면서, 다국적 학생들을 위한 커리큘럼을 연구 개발했다. 3C(Counseling, Coaching, Consulting) 커리어 코칭 프로세스 설계를 통해 진로교육을 하면 4가지 효과가 있음을 확인했다. 학생들은 맞춤형 커리어 프로그램과 멘토링을 통해 네트워크가 넓혀지고 담대함과 자신감이 생겨나 자기 이해, 자기 성찰, 비전 설정, 그리고 자기 성장에 이르게 되었다. 학년별로 취업을 준비하는 단계를 달리해서 진로 코칭을 하면서 취업률이 높아졌고 학생들이 어떤 길을 선택해야 하는지 스스로 깨닫는 계기도 마련해 주었다. 나의 제자들은 현재 기업에서 중추적 역할을 하며 지금도 감사의 메시지를 전한다. 커리어 코칭을 통해 습득한 훈련 덕분에 입사 후에도 장기적으로 자신을 들여다보고 나아가는 데 도움이 되었다고 말한다. 해외 인턴을 통해 세계 시장을 경험해 보고 기회가 되어 전문 분야에서 풀타임으로 근무하며 경력을 인정받고 있는 멘티들도 많다.

Job을 Create 하는 시대에 아마존, 구글, 테슬라가 찾는 글로벌 커리어를 만들어 보자! 21세기 취업 시크릿은 문제 해결력과 라이프 커리어, 인생 프레임 잡기가 될 것이다. 단순히 이력서를 쓰고 주변 눈치를 보고 직장을 얻기 위한 인턴십을 하며 스킬만 배워서 유명 기업에 들어가라는 말이 아니다. 크리에이티브하게 일해야 하는 4차 산업 시대가 오면 일터는 돈만 버는 곳이 아니라 자신의 미션, 소명을 실현하는 장소가 된다. 그러므로 스스로 재능(talent)을 먼저 찾아내어 강점(strength)으로 개발해야 한다. 남다른 강점을 장착하고 최선을 다하면 성공할 것이며, 성공하면 꼭 "배워서 남 줘라!"를 잊지 말아야 한다. 내가 세상에 존재함으로 인해 누군가에게 도움이 되고 세상을 변화시키도록 돕는다면 나는 그 자체로 의미 있고 가치 있는 그래서 자랑스러운 존재일 것이다. 마틴 루터킹 목사는 삶 속에서 끊임없이 자신에게 질문해 보라고 한다. 내가 사람들에게 어떤 도움을 주고 있는지 말이다. (Life's most persistent and urgent question is, "What are you doing for others?" Martin Luther King, Jr.)

지난 30여년 간 외국계회사, 국제기구, 국제 개발 협력 단체, 과학 기술 단체 그리고 미국 대학 등 다양한 글로벌 조직에서 체득한 선배 직장인으로서 젊은이들에게 애정과 사명감을 느낀다. 한국 코치협회 전문 코치로서, 글로벌 인재 육성 전문가로서, 그리고 인생의 선배이자 멘토로서 생생한 진로와 커리어의 방향을 제안하며 뿌듯함을 느낀다. 이 책은 취업을 대비해야 하는 대학생을 둔 학부모와 각 대학 커리어 개발 센터, 진로 교수진, 취업 상담진들에게도 가치 중심의 '공익적인 인성 코칭이 소통의 해결책'이 될 것이라는 비밀을 전하는 등대(Guiding light)가 되어줄 것이다.

일할 때 우리는 지구가 우리에게 준 꿈을 수행하고 있다.

일을 통해 우리는 진정 우리의 삶을 사랑하게 된다.

일을 통해 삶을 사랑하는 것은 인생의 깊숙한 비밀과 친구가 되는 것이다.

- Kahlil Gibran -

김춘호 서울벤처대학원대학교총장

/ 한국뉴욕주립대학교 초대총장

••• '배워서 남 주기 위해 공부하라'는 인성코칭 전문가의 내공이 느껴지는 이 책은 대학생과 사회초년생뿐 아니라 학부모들과 진로담당 선생님들에도 '가치 중심 인성코칭'의 비밀을 알려준다. 인성의 핵심은 '진실과 사랑'이다. 나에게는 진실하고 이웃에게는 사랑을 나누는 다음 세대 리더들의 멋진 미래를 기대하며 적극 추천한다.

김영헌 (사)한국코치협회 회장

••• 코치로서도 글로벌 마인드와 역량이 매우 뛰어난 손미향 대표는 코칭 철학을 실천하면서 상대방이 스스로 깨닫게 하는 삶을 살아왔다. 자신의 타고난 재능을 찾아내고 이를 강점으로 살려, 자신이 하고 싶은 일을 신명나게 해왔고 그 소중한 경험이 또 하나의 책으로 탄생하였다. 한국뉴욕주립대학교 초대 커리어개발 센터장 겸 연구교수 시절 다국적 학생들을 코칭하

면서 느낀 소감 등은 우리 대학생과 사회 초년생, 그리고 학부모들과 진로 담당교수 모두에게 귀중한 길잡이가 될 것이다. 커리어 개발은 누구도 대신해 줄 수 없는 진짜 자아를 찾아가는 성장과정이라고 했다. 커리어개발과 관련하여 고민하는 모든 코칭 고객들을 우리 코치들이 이해하는데 큰 도움을 주는 책이라고 생각하여 강력하게 추천한다.

박용권 코칭학 박사, 공감DNA충전소 대표

... '나의 바램이 나를 그곳으로 이끌었다'는 저자가 지향하는 삶과 코칭의 지향점이 잘 용해되어 있는 책이다. 저자는 체화된 코칭적 마인드 셋을 바탕으로 모든 배움과 경험을 남을 돕기 위한 소중한 자원으로 활용하며, 적극적인 재능기부 활동을 통해 이를 오랫동안 몸소 실천하고 있다. 또한 MZ세대와의 친밀한 소통을 통해 그들의 강점과 무한한 가능성을 발견하고 개발하여 사회의 소중한 재원으로 이끌어 주고 있다. 이 책을 통하여 인성코칭을 바탕으로 MZ세대와의 소통과 그들의 강점 개발

이라는 선순환 작용이 많아질 것으로 믿으며, 모든 코치들과 리더들이 폭넓게 활용하기를 강력히 추천한다.

박중호 목사 수원명성교회 담임
/ 한국기독교코칭학회장

　　　··· 25시의 작가 '게오르규(C.V. Gheorghiu)는 "그리스도의 빛이 무명의 아주 작은 마을에서 온 것처럼 지금 인류의 빛도 작은 곳 대한민국에서 부터 비쳐올 것"이라고 했다. 손미향 대표는 가슴설레이는 작은 곳에서 출발해서 온 누리를 "사랑과 소망의 빛"으로 환하게 비춰 오신 분이다. 손대표를 따라 다니는 키워드는 '워커홀릭', 'N잡러', '사명'이다. 책에서 말하는 10개의 H 열쇠도 바로 자신의 가치를 나타내는 단어들이다. 언제나 아름다운 Humanity로 '생명 살림'을 위해 자신의 것을 아낌없이 나눠주는 손대표의 저서를 기쁨으로 추천한다.

Jeffrey D. Jones 미래의 동반자 재단 이사장

••• If you are searching for meaning and happiness in your life, take the time to read this inspiring book by MiHyang SOHN who is more familiarly known as Joy SOHN; a very appropriate name for an inspirational leader who has lead a life of giving to others and making the world around her a better place. I have known Joy for more than 20 years and the values she espouses in her book are not empty words, but they are the product of real life experiences from her many years of service bringing fulfillment and joy to those she touches. She lives by my own personal philosophy of making myself useful. Joy shows us that our lives can be enriched by losing ourselves in a life of service.

조대식 사무총장 KCOC(국제개발협력 민간협의회)
/ 전 외교부 캐나다 대사

··· 2년간의 팬데믹 기간 후 글로벌화에 대한 킹한 저항이 있지만, 오히려 역설적으로 더 필요한 것은 국가의 경계를 넘어선 글로벌 시각이다. "글로벌 인재"와 "세계시민"을 요구하는 시대, 누구보다 이 시대가 요구하는 풍부한 경험을 가지고 있기 때문에 손대표의 이 책이 글로벌에 대한 새로운 통찰력을 제공해주어 청년세대에게 소중한 영감이 될 것이라 기대한다.

하형록 회장 P31 베스트 셀러 작가
/ 팀하스 건축설계 사무소 창립

··· 경쟁력을 갖추려면, 하고자 하는 열정과 열망의 꿈을 명사가 아닌 동사로 표현하라! 명사는 스팩을 꿈꾸게 하되 동사는 열정과 열망을 실천하게 해준다. 이 책은 어떻게 동사로 꿈꾸게 하는지 명확히 보여준다. Apple 회사의 꿈은 세계에서 가장 '큰 회사'라는 명사의 꿈이 아니고, 동사인 'think different'

이다. 이것이 그들의 열정과 열망을 키워준다. 저자가 쓴 "나의 바램이 나를 그곳으로 이끌었다"의 핵심은 우리의 꿈이 명사에 정지되어 있는 바램보다, 동사가 주는 움직임 있는 바램이 '그곳으로 이끌'수 있도록 한다. 이 책은 이 시대에 적합한 교훈의 보물이다.

황현호 회장 국제코칭연맹(ICF)코리아 챕터

　　　●●● 저자 손미향 코치는 지난 30여 년 간 국제기구와 다국적 기업 등 글로벌 조직에서 일해 온 베테랑 경력 전문가다. 저자는 4차 산업 혁명시대를 앞두고 커리어를 고민하는 이 시대의 젊은이들에게 자신의 진로를 위해 어떤 준비를 해야 하는지 명쾌한 방향을 제시하고 있다. 그래서 이 책은 청소년이나 청년들을 대상으로 코칭이나 강의를 하고 있는 분들, 그들의 부모님들, 대학이나 조직에서 이들의 진로를 돕는 역할을 하고 있는 분들이라면 반드시 일독을 해볼 것을 권한다.

차 례

서 문 · 4
추천사 · 14

Part 1
대학생과 사회 초년생을 위해

chapter 1
커리어와 미션(Career & Mission) ····· 26

01	4차 산업 시대 커리어는 사람을 향한다	27
02	밀레니얼 세대가 기업 활동의 주축으로 급부상 한다	37
03	Z세대가 기업에 입사하기 시작하면 인적자원 시장의 새로운 화두가 될 것이다	46
04	취업 준비의 시작점은 자기 자신의 재능과 관심, 꿈에 관한 질문이다	53
05	제일 먼저 해야 할 자기 탐색 과정은 '자신을 사랑하라'	61
06	21세기 글로벌 빌리지 시대, 청년의 취업은 무엇이 해결안인가	71
07	진로교육의 의미와 한계 그리고 문제 해결이 될 방안은 코칭이다	79
08	자기 주도적 진로 코칭은 종료 후에도 지속적 성장이 가능하게 한다	86

chapter 2

10개의 H_ 열쇠를 준비하라 ····· **93**

01 　Honesty_ 정직하라 　　　　　　　　　　　　　　95

02 　Heart_ 감동을 주는 리더가 되어라 　　　　　　　102

03 　Humanity_ 진짜 경청과 공감을 해라 　　　　　　110

04 　Happiness_ 창의적인 도전으로 행복을 추구하라 　118

05 　Humility_ 겸손한 태도를 장착하라 　　　　　　　126

06 　Health_ 자기 관리를 지속하라 　　　　　　　　　133

07 　Hope_ 직접 경험하고 체득하라 　　　　　　　　　141

08 　Harmony_ 컬래버레이션을 하라 　　　　　　　　149

09 　Honor_ 자기 자신에게 집중하여 품격을 지켜라 　156

10 　History maker_ 새로운 역사의 주인공이 되자 　164

chapter 3

Job을 Create 하는 시대, 아마존, 구글, 테슬라가 찾는 커리어를 만들어라! ····· **173**

01 　직업에 대한 올바른 세계관을 확립하라 　　　　　174

02 　십 년 후를 준비하지 말고 지금 최선을 다 한다 　182

03 　끊임없이 도전 한다 　　　　　　　　　　　　　189

04 　울림이 있는 내적 변화로 성장과 성숙
　　그리고 출발을 준비 한다 　　　　　　　　　　198

05 　구글의 인재 특징은 구글스러움이다 　　　　　　206

06 아마존은 다양한 경험으로 스스로 문제를
해결하는 주체적 능력을 중시 한다   213

07 테슬라는 "학력보다 실력"을 강조한다   220

08 뜻이 있는 곳에 길이 있었다   226

09 뛰어난 인재는 열정을 지닌다   234

10 스펙보다 호감(likability) 가는 태도와
유머가 스웨그다   241

Part 2
학부모와 진로 담당 교수진을 위해

chapter 4

솔루션 메이커인 융합형 인재의 조건
-학무모를 위해-   ····· **250**

01 21세기 취업은 진정한 핵심가치(Core value)를
알고 시대를 읽는 통찰력이 답이다   252

02 지구촌 시대 청년의 역할에 대한
새로운 패러다임 "Work for others!"   259

03 일희일비 하지 않는다   267

04 100세 시대 진정한 리더는 기술을 넘어
이타적 세계시민이다   275

05 비전이 있는 곳에서 시작 한다   283

06 공감하고 협력할 때 성공 한다 292

07 잘난 척과 자존감의 차이를 묵상 한다 300

08 월드 휴머니테리안이 된다 308

09 통합적 지식 근로자로 조직 혁신에 도움 되는 인재가 된다 315

10 세상을 품어라(Embrace the world) 324

chapter 5

행동하는 인성(Humanity in Action) 코칭이 인생 코칭 -진로 담당 교수진을 위해- **334**

01 대학 교육의 이유는 '가치 추구' 337

02 공존 번영(Co-prosperity) 핵심 가치가 최고의 경쟁력 344

03 4차 산업혁명 형 인재 350

04 나눔과 헌신, 인성을 겸비한 글로벌 리더 육성 365

05 '나다움'이 진정한 자존감 375

06 맞춤형 커리어 개발 3C 프로그램 382

07 휴머니티 지닌 인재가 미래 글로벌 인재 388

08 커리어개발센터만의 6P 동기부여 프로그램 404

09 역사를 만드는 사람들 436

10 코칭 철학을 만나 타인을 세우는 삶
- 에필로그 JOY to the world! 446

Part 1

대학생과
사회 초년생을 위해

chapter 1

커리어와 미션
(Career & Mission)

부모는 내 아이가 살아갈 세상이 너무 힘들어질까 걱정이다. 하지만 자식은 그런 부모의 염려가 한없이 부담스럽고 앞날은 불안하기만 하다. 부모의 소원은 귀한 자식이 대학을 잘 졸업하고 탄탄대로의 직업을 얻고 아무런 문제없이 행복하게 살아가길 진심으로 바랄 뿐이다. 그래서 부모는 자식을 가르칠 때 자신이 살아온 생활 경험에 따라 과거 패러다임을 강요하게 된다. 무엇보다 부모가 살아온 시대는 대학 졸업을 중요하게 생각하는 한국 사회였고 대학이 성공을 위한 최고의 발판이었기에 이런 의식이 쉽게 달라지지 않을 수밖에 없다. 그리고 우리 부모들의 그런 교육열이 지금의 대한민국을 이루어 낸 것도 사실이다. 당신들은 밥을 굶을지언정 자식 교육은 시켜 오신 분들이다.

하지만 시대는 변화되어 가고 있다. 나는 한국뉴욕주립대학교의 첫 커리어 개발 센터장이자 연구교수로서 직접 커리어 수업을 했었기에 지금도 대학 입시 철이 되면 지인들로부터 전화를 받곤 한다.

"잘 지내셨어요? 우리 아이가 이번에 대학 시험을 보는데 어디에 넣어야 할까요?" 학부모들은 지푸라기라도 잡는 심정으로 자식에 대한 고민을 내게 털어놓고 "우리 때는 안 그랬는데 요즘 세대들은 열심히 노력하지 않는 것 같다."라고 고민을 전하곤 한다. 그러면 나는 답하기를,

"우리 아이들이 살아갈 세상에 진짜 경쟁자는 사람이 아니라 로봇"이라고 답변해준다. 수많은 직업이 사라질 것이고 상상도 못할 다양한 문제들을 해결할 직업이 생겨날 것이다. "우리 아이들이 어떤 상황에 직면할지 누구도 모르기 때문에 당황하지 않고 아이들 스스로 헤쳐 나갈 수 있는 문제 해결자(solution maker)로 키워져야 할 것"이라고 답한다.

그렇다면 우리 아이들이 살아갈 세상을 대비하기 위해 어떤 새로운 패러다임이 필요한 것일까? 앞으로 다가올 세상의 일자리는 기계가 사람의 역할을 했을 때 비용이 더 싸고 효율적인 일자리들로 바뀔 것이다. 10년 혹은 20년 후 대한민국은 자원이 부족해질 것이기에 전 세계, 특히 개발도상국가의 리더들과 파트너가 되는 것이 중요하다. 더욱 잔혹한 산업 혁명이 일어날 수도 있고 기계가 우

리보다 국·영·수를 훨씬 더 잘하게 될 것이다. 그래서 지금 가장 인기 있는 직업이라고 하는 공무원, 사무직은 사라질 것이라고도 한다. 하지만 과학기술이 중심이 되는 세상이 올 것이므로 오히려 '사람'에 대한 이해는 더 중요해질 것이다. 그런 의미에서 사회복지사, 치과 의사, 외과 의사, 직업 상담사, 정신 건강 카운슬러, 간호사 등이 좀 더 안전한 직업이라고 예측되기도 한다. 사람만 할 수 있는 차별화된 역량을 키워서 4차 산업 혁명 시대 미래 교육의 방향은 스스로 생각할 줄 알고 해결할 수 있는 사고력·문제 해결 능력에 기반을 둔 핵심 인재 양성 방안을 마련해야 할 것이다. 무엇보다도 각 개인의 개성과 재능에 기초한 맞춤형 교육 환경 구축이 진로 교육에 적극적으로 반영되어야 한다.

그러기 위해서는 외우기를 강요하는 주입식 교육으로 오로지 입시만을 위해 달리기보다는 가장 먼저 자신에 대한 질문을 통해 자기 성찰이 이루어져야 한다. 사실 자아를 찾아가는 사춘기 시절인 고등학교 시절부터 "나는 누구인가? (Who Am I?)"라는 질문이 끊임없이 지속되어야 한다. 사고력은 하루아침에 이루어지는 것은 아니기 때문이다. 우리는 외부에 대한 질문은 많이 하지만 정작 자기 자신에 대해 질문해 볼 시간이 없다. 자신에 대해 알아가는 시간이 가장 필요한 시기인데 입시 준비를 위한 외우기만 강요받고 있으니 점점 더 강퍅해지는 것이다. 부모의 뜻에 부응하느라 맞지 않는 옷을 입고 괜찮은 척하는 것이 얼마나 힘들겠는가?

사람은 무엇보다 스스로 던지는 질문을 시작으로 자신의 인생에 대한 방향을 결정해야 한다. 그래야 실패를 하더라도 후회가 없고 다시 도전하고 그렇게 도전이 지속 가능해진다. 자신의 진로를 충분한 고민 끝에 스스로 결정해야 부모 탓을 하지 않고 책임감 있는 인생을 살아갈 수 있다. 이걸 할까 저걸 할까 고민하라는 뜻이 아니라 자기 자신에게 질문을 해보라는 말이다. 스스로에게 궁금해 하지도 않는데 과연 답을 알 수 있을까. 고등학교 졸업 후 일찌감치 기술을 배우고 다양한 실전 경험을 통해 재능을 계발하고 창업하고 혹은 성공한 사업가가 될 수도 있다. 대학을 가서 캠퍼스에서 전공에 대한 충분한 고민을 통해 더 깊이 있는 학문에 매진하고, 대학원에서 진짜 해보고 싶은 공부를 할 수도 있다. 이러한 선택은 모두 도전에 대한 열정이 있어야 가능하다. 즉, 자신의 인생은 자신이 책임져야 하는 중대한 결정이라는 것이다.

고등학교 졸업 후 창업을 하거나 갭이어(학업을 잠시 중단하거나 병행하면서 봉사, 여행, 진로 탐색, 교육, 인턴, 창업 등의 활동을 체험하며 흥미와 적성을 찾고 앞으로의 진로를 설정하는 기간)를 하고 다시 돌아와 대학을 갈 수도 있다. 무엇을 하든지 젊은 날의 다양한 시도는 성장을 통해 성숙으로 이끌게 한다. 이러한 시대적 니즈에 적응하기 위해서 주입식 교육 제도는 더 이상 맞지 않을 것이기에 대학을 가지 않는 경우도 생길 것이다. 국민 MC 유재석은 누구나 인정하는 자기 관리의 끝판왕이고 최고의 자리를 유지하지만, 그도 자신의 길을 가느라 대학을 다니지 못했다. 4차 산업혁명 시대에는 사람에 대한 지식이 중요하므로 교육 제도와 대학 시스템도 미래지향적으로 바뀔 것이다. 그리고 기존의 지식을 잘 응용해 예측하지 못할 새로운 상황에 적용하는 창의성이 가장 강조될 것이므로 다양한 분야를 겪어내며 체득해야 할 것이다.

나의 멘티인 P는 외국어 고등학교를 졸업하고 한국외국어대학교에 입학해 English Development를 전공했다. 그는 영어도 잘하고 공부도 열심히 했지만, 유난히도 뮤지컬을 사랑하고 배우고 싶어 대학 캠퍼스 생활 내내 고민했다. 자신의 학부 공부를 소홀히 하지는 않지만 크리에이티브에 대한 목마름이 여전했다. 그는 장학금을 받게 되어 홍콩대학에서 Global Creative Industries를 전공한다. 하지만 여전히 새로운 세계에 대한 목마름이 계속되었고 예일 대학교에서 교환 학생으로 American studies를 공부할 기회를 얻는다. 뜻이 있는 곳에 길이 있는 법! 지속적인 관심과 함께 자기 성찰과 개발에 대한 노력이 그에게 기회를 제공해주었다. 미국에 머무르는 동안 시간만 되면 수많은 뮤지컬을 보고 꿈을 계속 이루고자 노력한다. 당연히 관련 커뮤니티의 사람들과 친해지고 멘토를 만나 너른 세상에서 정보를 공유하며, 결국 케임브리지 대학에서 Planning, Growth and Regeneration을 전공해 석사를 취득했다. 집안 형편이 좋은 편은 아니었지만 자기 자신에 대한 신념과 강한 열정이 그에게 다양한 기회를 주고 있다. 아직도 자기 자신에 대한 관심은 지속되고 있고, 지금은 영국의 국제 비영리 단체에서 근무하며 케임브리지 대학 박사에 도전 중이다. 자신의 꿈을 위해 오랜 기간 준비했고 게이츠 재단에서 장학금을 받게 되었다. 그 모든 과정에서 그는 새로운 도전을 할 때마다 멘토인 나에게 기도를 요청했고 나는 그런 그의 도전에 응원과 코칭 질문을 하곤 했다. 그는 자기 자신이 원하는 것에 대해 끊임없이 추구했고, 자신의 꿈에 대해 더 깊이 다가가며 지금도 한 걸음씩 구체화해 나가는 중이다. 그의 간절한 열망이 자신이 원하는 곳으로 한 걸음씩 이끌고 있었다. 확신컨대 그는 인생 하반기에는 자신이 좋아하는 뮤지컬을 자신의 업력을 통해 얻은 전문성과 접목해 근사하게 이끌어 내고 누릴 것이라고 생각한다.

4차 산업혁명으로 본격적인 융합의 시대를 열었기에, IT와 융합이 되지 않으면 기업도 생존이 어렵고 개인도 살아남기 어려운 세상이 다가오고 있다. 무엇보다 교육의 유연성과 탄력성을 확보해야 하고 의사소통, 창의성, 협력과 융합 능력이 핵심 역량이 될 것이다. 이처럼 다양한 산업 분야 간의 융합이 일어나는 사회에서 다방

면의 전문가들과 협업 소통 능력도 갖춰야 한다. 특히 신산업 분야에 전문성을 접목하고 창의적인 문제 해결 방안을 도출하기 위해 크리에이티브해야 할 것이다. 정보 통신 기술이 금융, 제조, 미디어, 유통, 의료 등 다양한 사회 분야에 적용되고 있다. 그래서 기존의 일자리가 사라질지도 모른다는 불안감에서 시작된 새로운 직업 창출(Job Creation)도 생겨나고 있다. 창의적 아이디어로 새로운 직종을 만들거나 자기 주도적으로 직업을 재설계하는 활동으로 새로운 아이디어를 가지고 자신의 능력과 적성을 활용하게 되는 것이다. 스마트 의류 개발자, 블록체인 의료 데이터 전문가, 블록체인 법률 컨설턴트, 소프트웨어 융합 교육자, 로봇 윤리학자, 5G 시대 가상현실 콘텐츠 개발자 등이 더 새롭게 활성화될 것으로 전망하고 있다.

IT 중심 산업으로 사회의 다양성이 증가하고 있어 삶의 방식과 가치관이 변화되고 있기에 새로운 일을 요구하게 된다. 그러므로 미래의 주역이 되기 위해서는 복잡하게 융합하고 다변화하는 문제를 정의하고 해결하는 능력이 필수이다. 아이들이 게임에 집중한다고 부모들은 염려하기도 하지만 오히려 게임에 집중하는 것만큼 다른 분야에도 집중할 수 있기도 하다. 나의 아들은 어릴 때부터 축구를 좋아해 세상과의 소통을 축구라는 키워드로 하고 있다. 어느 날 축구 게임에서 구단주 역할을 하다가 좋은 선수 영입에 욕심을 부려 파산했다고 말했다. 게임을 통해 파산했다 하니 웃기기도 하고 고소한 마음도 들었는데 "하지만 다음부터 다시는 돈을 함부로 낭비하지 않겠다."라는 결심을 하는 것을 보며 게임을 다시 생각하게 되었다. 가상의 공간에서도 교훈을 얻을 수 있음을 확인한 재미난 순간이었다. 그런 모습을 지켜보며 나는 아이들이 가상의 세계에서 겪은 충격도 좋은 체험으로 작용하기도 한다는 것을 알았다. 아들이 속상해하고 있기에 옆에 가서 기분이 어떤지 물어보았다. 속상하지만 다음부터 조심해야겠다고 하며 얻은 것이 있다고 했다. 여전히 축구에 대한 사랑으로 축구 선수들의 영어 인터뷰를 따라하며 자신만의 흥미와 관심 있는 분야의 영어를 공부하기도 한다. 자신이 재미있어하는 일을 평생 배워가며 직장에서도 관련된 업무를 하게 될 것이라고 기대한다. 당연히 힘든 일을 겪어도 자신이 좋아하는 일이기에 견디어 낼 것으로 생각한다. 십년 후, 이십년 후 모습이 무척 기대된다.

이제부터는 부모가 구시대적 패러다임에서 벗어나 지켜보고 믿어주는 것이 어떨까 생각해 본다. 부모의 사랑과 포용 안에서 자존감이 넘치는 아이들은 어떤 어려움을 당해도 포기하지 않고 다시 도전하고 스스로 문제 해결을 한다. 부모가 할 일은 나서서 대학을 보내고 취업을 걱정하기보다는 내 아이를 믿고 기도하고 기다려 주는 것이다. 그리고 힘들 때 찾아와 의논하면 잔소리하기보다 말없이 들어주고 끌어안고 격려해 주는 것이다. 사실 아이들은 부모에게 멋진 모습을 보이고 싶어 한다. 그래서 남다른 노력도 하고 있다. 그럴 때 타이밍을 잘 찾아 맘껏 칭찬해 주어야 한다. 진심에서 우러나온 칭찬은 그 진심이 전달되어 아이들도 행복감에 젖게 하고 아이들은 부모가 믿는 만큼 성장한다. 간섭보다 중요한 것은 부모와 자식 간에 좋은 관계를 유지하는 것이다. 부모가 정해 놓은 길로 갈 때만 좋아한다면 아이는 부모 맞춤형 아이로 성장해 나가고 궁극에는 성인이 되어서도 자신이 누구인지를 모를 것이기 때문이다.

지금은 시대의 변화에 능동적으로 대응하기 위해 어떻게 커리어를 준비해야 할지 대화하고 함께 재능을 발견하도록 격려하고 응원할 시점이다. 학부모가 아니라 부모가 되어야 한다는 말도 있다. 아이들은 직업을 단지 행복하게 살고자 혹은 여가를 위해 돈을 버는 수단으로만 생각할 수도 있다. 부모는 아이들이 타고난 재능을 가지고 업을 삼아 돈을 벌어 성공한 후 자신보다 혜택을 받지 못한 이들을 위해 도움을 주는 기쁨을 선택하도록 도와야 할 것이다. '직업이 미션(소명)과 만났을 때 비로소 삶의 가치를 발견'하게 되고, 나로 인해 세상이 변화되는 것을 지켜볼 때 일상 속 어려움은 견딜 만하고 작은 행복은 배가될 것이기 때문이다.

어느 단체 대표께서 자녀에 대해 의논을 요청했다. 큰아들은 좋은 대학, 좋은 직장을 다녀 결혼도 해서 잘 살고 있는데 둘째 아이가 '자유로운 영혼'이라고 표현하셨다. 어떻게 하면 둘째 아들과 좋은 관계를 회복할지를 고민하시기에 "말씀하시는 것을 들어보니, 대표님의 아들에 대한 잣대는 큰아들이시고, 둘째는 아버지의 스탠더드에 맞추려고 힘들었을 것 같네요. 얼마 전 우연히 보게 된 사극의 한 장면이 떠오르네요. 양반집 도련님과 이루어질 수 없는 몸종의 사랑에 대한 스토리였는데 아버지인 대감마님이 몸종에게 집을 나가라고 하자 이렇게 말하는 대사가 있었습니다.

'대감마님, 알겠습니다. 제가 한마디만 여쭙겠습니다. 왜 마님은 도련님을 바라보실 때 걱정하고 불안해하는 눈으로 바라보시는지요? 믿고 맡겨 주십시오.'라고. 그 장면을 빗대어 도움을 요청한 대표님께 "'융합의 시대'를 살아갈 인재는 자유로운 영혼을 지닌 둘째 아드님일 것 같습니다. 그의 재능을 인정해 주시고 믿고 그가 자신의 재능을 업으로 연결하도록 격려해 주십시오!"라고 답했다. 나는 그 대표님의 인품을 알기에 두 아들 각자의 재능에 따라 있는 그대로 인정하며 아주 잘 이끌어 가실 것을 확신한다.

02 밀레니얼 세대가 기업 활동의 주축으로 급부상 한다

1980년대 중반 이후부터 2000년에 태어난 밀레니얼 세대(17~37세)가 이미 기업 활동의 주축으로 급부상하고 있다. 밀레니얼 세대는 미래에 대한 불안감이 있으면서도 오히려 예전보다 더 나은 삶의 질을 추구하는 경향이 있다. 밀레니얼 세대는 정보기술(IT)에 능통하고 대학 진학률도 높다고 한다. 하지만 그들이 사회에 진출한 시기가 2008년 글로벌 금융위기 이후였기에 고용 감소를 겪어 가성비를 따지는 경향이 있는 것도 사실이다.

그들의 모습에서, 일면 나의 20대~30대 시절이 떠오른다. 당시에 나는 어른들이 보시기에 다소 당돌하고 열정이 가득했던 태도를 보였을 것이다. 눈치를 보기보다는 하고 싶은 말을 거침없이 하고, 사전 논의 없이 회식을 갑자기 하려고 하는 경우 선약이 있어 갈 수 없다고 당당하게 표현하곤 했었다. 이후 광고 대행사, 국제 개발 비영리 단체, 유엔 주도 국제기구 세계 본부, 과학기술 단체, 미국 대학교 등에서 일할 때에도 기쁨이 사라지면 퇴사를 준비했다. 눈치 보고 일하기보다 도전하며 나를 강하게 만드는 쪽으로 주력하였기에 나다울 수 있었고 후회 없이 다양한 경험을 할 수 있었다. 어쩌면 나는 파이오니아처럼 밀레니얼의 성향을 일찌감치 가지고 있었던 듯했다. 그런 에너지가 30년간 영리 섹터와 비영리 섹터 간에 브리지 역할을 하며 다양한 커리어에 당당히 도전할 수 있게 한 듯하다. 한 직장에서만 머물지는 않았지만 어디에 있든지 한결같은 일을 했다. 세상을 위해 도움이 되는 일터라고 판단되는 곳에서 사명감으로 영어 소통 능력과 마케팅 PR 커뮤니케이션을 통해 자원개발 펀드레이징을 했다.

기존 세대는 그야말로 장유유서의 개념 속에 윗사람에게 의견을 말하기도 어려워하던 때였다. 하지만 내가 50대가 되어 대표로서 조직을 이끌게 되었을 때 직원들은 밀레니얼 세대였는데, 이들은 상당히 새롭고 다른 성향의 사람들임을 발견했다. 그들은 가르치고 바꾸려고 하면 자존심 상해하기에 오히려 다름을 인정해 주어야 할 파트너였다. '라떼는[나 때는] 말이야~'로 시작하는 대화는 당연히 불가능하다. 그동안 내가 만난 보스들은 자신이 속한 조직에 대해 충성심을 갖고 몰입하는 것을 당연하게 여겼다. 조직의 발전이 곧 나의 발전이라고 생각했기에 헌신적으로 근속하였고, 그렇게 조직의 성장에 기여하고 가족이 희생함을 자랑스럽게 여기는 분들이었다. 일이 우선인 워커홀릭으로 스스로 완벽을 추구했던 나와는 달리, 밀레니얼 세대는 개인 생활을 보장해 주고 그들이 똑똑하다는 사실을 인정해 주는 사람을 필요로 했다. 일보다는 개인적 삶을 추구하기도 하지만 일에 대한 동기 수준은 높고 불필요한 일이나 관행적인 일은 최소화하고 싶어 한다. 왕따가 되길 원하지 않기에 보스의 특별대우도 원하지 않고 오히려 동료와 좋은 관계를 유지하고자 서로가 자발적으로 돕곤 했다. 그들은 자신이 한 일에 대해 피드백을 명확히 주고 업무나 성과 중 어떤 부분과 연결되는지도 설명해 주는 것을 선호하는 세대이다. 하라면 군말 없이 그냥 하는 세대가 아니다.

리더로서 단체를 운영하며 확신하게 된 것은 밀레니얼 세대는 장점을 발견하고 이끌어줄 때 자기 성장을 느껴 자발적으로 따른다는 것이었다. 지금도 아쉬운 것은 내가 염려하는 마음으로 하는 잔소리가 직원들에게는 도움이 되지 않았을 텐데 못내 나의 진심이 전달되지 않아 미안했다. 차라리 공감과 코칭 질문을 통한 리더십으로 더 적극적으로 소통하면 좋았을 텐데 하고 생각하니 아쉽다. 덕분에 나도 많은 깨달음이 있었고 성숙해지기 시작했다. 밀레니얼 세대는 조직과 자신이 계약 관계라고 보고, 자신의 발전과 성장에 큰 관심이 있었다. 그래서 세대의 특성상 유난히도 높은 이직률, 그리고 세대 갈등으로 인한 조직의 비용이 계속 커지고 있다. 그것은 또한 개인별 성장의 의미도 포함하고 있다고 본다.

결국 조직은 개인의 성장과 조직의 성장을 정렬시키는 것이 중요하다. 그래서 한없이 불안해하는 개개인의 성장을 응원하고 존중하는 문화를 만들어 비전과 가치관이 맞는 인재를 뽑고자 노력했다. 다양한 리더십 교육 프로그램을 만들어 조직의 가치관이 분명하게 공유하기도 했다. 내가 이끈 조직은 국제개발협력 비영리 단체였기에 '공공의 마인드'를 지닌 인재를 뽑아야 했다. 그러기 위해서는 정확하게 가려낼 수 있는 행동 양식, 사고방식 등 구체적인 기준을 세우고자 노력했다. 밀레니얼 세대에게는 투명한 채용 과정을 명확히 밝혀 설명해야 한다. 그들은 어떤 과정에 선발되고, 맡게 될 역할이 무엇인지 구체적으로 알려주길 바랐다. 그냥 뭐든지 열심히 하라는 옛 방식이 더는 통하지 않기에 인터뷰를 할 때도 실제 진행하는 업무, 복지 혜택, 사내 분위기 등 정보 제공을 사전에 적극적으로 요청하곤 했다. 그래서 직원 인터뷰 시 함께 일을 하는 보고 라인(direct supervisor) 관리자를 직접 만나 인터뷰를 하게 해주었다. 상상만으로 자신의 일을 잘못 이해하고 시작하면 얼마 안 가서 퇴사할 수밖에 없기 때문이었다. 물론 그렇게 노력하는 과정에서도 내부적으로 제대로 보고되지 않고 보고의 과정 중에 제대로 소통이 되지 않아 아쉬운 부분도 있겠지만 좌충우돌하더라도 개선하겠다는 의지 덕분에 조직은 결국 성장하게 된다.

한국뉴욕주립대학교 커리어개발센터장일 때도 학생들에게 코칭을 통해 면접에 임하는 태도에 대해 강조한 부분이 있었다. 일방적으로 인터뷰 당하는 것이 아니라 인터뷰이도 그 조직을 살펴 서로를 바라보고 선택하는 자리라고 강조했다. 그래서 인터뷰가 있으면 한 시간 일찍 도착해 그 기관이 내 회사라고 생각하고 투어를 하듯이 살펴보라고 했다. 그곳에서 우연히 만나는 사람들과도 인사를 깍듯이 하고 질문도 해보며 회사 문화를 느껴보라고 권했다. 그러면 인터뷰 시 불안도 감소하고 평안해지며 그 일터가 내가 일할 만한 곳인지 합리적으로 바라볼 수 있는 여유가 생긴다고 제안했다. 학생들은 그렇게 잘 따라주었고 미리 가서 처음 만나는 사람들이지만 지나가는 직원들에게 인사하니 응원도 해주더라고 좋아했다.

조직의 대표로서 일할 때도 직원을 채용하는 단계에서 심혈을 기울일수록 조직 구성원이 된 후에 맞추기가 수월하므로 비전을 먼저 공유하고자 했다. 조직이 줄 수 있는 것을 분명히 하고 확인함으로써 기대 수준을 서로 맞추고자 했다. 그래서 최우선으로 고려할 기준에 맞는 면접 질문을 'What do you expect from our organization?' 등을 준비해 두었다. 조직이 궁금한 질문보다 인터뷰이가 기대하는 바가 궁금했다. 업의 특성상 지방 출장이 잦았기에 이에 대해 확실하게 미리 설명하고 그 직무가 갖는 성장 잠재력과 선배들이 이룬 성취 등에 관해 이야기해 주었다. 입사 지원자에게 자신이 맡을 일의 장단점을 모두 고려한 후 스스로 결정을 선택하도록 해야 정확한 동기부여가 될 수 있기 때문이다. 조직에 일방적으로 따라가는 기존 세대와 달리 이젠 조직도 신입사원도 서로 적극적으로 기대감을 조정해 잘 맞아 갈 때 근속할 수 있는 시대가 온 것이다. 아쉽게도 대한민국은 현재 개발도상국에서 선진국이 되어가는 기로에 서서 나라 전체가 성장통을 겪고 있어 불안해하는 것이다. 하지만 이 과도기를 잘 겪어낸다면 향후 대한민국이 전 세계의 리더가 되어 이끄는 멋진 세상이 기다리고 있을 것으로 확신한다. 우리 MZ 세대의 가능성을 나는 분명히 보았다.

밀레니얼 세대는 직장에서 멘토와 지지해 주는 시스템이 준비되길 원한다. 기존의 세대는 주어진 상황에 "안 되면 되게 하라!"라는 불굴의 의지로 스스로 개척해 버텨온 세대였다. 하지만 신세대는 성공하기 위해 무엇을 해야 하는지 알려주는 멘토 같은 선배의 1:1 피드백을 선호한다. 일일이 지시받기를 원하지 않으면서도 신뢰받고 있다고 생각할 때 마음을 열고 상대방을 신뢰하게 되는 모습을 보여주고 있다. 이제 글로벌 기업들은 필요한 인재를 수시로 뽑고자 일 년 내내 공고를 열어 두고 소셜 미디어와 네트워크 기반의 인재풀을 확대하고 적재적소에 수시로 채용하고 있다. 밀레니얼 세대는 시간을 내어 재능기부 봉사를 통해 일상 속에서 지역사회에 기여하기를 바라고, 자신의 일이 단순히 돈만 버는 것이 아니라 의미가 있기를 바란다. 그렇지만 좋은 일을 하는 것이 일을 잘하는 것보다 중요하다고 생각하지는 않기에 낮은 연봉을 수용하지는 않는다. 상사에게 자신의 가치에 맞는 연봉 수준에 관해 이야기하고 피드백은 직접 대면으로 하는 것을 원한다. 무엇보다 자신의 커리어 관리, 성장을 위한 가이드를 원하므로 좋은 동료와 좋은 상사를 원한다. 단순히 일만 하는 것이 아니라, 타 단체와 비교해 부족한 승진의 기회, 과도한 업무량, 소통이 안 되는 보스, 낮은 보상으로 인한 삶의 질 저하를 생각하게 되면 조직을 떠난다. 52시간 정책이 펼쳐진 이후 여유로운 시간이 확보되자 직장인들은 자기 계발을 위해 적극적으로 학원이나 학교로 향하고 있다.

이제 대한민국에는 야근만 일삼던 구세대의 자기희생적 삶은 더 이상 없다. 대한민국은 온라인 시대를 맞아 적극적으로 표현하고 존중받는 뉴 패러다임 속에 새로운 세대의 방식이 시작되고 있다. 본성존중 그리고 개인존중의 시대, 상대방을 존중하는 것은 상대가 듣기 좋은 말을 하는 것이 아니라 심리적 안전감이 보장되는 환경에서 나올 것이라고 본다.

일과 삶의 밸런스를 추구하는 밀레니얼 세대는 일을 해결할 수 있는 시스템과 재택근무의 효과적 활용을 선호한다. 김난도 교수는 일과 삶의 균형을 중시하는 '밀레니얼 세대의 워킹-라이프 스타일'을 회사에서 근무할 때와 퇴근 후 개인의 삶에서 8가지 키워드로 뽑았다.

첫째 Welcome to My World로 이것은 일상과 행복을 추구하며 퇴근 후 라이프를 즐기고 다양한 취미 생활을 한다. 한 예로 한동안 시청률이 높아졌던 '나 혼자 산다'와 '온앤오프'라는 TV 프로가 있었다. 비밀에 싸인 연예인의 일상을 보는 즐거움에 생생한 재미를 더해 준다.

두 번째는 Open Blindness(오픈 블라인드니스)로 개인 사무 공간을 꾸미고 휴게 공간에서 1인용 좁은 장소를 좋아한다는 것이다. 함께 사용하는 대규모 사무실 공간은 그다지 선호하지 않는다.

세 번째는 Realm of hyper-Efficiencies(초효율주의자) 회의를 위한 회의를 싫어하며, 불필요한 시간을 최소화하고 일의 해결을 중심으로 생각한다. 비용 대비 효과성을 강조하는 경향이 있다.

네 번째는 Keep Calculators in the Head로 회사의 요구가 잘못된 부분은 개선하려고 하거나 이직을 시도하고 회사와 본인 간 이해관계를 명확히 한다. 평생직장으로 충성하던 이전의 직장 문화에서는 상상도 못 할 부분이다.

다섯 번째 Let's be Fair and Square로 수평적 기업 문화를 추구하고 공평하지 못한 것에 대한 표현이 확실하다고 한다. 참거나 기다리기보다는 직접적으로 요구하며 결정하는 것 같다.

여섯 번째는 I'm the PD of my own이며 처음부터 끝까지 직접 맡은 일을 경험할 수 있는 구조로 성장을 최우선으로 보고 개인의 경력을 중요시한다는 것이다.

일곱 번째는 Further Option Preferred이며 자신에게 딱 맞는 공간을 찾기 위해 다양한 옵션을 놓고 선택한다. 그래서 사무실 공유 스타트업 위워크(WeWork)나 패스트워크에서 가장 탐내는 공간도 공용 공간이라고 한다.

마지막 여덟 번째는 Exhibit your office이며 실시간으로 SNS에 올리고 사내 휴식 공간 등을 중요하게 생각한다는 것이다. 실제 내가 일터에서 만난 젊은이들의 모습이 바로 이 8가지에 충분히 잘 반영되고 있다.

Z세대가 기업에 입사하기 시작하면 인적자원 시장의 새로운 화두가 될 것이다

Z세대는 1990년대 중반에서 2000년대 중반에 태어나 스마트폰이 없는 세상에서는 살아보지 않은 사람들이라고 할 수 있다. 밀레니얼 세대처럼 디지털과 매우 가까운 세대이지만 셀럽보다는 유튜브 크리에이터의 영향을 더 많이 받는다. 그들은 유튜버가 되는 것이 꿈이라고 말하는 세대이고 유튜버가 추천하는 제품을 보고 소비를 결정한다. 자기와 맞는 스타일이 아니면 유명 브랜드라고 할지라도 구입하지 않는 경향이 있어 나답게 스타일링 하기를 선호한다. 그들은 온라인 쇼핑을 선호하지만 직접 경험해 보는 것을 좋아해 오프라인에서 체험해 보고 온라인에서 구매한다. 모두 그런 것은 아니겠지만 대체로 Z세대는 첫인상을 중요시해서 제품을 보고 맨 처음에 얼마나 마음에 들었는지가 중요하다고 한

다. 브랜드에 스토리와 가치, 진정성이 있느냐가 중요하다고 생각해서 자신의 소비가 사회에 어떤 영향을 미치는지도 고려한다. 그래서 적극적으로 제품 사용 후기를 남기고 소셜 미디어에 공유하면서 영향력을 미친다.

나에게도 Z세대 아들이 있어서 이런 상황이 잘 이해가 되고 익숙하다. 그들은 어리지만 나름대로 소신 있는 선택을 하므로 상당히 쿨하다고 느껴진다. 내가 컨설팅 하는 Z세대 대학생을 지켜보니 내가 미국에서 오래전에 겪었던 방식으로 식사 시간을 즐기고 있다. 그들은 개인의 취향과 개성 존중이 무엇보다 중요하므로 식사를 할 때 각자의 개성대로 '소신 있게' 메뉴를 고르고 식사 후 계산은 더치페이로 한다. 저렇게 비싼 것을 사는가라고 탓하기 전에 그들을 살펴보면 매우 독특한 모습이 발견된다. 사람마다 다르긴 하겠지만 싸다고 해서 물건을 잔뜩 구매하지는 않는다. 다소 비싸더라도 자신에게 만족감을 주는 제품을 신중하고 개성 있게 선택하고 있으며, 무엇보다도 직접 경험해 본 후 구매한다.

머지않아 2000년대에 출생한 소비자들이 전 세계 소비의 주도권을 쥐는 시대가 도래할 것이다. 브랜드를 과시하기보다 이 세상을 더 나은 방향으로 만드는 기업의 제품에 적극적으로 반응하고, 구매를 통해 지지 의사를 표명한다. 안경이 한 개 팔릴 때마다 안경 한 개를 개도국에 제공하는 와비파커라는 회사가 있다. 개도국 빈곤층에 안경 제작에 대한 교육을 진행해서 트레이닝을 해주고 안경 사업을 하도록 돕고 있다. Z세대는 새로운 가치를 제공하는 것만으로도 그 브랜드의 열성 팬이 되고 브랜드 홍보를 자처하기도 한다. 뉴미디어 시대 소비자들은 낡은 옷 캠페인에 동참하고자 SNS에 오래전 구입한 제품을 입고 있는 사진을 공유한다. Z세대 젊은이들은 사회적 가치가 있기 때문에 탐스 브랜드를 좋은 기업이라고 선호한다. 탐스는 광고를 하는 대신에 신발 한 켤레를 판매할 때마다 빈곤국 어린이에게 한 켤레를 기부하는 사회 공헌 활동(Corporate Social Responsibility)을 통해 가치를 창출하고 있다.

나의 멘티는 최근 커리어에 대한 고민을 내게 의논했다. 글로벌 기업의 사회 공헌 업무를 용감하게 해내고 있는 그는 베트남 등 개발도상국에서 안과 진료를 받을 수 없는 오지의 주민들에게 도움을 줄 수 있어 행복하다고 했다. 핸드폰 앱을 통해 사진 촬영을 하고 병원 의사에게 전달 시 진료 도움을 줄 수 있다는 프로젝트에 관심이 있어 그 회사에 어플라이 했다고 한다. 기술력이 사람을 도울 수 있다는 사실에 감동해 앞으로도 테크 회사에 계속 일하면서 업력을 쌓다가 결국 국제개발협력 일을 할 것 같다. 나만의 잘됨을 넘어서 누군가에게 나의 직업이 도움을 줄 수 있다면 얼마나 나의 일터가 자랑스럽고 자존감도 올라갈까 싶어 적극적으로 응원하고 있다. 나도 그렇게 살아왔기에 크게 이해가 되었다.

생존이 중요한 과제였던 기성세대와 달리, Z세대는 사회의 문제점, 불평등에 대한 관심을 가지고 자신이 가치가 있다고 믿는 것에 매우 적극적이다. 자신이 속한 집단에 대한 부당한 대우를 참지 않고 권리가 침해당한다고 생각되면 적극적으로 대응한다. 스타벅스는 환경을 위해 종이 빨대를 사용하는 마케팅을 시작했고 Z세대의 참여를 이끌었다. 그리고 소비뿐 아니라 그들의 영향력은 기업의 인적 시장 등 다양한 영역에서도 큰 변화를 일으킬 것이다. 밀레니얼 세대도 그렇긴 하지만 특히, Z세대는 일만 하기보다는 자신의 시간을 즐기는 것을 선호하므로 취미 활동에 시간과 비용을 적극 할애한다. 특히 경험을 좋아하는 소비이므로 직접 사용해 본 제품을 구입하는 소비 형태이고 사용한 그릇이나 침구류가 마음에 들면 바로 구입하기도 한다. 체험을 통해 배우는 체득(Learn by experience)을 하고 있는 것이다. 이렇게 경험치에 대한 선호도가 자원봉사 재능기부와 자연스레 연계되어 세상을 변화시키는 멋진 리더로 성장할 것이라고 기대하게 된다.

과거에는 소수의 경영진이 전략을 세우고 중간 관리자는 지시와 감독을 하고 직원은 성실히 수행하는 방식이었다. 현재의 조직은 빠른 변화의 속도로 인해 소수의 리더가 미래를 정확히 예측하고 완벽한 플랜을 세우기는 한계가 있다. 그렇다고 조직 입장에서는 아직 젊고 경험이 부족한 직원들이 다소 어설프고 불안해 보여도 무조건 믿고 기다려 주는 것은 쉬운 일이 아니다. 일터는 치열한 경쟁의 현장이지 학교처럼 가르쳐 주는 곳이 아니기 때문이다. 특히 기다려줄 여력이 없는 '빨리빨리' 문화가 또 다른 걸림돌이다. 언젠가 국민 MC 유재석의 30주년 방송 생활 기념으로 어느 프로그램에서 그를 도와준 멘토와 그가 지원하는 멘티들의 잔잔한 감동 스토리가 소개되었다. 젊은이들은 많은 시행착오를 겪겠지만 잠시 물러서서 스스로 시작할 때까지 개입하지 않고 기다려 주는 것이 필요하다는 이야기가 그의 진행을 통해 진정성 있게 전해졌다. 젊은이들은 결국 다양한 인생 여정 속에서 자신의 길을 찾아갈 것이라는 믿음으로 기다려줘야 한다. 우리가 정한 때에 이루어지는 것이 아니라 그들이 준비되어 그들에게 가장 적합한 때에 이루어 낼 것이라는 사실이다. 그것이 Z세대를 자녀로 둔 학부모와 그들을 직원으로 둔 보스들이 그들과 함께 살아갈 방식이 될 것이다.

'이태원 클라쓰'라는 드라마에서 박서준이 연기한 박새로이의 리더십이 상당히 이슈가 되었고 많은 이들이 매력을 느꼈다. 그는 강한 열망과 큰 꿈으로 팀원들을 움직이는 Z세대의 모습을 그대로 보여주고 있었다. 학력이 높거나 재벌가의 사람이 아니지만, 인간미 넘치는 휴머니테리안의 모습으로 팀원들을 위해 리더로서 진정성 있게 책임질 줄도 안다. 그리고 타협하지 않고 소신 있게 행동하고 당당하며 권위에 굴복하지도 않는다. 매니저 조이서가 무리하게 일을 벌인 것에 대해서도 "내가 결정했으니 나의 책임이다. 네가 짊어질 이유가 없다."라고 말해준다. 팀원들은 리더가 믿어주고, 신뢰하니 더욱 그를 믿고 따르게 된다. 포차의 요리 실장이 솜씨가 없다고 조이서가 얘기할 때도 박새로이는 실력이 부족한 현이 실장을 혼내기보다는 "이번 달 월급이야. 두 배 넣었어. 이 가게가 마음에 든다면 값어치에 맞게 두 배 더 노력해. 할 수 있지?"라고 말한다. 고난을 겪어도 그렇게 믿어주고 함께 일어서는 모습이 청년 리더의 아름다운 모습을 멋지게 보여주었다. 단순히 돈을 많이 벌어 재벌이 되는 것이 아니라 기업이 소중한 가치를 지키고 있고, 함께 하는 이들을 얼마나 신뢰하는가를 중요시 한 것이다. 드라마이지만 나도 보면서 많이 배웠다. 그는 코칭리더십을 보여주고 있었다.

MZ세대의 이렇게 확고한 개별 취향은 그간 조직의 뜻을 무조건 따르라고 해온 기존 방식과 달리, 직원 개개인에 대한 이해를 통해 조직 문화가 변화되는 시대가 왔다는 것을 의미한다. 그렇다고 해서 Z세대가 무조건 그들 마음대로만 한다는 것은 아니다. 지금 선진국을 향해 발전해 가고 있는 대한민국은, 곧 진정한 컬래버레이션을 할 줄 아는 성숙한 조직 문화를 갖게 될 것이다. 패션 업계는 특히 예술가들과 컬래버를 통해 협업의 시도를 하고 있다. 하지만 토의를 통해 각 조직의 중의를 모아 조율하고 새로운 협업의 시스템을 만들어 내는 복잡하고 창조적 과정이 실행된 것은 아닐 수도 있다. 내가 국제기구에서 일할 때 가장 감동적이고 배우고 싶은 부분은 컬래버레이션이었다. 전혀 다른 문화와 언어를 가진 이들이 각 나라의 의견 조율을 통해 함께하는 방법을 창출해 내고 동의한다. 함께 참여한 이들을 강요하지도 않고 탓하기보다 격려하며 기다려 주며 함께 협력하여 진행하고자 한다. 약속된 룰에 따라 배려와 존중으로 그 기나긴 '프로세스'를 거쳐 진행하는 것이 처음에는 느리고 답답해 보였다. 하지만 궁극에는 그것이 바로 함께 협력하여 선을 이루는 진정한 '컬래버레이션 리더십'이었다. 쿨하고 개성을 중시하고 가치를 소중히 하는 대한민국 Z세대가 전 세계 리더들과 협력하여 세상을 멋지게 변화시키는 세상이 오길 기대해 본다.

04 취업 준비의 시작점은 자기 자신의 재능과 관심, 꿈에 관한 질문이다

대학생들은 졸업반이 되면 부랴부랴 그제야 취업 준비를 시작하고 다양한 커리어 관련 행사를 참석하기도 한다. 그전부터 준비도 하고 걱정도 미리 많았겠지만, 발등에 불이 떨어지다 보니 이것저것 해야 할 것도 많고 마음만 불안하다. 그래서 졸업이 가까워지면 더욱 열심히 이력서 작성법을 배우고 소개서를 준비하고 면접 스킬을 배우러 다니면서 추천서를 받으러 다닌다. 마치 대학 들어가기 위해 학원에 다니며 입시를 준비하듯이 외우느라고 여유가 없었던 것처럼, 자신이 무엇을 잘하고 무엇을 좋아하는지도 확신이 없으면서 학원에 다니며 도서관에서 어떻게든 입사하려고만 애를 쓴다.

직업은 단순히 돈을 버는 것이 목적이 아니건만 본인의 의지 없이 선택한 전공에 방황하며 대학 캠퍼스에서 막연히 시간을 보내며 어느덧 취준생이 된 것이다. 그리고 다시 먹고살기 위해 지원하는 직장을 찾아 헤매게 되는 셈이다. 하지만 직장을 들어간다 해도 녹록하지 않은 조직 생활에서 살아남기 위해서는 그 어떤 어려움도 이겨낼 이유가 필요하다. 진심으로 원해서 선택한 일터가 아니라면 쉽게 좌절하고 쉽게 그만둘 수밖에 없다. 미리 내적 성장을 통해 준비되지 않는다면 만족스럽고 행복한 직장 생활을 지속해서 영위하기도 쉽지 않다.

재능 발견하기는 고등학교 시절부터, 그리고 취업 준비는 대학 1학년부터 시작해야 한다. 사람들이 좋다고 해서 선택한 전공으로 대학 캠퍼스의 기쁨을 만끽하다 문득 마주하는 현실에 당황하게 된다. 어느새 또 다른 입시인 취업이라는 관문이 기다리고 있는 것이다. 내가 대학에서 국제 유학생들을 코칭하며 놀랐던 것은 학교와 전공을 선택한 이유가 장학금을 받을 수 있기 때문이었다는 것이다. 물론, 장학금은 무척 중요한 선택 요소이지만 선택의 전체 이유가 되어서는 안 될 것이다. 요즈음 주변의 멘티들을 보면 놀랍게도 전공 선택의 이유가 부모님의 권유였다고 답하는 경우도 많았다. 내가 그들을 코칭하며 어떤 꿈을 지니고 있는지, 무엇을 할 때 행복한지 등을 물어보면 처음에 무척 당황해한다. 그런 질문을 받아본 적이 없다고 하는 경우도 있었다. 가장 중요하고 근본적인 질문인데 왜 받아본 적이 없는 질문이었을까? 대학을 가는 정확한 이유를 자신이 먼저 묵상하지 않았기 때문이다.

예전에는 청소년에게 꿈이 무엇이냐고 질문을 하면 한결같이 직업을 말하곤 한다. "의사가 되고 싶어요. 교수가 될 거예요. 스포츠 선수가 될 겁니다." 등등. 하지만 왜 그 직업을 가지고 싶은지에 대한 설명은 명확하지 않다. 그 직업을 택해서 뭘 하고 싶은 것일까? 사춘기 시절, 그리고 대학 입시에 매달리느라 자신이 누구이고 어떤 재능이 있고 무엇을 할 때 행복한지에 대해 생각해 볼 시간이 충분하지 않았기 때문이다. 예를 들어, "의사가 되어서 혜택을 받지 못해 죽어가는 이들을 돕고 싶어요.", "교수가 되어 어려운 환경에 있는 학생들을 도와주고 싶어요.", "스포츠 선수가 되어 돈도 많이 벌고 장학금도 기부해서 집안 형편이 어려워 꿈을 포기하는 후배들을 돕고 싶어요." 그러니까 "일터를 통해 나는 나의 재능을 발휘해 더 나은 세상을 위한 역할을 하고 싶어요(I hope to help change the lives of people)."라고 직업을 택한 이유가 분명해야 한다. 꿈이 무엇이냐고 묻지 말고 "어떤 직업을 택해 이루고 싶은 꿈이 무엇이냐?"라고 물어봐 주어야 한다. 직업은 결론이 아니고 어떤 꿈을 이루기 위해 포기하지 않고 지속하는 그 과정이고 재능 발휘의 의미 있는 현장이기 때문이다.

물론, "저는 돈이 좋아서 부자가 되고 싶어요!"라는 답을 할 수도 있다. 하지만, "부자가 되어 무엇을 하고 싶나요?"라는 질문에 대답할 말이 없다면 부자가 된 후에는 무척 허전할 것 같다. 백화점에 가서 물건을 사고 해외에 가서 골프를 치고 성형 수술을 하고 외제차를 사고, 멋진 호텔에서 맛있는 것 먹는 것이 부러운 삶일 것이다. 하지만 평생 그렇게 자기 자신만을 위해 살면 정말 행복할까? 누군가 말했다. "어느 날 신발장에 가득한 신발을 보다가 느낀 것은 실제 사용하는 신발은 그중에 한두 켤레뿐"이더라고. 가치 있는 삶. 나로 인해 누군가 감사하고 행복할 수 있다면 혜택을 받지 못한 이를 위해 나눌 수 있어야 의미 있는 삶일 것이다. 나의 존재로 인해 누군가 행복해진다면 내가 살아야 할 이유는 더욱 명확할 것이다. "빌 게이츠처럼 엄청난 돈을 벌 때까지는 오로지 내 것만 챙기며 살 겁니다!"라고도 답할 수 있겠지만, 그럼 그때까지 가는 여정이 무척 견디기 힘들 것이다. 소중한 관계와 가치 있는 삶을 이루어 가는 '과정'이 행복해야 나를 버티는 힘도 명확해질 것이기 때문이다. 우리에게 '나중에~'라는 미래는 없을지도 모른다. 지금, 이 순간 최선을 다하고 오늘 배운 가치와 행복을 소중한 이들과 나누길 바란다.

'좋은 일 하는 연예인' 션의 삶은 모두에게 귀감이 되고 있다. 그가 많이 가져서가 아니라 그의 삶은 매일 매 순간이 나눔이기 때문이다. 함께 나눔을 참여하길 원하기에 마라톤도 하고 재능기부 특강도 마다하지 않는다. 말로만 하고 인터뷰만 하는 것이 아니라 그의 삶은 행동하는 사랑(Love in action) 그 자체였다. 내가 한국뉴욕주립대학교 커리어개발센터장으로 있으면서 셀럽을 초대해 특강을 주기적으로 기획했다. 어느 날 션을 비전나눔대사로 모시고자 특강을 위해 학교로 초대했다. 영어로 하는 강의였고 그의 메시지가 너무도 명확한 가치를 담고 있었기에 전 세계에서 유학 온 학생들은 크게 도전받았고 수많은 질문을 했다. 키르기스스탄에서 온 학생이 그의 이야기를 듣고 "당신 같은 인물이 대통령이 되어야 하는 것 아니냐?"라고 질문하자 특유의 온화한 미소로 나는 지금처럼 이렇게 민간에서만 돕겠다고 말했다. '진정성', 그 귀한 것을 그는 가지고 있었고 그래서 우리는 모두 감동했다. 나는 전 세계에서 온 학생들에게 그가 대한민국 사람이라는 것을 자랑스럽게 말할 수 있었다.

단순히 돈을 벌기 위한 일터는 스킬만으로 얻을 수는 있겠지만, 누군가를 위해 세상을 바꾸는 데 도움이 되는 사람이 되기 위한 일터를 찾는 것은 쉬운 일이 아니다. 이 모든 것의 시작점은 타인이 아니라 '내가' 진심으로 무엇을 원하는지 스스로 찾아내는 것이다. 자신이 타고난 재능으로 하고 싶은 일을 하며 돈을 버는 것이 가장 행복한 사람이 아닌가 싶다. 사실 우리는 모두 행복하기 위해 살아가는 것이다. 나는 지난 10년간 코리아헤럴드 어학원, YBM 시사어학원과 유명 입시학원 강사, 광고 회사, 외국계 기업에서 일해 본

기간 열심히 일해 좋았다. 하지만 국제 개발 비영리 단체, 국제기구, 과학기술 단체, 미국 대학 등 비영리 단체에서 일한 20년이 더 의미 있고 행복했다. 나를 위해 돈을 벌 때보다 누군가의 삶을 돕는 삶일 때 나 자신이 더 자랑스러웠다. '자존감'… 일터에서 나의 필요를 인정받는 것은 실력뿐 아니라 나의 존재 그 자체일 때 더욱 의미 있게 해준다.

자기 이해가 되지 않은 상태에서 진로 탐색을 하고 직업을 제대로 파악하는 것은 불가능하다. 내가 정말 이 직업을 간절히 원하는가를 자신에게 물어보길 바란다. 그 일터에 대한 갈망이 보이지 않는다면 인터뷰를 할 때도 그 에너지가 전달되지 않는다. 인사 담당자들은 그 일터를 간절히 원하는 직원을 찾고 있다. 그리고 인터뷰를 하면 얼마나 열정이 있는지가 확연히 보인다. 감춰지지 않는 진실이다. 그래서 나는 코칭을 시작하기 전 카운슬링을 하면서 그다음 단계부터 시작될 코칭에 대해 소개해 주며 동시에 다음 만남에서 준비해 올 것을 이야기해 준다.

"집에 돌아가서 조용한 방에 혼자 앉아 하얀 백지를 꺼내 들고 자기 자신에 대해 적어보세요."라고 요청한다. "좋아하는 것과 잘하는 것뿐 아니라 나를 둘러싼 모든 것에 대해 아무도 없는 곳에서 자기 자신을 탐색해 보세요."라고 주문한다. 주변의 의견을 묻지 말고 지금까지 살아오면서 자신의 기억 속에서 내가 어떤 사람이었는지 특징을 찾아 그때의 느낌들을 정리해 보라고 한다. 무엇이 좋았는지, 혹은 싫었는지, 그리고 나에게 의미 있는 것은 무엇이었는지도 적어보고, 억지로 노력하지 않아도 기분 좋게 몰입할 수 있는 잘하는 것을 나열해 보라고 한다.

우리가 좋아하는 것만 하고 살 수는 없지만 일단 내가 어떤 사람인지 파악을 해야 어려운 것도 견뎌낼 수 있는 것이다. 물론 만족감뿐 아니라 속상했던 것과 열등감도 솔직히 나열해 보아야 한다. 그리고 그런 어려움이 있을 때 도움 주는 분들, 혹은 힘들게 하는 이들, 즉 나를 둘러싼 모든 상황과 나에 대해 정리를 해야 한다. 자기 자신을 분석해 스스로 자기 모니터링이 되어야 비로소 타인과의 관계에서 자신의 생각, 감정, 행동을 표출하는 데 스스로 조정하고 통제해 나갈 수 있게 되는 것이다. 그래야 치사한 일을 겪어도, 어려운 일에 직면해도 자신감 있게 다시 일어날 수 있는 것이다. 나자신에 대해 이해가 되지 않고서 어떻게 타인을 감싸고 주변을 이해할 수 있겠는가? 피아니스트 시모어 번스타인은 '주어진 재능에 어떻게 반응하는가가 곧 인생'이라고 했다. 누구에게나 인생이 쉽지는 않지만 내가 원하는 것이 무엇인지를 매 순간 스스로 질문하고, 깊은 묵상을 통해 도전하고 나아갈 때 행복할 수 있다.

나에 대한 탐색

과 거	
현 재	
미 래	

05 | 제일 먼저 해야 할 자기 탐색 과정은 '자신을 사랑하라'

우리가 자기 자신을 잘 안다고 자부하지만, 나이가 들어도 사실 자신에 대해 제대로 알지 못한다. 자기 자신을 알기 위한 탐색 과정에서 첫 번째 시작점은 바로 자신을 사랑하는 것이다. 타인의 시각에서 바라보는 내가 아니라 진정으로 내가 원하는 나의 삶이 무엇인지는 남이 대신 말해줄 수 없다. 우리가 누군가와 사랑에 빠지면 온종일 그 사람을 생각하고 그가 좋아하는 것이 무엇일지 고민하고 그를 위해 무언가 이벤트를 준비하기도 한다. 하지만 정작 자기 자신을 위해서는 그 정도로 심각하게 관심을 가지고 집중해 바라보며 사랑에 빠져본 적이 있는지 궁금하다.

단순히 비싼 옷을 사 입고 겉모습을 꾸며 폼을 잡고 맛 집을 찾아다니고 하는 것을 넘어서 해야 할 일이 있다. 이 세상에 왜 태어났는지, 내가 모르는 나의 모습이 무엇인지, 어떤 것을 할 때 살아있음을 느끼며 가슴이 쿵쾅거리는지… 진심으로 시간을 내어 궁금해 해야 한다. 자신을 사랑하라고 하는 것이 타인을 사랑하지 말라는 뜻은 아니다. 자기 자신을 사랑하는 사람만이 타인도 그 이상으로 보듬을 줄 알게 되기 때문이다. (First Love yourself to FLY.) 내가 이렇게 조언하면 사람들은 '그럴 시간이 없이 바쁘다. 나는 이미 나를 잘 알고 있다.' 혹은 '나는 상처가 많고 너무 비극적인 삶을 살아왔기에 그럴만한 상황이 아니다.' 등등. 시도조차 하지 않고 방어하기 급급하다. 하지만 일단 해보라. 시간을 내어 자신을 바라보라. 주변의 그 어떤 핑계거리도 가져오지 말고 깊이 자신을 사랑해 보라. 그곳에서 자존감이 시작될 것이고 주변을 보듬을 수 있을 것이다. 우리 안에는 이미 그런 에너지가 있음을 기억하길 바란다.

내가 나를 제대로 바라보고 나를 깊이 사랑할 때 비로소 남을 사랑하고 이해하고 포용하는 능력이 생겨난다. 내가 나를 알게 될 때 나에 대해 당당해질 수 있고, 내가 원하는 일을 해나가며 느끼는 작은 기쁨들은 내 안에 충만한 에너지가 되는 것이다. 내가 나에 대해 충분히 만족하고 인지하며 하나씩 이루어가는 성취감이 없으면 조금만 어려운 일을 만나도 스스로 비관하고 슬퍼지고 자신이 없어진다. 자신에 대한 확신이 없이 괜찮은 척만 한다면 내가 아니라 주변에 끌려 다니게 된다. 힘겨운 상황일수록 한발 밖으로 나와 나를 객관적으로 살펴보아야 한다. 마음의 상태는 얼굴에 그대로 드러나게 되어 남들도 그것을 금세 알아챘다. 그렇게 자신에 대한 확신이 없어지면 사람들과의 만남에도 자신이 없어진다. 결국 관계에도 악순환이 계속되면 제대로 사람들과 어울리며 이 세상을 함께 할 자신감도 사라지게 된다. 하지만 아직 나이도 어린데 어떻게 진짜 자신을 찾아낼 수 있겠는가? 물론 궁금해 한다고 바로 해결되는 것은 아니다. 그래서 코칭 전문가와의 코칭 대화가 필요하고 선배의 멘토링도 필요한 것이다. 세상은 혼자 살아갈 수 없고 커뮤니티 안에서 함께 만들어 가는 것이므로 이 모든 것이 어우러져 우리는 성숙을 향해 가게 된다.

한 가지 강조하고 싶은 것은 멘토링과 코칭은 다르다는 것이다. 멘토링은 선배의 입장에서 자신의 경험을 후배 멘티와 공유하는 것이다. 사실 그 멘토링이 후배에게도 같은 해답을 주지는 않을 수 있다. 컨설팅은 전문가의 솔루션을 주는 것이기에 마찬가지로 자신에게는 어울리지 않게 디자인 된 옷을 입게 되는 것일 수 있다. 내 몸에 맞춤은 아니므로 자주 입지는 못할 것이다. 카운슬링은 과거의 상처를 치유하는 전문가의 처방이니 사실 미래를 꿈꾸며 기획하는 코칭과는 다른 방안이다. 코칭은 알아차림을 스스로 얻을 질문을 해주는 방식이며 코치 자신도 모르는(not knowing) 최고의 해답을 함께 생각하며 찾아가는 프로세스이다. 나도 코칭을 하며 매번 놀라는 부분은 내가 아니라 코칭을 받는 사람이 스스로 미래를 설계하며 희망을 품고 알아차리는 그 순간을 공유하게 될 때이다. 내가 곁에 있어 응원하고 격려하며 경청할 때 그 기적 같은 순간은 내가 상상하는 것보다 더 강력하게 드러나게 된다.

취업 준비라고 하면 이력서, 성형 수술, 비싼 옷 등 겉모습만을 생각하기도 한다. 하지만 진짜 준비되어야 할 부분은 태도이다. 사실 내가 조직의 대표로 직원을 고용하기 위해 인터뷰하는 과정에서 제일 중요시 하는 것은 그 사람이 삶에 대해 어떤 자세를 가지고 있는가를 가늠해 보는 것이었다. 외모는 인터뷰할 때 들어오는 모습으로 한 번에 파악된다. 하지만 대화를 통해 내면에서 우러나는 것들이 겉으로 드러나게 되기에 몸에 밴 태도는 눈속임할 수 없다. 삶을 대하는 태도는 하루아침에 만들어지는 것은 아니다. 조직에서 일한다는 것은 혼자가 아니라 단체 속에서 서로가 부대끼며 관계하고 상호작용하며 만들어가는 과정이다. 낯선 조직에서 생경한 업무를 하며 실수도 할 테고 본의 아니게 오해도 사게 될 텐데 자기 자신이 어떤 사람인지에 대한 이해와 함께 자존감이 먼저 준비되지 않는 한 버텨내기 쉽지 않다. 지금부터 나를 사랑하고 상대를 배려하는 태도를 하나씩 하나씩 쌓아가자. 먼저 상대가 나에게 어떻게 해주면 좋은지 생각해 보라. 그리고 상대에게 내가 받고 싶은 그대로 대해주면 된다. 사람을 존중하는(respect) 방법이 무엇일지 생각해 보면 된다.

눈치를 보라는 것이 아니다. 어떨 때 기분이 좋은지, 혹은 나쁜지 생각해 보자. 같은 말을 해도 '아' 다르고 '어' 다르다는 말이 있다. 사람이니까 어떤 대우를 해야 하는지 생각해 보면 답은 간단하다. 윌 스미스는 "Don't chase people. Be yourself. do your own thing and work hard. The right people- the ones who really belong in your life- will come to you. And stay."라고 말했다.

사람들을 따라가려 하지 말고 나다움을 추구하라. (내가 참으로 좋아하는 문구이다) 네 일을 열심히 하라 그러면 진짜 네 사람들이 다가와서 곁에 있어 줄 것이다. 사랑을 구걸할 필요도 없고 남에게 잘 보이려고 내가 아닌 모습으로 나를 화려하게 포장할 필요도 없다. 내가 가지고 태어난 그대로 나의 재능을 갈고닦아 빛나는 사람이 될 준비를 하고 살아간다면 결국 나에게 어울리는 사람들이 다가와 함께 할 것이다.

멘티들에게도 그리고 아들에게도 항상 해주는 말이 있다. 좋은 배우자를 만나기 위해 너의 모습을 최고로 만들고 다듬어라! 유유상종이라 했으니 너의 수준과 같은 사람을 만나게 될 것이다. 자기계발을 통해 스스로 좀 더 나은 모습으로 발전했을 때 그런 파트너가 다가올 것이다. 왜냐하면 말이 통한다는 것은 같은 수준의 사람이라는 뜻이기 때문이다. 대화가 통하기 위해서는 같은 관심사에 비슷한 커뮤니티에 속하며 같은 용어를 써서 소통하고 있다는 것을 의미하기 때문이다.

사춘기가 되면 아이들은 자기 존재감을 확인하고 싶어 한다. 성장기이기에 그들은 신체뿐 아니라 정신도 커가는 중이다. 수많은 도전과 경험을 통해 쓰러지고 일어서기를 반복해가며 비로소 내가 나다울 때 편안해지고 그제야 비로소 아이들은 자신을 자랑스럽게 여긴다. 누구에게나 자아가 생기면서 서툴기만 하고 불안한 사춘기 시절에는 분간조차 안 되는 하루하루가 버겁기만 할 것이다. 곁에는 아무도 없다는 막막한 생각도 들고 한없이 슬프기만 할 수 있는 시기이다. 나를 바라보는 시선이 너무나 두렵고, 왕따하고 손가락질하는 친구들의 시선들과 자신을 이해하지 못하는 것 같은 선생님의 시선도 두려운 시기이다. 결국 그런 자기 자신이 너무 싫어서 항상 홀로이길 바라기도 한다. 그리고 그런 나를 바라보는 부모님을 실망시키고 싶지 않아 거리를 두게 된다. 그런 시기인 것을 스스로 받아들이지 못해 잘하지 못하는 자신을 견디기 힘들어 하기도 한다. 급기야 삶의 희망이 없다고 느껴져서 해서는 안 될 결정을 할 것이다. 나이가 들어 시간이 지나면 해결될 상황도 있겠지만 그렇게 성장할 때까지 곁에서 응원하는 사람이 있어야 한다. 그럴만한 경험이나 사람도 주변에 없고 잘하라고 강요하는 이들이 많으면 힘겹기만 하다. 억지로 괜찮다고 하며 남의 말에 맞춰가면서 진짜 내가 무엇을 좋아하는지에 대해 진지하게 고민할 여유도 없다. 누군가가 진심으로 '많이 아팠구나' 하고 곁에 있어 주면 위로가 될 텐데 말이다.

내가 재능기부로 코스타 강사를 하며 필리핀이나 중국 그리고 캐나다 등에서 만난 해외 유학생들은 인생의 가장 민감한 사춘기에 유학을 하게 된 이들이다. 어쩌면 가장 부모님과 함께해야 할 시기에 타국에서 어렵게 공부를 하고 있었다. 인생의 조언이 필요한 첫 경험을 모두 혼자서 겪어내는 시간이었다. 예를 들어 자동차를 운전하고 이성 친구를 사귀고 이사를 하는 등 누군가와 의논이 필요한 나이였는데 항상 혼자 결정해야 했다고 한다. 물론 친구들이 주변에 있지만, 속내를 드러내 놓고 의논할 상대도 마땅치 않았을 것이다. 겉으로 보기에 유학생이라고 하면 근사해 보이는 어감이 있지만 그렇게 힘겨워하는 시간이었다고 한다. 물론 그렇게 힘든 일을 잘 겪어 낸 후에는 더 단단해지고 훌륭하게 성숙해지긴 했지만 상처도 많았다고 한다. 내가 멘토링한 귀한 청년들이 결국 그런 과정을 잘 겪어내고 잘 자라서 훌륭한 사회인으로 성장한 모습을 보며 참으로 자랑스럽기만 하다.

사람은 누구나 인생을 살다 보면 트라우마가 있다. 본인이 원하든, 원치 않든지 간에 사람들과의 관계 속에서 아픔을 겪게 된다. 그런 과정에서 상처가 되고 그 상처를 때로는 상처라 말하지도 못하고 혼자 간직할 수도 있다. 상처를 안고 평생 괴로워하는가, 아니면 승화시켜 새로운 도약을 위한 발판을 만드느냐는 우리 자신의 몫이다. 누가 대신해 줄 수는 없다. 하지만 시간이 가면 나이가 들고, 지혜도 쌓이고 또한 옹이가 생겨 견딜만한 힘도 생긴다. 너무 바빠 매일을 살다 보면 마음의 상처를 신경 쓸 틈도 없이 달려오게 된다. 누구에게나 콤플렉스가 있다. 자신을 사랑한다는 것은 자신의 부족한 점을 인정하고 사랑할 줄 아는 자세에서 나온다. 우리는 이미 사랑하고 사랑받을 가치가 있는 사람들이다. (You were born to be loved) 상처 속에 피해자로 남느냐, 아니면 상처를 다스리고 승자가 되느냐, 그 선택은 이제부터 우리 자신의 몫이다. 완벽할 필요는 없다. 내가 부족해야 타인과 채워가며 돕고 살 수 있는 것이다. 나의 부족을 드러내고 도움을 요청하고 또한 그 이상으로 도와주자.

나는 영문학을 전공했기에 미국 소설을 프로이트 심리학 관점에서 연구하여 석사 논문을 썼다. 헤밍웨이에게 영향을 끼친 셔우드 앤더슨이 쓴 '와인즈버그 오하이오'라는 미국 소설은 상처받은 기괴한 사람들(the Grotesques)에 대해 다루고 있다. 그들은 남이 보기에 이상한 행동들을 하지만 사실 그 원인은 각자의 과거 경험 속에서 겪은 아픔으로 인해 사람들과 어울리지 못하는 데 있다. 옛말에 '자라 보고 놀란 가슴 솥뚜껑 보고 놀란다.'라는 말처럼. 소설에 등장하는 인물 중에, 어떤 사람은 집안의 모든 덧문을 닫아 창문으로 햇빛이 들어오는 것을 차단하고 산다. 남들이 보면 아주 괴이해 보이지만 사실 그들은 과거의 상처를 또다시 겪지 않으려고 소통을 거부하느라, 나름의 노력을 하고 있는 것이다. 하지만 주인공인 청년 조지 윌리아드(George Williard)는 그 동네의 기괴한 사람들과 달리 트라우마를 극복하고 도전하고, 그들을 이해하며 세상을 향해 나아간다. 결국 스토리의 마지막에는 조지 윌리아드가 자신을 사랑하게 되고 그래서 상처로 인해 기괴한 모습을 보이는 어른들마저도 감싸 안고 이해하게 될 만큼 성장하여 세상을 향해 출발하며 끝맺는다. 그렇게 담대하게 떠나는 윌리아드의 모습을 보면서 우리 학생들이 코칭을 통해 스스로 성장해 가며 자존감을 회복해 세상으로 발을 딛는 모습을 떠올렸다. 주변의 멘토와 부모 그리고 선생님들이 혹은 이웃들이 그들에게는 이해되지 않는 기괴한 사람들일 수 있지만 그들 덕분에 다양한 관계 속에서 청년은 성숙하여 세상을 보듬을 줄도 아는 리더십을 갖추게 될 것이다.

내가 어떤 사람인지 알고 자신을 사랑하게 되면 주변이 두려울 것도 눈치 볼 것도 없다. 누가 뭐라 해도 그저 나답게 살아가면 된다. 나답게 살기 위해서는 내가 어떤 사람인지를 스스로 알아가는 단계를 거쳐야 한다. 나만 알고 교만하고 무례하게 살라는 것이 아니다. 누군가의 눈치를 보며 잘 보이려고 거짓된 모습으로 하다 보면 내가 아닌 모습으로 살아가야 하고 그렇게 되면 불편하고 외로워진다. 남들 앞에서 남들이 좋아하는 모습을 보여야 하므로 내가 나답지 않아 두 개 혹은 여러 개의 내가 있게 된다. "Heaven helps those who help themselves."라는 말이 있다. 남이 나를 돕는 것이 아니라 내가 나를 돕는 것이다. 내가 나에게 물어봐 주어야 한다. 무엇을 원하는지, 무엇을 하고 싶은지 자신에게 질문하지 않으면 평생 나를 발견하지 못하고 남이 보는 나의 모습인 껍데기로 살아간다. 만만치 않은 세상에 남의 프레임에 맞추어 살아가다 보면 내가 살고자 하는 내 인생을 원 없이 살지도 못한다. 결국 겉으로 화려해 보이더라도 스스로 비참해진다. 한참이 지난 후, 죽기 전에 그 사실을 발견한다면 얼마나 속상하겠는가. 나에게 맞지 않는 옷을 입고 남이 정해준 나의 모습을 만들어 살아간다는 것은 참으로 불편하고 괴로운 일이다.

06 | 21세기 글로벌 빌리지 시대, 청년의 취업은 무엇이 해결안인가

대한민국은 우리 부모님들의 희생적인 교육열로 지금의 성공적인 모습을 갖추었다고 해도 과언이 아니다. 과거는 그나마 예측 가능했고 그 당시 열악한 대한민국의 상황이 다음 세대의 미래를 위해 교육에 투자하고 집중하게 했다. 하지만 교통수단의 발달, 그리고 인터넷으로 열린 세상에서는, 유튜브로 세계가 실시간 공유하며 사실상 국경이 사라진 시대와 같다. 실시간으로 전 세계가 정보를 공유하는 시대에는 새로운 가치와 글로벌 패러다임 속에서 청년의 역할이 새롭게 조명되어야 한다. 즉 그들을 향한 교육은 분명 달라져야 할 것이다. 부모가 자식에게 항상 정답을 줄 수없고 다양한 문화 속, 다양한 상황에 따라 해결 답안을 신속하게 주기도 힘들다. 게다가 어디로 튈지 모르는 크리에이티브한 성향의 청년들에게는 시대가 바뀌고 세월이 흘러도 변함없는 가치를 분별하는 능력을 키워주는 것만이 최고의 교육이 될 것이다. 그럼, 어떻게 해야 스스로 그 가치의 중요성을 알고 그들이 주도적으로 신명나게 준비할 수 있을까?

청년들과 대화를 해보면 그들도 인생의 방향을 정하고 삶의 질을 결정짓기 위해 가장 중요한 경쟁력은 직업이라고 말한다. 직업이란 소명(Mission)에 따라 중요한 진로 선택으로 이어지기 때문이다. 지식 기반 사회를 살아가려면 창의성, 인성, 자기 주도적 문제 해결 능력 등 미래 사회가 필요로 하는 종합적 역량 개발이 진로교육의 근본이 되어야 한다고들 말한다. 하지만 종합적 역량 개발을 위해 다양한 노력이 있어야 할 시기에 오히려 우리나라 청년들은 입시제도 속 주입식 교육과 기존 산업의 고정관념이 지배적인 직업 선택의 환경에 놓여있다. 대부분의 경우, 자신의 적성을 모르는 채 사회생활을 시작하기도 하고 세월이 흐른 후에 자신이 하고 싶은 일을 뒤늦게 발견하는 상황을 마주하게 되기도 한다.

현재 대한민국의 진로교육은 동일한 기준으로 개인의 적성과 직업 흥미를 유형화시키고 있으며, 구체적 과제를 포함하지 않고 있어 획일화된 단순한 내용으로 구성되어 있다. 이제, 세계적으로 고용 불안, 청년 실업의 증가 등 문제를 해결하기 위해 진로교육이 실제적 방법을 찾아야 한다. 전 세계가 하나 되는 지구촌 시대에 어려운 취업의 현실은 국내뿐 아니라 타국에서도 이질적 문화에 대한 이해를 바탕으로 진로를 결정해야 하는 상황이다. 국내에서 해외 취업을 원하는 경우도 그렇고, 해외에서 한국에 취업하려는 경우도 마찬가지다. 이들을 위한 특화된 진로교육이나 정보는 여전히 미흡하다. 모든 정보를 떠먹여 주듯이 주입시키는 것은 한계가 있다. 세계시민으로 살아가야 할 그들에게 공부와 삶의 연결점을 찾아 구체적 성과를 스스로 도출해낼 수 있도록 맞춤화된 프로그램을 마련해 주어야 한다. 하나부터 열까지 다 해주라는 것이 아니라 마음 근육과 자존감이 장착되어 버라이어티한 모든 상황에 대처할 힘을 키워줘야 한다는 것이다.

나는 미국 대학에서 커리어개발센터장으로서 국제 유학생의 진로교육에 있어서 그들에게 적합한 커리어코칭 프로세스 설계 및 적용 방안에 대해 연구하고 적용했다. 전 세계에서 온 다양한 국적과 문화를 지닌 학생들에게 한 가지 룰을 적용한다는 것은 의미가 없었다. 코칭의 과정에서 수집한 자료를 분석해 그들만을 위한 새로운 커리어코칭 프로세스 설계를 유연하게 맞춤으로 적용했고 실제적인 효과가 있었다. 무엇보다도 그들에게 필요한 것은 새로운 일을 시작할 수 있는 자신감을 갖도록 하는 동시에 진로에 대한 효능감도 포함하게 해주어야 했다. 국제 유학생의 경우도, 진로교육에 있어 역량 강화를 위하여 교육 방법적 면에서 커리어코칭을 적극 도입하고 적용하면 보다 효율적이고 체계적 교육을 할 수 있다. 즉, 커리어코칭을 통한 자기 자신을 탐색하는 과정을 거치면서 '자기 주도적으로' 진로에 대해 준비하게 되었다. 맞춤형으로 커리어코칭 프로세스를 설계해 주면 개인의 역량을 강화할 수 있게 된다.

과거에는 한 직업을 평생 고수하는 경우가 많았지만 현대 사회에서는 직업도 다양해지고 다수의 새로운 직업이 생겨 진로와 직업의 구별이 필요해졌다. 더구나 최근의 시대적 흐름에 맞추어 사회는 '융합형 인재'를 필요로 하고 있다. 각 개인이 먼저 자신이 가장 좋아하고 잘 할 수 있는 일을 스스로 찾아내어 창의성을 두루 갖춰 일자리와 시장을 만들어 낼 수 있는 인재가 되어야 할 것이다. 커리어 코칭은 일반적으로 개인의 가치관에 따른 직업관의 확립, 능력과 강점을 파악하여 본인의 적성에 맞고 가능성을 최고로 실현할 수 있는 직업을 찾을 수 있도록 돕는다. 그러므로 직업 안에서 핵심 인재로 성장하기 위한 전략 등을 포함해줘야 한다. 커리어코칭은 교육이나 체험을 통해 진로 발달을 촉진해 '진로 성숙도'를 높여주는 과정이 되는 것이다.

"교수님과의 커리어 코칭 과정을 통해 나 자신과 내 삶의 목적에 대해 더 잘 알게 된 것이 흥미로웠어요. 솔직히 나의 겉모습에 관한 관심은 많았지만, 내면의 내가 무엇을 좋아하는지, 진정한 나의 관심사가 무엇인지에 대해 질문을 해본 적이 없었거든요. 하지만 커리어 코칭을 받은 후 처음으로 나에 대한 관심이 시작되었고 근본적 관심사를 찾다 보니 내가 가야 할 길에 대해 실제로 알 수 있게 되었던 것 같아요."

졸업생 V에게 소감을 물었더니 이렇게 답해주었다. 커리어 코칭은 무엇보다도 직업의 선택과 결정, 진로 계획과 실천, 진로 적응 및 진로 변경 등에 도움을 주게 된다. 관련된 문제에 대해 코칭을 하는 사람이 아니라 받는 사람이 스스로 인식하고 해결할 수 있도록 돕고 지원하는 것이다.

코칭은 카운슬링이나 컨설팅과 달리 대화의 주체가 코치가 아니라 코칭을 받는 사람에게 있다. 코칭은 고객 스스로가 문제 해결의 답을 끌어낼 수 있는 능력이 있다고 본다. 컨설턴트나 상담가, 트레이너는 전문가로서 고객에게 답을 제시하지만, 코치는 오히려 상대를 전문가로 인정해, 코칭 받는 이가 무한한 잠재력을 지녔기에 스스로 자신에게 맞는 답을 찾을 수 있다고 믿고 돕는다. 코치는 약 70~80%는 들어주고 코칭 받는 이가 답할 수 있도록 공감하고 코칭 질문을 한다. 나는 커리어코칭의 과정을 통해 문화와 언어가 다른 국제 유학생들도 우리나라 산업을 이해하게 되고 기업과 연결점을 찾을 수 있는 기회를 줄 수가 있었다. 이를 바탕으로 학생들이 직업의 선택과 결정, 진로 계획과 실천, 진로 적응 및 진로 변경 등을 돕는 커리어코칭이 자연스레 이루어졌다.

"카운슬링과 달리 코칭을 통해 지속적인 만남 속에서 내가 진전되고 있다고 느꼈어요."

"커리어코칭은 스스로 나의 내부를 들여다보게 해서 내가 진정으로 원하는 것이 무엇인지 물어보게 하는 질문이었어요. 그것은 회사나 직업에 대한 것이기보다, 먼저 내가 진정으로 내 삶에서 원하는 것이, 그리고 기대하는 것이 무엇인지 질문하게 해서 그 목표를 완수하게 해준 것 같아요."

학생들의 반응에서 알 수 있듯이 코칭이란 인간의 성장을 촉진하는 관계 형성법으로 문제점을 찾기 위해 '스스로 생각하고 행동하게 만드는 대화'이다. 따라서 '코칭'의 전제는 배우는 사람이 자기 인생의 주역이 되어 자신의 장점과 문제점을 스스로 발굴해 내고 그것을 헤쳐 나가게 한다는 것이다. 코치는 학생들의 숨은 능력을 끌어내고, 그 목표대로 스스로 나아갈 수 있도록 하는 데 도움이 되도록 이끌어야 한다. 코칭은 실제 부딪히는 생활에서 상황별로 잘 들어주고, 질문해주고, 인정해주고, 메시지를 전달해주는 다양한 코칭 방법을 통해 학생들을 성장시킬 것이다. 그래서 단순히 '가르치기(티칭)'가 아니라 학생들 안에 능력을 끌어내 주는 '코칭'이 다음 세대에게는 절실하게 필요한 것이다. 내가 각 학생의 국가별 다른 문화를 찾아 익히고 그들의 언어를 배우고 가정 상황을 분석하는 것을 통해 지식을 주입하여 해답을 주려고 했다면 참으로 오랜 시간이 걸렸을 것이다. 자칫 일방적인 선입견으로 인해 세상이 옳다고 믿는 지식으로 무장한, 맞지 않는 옷을 선택해 주는 상황이 나올 수 있었다. 하지만 코칭 대화를 통해 공감해 주자 자기 자신을 잘 알게 된 국제 유학생들 스스로가 자신감 넘치고 의욕적으로 미래로 나아갈 힘을 얻게 되었다.

학생들과 코칭대화를 하면서 아주 강렬히 느꼈다. 내가 그들 자신의 이야기에 경청하게 될 때 자신이 소중한 존재라고 느껴서인지, 만족감과 행복감을 갖게 된다고 했다. 어쩌면 인간 교육은 문화와 교육이 긴밀히 연결되어 있는 것이라고 볼 수 있다. 모든 것은 대화와 소통이 핵심이 되는 것이었고 나는 그래서 코칭이 효과가 있었다고 본다. 결국, 인간 교육의 진정한 방법은 대화이고, 진로교육에 대한 커리어코칭과도 일맥상통한다고 볼 수 있다. 코칭은 코칭 받는 이들과 내면의 대화를 통해 이루어지며 이것이 진로와 연계된 것이 커리어코칭이다. 코칭의 과정을 통해 학생들은 인격이 성숙해 갈수록 상대방의 반응도 살펴 가면서 하고 싶은 말의 표현 수위를 조절하고 감정 표현의 정도를 스스로 조정할 수 있게 된다.

커리어코칭은 학생들이 먼저 내적 자아를 찾고 나서 자기 주도적으로 비전이 정립되고 비전에 따라 취업에 대한 프로세스가 설립되도록 한다. 최근에 나는 각 대학 진로 담당 교수진들에게 재능기부와 인성 교육의 측면에서 강의하는 일이 늘었고 많은 호응을 얻었다. 빠르게 변화되는 21세기 뉴 러너로서 진로교육을 담당하는 교수진이 커리어 가이더의 역할을 해내야 하는 시대이다. 누구보다 크리에이티브해야 하며 공감하고 경청하는 코칭 리더십을 장착해야 통찰력 있는 문제 해결자를 육성할 수 있을 것이다. 가이더는 강요하기 보다는 존중하고 섬기는 자세로 정보를 제공하고 리드하는 역할이다.

진로교육의 의미와 한계 그리고 문제 해결이 될 방안은 코칭이다

모든 사람은 나름대로 살아가는 인생행로가 있다. 인간의 삶은 직업과 밀접한 관련이 있으니, 진로를 직업과 관련된 인생행로라고 표현하기도 한다. 직업은 생계를 유지하기 위한 수단이지만, 사회에 참여하는 통로이고, 자아를 실현하고 인격을 완성하는 기반이 된다. 학교 교육의 과정에도 실제적인 진로교육이 체계화되어야 하고 모든 교육 과정 속에 반영되어야 할 것이다. 그래야 진로 발달 준비 단계에 있는 청소년들이 자신의 강점을 개발하여, 사회 구성원으로 성장하는데 만족스러운 직업을 선택하게 돕게 된다. 그래서 진로교육은 행복한 인생을 살아가면서 자기실현을 가능하도록 도와주는 '인간 교육'이다. 현재 우리 사회는 심한 학벌주의와 학업 경쟁으로 학생들의 도전 정신을 키워 줄 교육 환경이 미흡한 현실이다. 그래서 학업 성취도는 높지만 오히려 학업 흥미는 낮아지고 있는 듯하다. 청년들은 불안한 사회 현실 속에서 안정된 삶을 기대하게 되므로 적성을 찾기보다는 삶이 보장되는 대기업, 공공기관으로 취업이 집중되고 있다. 학교에서 하고 있는 현장 진로 서비스는 단순 활동이나 일회성 행사를 주로 하게 되고 직업 세계의 실제적 다양성을 체험할 기회가 턱없이 부족하다.

내가 코칭 한 청년들 상당수는 학교에서 공부가 자신의 삶과 실제로 어떻게 연계되어 있는지 잘 모르고 있다고 했다. 주로, 학교 수업 중에 단체 교육을 하는 프로그램 위주였기에 진로교육도 단편적으로 진행해왔고 그 결과, 심층적인 활동이 부재한 현실이었다. 지금까지 진로교육은 학생 개별 맞춤형 진로 서비스 제공이 미흡해 편중된 진로 직업 선택이 이루어질 수밖에 없었다. 진로교육에 대한 전담 인력도 부족해 전문성도 미흡한 것이 큰 어려움이었다. 솔직히 내가 학교 다닐 때도 공부를 왜 해야 하는지에 대한 이해는 전혀 없이 주로 외우기에 급급했던 기억이 있다. 오히려 최근에 유명 강사의 역사 강의 등 스토리텔링이 있는 재미난 역사 교육을 보면서, 역사에 대한 재미가 새록새록 생기고 있다. 생물 시간도 주로 암기 위주 학습이었다. 차라리 과학 실험이 좀 더 실생활과 연계되어 교육되었더라면 공부는 외우기(Study)가 아니라 배움(Learning)이라는 신선한 도전이었을 것 같다. 냄비가 타서 그을음이 생길 때 닦아낼 수 있는 화학적 요소를 설명해 주었다면 좋았으련 만 아쉽기만 하다. 마찬가지로 취업 교육도 단순히 취업 기술을 외우게 하기보다는 '왜 직업을 가져야 하는지', '직업을 통해 사회에 어떤 기여를 하는 리더가 될지' 생각하는 과정을 통해 '자발적 동기부여'가 되어야 한다.

진로교육을 효과적으로 하려면 개개인의 내적 인지, 정서, 행동적 측면을 고려해 진로 발달이 이루어지도록 해야 한다. 무엇을 하라고 시키기보다는 '어떻게' 해야 하는지를 스스로 탐색할 수 있도록 해서 진로에 대한 정체감 확립이 필요하다. 무엇보다 좋은 방법은, 학생들 자신이 가장 좋아하고 잘 할 수 있는 일을 스스로 찾아내도록 물어봐 주고, 전문성과 창의성을 두루 갖추고 새로운 일자리와 시장을 창출해낼 수 있도록 해야 한다. 인재를 길러내기 위해서 우리나라 진로교육의 패러다임은 학생들이 창의적으로 진로를 설계할 수 있도록 해주어야 하고, 평생 진로 개발을 위해 역량 중심의 진로교육 체제로 바뀌어야 한다는 것이다. 사람의 얼굴이 백인백색이듯이 그 성격도 재능도 배움의 속도마저도 그 누구 하나 똑같은 경우가 없다. 하물며 그들에게 같은 속도로 같은 것을 무조건 동일하게 하라고 한다면 과연 효과가 있을까? 자기 자신을 사랑하고 스스로 어떤 성향을 지녔는지 파악하게 돕고 자신에게 맞는 것을 '스스로 찾아내도록 격려하고 돕는 것'이 최선이라고 생각되며, 그런 측면에서 맞춤 코칭(Customized coaching)이 효과적이다. 이제 선진국으로 향해가는 대한민국에서는 가능한 상황이 되어가고 있다.

국내 학생들의 취업도 어려워지고 있는 상황에, 국제 유학생들에게는 더더욱 다양한 현실이 가중되어 민간이나 정부에서도 이들의 취업을 위해 여러 가지 시도를 하고 있다. 우리나라는 더욱 심해지는 고용 불안, 청년 실업의 증가와 같은 어려운 상황 속에서, 진로교육을 개인이나 사회 문제를 해결할 수 있는 방안으로 기대하고 있다. 특히 국내 유학 온 학생들은 어려운 취업 시장에서 언어와 문화적 차이라는 관문에 부딪힌다고 말한다. 국제 유학생이 많이 유입되어 증가는 했지만, 여전히 유학생 대상 맞춤 프로그램이 정형화되어 있지 않고 있다. 그래서 여전히 우리나라 교육 현실에서는 미흡할 뿐이지만 학교 현장에서도 진로교육이 강조되고 있는 것은 자연스러운 교육 흐름의 변화라고 볼 수 있다.

국제 유학생들은 한국에서 취업하게 되면 국제 공용어인 영어로 근무해야 하므로, 근무지에서 한국어로 소통하는 것이 유리한 상황이다. 다시 말해, 유학생의 진로에는 추가적 노력이 필요해진다. 그러므로 유학생에게는 더 체계적이고 실제적인 맞춤형 진로교육이 시급한 현실이다. 이질적 문화 속에서 더욱더 철저한 준비를 해야만 하는 국제 유학생은 남보다 뒤처지지 않으려면 자신이 잘할 수 있고 원하는 것을 빨리 찾아내야 한다. 적성에 맞는 업무가 있는 섹터로 진입할 수 있도록 방법을 구체적으로 추구해 나가야 한다. 이렇게 문화 수준도 다르고 교육 수준도 다른 상황에서는, 결국 자신의 내면을 들여다보는 것이 가장 첫 번째 할 일이다. 개발도상국은 인적 자원이 턱없이 부족하고 무엇보다도 인프라가 부족한 현실이다. 사실 이들에게 진로는커녕 생존이 가장 큰 문제이고 가난, 물 부족, 기아 등의 문제로 생존에 필요한 요건들마저도 결여되어 있다. 특히 타 문화에 종속되어 있는 경우, 많이 아는 사람이 적게 아는 사람에게 지식을 전수하는 것이 교육의 흐름이었다. 이렇게 여러 가지 면에서 개발도상국 국제 유학생을 위한 취업은 열악한 현실이다.

국적과 문화가 다르고 한국에 오기 전에 미리 배워왔어야 할 부분들이 미처 준비되지 않은 이들에게는 더 어려울 수밖에 없다. 나는 그들에게 도움을 주고 싶어 더 많은 관심을 기울이게 되었다. 개발도상국 출신 국제유학생들은 타국에서 유학하면서 정보 공유의 한계뿐 아니라 낯선 문화에서 네트워크가 없어 인적, 사회적, 생활적인 인프라가 절대적으로 부족했다. 이들은 개별적으로 무척 다른 경험들을 해 왔기에 경제적, 생활적, 사회적 수준을 논하기에 앞서 근본적으로 진정한 인간 교육으로 접근할 필요가 있다. 지금까지 개발도상국 유학생을 지원하는 정책이 다양하게 시행되어 왔지만 그들에게 하나부터 열까지 모두 외우게 하며 받아들이게 하는 것은 매우 오랜 시간이 걸릴 것이다. 무엇보다 중요한 것은 이들이 자신의 꿈을 향해 도전하게 만드는 힘을 스스로가 내부에서 찾아내야 했다. 그러므로 이들의 진로교육에 있어 개인별 맞춤형 커리어 코칭 설계가 절대적으로 필요하다는 것을 재차 확인했다.

개발도상국에서 온 국제 유학생들은 선진국에서 채택하고 있는 기술, 지식 및 제도가 아직 충분히 보급되지 못한 상황에서 성장했기에 취업에 대비해야 할 어려움은 더 심각했다. 그러므로 향후에는 이러한 개발도상국 유학생을 대상으로 이론과 현장을 연결한 실제적인 교육 프로그램이 가장 큰 경쟁력이 될 것이라고 볼 수 있다. 특히 십 년 후에는 지금 한국에 유학 온 개발도상국 인재들이 각 나라에서 리더로 성장해 갈 것이다. 개발도상국 유학생들은 한국의 학생들과 동문 네트워크를 형성해 한국을 넘어서 세계 시민으로서 각 나라 정부 요직에서 최고의 리더십으로 활약하게 될 것이 예상된다. 그러므로 세월이 흐를수록 우리 아이들과 함께 할 그들에 대한 지혜로운 투자 및 격려가 중요하다. 글로벌 인재육성은 세상을 변화시킬 글로벌 임팩트 측면에서 볼 때 그 어느 것 보다 기대해 볼만하다. 개발도상국에서 온 국제 유학생들은 우리 아이들의 글로벌 비즈니스 파트너로 성장 할 멋진 리더들이기 때문이다.

나는 대한민국 학생도, 해외 유학생도 글로벌 인재로 나아가기 위해 코칭 대화를 통한 미션과 비전을 발견하게 해주는 데 집중하게 되었다. 학생들이 진로교육에 대해 미리 겁먹고 염려하지 않길 제언하고자 한다. 시간이 갈수록 더해지는 다양한 커리어 프로그램을 경험하고 코칭 질문을 받으며 성장하면 된다. 개인 맞춤형 커리어 코칭을 통해 앞으로 어떤 모습으로 나아갈지를 자신이 충분히 깨닫고 찾아내게 될 것이다. 그 안에 자신에게만 맞는 해답이 있어 그것을 찾아내면 되기 때문이다. 남들보다 조금 늦어진다고 조바심 낼 필요도 없다. 코칭 질문은 구체적으로 취업에 도전하고 지원해 보려는 실행 안을 스스로 만들 수 있게 도와주게 된다. 결과적으로 졸업 후에도 자신의 미래에 대한 희망과 평생 지속될 커리어코칭의 필요성까지도 깨닫게 할 것이다.

08 자기 주도적 진로 코칭은 종료 후에도 지속적 성장이 가능하게 한다

처음에는 코칭에 대해 낯설어하던 학생들이 회기를 거듭할수록 소통을 통해 적응해가며 자신의 마음을 열고 자신을 스스로 객관화해 코칭 질문에 대한 답을 하면서 변화되고 있었다. 국제 유학생들은 이질적인 문화에 대한 이해도 안 되면서 진로까지 결정해야 하는 어려운 상황임을 호소했기에 맞춤화된(customized) 진로교육이나 정보가 필요했다. 먼저 자기 주도적인 커리어 개발 과정을 이해하도록 돕고 원하는 곳을 향해 나아가는 목표를 이루도록 획일화되지 않은 방법을 찾아야 했다. 결국 스스로 계획도 수립하고 실행하게 돕고자 맞춤형 커리어코칭이 유효했다.

각 나라에서 온 유학생을 대상으로 한 인터뷰를 통해, 취업 준비란 인생이 걸린 중요한 계기이기 때문에 진심으로 잘 준비해보고 싶다는 욕구가 강하다는 답변을 들었다. 그들은 이러지도 저러지도 못하고 생각보다 심각한 상황에 봉착하고 있었다. 문화적 차이를 이해하고 싶고 좀 더 너른 폭으로 사람을 만나보고 싶어 했다. 다양한 멘토를 만나면서 알게 된 것은 간접적으로 자신들이 책을 통해 알던 것과 아주 달랐다고 한다. 어릴 적부터 살아온 문화와 언어는 그 사람 안에 뿌리 깊게 박히게 되므로 문화의 차이는 쉽게 극복하기 어려운 요소일 것이다. 게다가 한국어도 안 되고, 어떤 곳에 지원할지도 모르는 막막한 상황에 한국 회사들의 기대치는 다른 나라보다 훨씬 높은 경향이 있다고 한다. 물론, 취업을 하고서도 다른 문화에 적응하기 어려울 것이란 두려움이 있지만 좀 더 편한 마음으로 참여하고 싶다고 했다. 그들에게는 정보가 절대적으로 부족한데 어디서부터 시작해야 할지 모르겠고 설상가상으로 유학을 와 있는 동안 자국의 정보와 네트워크도 중단된 상황도 추가되는 어려움이라고 토로했다.

국제 유학생들은 "자신이 어떤 사람인지에 관한 질문을 받아본 적이 없어 처음에는 당황스러웠지만 자신에 관한 관심을 시작으로 근본적으로 흥미 있는 것들이 무엇인지 찾아보았다. 그리고 가야 할 산업 군에 대한 실제적 관심도 생겨 적당히 취업하기보다는 오히려 진정으로 원하는 일을 찾아야겠다고 결심하였다."라고 말했다. 즉, 동기 부여가 된 코칭 질문으로 인해 학생들은 자신도 모르게 조금씩 성장해 가고 있음을 느꼈고 그런 과정 속에서 자신감을 얻게 되었다. 더불어 여러 가지 커리어개발 프로그램을 통해 네트워킹하게 되어 스스로 채워야 할 부분을 찾아 배우게 되었고 결국 옳은 방향으로 갈 수 있었다고 고백했다.

"사람은 누구보다 자신이 가장 잘 아는 법이지요. 코칭을 통해 어떤 변화가 있었는지 말해줄래요?"

"교수님은 나의 꿈에 관해 물어보시고 무엇을 할 때 가장 행복한지 무엇을 하고 싶은지에 대해 진심으로 궁금해 하시며 질문해 주셨어요. 덕분에 답을 해야 하므로 나 스스로에 대한 관심이 생겨나기 시작했어요. 항상 격려를 아끼지 않으셨기에 타지에서 서럽기도 한 상황에서도 다시 힘을 내고 시도해 볼 수 있었던 것 같아요. 코칭은 사무실에서도 이루어졌지만 교수님은 때로 복도를 지나가다가도 영감을 주는 (inspiring) 질문을 던져주어 혼자 곱씹어 보며 고민해 보게 하셨고 그러면서 저 자신도 커리어 개발에 대한 발전을 이루어 갔던 것 같습니다."

취업을 위한 커리어코칭을 시작으로 결국 일생의 전 과정을 통하여 지속적으로 인생행로에 대한 탐색(Lifelong Journey)이 일어나게 된다. 그들에게 강요하기보다 신뢰를 바탕으로 무한한 자율을 부여해 주었고 자신의 내부를 들여다볼 수 있는 여유도 생기게 되었다. 궁극적으로는 자신도 모르는 자신의 모습이 찾아지자 자신감이 회복되었다고 한다. 그래서 "자기 성장이 이루어지는 경험을 통해 나다움이 진정한 자존감으로 연결되는 모습이 되었어요."라고 말했다.

나는 유학생에게 가장 시급한 것은 일시적이거나 단발적인 취업 기술이 아니라 마음의 준비가 되도록 기다려주면서 통합적으로 커리어코칭 프로그램을 경험하도록 새롭게 설계해 줄 수 있어야 한다고 생각했다. 유학생이라는 특수한 상황을 개선해 보고자 기존의 커리어코칭 프로세스에 3C라는 단계를 더하고 6가지 커리어코칭 프로그램(6P)을 종합적으로 반영하였다. 한 학기 동안 카운슬링, 코칭, 컨설팅이 진행되는 동시에 6P 커리어 프로그램이 단계별로 정보 수집, 동기 유발, 적성 확인, 실전 감각, 그리고 스킬 배양을 위해 다양한 동기 부여 프로그램이 진행된다. 무엇보다 한 학기 동안 학점이 인정되는 커리어 수업을 주 1회 진행하면서 동기부여가 되고 관련 지식을 쌓아가도록 설계하였다. 이러한 시도는 단순히 취업을 위해서가(job seeking) 아니었다. '취업 준비'라는 과정을 통하여, 스스로 자신감을 가지고 타고난 재능을 활용해 의미가 있는 일터를 찾게 하고자 성취감에 집중하여 준비하였다. 즉, 취업하고 성공한 후에도 가치 있는 삶을 통해 자신보다 어려운 상황에 처한 누군가를 돕고(to benefit others), 그래서 행복한 삶을 찾아가는 지혜를 스스로 깨닫도록 설계해 주어야 했다. (이 내용은 5장에서 자세히 소개하고자 한다.)

　지금도 학생들은 사회생활을 하면서 연락을 해오고 있다. 그들은 내게 코칭을 요청하며 자신이 부딪히고 있는 다양한 상황에 대해서도 대화하길 원했다. 그들은 내 답변보다는 대화의 상대가 필요한 것이었고 스스로 이런저런 얘기를 시작하면 나는 일부러 주로 들어주려고만 했다. 섣불리 내 생각을 넣으려고도 하지 않는다. 그만의 생각이 있지만 답이 나오지 않아 답답해 찾아온 것 일 텐데 굳이 내 솔루션을 꺼내지는 않는다. 그저 들어주고 공감하고 격려하는 중에 자신이 혼자가 아니라는 충만함에 그들은 스스로 알아차림(awareness)의 순간에 유레카를 외친다. 말하는 과정 중에 자신의 머릿속이 정리되었기 때문일 것이고 자신을 위해 귀 기울여주고 믿어주는 대상이 앞에 있기 때문일 것이다. 경청한다(actively listening)는 것은 상대를 소중히 여기고 존중한다는 뜻이다. 그래서 상대의 마음이 열리는 것 일 게다. 나는 그들이 스스로 해답을 가지고 있다는 것도, 긴가민가하며 나를 만나러 왔다는 것도 알고 있다. 그래서 최대한 들어주려고 하며 내 생각을 강요하지 않으려고 애쓴다.

그러다가 어느 순간 그들의 얼굴에 기쁨과 자신감이 보이며 이렇게 저렇게 해볼까 한다고 나에게 말할 때 격려를 아끼지 않는다. 그 일을 할 때 어려움은 무엇이 있을 것 같으냐, 도움 줄 사람은 누구냐 등 물어보는 중에 다음에 만날 땐 시도해보고 또 연락하겠다고 한다. 난 그저 한결같이 이 자리에서 기다리고 있겠다고, 기도로 응원하겠다고 답하면 된다.

"커리어코칭은 어찌 보면 무한한 자율이 주어지는 형태이기 때문에 자칫 무한대의 광장에 서 있는 느낌일 때도 있었어요. 하지만 그렇게 기다리는 시간은 그런대로, 혹은 또다시 달리게 될 때는 또 그런대로 내가 나아가고 있음을 느끼기는 했어요. 그러니까. 입사 후 직장에서 일하고 있는 이후에도 인생의 매 순간마다 그런 커리어코칭은 필요할 것 같아요. 지금도 교육이 있어 한국 본사에 들릴 때마다 내가 교수님을 만나 뵈러 연락을 하곤 하는 이유는 대화 속에 어떤 힌트(clue)를 찾아내고 고무(inspire) 되기 때문이에요."

코칭이 끝난 후 학생들은 전 세계에서 다양한 실생활을 해가면서도 나와 SNS로 소통하며 수시로 경험을 공유해 주고 있다.
"어느 순간부터 직업을 찾는 과정마다 제가 스스로에게 질문하며 나아갔어요. 내가 왜 이 직업을 선택하는가? 내게 과연 행복을 줄까? 만족스러울까? 그런데 돈은 내게 중요한 것인가? 얼마나 필요한가? 이 커리어 경로가 장기적으로 내게 도움이 될까? 내가 이 사회에 어떻게 기여를 하는 것이 좋을까? 등등 이러한 질문들이 최종 선택을 할 때 내게 도움이 되었어요."라고 생생한 경험을 전해주었기에 나는 즐거운 마음으로 그들의 행보를 응원하고 있다.

그리고 또 다른 학생 L은 오히려 졸업 후에 더 큰 도움이 되고 있다고 솔직한 심경을 나에게 전해왔다.

"커리어 코칭은 졸업 후에 제가 좀 더 잘 준비할 수 있게 도와주었어요. 처음엔 졸업과 동시에 마음이 급해져 그저 적당한 인턴십을 하고 적당한 곳에 취업해서 돈을 벌 생각이었거든요. 하지만 지금 나는 졸업 후 한국뉴욕주립대학교 석사과정에서 공부 중이에요. 장기적으로 볼 때 옳은 선택이라고 생각합니다."라고 덧붙였다.

chapter 2

10개의 H_열쇠를
준비하라

2장을 시작하면서 입사를 위한 테크닉을 고민하지 말고

이 책을 있는 그대로 같이 읽어가며 생각의 트랙을 정돈해 보길 바란다.

그리고 3장을 읽기 전에 자신의 가치관과 내면에 대한 정리를

먼저 해보는 시간을 갖기를 권한다. 자신이 진짜로 좋아하는 것은 무엇인지,

어떤 순간에 행복한지 그리고 죽기 전에 꼭 해보고 싶은 일은 무엇인지 등

'내면 탐색'을 시작한다. 타고난 재능을 갈고닦아 강점으로 개발하면

일터에서 힘든 상황이 와도 견뎌내고 다시 도전해서 실력을 발휘하게 된다.

여러 번 실패하더라도 결국 성공할 수밖에 없고 전문가로

인정받기 시작한다. 그렇다면 우리는 과연 어떤 무기를 장착하면 될 것인가.

01 | Honesty_정직하라

　　사람은 누구나 자신의 인생을 살아가는 철학이 있다. 그
것은 자기 자신과의 약속이기도 하지만 살아가다 만나는 여러 갈
래 길에서 내가 나다울 수 있는 원칙이기도 하다. 나의 경우는 30년
간 다양한 커리어를 겪으며 마음 안에 나름의 윤리를 가지고 있었
다. 정직하라! 내가 착하다기보다는 나 자신과 타인과의 사이에서
정직만큼 많은 문제를 해결하는 비결은 없다고 느끼기 때문이다.
내가 아무리 정직하려고 해도 때로는 조직에 의해 주위 환경에 의
해 오해도 받고 억울하기도 하지만 내가 정직을 유지한다면 언젠
가는 오해도 풀리고 그 모든 것이 인정받게 되기 때문이다. 내가 다
양한 커리어를 겪으면서 직접 지원하지 않아도 보스들 혹은 리더
들이 나를 다시 불러주신 이유는, 일할 때 열정을 불태우는 정직하

고 우직한 자세 때문이라고 한다. 거짓말하지 않고, 있는 그대로 보여주는 정직함은 지금 당장은 손해 보는 것 같이 느리게 가더라도 상대의 신뢰를 얻을 수 있는 가장 좋은 방법이다.

정직은 타인뿐 아니라 자기 자신과의 관계에도 적용된다. 때로 우리는 자기 자신을 속일 때가 있다. 그렇지 않은데 괜찮은 척하기도 한다. 스스로에게 정직해져야 한다. 우리가 인생을 살아가다가 가장 고민스러운 일이 생긴다면 그 이유는 상당 부분 자기 자신에게 정직하지 않을 때이다. 내가 나 자신에게 솔직해지면 문제의 솔루션은 명확해진다. 질풍노도의 시기를 거치면서 사춘기를 겪는 청소년기를 지나며 사람은 누구나 자아에 대한 관심이 생겨난다. 어릴 적에는 부모님이 시키는 대로 살아가다가 자유의지를 깨닫고 자신의 생각을 표현하기 시작한다. 놀라운 것은 그런 자신의 변화를 부모님에게 설명하는 경우가 드물다는 것이다. 아마 자신이 표현에 서툴러서, 혹은 당황해서 그렇기도 하겠지만 스스로에게 정직하지 않아서이기도 할 것이다. 그래서 소통이 불통이 되고 서로가 서운해 하고 가장 사랑하는 부모와 자식 간에도 괜한 오해를 만들어 상처를 주기 시작한다.

서로 설명해 주어야 한다. 성장해가며 거짓말하지 말라고 배웠던 것도 잊어버리고, 이후 어긋나는 관계에서도 스스로 솔직하지 못하고 결국 최악의 사태로 끌어가기도 한다. 자신이 어떤 상태인지 조금만 설명하고 서로가 들어주는 시간만 주어진다면 나아지련만, 정직한 소통에 서툴러 힘겹기만 하다. 자신의 마음을, 그리고 감정을 하나씩 표현해 주어야 한다. 말로 표현하지 않는다면 알아차릴 수가 없다. 아이들도 그렇지만 부모도 부모가 된 것은 처음이라서 낯설고 세련되지 못해 서로가 터놓고 표현도 못 한다. 학생들과 코칭을 하며 듣는 피드백은 항상 나로 하여금 내가 하는 일에 대해 자랑스럽게 느끼게 해준다.

"커리어 코칭을 통해 변화된 것은 어떤 부분이었나요?"
"언젠가는 코칭이 나의 커리어 선택에 내가 방향을 놓칠 때에도 내가 잘 가고 있는지를 분석하고 재평가를 하게 해줄 것이라고 믿어요. 내가 나를 잘 안다고 생각하고 있었지만 내가 모르는 나의 장점과 무한한 가능성이 있음을 누군가 곁에서 들어주고 기다려 주었기 때문에 나는 나의 능력에 대해 확신하고 용기를 내어 나아갈 수 있었어요. 그것은 대화를 하는 동안 나 스스로 찾아낸 것들이었고 교수님이 코칭을 해주시는 과정 속에 제가 성장해 감을 느끼는 새로운 경험이었어요. 단순히 책을 보고 지식을 늘리는 것보다 더 놀라운 일인데요…. 그러니까 나다워지는 것에 의한 자존감이 생겼다고 할까…? 기분 좋은 뿌듯함이 시작되었어요."

코칭 과정에서 학생들은 시간이 갈수록 자신에게 더욱 솔직해졌다. 그리고 자기 자신에게 정직했을 때 자존감이 생겨났다고 말하며 그래서 자신이 자랑스럽다고 했다. 영화 '정직한 후보'의 주인공은 거짓말이 제일 쉬운 3선 국회의원이었으나 하루아침에 거짓말을 할 수 없게 된다. 원래 주인공의 입에서 튀어나오는 말은 온통 거짓말이며 보기 싫은 사람 앞에서도 아무렇지 않게 살가운 얼굴로 대한다. 그러나 최고의 무기인 '거짓말'을 잃게 되자 그녀의 인생은 흔들리게 되고 작은 거짓말들은 점점 감당하기 벅찰 정도로 더 큰 거짓말을 하게 되는 결과를 낳는다. 하지만 거짓말은 주인공 상숙을 위기로 몰아넣고, 위기를 돌파하기 위해 새로운 선거 전략으로 다시 유력한 우승 후보가 되는 듯 전개된다. 거짓이 거짓을 낳는 상황이 지속되어 더 큰 위기가 찾아오게 되면서 선택의 기로에 놓이게 된다. 코미디 영화이지만 사실 우리의 삶을 잘 투영해주고 있다.

처음에는 작은 거짓말이 걷잡을 수 없이 커지게 되며 그동안 쌓아온 신뢰가 무너져 내리는 상황을 맞이하게 된다. 우리가 취업을 하고 조직 생활을 하다 보면 좋은 사람도 만나지만 상당히 문제가 있는 사람들과도 맞닥뜨리게 된다. 그때 과연 어떤 선택을 해야 하는가는 물론 본인의 몫이다. 조직 속에서 솔직히 말하지 못하는 상황을 만날 때 어떤 지혜를 발휘해야 할지가 항상 숙제로 남는다. 이

영화는 주로 20대가 많이 봤다고 한다. 젊은이들이 그런 상황에서 올바른 판단을 할 수 있는 능력을 기를 수 있게 우리 어른들이 더 많은 콘텐츠를 제공해 다양하게 고민해 볼 수 있는 기회를 줄 수 있길 바란다. 자기 자신에게 정직할 때 그로 인해 생겨난 자존감이 모든 문제를 해결할 능력을 얻게 한다.

아무리 완벽한 스킬을 가지고 최고의 학력에, 좋은 집안에서 태어났어도 주변에 진정성 있는 모습을 보여주지 않으면 함께 어울리기 어렵다. 이런 스토리가 다양한 드라마에서 항상 등장하는 것은 선과 악에 관한 주제가 우리 삶 속에서 다루기 쉽지 않기 때문이다. 구글, 아마존, 테슬라 같은 글로벌 기업들에서 일하게 될 때도 가장 필요한 덕목이자 요소는 정직이다. 일단 전 세계에서 온 다양한 국적의 사람들이 영어로 일하게 된다. 작은 거짓말로 한 번 잘못 끼워지는 단추로 인해 옷의 단추가 엇갈려 끼워질 때가 있다. 모르면 모른다고 솔직하게 말하고 도움이 필요할 때는 용기 있게 요청도 해야 한다. 일을 하다 보면 모르는 것을 아는 척하고 괜한 자존심에 아닌 것을 맞는 것처럼 우기기도 한다. 하지만 그런 경우 결말은 생각보다 훨씬 나빠진다. 기본에 충실하고 원칙대로 정직하게 살아가는 것이 그 어떤 복잡한 상황도 쉽게 해결하는 방식일 것이다.

국제기구에서 근무할 때 여러 가지 상황이 꼬여서 도대체가 어디에서부터 해결해야 할까 고민이 될 때, 나의 보스인 스페인 출신 부소장 루이스에게 상담을 요청했다. 그는 나의 이야기를 다 듣고 나서는 간단히 답변해 주었다. 관계의 복잡한 상황을 들여다보지 말고 내가 목적한 상황은 무엇이었는지를 묻고 "Keep it simple!"이라고 조언해 주곤 했다. 나의 상황을 있는 그대로 바라보고 해결하도록 일깨워 주었다. 너무나도 여러 상대의 입장을 배려하느라 꼬리에 꼬리를 물던 고민이 단숨에 해결되었다. 한국인들의 특징 중 상대에 대한 배려가 너무 깊어 쓸데없는 걱정을 미리 하는 경향이 있는 것이다. 우리는 생각이 많아 상황을 더 복잡하게 보는 경향이 있다. 국제 사회에서 다양한 문화와 언어를 지닌 사람들과 일하기 위해서는 자기만의 생각에 빠져들면 안 된다. 그 사안이 문제라면 본인 탓이 아니라 누구라도 그런 상황을 겪을 수 있는 것이다. 이슈를 드러내어 놓고 관련자들을 불러 모아 팩트 체크를 한 후 서로의 역할에 대한 피드백과 함께 솔직히 풀어 가면 된다. 그런 과정을 통해 얻는 지혜(Lessons learned)는 내 인생의 최고 보석이 되었다.

예전에 잠시 데리고 있던 직원 중에 거짓말을 아무렇지도 않게 하는 이가 있었다. 학벌도 좋고 영어도 잘하고 외모도 준수한 그는 자신보다 윗사람이 있을 때와 아랫사람들과 있을 때 태도가 확연히 달랐다. 당연히 보스 앞에서는 무척 예의 바르고 순종적인 모습이었지만 그에 대한 나쁜 평판이 내 귀에도 들어올 수밖에 없었다. 나는 그를 불러 이런 소문들이 있는데 사실과 다르다면 내가 돕겠으니 솔직히 말해달라고 했지만 결국 내 앞에서는 아무렇지 않은 척하고 직원들과 좋은 관계를 유지하지도 못했다. 좋은 인재인데 정직하지 못해 신뢰를 잃은 경우여서 참으로 안타까웠다. 실력은 좀 부족하고 일이 서툴러도 정직한 사람들은 그가 나아질 때까지 격려하고 기다려 주게 된다. 하지만 솔직하지 못한 경우라면 그 누구도 다시 도와주기 어렵다.

거짓은 거짓을 낳게 된다. 자신에게도 주변에도 당장은 질타를 받거나 곤란한 상황을 맞이할지언정 솔직하고 정직하길 바란다. 그것이 결국 최후의 승자가 되는 길이다.

02 | Heart_ 감동을 주는 리더가 되어라

코로나19로 인해 모두가 사회적 거리를 두고 집에서 지내게 되며 나에게도 다양한 변화들이 있었다. 직장 생활을 시작한 이후로 일에만 집중하던 사람인지라 솔직히 집에서 가족과 삶을 즐기며 소통하는 일에 어색했다. 개인적으로 트롯에 대한 관심은 전혀 없던 사람인데 우연히 부모님과 함께 TV를 보며 대화를 하고 있었다. 어느 가수가 좋은지, 누구의 노래가 좋은지, 누가 위너가 될 것인지에 대해 대화하며 임영웅이라는 가수에게 관심들이 쏠렸다. 웬만해선 칭찬을 안 하시던 아버지가 그 가수의 태도에 대해 말씀하신다. 노래를 할 때나 축구를 할 때도 예의 바르다고 말씀하시는데, 축구가 예의 바를 수 있나 싶어 가족 모두가 크게 웃고 말았다. 말로 표현하지 않았지만 사실 모두 그런 마음이 있었던 듯하다.

임영웅이라는 가수는 잘 모르는 사람이지만 느껴지는 모습은 노래 뿐 아니라 태도에서도 상대에 대한 배려와 예의가 몸에 밴 듯했다. 그가 실제 그런 사람인지에 대한 것은 알 수 없지만 우리는 일단 그의 태도에서 느낀 진정성에 대한 얘기를 하고 있었다. 사람은 누구나 잘 모르는 사람에게서도 진정성이 느껴지면 호감을 갖게 된다. 만약 젊은 나이부터 스스로 배려와 존중에 대한 태도를 가지려고 노력한다면 세월이 흐른 뒤에는 그런 태도가 몸에 배어서 주변을 아우르는 좋은 인상을 남기는 사람이 될 것이다. 따스한 마음에서 우러나오는 예의 바르고 배려하는 모습이 백 마디 말보다 더 큰 감동을 주게 된다.

국제기구에서 일할 때, 태국에서 국제 이사회를 개최하였다. 브레이크 타임에 국제 이사들과 대화를 나누던 중에 한 분이 말하길 "사람의 언어는 말로 하는 언어보다 보디랭귀지가 더 임팩트가 있다."라고 말했다. 평소에 나도 그렇게 생각하고 있었기에 우리는 한참을 공감하며 웃음꽃을 피운 적이 있다. 국제 사회에서 전 세계 사람들과 다양한 일을 해왔기에 자주 이런 대화를 나누곤 했다. 재미있는 것은 언어와 문화를 막론하고 상황의 차이는 있지만 진리는 불변이라는 사실이다. 처음 만나는 사람도 마음과 마음이 만나면 (Heart to heart) 많은 것이 해결되곤 한다. 꼭 오래 사귀고 많은 것을 공유하고 같은 생각을 한다고 해서 같이 일을 잘하게 되는 것은 아니다. 국적과 언어가 달라도 서로의 마음이 통하는 순간 많은 것이 이해되기 시작한다. 이해가 된다는 것은 상당 부분 공감이 되며 서로 돕고 해결하려는 자세로 바뀐다는 뜻이다. 아무리 글로벌 기업이고 국제기구라고 하더라도 사람은, 마음이 움직이면 이해가 되는 것이 공통적인 부분이다. 게다가 일하는 이유와 목적이 사람을 향하고 있을 때는 한마음이 될 수밖에 없다. 생각해 보니 내가 보스를 존경하는 경우는 그가 인간미 넘치는 휴머니테리안적인 모습을 보여줄 때였다. 살아온 배경이나 국적도 다르고 개인적으로 잘 알지도 못하지만 직원들이 힘들어할 때 배려하고 심성 좋은 얼굴로 웃어줄 때 모든 것이 풀리고 행복해지는 경험을 했기 때문이다. 립 서비스를 통해 그럴싸한 멘트를 하는 사람보다 말 없는 눈빛으로도 따스함이 느껴지는 리더십(heartfelt leadership)에는 그 누구도 반대할 수 없는 진정성 있는 매력이 느껴진다. 우리는 함께 세상을 선하게 변화시키는 월드 휴머니테리안이다.

산자부 소관 월드리더스 재단을 설립할 때 오명 이사장님의 리더십 하에 많은 고민 끝에 슬로건을 '리더가 리더를 세웁니다'(Leaders lead Leaders)로 정했다. 30년의 직장 생활을 통해 수많은 리더를 만났고 때로는 나의 보스가 훌륭한 리더인 경우도 있고 아닌 경우도 겪어왔다. 내가 만난 진정한 리더는 말로 설명하지 않았다. 행동으로 보여줬고, 닮고 싶게 했다. 의도하지 않았지만 그의 눈빛과 태도, 그리고 말투에서 드러나는 인간에 대한 사랑과 존중의 자세는 "나도 저런 사람이 되어야지. 나도 저런 상황일 때 저렇게 말해야지."라는 결심을 하게 했다. 잘못한 일이 있어도 지적하지 않고 스스로 깨달을 때까지 지켜보는 진중함과 깊은 배려가 보였다. 지금 생각해 보면 보스들이 신입을 지켜볼 때 얼마나 답답하셨을까 싶기도 하다. 그냥 한마디 지시해버리면 될 것을 오랜 시간 못 본 척 기다리는 것은 보통 사람에게는 어려운 일이다. 당장 눈앞에 변화된 모습을 보고 싶은 것이 사람의 마음이지만 그렇게 서툴고 부족한 이들이 세월이 흘러 더 나은 모습으로 발전할 것을 기대해 주는 리더들은 큰 감동으로 다가온다. 그래서 위대한 이들은 높은 위치에도 오를 수 있었을 것이다.

내가 커리어개발 센터장으로 재임 시 한국뉴욕주립대학교 학생들은 1년간 미국 본교에 가서 수학하고 와야 했다. 전공과목 교수진은 한국에 와있지만 교양과목 교수님들이 한국에 모두 와 있는 것은 아니었기 때문이다. 학생들은 미국에 가서 1년을 지내며 그곳의 문화도 배우고, 들어야 할 수업도 듣고, 친구도 사귀며 좋은 추억을 만들고 돌아왔다. 당시 아프리카, 방글라데시 등에서 온 학생들 4명을 후원하던 기업 대표가 생각난다. 그는 부자였지만 겸손하고 검소해서 송도 캠퍼스에 후원하고 있는 학생들을 만나러 오실 때 강남에서부터 버스를 타고 오셨다. 나는 그분이 키다리 아저씨처럼 보였다. 말없이 생각이 깊어 보이시고 따스한 하트가 느껴지는 매우 존경스러운 어른이셨다. 그분이 후원하는 장학생들이 미국에서 수학하는 해, 갑자기 미국 출장 일정을 수정해 업무를 위해 출장을 가는 길에 학생들과 만날 시간을 맞춰달라고 요청하셨다. 알고 보니 후원하는 학생들에게 아버지처럼 고기도 사 주고 겨울옷도 직접 골라 사 입히고 투어도 시켜주고 싶어 미국 출장 일정을 조절한 것이었다. 장학금을 후원하고 있었기에 그냥 돈만 후원해 주는 경우도 있으련만 그분은 미국까지 가서 학생들 마음을 따스하게 만져주고 오셨다(heartfelt leadership).

뉴욕 날씨가 매서운데 반팔을 입고 있던 개발도상국 출신 유학생들을 데리고 스토어에 가서 직접 옷도 입혀주고 골라주시며 챙기는 아버지 같은 모습을 보며 저분은 부자가 될 자격이 있다고 느꼈다. 짧은 시간이었지만 감동하고 행복해하는 학생들을 보며 그들도 나중에 어른이 되고 리더가 되면 그렇게 받은 대로 베풀 것이라고 생각했다. 그 감동적인 순간에 나는 문득 가난한 집에 태어나거나 부잣집에 태어나는 것은 우리 삶에 큰 변화를 주지는 않는다고 생각했다. 성장하며 만나는 어른들의 어떤 모습을 닮아가고 그래서 변화될 것이라고 느껴졌다. 개발도상국에서 온 학생들이기에 상황은 열악하지만 그 순간만은 세상에 부러울 것이 없는 행복한 모습이었고 그런 모습을 보며 나도 너무 뿌듯했다. 그리고 이 시대를 살아가는 어른으로서 책임감이 느껴져 어깨가 무거워졌다.

아이들은 몰래카메라 같아서 부모의 말을 듣고 성장하는 것이 아니라 보고 성장한다는 말이 있다. 부모는 자신과 같이 고생하지 않길 바라는 마음에 자식들에게 잔소리를 할 수밖에 없다. 하지만 아이러니하게도 아이들은 부모의 말을 듣고 변화되는 것이 아니라 어떤 상황에 맞닥뜨렸을 때 부모가 대처하는 행동을 보고 그대로 답습한다는 사실이다. 누구에게나 리더가 되는 것은 어려운 숙제다. 반드시 큰 기업의 대표가 리더라는 뜻은 아니다. 두 명 이상이 모이면 리더가 세워진다. 그 팀이 잘 되느냐 하는 것은 결국 리더의 역할에 따라 크게 달라진다. 멋진 리더의 모습을 보고 배운 리더는 똑같이 좋은 리더가 될 것이다. 그렇다고 주변에 그런 좋은 리더가 없다고 투정 부릴 필요는 없다. 어쩌면 그런 좋은 사수가 없어 벌판에 던져진 상황으로 커온 당신이라면 오히려 독특하고 창의적인 리더의 모습일 수도 있다. 사람은 신적인 존재가 아니기에 모든 것을 다 잘하지는 못한다. 나도 수많은 실수와 실패를 거듭했고 반성하고 또다시 시도하는 삶을 살아왔다. 한 사람에게서 몇 가지 장점을 발견한다면 그 몇 가지를 배워보도록 노력하길 바란다. 적어도 한 사람당 몇 가지씩, 몇 명에게서 배우려는 노력만 한다면 최고의 리더로 성장할 수 있기 때문이다.

좋은 멘토를 만나고 좋은 멘토가 되길 바란다. 좋은 멘토는 주변에 항상 있다. 그들도 인간이니 완벽한 것은 아니지만 좋은 점만을 발견해 내 것으로 만드느냐 아니냐는 우리 각자의 능력이다. 언젠가 내가 저녁 모임에 늦은 적이 있다. 연말에 금요일 저녁쯤 된 듯하다. 그날 회의가 있어 청담동에서 송도까지 평소보다 두 배 이상 막히는 도로에서 울고 싶은 심정으로 운전을 하며 늦더라도 최선을 다해 달려갔다. 금요일이라 강남에서 송도까지 세 시간 이상 걸려 교통체증 속에 도착한 덕분에 저녁 식사는 할 수도 없어 배는 고팠지만 밥 먹겠다는 소리는 꺼내지도 못하고 그저 늦은 죄로 묵묵히 앉아 있었다. 심지어 너무 늦게 가서 내가 가자마자 모임이 끝나는 최악의 상황이었다. 최선을 다했지만 결과적으로 나는 참 불성실한 모습으로 비쳐 너무 속상했다. 그 상황도 억울하고 면목도 없어 표현은 못 했지만 한숨이 절로 나오던 그때 나의 보스께서는 음료와 햄버거 그리고 감자튀김까지 챙겨주시며 가면서 먹으라고 무심한 듯 말했다. 하지만 나는 느낄 수 있었다. 최선을 다해 달려온 내가, 또 두 시간 이상 운전하여 집으로 향하는 것이 안쓰러워 챙겨 주신 것이다. 콜라의 얼음은 녹고 빵은 식었지만 너무 감동스러워 오랜 세월이 지났지만 지금까지도 가슴에 남아있다. 운전을 하며 먹을 수는 없었지만 나는 식어버린 햄버거가 무척 따스하다고 느꼈다. 인간으로서 사랑을 받으면 사랑을 할 줄 알고 배려를 받으면 배려를 할 줄 안다. 그래서 '리더는 리더를 세운다'(Leaders lead Leaders) 라고 말할 수 있다.

학생들을 취업시키기 위해 코칭을 하는 과정에서 나도 그런 따스함을 전하려고 항상 마음에 두고 있었기에 진심은 통했던 것 같다. 국가와 언어, 그리고 종교와 문화가 달라도 그 어떤 곳에서 일을 하더라도 리더십은 그렇게 귀한 관계 속에서 세워지는 것이었다. 나의 학생이 내게 보낸 짧은 편지가 나를 오래도록 감동시켜 마음이 따스해졌기에 나누어 본다.

"Happy Mother's Day : Ma'am. You are not only mother to me but also to the entire SUNY Korea family. We are blessed to have you. My best wishes for your healthy, prosperous and happy long life with your family.

03 Humanity_ 진짜 경청과 공감을 해라

"교수님과 수시로 나누며 대화중에 내가 해야 하거나 가야 할 길을 스스로 찾아내기도 했던 것 같아요. 저의 관심사와 인턴십 등을 위해 금융, 비영리, 기업 등 다양한 분야의 CEO를 멘토로 소개해 주셔서 감사해요. 덕분에 진정으로 내가 원하는 업무와 인더스트리가 무엇인지도 깨닫게 되었어요. 저도 회사를 세워 개발도 상국인 나의 나라 국민들에게 혜택을 줄 수 있는 리더가 되고 싶어요."라고 나의 학생이 말해주어 이렇게 답해주었다.

"그래, 나도 네가 경제적으로 훨씬 더 나아진 상황으로 발전시키기에 충분한 능력을 지닌 리더가 될 것이라고 생각한단다. 앞으로도 사회생활을 하며 편견과 선입견 없이 팀원을 있는 그대로 받아들이고 세상을 끌어안는 리더가 되길 바란다."

무척 스마트하고 우수한 나의 학생에게 나는 '세계를 품는 리더'가 되라고 말해 주었다. 똑똑하고 학벌도 좋은 사람일수록 자칫 자신도 모르는 사이에 교만해지는 것에 대해 항상 경계해야 한다. 상대를 존중하면서 일하고 있다고 생각하면서도 우리는 자칫 일속에 빠져들면서 본의 아니게 상대를 존중하기 어려워진다. 사회생활을 하다 보면 정해진 시간에 결과물이 나와야 하고 경쟁도 해야 하기에 목표 지향적이 되면서 본의 아니게 놓치는 부분이 생긴다. 내가 상대하는 사람들은 그들이 부자이고 대단한 사람이어서가 아니라 존중받아야 할 존재이기 때문에 귀하게 대해야 한다. 때로는 무척 굼뜬 부분을 가진 이들과 일해야 할 때도 있다. 그런 경우 자신도 모르게 상대를 평가하고 화가 나기도 하고 그 무능함이 이해가 안 되기도 한다. 축구를 할 때 볼을 패스해 줘야 하지만 무척 못하는 사람이 있으면 직접 볼을 몰고 가 점수를 내고 싶겠지만 그러면 사람을 잃게 된다. 점수를 자칫 놓더라도 때로는 패스를 통해 사람을 얻는 게 나을 때가 더 많을 것이다. 나도 예전에는 점수를 내는 데 더 집착했었다. 그리고 이런 상황은 여전히 나에게 선택의 기로에 서게 한다. 일이냐 사람이냐의 딜레마에서 이젠 조금 더 사람을 향하고 있다.

사람은 다양한 외모만큼이나 호흡의 양도, 능력치도 똑같지 않고 재능의 양도 다 다르다. 노력하면 되지 않겠냐고 하고 싶지만 노력해도 안 되는 부분도 있다. 그런 경우, 그들을 도와주길 바란다. 부족한 부분을 채워주길 바란다. 그들도 못하고 싶어 못하는 것이 아니라 그 부분은 부족해서 그런 것이다. 나도 수많은 관계 속에서 많이 부족했지만 깨닫게 된 지혜였다. 사람의 관계는 서로 채워줄 때 완성된다. 성경에는 상대를 너의 잣대로만 평가하지 말라(Never judge others), 손가락질하지 말라(no pointing fingers), 노하기를 더디 하라(slow to be angry)고 적혀있다. 나는 이 세 가지를 지키기가 참 어려웠다. 언제나 일이 우선이고 성과를 내야 했기에 시간은 부족했고, 완벽하게 해내고 싶어 주변을 챙길 시간은 턱없이 부족했다. 나이가 들어갈수록 조금씩 나아지고 있지만 조금 더 젊은 나이에 깨달았더라면 하는 아쉬움은 여전하다. 나보다 훨씬 지혜로운 여러분은 자신이 조금 더 낫다는 사실 때문에 누군가에게 상처 주지 않길 바란다. 그냥 도와주고 되돌려 받으려고도 하지 말길 바란다. 세상을 품는 리더는 그렇게 주변을 품으며 성숙해 가며 더욱 큰 그릇이 되어간다.

헨리 제임스는 인간의 삶에 가장 중요한 세 가지를 첫째도, 둘째도, 셋째도 '친절'이라고 강조했다. 항상 친절하면 된다(Be kind to others). 친절이 몸에 배게 하면 된다. 이렇게 말하면 누구나 다 친절한 것 아니냐고 되물을 수도 있다. 하지만 내가 말하는 친절은 진심으로 우러나와 하는 친절을 의미한다. 사회적 지위나 상황이나 주변의 시선에 의해 하는 친절이 아니라 상대가 어떤 사람이든지 간에 귀한 한 명의 인간으로서 대하기에 나오는 친절함을 말한다. 나에게 잘하는 사람에게는 누구나 친절할 수 있다. 하지만 나에게 친절하지 않은 이들에게 친절하기는 세상에 가장 어려운 일 중 하나이다. 옛말에도 가는 말이 고와야 오는 말이 곱다고도 하지만 사람은 감정을 지닌 존재이기에 오는 말이 곱지 않으면 상대적으로 되받아 칠 수도 있다. 하지만 친절함으로 무장한다면 그런 태도가 나에게 체화되어 기본 인성으로 자리 잡게 될 것이다. 그러면 아무리 화가 나는 상황에서도 상대에게도 뭔가 이유가 있었겠지 하고 너른 아량으로 이해할 수 있기에 크게 동요하지 않을 수 있다.

전 세계가 하나 되어 일하게 되는 글로벌 세상에서는 칭찬이 다른 나라에서는 나쁜 의미로 받아들일 경우가 있을 수도 있다. 인도네시아에서 국제개발협력 업무를 할 때였다. 나는 현지인들과 만나면 아이들의 머리를 만지지 말라고 지인들에게 요청했다. 인도네시아 아기들은 유난히 귀엽고 예쁘게 생겨 손이 자동적으로 올라가 쓰다듬고 예쁘다고 말하게 되지만 우리의 의도와 다르게 좋지 않은 의미로 받아들여지는 것이다. 나라와 언어와 문화, 그 모든 것을 넘어서 그저 인간이라는 사실 하나 때문에 상대를 존중하며 그 모든 상황을 품어야 한다. 그리고 나서야 작은 일에 연연해하지 않고 가볍게 일희일비하지 않는 큰 어른이 될 수 있다.

소설가 마크 트웨인은 친절이란 귀머거리가 들을 수 있고 맹인이 볼 수 있는 언어라고 표현했다. (Kindness is the language which the deaf can hear and the blind can see.)

한국계 미국인 의사이자 월드뱅크 전 총재를 지낸 김용 박사는 화려한 커리어를 지녔지만 오히려 세계은행 총재가 되는 것을 목적으로 살아오지는 않았다고 말한다. "나는 아픈 자들을 돕고 싶어서 의학을 공부해 의사가 되었고, 사회의 구석으로 밀려난 사람들, 피난민, 그리고 이곳에서 저곳으로 걸어가는 사람들을 돕고 싶어서 문화 인류학을 공부했다. 그리고 빈곤 퇴치와 질병 퇴치를 위해 시간을 온전히 다 쏟아 부었다. 그렇게 나는 지금 세계은행 총재 자리까지 올라오게 되어 더 많은 사람들을 도울 수 있게 되었다." 그는 성공하고 싶어 의사가 되고 높은 자리에 올라간 것이 아니라는 뜻이다. 하고자 하는 일에 매진하다 보니 그 영역에서 최고가 된 것이다. 명예나 돈보다 인간에 대한 존중 그리고 핵심 가치(core value)를 향해 나아가는 모습이 존경스럽다.

세상적인 성공과 자기 자신의 부귀영화만을 얻고자 한다면 그 과정에 놓치는 것들이 있을 것이다. 김용 총재처럼 가치(value)가 삶의 우선순위인 경우는 그 가치 있는 일을 하며 주변과 함께 성장해 나아가는 것이다. 아마존, 구글, 테슬라같이 멋진 곳에서 일하는 것은 분명 가슴 뛰고 부러운 일이다. 하지만 좋은 직업만을 목적으로 하지 않고, 사람을 귀하게 여기고 포용하는 리더가 된다면 훨씬 더 멋진 사람이 될 것이다. 누구나 처음부터 잘 할 수는 없다. 진정한 성공은 수많은 실수와 실패가 있은 후 딛고 일어선 과정들이 있어 가능한 것이다. 유명한 일터에서 일하고 돈만 많이 벌기보다는 진짜로 자신을 필요로 하는 곳에서 세상을 품은 리더가 되는 큰 꿈을 갖게 되길 바란다. 그리고 자기 자신에게 선포하길 권한다. "나는 세상을 품는 리더가 될 것입니다."라고 소리 내어 말하는 순간, 그 말을 내 귀로 듣게 될 것이고 나는 그 순간부터 이미 그런 리더로서 선포하며 첫발을 딛게 된 것이다. 말한 대로 이루어진다!

선포한 후에는 주변을 둘러보고 내 도움이 필요한 이들을 배려하면 된다. 의외로 나의 도움이 절실한 이들이 많다. 길을 가는 노인의 무거운 짐을 들어주는 선행도 있겠지만 상처 난 영혼에게 공감의 말을 해주는 것도 꽤 멋진 일이다. 그들에게 오랜 시간을 쓰라는 것은 아니다. 말 한마디로도 아주 잠깐이어도 큰 도움이 되기도 한다. 팬더믹 초기에 아파트 단지 내에 피트니스 센터를 가게 되었다. 코로나19로 인해 오랫동안 폐쇄했다가 다시 열게 되었는데 반드시 마스크를 쓰고 가야 한다. 오랜만에 가다 보니 이것저것 챙겨갈 것도 많아 마스크를 안 하고 갔기에 다시 집으로 와서 챙겨서 나갔다. 이번에는 수건을 안 가져갔다. 원래는 가면 다 준비되어 있었는데 상당히 불편해 진 것이다. 이해를 하면서도 왔다 갔다 하다 보니 서서히 화가 났지만 다시 돌아와 챙겨 가면서 누군가에게 나의 억울함을 말하고 싶었다. 코로나19 전에는 안 챙겨도 될 것들이었다. 리셉셔니스트가 두 번을 다녀온 나에게 "아유, 힘드시죠. 많이들 번거로워하시네요."라고 한마디 하는데 신기하게도 기분이 괜찮아졌다. 공감의 언어로 나를 배려하고 나의 힘듦을 알아주니 힐링이 된 것이다. 내 부주의로 인해 벌어진 상황에 나는 나 자신에게 화가 나고 융통성 없이 원칙을 고수하는 센터에 서운했던 것인데 그녀의 한마디가 내 마음을 만져준 것이다. 나는 존중받고 있다고 느꼈다 사실 센터는 대중을 상대로 일하는 것이므로 그렇게 정확하게 원칙대로 일하는 게 맞는 것이다. 요즘 같은 비상시에 한두 사람의 편의를 봐주다가는 큰 틀의 원칙이 무너지는 위험이 다가올 수 있다.

우리는 그렇게 매일 다양한 상황에서 사람들을 만나며 다양한 마음의 변화를 갖게 된다. 요즘같이 힘든 때 그렇게 진심으로 공감해 주는 사람이 있다면 그가 바로 세상을 품는 리더인 것이다. 그녀는 나를 격려해 줬고 그 진심이 내 마음에 닿았고 그 상냥한 태도가 나를 또 가르쳤다. 덕분에 나는 집에 오는 길에 기쁨 가득한 시간을 보냈고 노래를 흥얼거리며 주변에 만나는 이들에게 기분 좋게 인사하는 연쇄 반응을 이끌어 냈다. 자기 자신을 신뢰하고 할 수 있다고 격려하고 열정을 가지고 나아가면 세상은 당신 덕분에 변화될 것이다. 나는 역척스럽게 내 힘으로만 열심히 살아오느라 때로는 그런 분들과 대화할 시간도 없었다. 그날도 내가 철저히 준비물을 챙겨 갔더라면 그런 대화를 할 상황도 아니었을 테고 나는 오차 없이 스케줄대로 움직이는 '나의 완벽함'에만 기뻐했을지도 모르겠다. 하지만 지나고 보니 그렇게 모자란 모습을 서로 챙기고 격려하며 살아가는 것이 지혜로운 인생인 듯하다. 부족함을 드러내고 서로 기대고 눈물을 닦아줄 줄 아는 리더가 진짜 좋은 리더이다. 나는 살아오면서 완벽하고자 했고 남을 챙길지언정 나는 그들에게 기대지 않으려 했기에 정작 스스로를 힘들게 했던 듯하다. 나의 약함이 오히려 누군가에게는 강점을 사용할 기회를 준다는 것을 알게 되었다.

Happiness_
창의적인 도전으로 행복을 추구하라

우리가 살아갈 세상은 직업을 얻고자 이력서를 들고 지원하는 것이 아니라 새로운 직업을 창직하는(create) 시대가 펼쳐질 것이다. 이미 그런 삶을 살아가는 이들이 있다. 제주지역을 기반으로 사업을 하는 제주상회의 대표는 제주지역 잡지를 시작으로 편집숍 인스토어, 디자인 브랜드와 카페 '사계생활' 등을 운영한다. 그녀는 여행 기자로 일하다 남편과 국내 여행을 다녔고 26개 소도시를 다니며 여행 후기를 모아 책도 썼다고 한다. 나는 개인적으로 그녀를 잘 모르지만 그녀의 블로그에 적힌 글을 보고 인용해서 언급하고자 한다. 여행 중 매력적인 지방 도시들을 발견해 서귀포에 정착하고 사업을 시작했다고 한다. 요즘처럼 글로벌 평준화가 빠르게 이루어지는 시점에 로컬이 정체성을 지키며 구현해 나가는 것이 중요하다고 생각해 40년 된 마을 은행을 개조해 카페를 꾸며 놓았다. 곳곳에 마을의 흔적들이 남아있어 마을 어르신들이 휴가를 맞아 고향에 내려온 아들딸, 손주들을 데리고 와서 차를 마시고 잡지를 사 간다고 한다. 덕분에 그곳에서 다양한 아트 페어도 개최해 마을이 생긴 이래 가장 많은 사람들이 모이도록 하고 있다고 한다. 전직 여행기자의 필력과 재능이 지역사회에 큰 기쁨을 전하는 행복한 명소를 만들어준 것이다.

사람마다 재능이 다르고 그릇의 모양도 다르고 타이밍도 다르기에 자신에게 어울리는 업을 창출해 내고 행복해 진다면 그 사람은 성공했다고 생각한다. 성공은 단순히 돈이 많은 것을 의미하거나 높은 지위에 올라간 것을 뜻하지 않을 것이다. 돈이 있으면 편리한 것은 사실이지만 그것이 모든 것을 해결해 주지는 않는다. 자기 자신이 무엇을 할 때 행복한 사람인지 먼저 자신에게 물어보고 그것을 하면 된다. 그것이 무언인지 발견하고 도전하는 사람은 자신이 자랑스러워질 것이고(Challenge with pride) 어떤 어려움을 당해도 다시 일어나는 담대함도 가질 수 있다. 스스로 선택한 일이기에 남의 탓을 할 필요도 없고 한 걸음씩 그 방향을 향해 쌓아 가면 된다.

취업이 되지 않아 자존감이 떨어진 한 학생이 있었다. 내가 그녀를 코칭 하는 과정 중 그녀는 자신이 빵 굽기를 좋아한다는 것을 알아차리게 되었다. 더구나 베이킹에 대한 지식도 많아 그녀는 자신의 디저트 숍을 만들고 브랜딩을 하고 싶다고 했다. 지금은 제과점에서 체험을 통해 자신의 강점을 찾아내어 인턴으로 일하고 있고 조만간 새로운 커리어를 위한 도전을 시작하려고 한다. 무언가 다른 것을 해보고 싶다면 자신이 가장 흥미로워하는 일을 시작하라. 후회는 인생에 있어 가장 비극적인 상황이니 그런 일을 겪지 않으려면 먼저 자신이 누구인지 알아보고 두려움에 대해 맞서고 나서 마음이 시키는 일을 따르면 된다.

비즈니스는 일도 중요하지만 사람과의 관계에서 열매를 맺는다. 자신의 꿈이 명확해지면 관련된 곳에 가서 자원봉사를 해보라. 자신이 일하고 싶은 인더스트리의 사람들이 어떻게 일하는지 직접 살펴보면서 배우려고 노력하면 된다. 업력은 하나도 없으면서 학력이 좋다고 교만한 자세로 기다리지 말고 몸을 낮추고 누군가를 돕고 낮은 곳에서 시작해 보길 권한다. 무엇보다 성실하게 그 누구보다 일찍 나가 열심히 열정적으로 하다 보면 그런 당신을 눈여겨보는 멘토가 생길 것이다. 그분들의 노하우를 배우며 간접 경험을 하다 보면 익숙해질 것이다. 관심 분야의 책을 읽으며 지식을 쌓다 보면 자신이 정말 하고 싶은 일인지 아닌지가 명확해진다. 그러면 관련 자격증도 따보고 그래서 자격이 되면 아르바이트나 관련 분야에서 인턴도 해보길 바란다. 지원한다고 모두 되는 것은 아니다. 자신이 어떤 사람인지 알게 되면 셀링포인트(Unique Selling Point)가 발견되고 조직이 원하는 어떤 강점을 지녔는지도 파악하게 된다. 결과적으로 사회에서 필요한 스펙도 저절로 갖춰진다. 문서상의 스펙보다 실제 해보고 겪어보면서 스토리가 많아진 사람이 훨씬 진짜 냄새가 나기 마련이다.

최고의 소통 전문가 김창옥 교수는 화려한 입담으로 청중들을 웃기고, 울리고 하는 사람이다. 그는 제주도에 내려가 생활하며 부모님과의 이야기를 다큐멘터리 형식 영화로 제작해 화제가 된 적이 있다. 패셔니스타같이 옷도 멋지게 잘 입고 감동을 주는 강의를 하지만 남다른 유머로 신명나게 재미있는 위트를 보여주곤 한다. 자신의 삶에 위기감을 느끼던 차에 그의 고단함을 알아차려 준 고향 친구의 제안으로 쉼을 가지며 좋아하는 일을 찾아내고, 연기도 시도하면서 제주 살이를 하고 있는 그는 참으로 크리에이티브한 리더이다. 자신의 아픔마저도 솔직하게 꺼내놓고 유머로 승화시키며 강의를 해내는 그는 반전 일화로 모두를 몰입하게 하는 재능이 있다. 힘겨운 삶을 살지만 솔직하게 드러내고 이겨내고 있는 멋진 모습이기에 더욱 매력적인 소통 전문가이다. 그렇게 다 얻은 것 같은 유명인에게도 삶은 쉽지 않은 숙제이지만 결국 그 문제를 해결해 가는 나름의 방식이 또 다른 이들에게 도전이 되게 한다. 누구에게나 인생은 쉽지 않지만 그것을 겪어내고 포기하지 않는 에너지는 어려움을 겪어낸 내공에서 나온다고 생각한다.

젊을 때는 대학만 졸업하면 자신에게 일자리가 주어질 것이라고 착각하기도 하지만 (나도 그랬다) 사실 기업이나 선수들의 입장에서 생각해 보길 바란다. 아직 아무것도 준비되지 않는 젊은 친구들이 처음부터 근사한 일을 맡아 할 수는 없다. 그곳에서 배워라! 직접적이든 간접적이든 관련된 곳에 들어가 경험하라. 체득하고 나면 할 말도 생기고 기회도 주어진다. 남들이 하듯이 똑같은 방법으로 도전하고 준비할 필요는 없다. 자신만의 방식으로 자신이 하고자 하는 일을 하나씩 해나가면 된다. 인생이라는 매우 길고 긴 마라톤에서는 누가 어디쯤 뛰고 있는가보다 누가 멋지게 완주하는가 하는 것이 더 중요한 결말이다. 자신의 인생은 자기 자신에게 어울리는 방식으로 창의적으로 준비해 나아가는 것이 맞다.

한 학생이 나와의 코칭을 끝내는 마지막 날 수줍은 얼굴로 다가와 말해주었다.

"교수님과의 시간이 내게 목표를 만들어 주었어요. 미래에 내가 가야 할 방향이 무엇인지 알게 되었습니다. 몇 가지 매우 실제적인 팁이 인터뷰하는 동안 고민도 하게 해주었고 직업에 도전하고 시도하게 했어요. 사실 무엇부터 시작해야 할지 모르는 나 같이 경험이 부족한 사람의 경우는 진짜 막연한 상황이었는데 다행히도 커리어코칭이라는 프로세스를 통해 나 자신이 변화되어 가고 있음을 느꼈고 지금은 졸업도 했고 일터도 스스로 찾아보게 되는 담대함도 생겼어요."

나에게 어울리지 않는 옷을 입고 있을 때 우리는 참 어색하고 불편하다. 내 것이 아닌데 남들이 좋다고 하니 입어보지만 한번 입고 나면 불편해 모셔 두게 된다. 내 것처럼 몸에 착 붙는 옷을 입으면 명품이 아니어도 자주 입고 다니곤 한다. 심지어 매일 똑같은 옷만 입고 나가기도 한다. 왜 그럴까? 내가 나다울 때 나에게 어울리는 옷의 디자인과 색깔, 재질 등이 보인다. 직업도 우리의 앞날도 모두 마찬가지다. 먼저 나 자신에 대한 이해가 없이 그 어떤 것도 내 것이 될 수는 없다. 즉, 트렌디 한 것도 좋지만 기성복보다 나에게 맞춤복(tailored)을 찾아내길 바란다. 그러기 위해서는 나에게만 어울리는 창의성을 발견해야 하므로 스스로 끊임없이 도전하고 시도하며 혁신적이길(Be innovative) 바란다.

'혁신'은 사전적으로는 묵은 조직이나 제도·풍습·방식 등을 바꾸어 시대에 맞게 뜯어고쳐 새롭게 개혁하는 것이라고 정의된다. 하지만 무조건 기존의 것을 벗어나 파괴적으로 변화시키라는 것은 아니다. 융합의 시대에는 서로 일하는 방식에 대한 인식을 크게 바꾸고 새로 거듭나야 한다. 팬데믹으로 인해 비즈니스 업계에 비상이 걸렸다. 어울리기를 좋아해서 대면을 선호하던 한국 문화 속에서 언택트(비대면)가 필수 조건이 된 것이다. 팬데믹으로 인해 사람들이 집 밖으로 나오지 못하게 되었다. 외출도 마음대로 못 하니 옷을 사는데 관심도 덜해져 패션계도 어렵긴 마찬가지다. 결국 매장에 가지 않고 온라인으로 옷을 사는 경우가 늘어 옷을 입어보지 않고도 입어 본 듯한 경험이 중요해졌다. 나의 경우도 백화점이나 쇼핑몰을 가는 대신에 요즘은 SNS와 포털을 통해 쇼핑을 하는 경우가 늘고 있다. 즉 IT 기술에 익숙하고 그것을 도입하지 않으면 안 되는 세상이 시작된 것이다.

신기하게도 디지털 트랜스포메이션이 패션 욕구를 되살려주고 있는 중요한 도구가 되고 있다. 사회적 거리두기로 패션 위크에 패션쇼를 가지도 못하게 되어 많은 것을 취소시키고 있다. 무 관중 패션쇼를 열고 온라인으로 생중계를 봐야 하는 상황은, 만져보고 느껴보며 구매하던 예전이라면 상상도 할 수 없던 일이다. 결국 많은 것들이 디지털 플랫폼으로 옮겨가고 사람들은 라이브 스트리밍에 익숙해져 가고 있다. 덕분에 실시간 댓글을 달고 주문하며 즉각적인 소통이 오히려 재미를 더해주고는 있다. 가상 드레스룸 앱인 포르마(Forma)와 패션 게임 앱 드레스트(Drest)에서 하는 스타일링 게임도 창의성을 유발하는 혁신적 시도이다. Z세대는 온라인과 오프라인을 오가며 자유로이 선택을 하고 있던 차, 이런 시대적 상황을 만나게 되니 그런 성향을 가속화 시키고 있다. 시간이 갈수록 디지털 경험이 필수적인 상황이 만들어지고 있다. 사회적 거리두기로 인해 가장 불편한 현실은 사람을 통해 일하는 업을 지닌 내가 당장 미팅을 자유롭게 할 수 없는 것이었다. 그런데 코로나로 인한 특수 상황으로 인해 줌(Zoom)을 통해 전 세계 친구들과 회의를 할 수 있는 놀라운 재미를 알게 되었다. 그러니까 오히려 오며 가며 겪게 될 교통체증을 벗어나서 비용 대비 효과적으로 시간을 누릴 수 있음을 알고 적극 활용하고 있다. 그렇게 뉴노멀 시대가 어느새 와 버렸다.

지금까지 우리는 부모님 세대로부터 평생직장을 얻어 안정된 삶을 꾸려야 한다고 조언을 들어왔다. 시대는 불안정하기에 공무원을 택하는 것이 좋다고 들었다. 물론 공무원이라는 직업은 매우 중요하며 그 업에 어울리는 사람들도 있다. 큰 변화 보다는 안정되고 루틴한 삶을 선호하고 정책을 다루는 성실한 이들에게 바람직하다. 하지만 창의적이고 변화를 선호한다면 혁신적인 사고로 새롭게 도전 해볼 다른 영역의 직업이 필요하다. 창의적 사고를 위해서는 주변 세계에 관심을 갖고 늘 관찰하는 태도를 유지하는 것이 무엇보다 필요하다. 그리고 남들과 다른 관점과 시각으로 사물과 현상을 바라보고 새로운 언어와 참신한 표현으로 나타낼 수 있어야 한다. 이제 우리는 지금 외부의 기준에 맞추기보다 자신만의 색깔을 찾는 것이 중요한 시대를 살아가고 있다. 봉준호 감독은 아카데미 시상식에서 마틴 스콜세지 감독의 말을 빌려 "가장 개인적인 것이 가장 창의적인 것이다!"라고 말했다. 그의 영화에는 누구도 대체할 수 없는 자신만의 정체성이 담겨 있다. 크리에이티브는 같은 풍경을 보고도 다른 그림을 그리는 것이라고 한다.

05 ¦ Humility_ 겸손한 태도를 장착하라

대학원 영문학 석사 졸업 후 미국 시카고 어느 대학에서 잠시 공부한 적이 있었다. 당시에 나는 미국의 자유로움을 사랑하는 사람이었기에 캠퍼스에서의 삶이 무척 행복한 시절이었다. 아침에 카페테리아에서 식사를 하고 나면 대학생들은 커다란 머그컵에 커피를 가득 담아 하루 종일 들고 돌아다닌다. 그래서인지 캠퍼스 내 복도가 항상 커피 향으로 가득했던 기억이 있다. 강의 장소로 이동할 때 유난히도 복도가 길고 문이 많았는데 지나가던 모든 이들이 먼저 문을 열어주고 내가 지나가도록 배려해 주며 "하이!"라는 인사와 함께 매우 상냥하게 대해주곤 했다. 나중에는 익숙해져서 나도 그렇게 하곤 했지만 처음에는 적응이 안 되어 쑥스럽기만 했다. 당시 한국에서는 복도 같은 좁은 길에서 낯선 이와 마주치면 인사는커녕 지나가기 바쁘고 심한 경우 누가 뒤에 오면 문을 쾅 놓고 지나가기도 했다. 반면에 당시에 내가 만난 그들은 어딘가 바삐 가던 중이었을 텐데 참으로 여유롭고 만면에 미소를 띠며 하나도 바쁘지 않다는 표정으로 친절하게 문을 잡고 기다려 주고 말을 걸어 주었다. 선진국의 문화라고 이해해야 할까? 사람은 듣고 배우기보다는 보고 배운다고 했던가? 그런 모습들이 부러워 나도 배워 오게 된 것 같다. 그런데 한국에 오자마자 실행해보니 쉽지 않았다. 내가 웃으며 인사하면 '저 사람은 모르는 사람이 나를 보고 왜 웃나?'하는 표정을 짓고는 해서 한국에서는 아직 시간이 필요한가 보다 싶었다.

말 나온 김에 기본적으로 알아야 할 몇 가지 매너를 예로 들어 보려고 한다. 글로벌 시대를 살아가는 여러분은 꼭 지켜서 매너 있는 멋진 한국 사람이 되어 주시길 바란다. 킹스맨이라는 영화에 나오는 대사인데 매너가 사람을 만든다(Manners maketh man)라는 유명한 말이 있다. 'maketh'는 스펠링이 틀린 것이 아니라 예전 고대에 쓰였던 영국식 영어이다. 사회적 지위가 사람을 높이는 것이 아니라 그 위치에 맞는 매너가 그 사람의 품격을 높여주는 것 같다. 내가 먼저 문을 열고 지나가게 될 때 뒷사람이 있으면 먼저 지나가라고 하며 문을 잡아줘야 한다(Hold the door for the next person.) 물론 때때로 상대가 나를 위해 문을 잡아주는 행동을 하지 않더라도 부디 선의를 가지고 큰마음으로 먼저 베푸시길 바란다.

국제기구에서 본부장으로 일할 때 나의 보스였던 사무총장께서 엘리베이터를 탈 때마다 양보를 하며 배려해 주곤 했다. 나보다 나이도 많고 윗사람인 분으로부터 그런 존중을 받으니 더욱 존경의 마음이 생겨났다. 남자가 여성에게 양보하는 것은 (Ladies first) 신사의 매너이다. 여성에 대한 양보를 하며 "먼저 가세요, 당신 다음에 갈게요."라는 의미의 제스처 (After you please)를 하면 여성들은 그를 멋진 사람으로 인식한다. 나도 그런 휴매니티가 느껴지는 사람이 되어야겠다는 생각을 한 적이 있다. 누구에게 잘 보이기 위해서가 아니라 사람에 대한 기본적인 존중이라고 생각하고 선한 마음으로 노력중이다.

하품이나 기침을 할 때는 상대방에게 불쾌감을 줄 수 있기 때문에 입을 가려야 한다.(Cover your mouth when you yawn or cough.) 요즘 코로나19로 많은 이들이 입을 가리고 기침을 하고 마스크에 적응하며 배려하는 모습을 보면서 대한민국도 드디어 선진국 대열에 합류하게 됨을 느낀다. 그전에는 사람들이 길을 가다가도 매우 크게, 입을 가리지도 않고 침을 튀기며 재채기를 하고 아무렇지 않게 지나갔었다. 이제는 그런 경우 비말이 공기 중에 퍼져 상대에게 피해가 가므로 입을 가리는 것이 매너 있는 행동이라는 인식이 늘어났다. 예전에 어떤 직원이 중식당에서 둘러 앉아 짜장면을 먹는데 말하면서 식사를 하다 눈에 보일 정도로 큰 침방울이 상대편 음식에 떨어지는 것을 목격했다. 본인도 상대편도 너무 황당했지만 찝찝해 하며 그대로 식사를 하던 직원의 모습이 기억난다. 식사 할 때는 입을 크게 벌리고 떠들지 않길 권한다.

국제기구에 근무할 때 샌디라는 보스는 회의 중 누군가 옆에서 재채기를 할 때마다 "블레스유!(Bless you!)"라고 말해주었다. 사실 재채기를 본의 아니게 크게 하면 본인도 당황스럽기도 한데 상대가 그렇게 말해주면 배려 받는 느낌이 든다. 그러면 이때, 고맙다는 말을 꼭 해줘야 한다. 언젠가 명동의 거리를 거닐 때 사람은 너무 많은데 내가 빨리 지나가야 하는 상황이었다. 번잡한 길거리였기에 다른 사람의 기분을 불쾌하게 만들 경우 '실례합니다(Excuse me.).'라고 해야 한다. 그리고 본의 아니게 기침이나 트림을 갑자기 하는 경우에도 상대는 불쾌할 수 있는데 그냥 아무렇지 않게 지나가곤 한다. 입을 가리고 목례를 해도 좋으니 본의 아니게 실례했다는 제스처라도 해주면 좋겠다. 글로벌 매너는 대단한 것이 아니라 아주 작지만 상대를 인격적으로 배려해 주는 진정성 있는 예절이다. 그런 사람을 보면 참 따스한 향기가 오래오래 기억된다.

하지만 아무리 이렇게 글로벌 매너를 갖추었다고 하더라도 건성으로 대응을 하는 경우는 오히려 역효과가 나기도 한다. 진정성 있는 느낌을 주는 가장 좋은 방법은 바로 눈을 마주치며 열심히 들어주는 것이다. 상대의 얘기를 듣는 이유는 상대를 이해하기 위해서여야 한다. 하지만 대개의 경우는 듣기보다는 답을 어떻게 할까를 고민하며 듣는 모습이다. 답을 제대로 못 해도 좋으니 상대의 말을 집중해서 듣고 공감해 주는 것이 상대를 더 감동하게 한다. 듣는 둥 마는 둥 하는 자세보다는 이왕 같이 앉아 듣는 것이니 열정을 다해 집중해 들어주기 바란다. 나의 경우 워킹 런치를 하는 경우가 많은데 식당에 마주 앉아 보면 같이 앉아 있고 싶은 사람이 있는가 하면 얼른 일어나 나가버리고 싶은 사람도 있다. 그 차이점은 시선이다. 그 식당 안에 아무리 많은 사람이 있더라도 같은 테이블에 앉은 상대를 바라보며 집중해서 듣고 대화를 나누어야 한다. 계속 주변을 두리번거리며 훑어보는 사람하고는 다시는 만나고 싶지 않다. 그래서 나 자신도 항상 누군가와 대화를 할 때는 오직 세상에 그 사람밖에 없고, 그 사람 이야기가 가장 재미있다는 눈으로 바라보며 경청한다. 그런 태도가 잠재 후원자들과 좋은 관계를 유지하며 성공적인 자원 개발 펀드레이징을 하는데 큰 도움이 되었다.

세계 시민의 매너란 비전이 같은 사람과 공유하며 다양한 문화를 받아들이고 배려하며 상대를 존중하는 것을 의미한다. 나는 직원들을 뽑으려고 인터뷰하게 될 때 내용 보다 표정과 말투가 얼마나 긍정적이고 자신감 있는지를 보고 판단했다. 사실 인터뷰라는 짧은 시간 동안 처음 보는 사람을 보고 모든 것을 판단하기에는 '태도가 답'인 경우가 훨씬 많다. 성향을 파악하는 질문에는 무조건 좋은 답만 하다간 오히려 신뢰 불가로 최하점을 받을 수 있으니 주의해야 한다. 단정한 복장을 차려야 하고, 욕설이나 장난은 삼가야 한다. 언젠가 직원을 인터뷰하기로 한 날, 내가 미팅을 다녀오느라고 그 시간에 맞춰 온 적이 있다. 마침 사무실 주차장에 누군가 주차를 하고 있는데 선에 맞추어 하는 것이 아니라 대충 차를 대어놓고 사무실로 이동하는 듯해서 무슨 일로 왔느냐고 질문하니 인터뷰하러 왔다고 한다. 그는 내가 최종 인터뷰어인지 몰랐기에 대답도 건성으로 하고 서둘러 들어가려고 했다. 문제는 그의 태도와 주차를 함부로 하는 모습에서부터 이미 나는 그 사람에 대해 고개를 갸우뚱할 수밖에 없었다. 인터뷰를 하러 가면 인터뷰 전과 후에 누가 보든지 안 보든지 간에 더욱 최선을 다해야 한다. 아무리 인터뷰를 잘해도 인터뷰 전이나 후에 화장실에서 함부로 말하며 통화하는 모습이 목격된다면 낭패다. 인터뷰 후에 근처 버스 정거장에서 누군가에게 이러니저러니 인터뷰 험담을 하는 모습이 포착되기도 한다. 항상 입조심, 특히 취업을 위해 인터뷰를 하러 갔다면 행동에 유의하시길!

누군가의 추천으로 도움을 받게 되면 그 귀한 기회를 절대 잊지 말아야 하고 인터뷰를 다녀와서도 반드시 감사하다고 문자나 전화를 해야 한다. 전과 후에 어떤 행동을 하느냐가 그 사람에 대한 이후의 신뢰와 계속되는 네트워킹의 비결이 된다. 어떤 대학원생이 자신의 인터뷰 일자를 잊어버려 참석하지 못해 낭패를 본 경우를 지켜 본 적이 있는데 그런 실수를 피하는 좋은 방법이 있다. 바로 메모하는 습관이다. 항상 수첩이나 핸드폰에 일정을 적어두고 수시로 열어보고 체크해야 한다. 주말에는 다음 주가 무슨 일정이 있는지 미리 체크하고 동선을 확인하는 것이 바람직하다. T.P.O.(Time시간, Place장소, Occasion상황)에 맞는 옷과 신발을 미리 준비하고 주중에도 내일 어떤 것을 준비해야 하는지 미리 확인해두어야 한다. 세계무대에서 활동할 인재라면 예의, 책임감, 배려심, 이타성을 기반으로 인간으로서 됨됨이가 되어 있어야 한다. 공감하는 태도로 협력하는 리더는 전 세계가 인정하는 기본 품성을 지닌 소중한 인재가 됨을 잊지 말아야 할 것이다.

06 | Health_ 자기 관리를 지속하라

　　　　직장을 다니며 사회생활을 시작하게 되면 매일 바삐 돌아가는 상황 속에 정작 자신을 챙길 시간이 없다. 자신을 돌아보고 하루를 평가할 여유가 없어진다. 매일 나만의 매력 탐색 시간을 하루 중 10%라도 마련하지 않는다면 세월은 자신도 모르게 흘러가 버리고 만다. 반드시 백 점짜리 완벽한 인생만 행복한 건 아니다. 너무 경쟁하고 혼자만 앞서가려고 애쓰지 않기를 바란다. 최선을 다해 일하는 것은 중요하지만 자기 자신을 잊고 일만 쫓지는 말아야 한다. 빠르게 발전하는 기술들이 많은 사람들의 일을 대체하게 될 것이다. 전문직이라고 해서 평생 그 기술로만 살 수 있다고 할 수 없다. 공기업을 다닌다고 해서 언제까지나 내 일이 거기 그대로 기다리고 있을 것이라고 장담할 수 없다. 백세 시대가 온다면 은

퇴 후 할 수 있는 즐거운 일거리도 지금부터 생각해 봐야 한다. 지금 나의 일도 중요하지만 십 년, 이십 년 후 나의 모습을 상상해 보며 끊임없이 자신에게 의중을 물어보아야 한다.

사람이 좋아하는 일만 하고 살면 얼마나 좋겠는가? 하지만 나이가 들어갈수록 후회의 시간을 맞이하게 된다. 그러므로 최소한 일년에 한 번씩 자신의 이력서 업데이트를 해봐야 한다. 만약 새로 업데이트할 것이 없다고 답한다면 지금 아마 일에 빠져 중요한 것을 놓치고 있는 것일 수도 있다. 지금 현재 하는 일을 지속할 것인지 혹은 자신의 경력을 점핑해서 새로운 커리어에 도전할 것인지도 생각해 봐야 한다. 그리고 필요하다면 새로운 도전을 위해 자격증을 준비하는 것도 좋은 자극이 된다. 아무것도 도전 하지 않으면 아무 일도 벌어지지 않고 무언가를 하려고 하면 하루하루 시간이 귀하고 부족한 법이다. 아무것도 하지 않으면서 불안해하기보다는 무언가 하면서 자신을 발전시켜나가길 권한다. 운동을 지속하는 것도 좋다. 체력이 받쳐줘야 새로운 도전도 할 수 있는 것이니 자신에게 어울리는 운동을 찾아 시도해 본다. 나의 경우는 피트니스 클럽을 등록해두고 두 번 가고 안 가곤 했다. 나는 어떤 사람인가 생각해 보니 사람을 좋아하고 무리가 가는 운동을 선호하지 않는다는 것을 알게 되었다. 미리 나에 대해 연구를 했더라면 그렇게 등록만 하고 안 가는 일은 하지 않았을 텐데 말이다. 기계보다 사람을 좋아하고 여러 명이 번잡스럽게 모여 하는 것을 좋아하지 않다는 것을 알게 되어 선택한 것이 필라테스였다. 꾸준히 다녀보니 일 년 후에는 코어근육이 생겨 에너지가 늘어난 것을 느낄 수 있었다. 자신에게 어울리는 운동을 찾아 꾸준히 지속적으로 하는 것은 인생 마라톤에서 중요한 부분이다.

사회생활을 하며 자신을 업데이트하는 부분에서 가장 극복하기 어려운 부분이 어학이다. 영어의 중요성은 누구나 다 알고 있다. 하지만 세상 극복하기 어려운 언어가 영어일 것이다. 운동 스타일도 취향이 있듯이 어학 공부도 선호하는 언어가 다를 것이다. 일어나 중국어 혹은 프랑스어가 더 쉽게 느껴지는 사람도 있다. 자신에게 맞는 언어를 찾아 한 두 개 언어를 시도해 보고 도전해 보길 바란다. 한 가지 언어를 도전해서 정복하고 나면 또 다른 언어도 시도해 볼 만 하다. 중국에 관심이 많은 사람도 있고 일본에, 혹은 유럽에 관심 있는 사람 등 모두가 취향은 다르다. 먼저 자신이 선호하는 문화가 어디인지를 생각해 보라. 패션과 유럽을 사랑한다면 프랑스어를 해보고 싶을 것이다. 만약 패션을 사랑하고 언젠가 만나보고 싶은 패션 디자이너가 있다면 프랑스에 가서 공부를 할 수도 있다. 아카데미 학원을 통해 경험하고 오거나 배낭여행을 갈 수도 있을 것이다. 한국뉴욕주립대학교에서는 FIT(Fashion Institute of Technology)를 유치해 패션계의 미래 인재들을 키우고 있다. 영어가 되고 패션에 관심 있는 리더라면 한국에서 2년 그리고 해외에서 2년을 수학할 수 있다. 젊은 시절 경험하는 문화와 언어와 체험은 평생 추억이 된다. 만약 축구에 관심이 있다면 스페인 여행을 가보고 싶을 것이다. 스페인어는 영어와도 연계성이 있어 두 마리 토끼를 잡는 경우가 될 것이다. 예를 들어 모두의 꿈이라는 마드리드에 가서 사랑하는 이들과 축구 경기를 직관하는 것도 무척 감격스러운 일일 것이다. 언어를 배운다는 것은 문화를 습득하는 것이므로 각자의 지경을 넓히는 좋은 기회이다.

누군가는 언어를 배울 필요가 없이 앱으로 다 번역이 된다고 할 수도 있겠지만 내가 직접 말하는 것과 번역기를 쓰는 것은 큰 차이가 있다. 깊이 있는 대화를 위해서 언어는 어제보다 오늘 조금씩 더 나아지도록 노력할 필요가 있다. 말이란 미묘한 뉘앙스를 놓치면 안 되는 것이므로 하루아침에 되지는 않는다. 하루에 한 단어만 외우길 바란다. 그러면 일 년에 365단어를 외울 것이다. 그리고 단어보다는 숙어를 외워 일기에 써보길 권한다. 일기는 초등학교 시절 그림일기도 좋다. 그림을 그리고 간단히 설명하는 몇 문장의 글을 그날 외운 숙어로 적어본다. 지속적으로 하는 것이 중요하다. 당시에는 어설프지만 세월이 지나 실력이 훌쩍 나아진 뒤 다시 읽어보면 나름 재미가 있다. 나는 프랑스어를 배우고 싶어 예쁜 노트를 먼저 구매했다. 프랑스어 사전을 가지고 그림일기를 쓴다. 우리나라에 와있는 외국인들을 보더라도 나는 그들이 한국어가 서툴러도 어떻게든 말해보려고 하면 도와주고 싶은 친밀한 감정이 생긴다. 자격증 뿐 아니라 언어에 대한 도전은 죽을 때까지 끊임없이 계속되어야 한다고 생각한다. 나는 지금도 모르는 단어가 있으면 바로 찾아보고 발음해 본다. 그리고 언제 이 말을 사용해 보게 될지 상상해 본다. 그리고 그날이 오길 기대하며 기분 좋은 무드에 휩싸이곤 한다. 꿈은 아주 거대한 것은 아니라고 생각한다. 작지만 꼭 이루어보고 싶은 것이 꿈이 아닐까? 누군가에게는 언어이고 누군가에게는 축구이고 그리고 또 누군가에게는 피아노 일 수 있는 각자의 흥미이자 관심이다. 나에게도 그런 작은 바램들이 모여 나를 변화하고 성장시킨다. 그렇게 조금씩 노력했더니 십년이 지나면서부터 나는 그 영역의 전문가로 불리고 있었다. 나의 바람이 나를 그곳으로 이끌었다.

끊임없이 계속되는 관심과 호기심이 우리를 더 나아가게 하는 좋은 격려라고 생각한다. 축구를 좋아하는 사람은 축구 채널, 축구 오락, 축구 영화 등 모든 것이 축구와 연계되면 재미있다. 음악을 좋아하는 사람은 음악을 테마로 하는 모든 것이, 그리고 미술을 좋아하는 사람은 미술이 그럴 것이다. 돈을 좋아하는 사람은 비즈니스를 꿈꾸는 것이다. 각자 자신이 관심 있는 분야의 일을 하게 마련이다. 그렇게 각자 자신의 분야에 대한 흥미가 세월이 갈수록 깊이가 더해지고 지경이 넓어져 전문가가 되는 것이다. 대학 캠퍼스에서의 시간도 아주 긴 것 같지만 지나고 보면 참으로 아쉽고 짧은 시간이다. 대학 재학 시절에 여러 가지를 시도해 보길 바란다. 아르바이트도, 인턴십도, 공부도, 독서도, 여행도, 미팅도 그 모든 것을 하는 다양한 자극 속에서 자신을 바라본다. 공부가 좋으면 그 영역에 관련된 대학원 전공을 찾아 학문적으로 더 깊이 있는 공부를 하면 된다. 혹은 어느 나라에서 특별히 경험해 보고 싶으면 유학을 가도 좋다. 나의 지인은 대학 졸업과 동시에 유학을 가려고 방학 때마다 아르바이트와 장사를 했다. 그렇게 자신이 하고 싶은 일을 하려고 꿈을 좇는 그 시간을 부디 즐기며 나아가길 바란다. 그 과정이 힘들어도 얼마나 좋은지 모른다. 내 것을 위해 나 자신이 최선을 다해 과정을 즐기며 하나씩 쌓아가는 재미가 더해진다. 그것이 희망으로 연결된다.

나의 경우도 교육학을 학부에서 전공하고 영어교육을 공부했지만 다시 영어를 더 공부하고 싶었다. 그래서 영어영문학 대학원에 입학했고 깊이 있는 공부를 더했고 학비도 스스로 벌었다. 석사 취득 후 사회생활을 하며 직장을 다니고 월급을 모아 새로운 관심사인 광고홍보대학원을 입학했다. 배움에 대한 즐거움이 있어 가능했던 것 같다. 두 번째 석사는 나 자신이 발전하고 새로운 것을 배우고 새로운 사람들을 만나는 기쁨도 한몫했다. 사람들은 학원을 다니면 되지 왜 비싼 학비를 내고 또 대학원을 가느냐고 했지만 내가 배우고 싶은 것이 그곳에 있었기 때문이었다. 지미카터특별프로젝 2001 홍보실장에 투입되며 두 번째 석사는 종합 시험을 보고나서 논문을 거의 써 두고도 마무리를 못했지만 괜찮다. 학위보다 배움이 컸기에 학비가 아깝지 않았고 나를 위한 투자였기에 기뻤다. 나는 나 자신이 대학 시절에는 영어, 이후 석사를 할 때는 마케팅 PR, 그리고 최근에는 심리에 대한 관심이 있음을 발견했다. 그래서 꾸준히 스스로 사회생활을 하며 경력을 쌓으면서 동시에 때가 되면 학문적 깊이가 더해지게 했다는 것이다. 젊을 때는 월급만 받으며 사람들과 휩쓸려 다니며 놀기도 했다. 하지만 시간이 지나갈수록 나를 위해 투자하고 격려하는 것이 큰 의미가 있음을 깨달았다. 대학원부터는 모든 학비를 내 월급으로 투자했고 그런 나 자신이 뿌듯했던 것 같다. 자기 자신을 아끼고 꾸준히 관리하며 끊임없이 배우며 오늘보다 나은 내일을 만들어 가길 바란다. 마이클 조단은 "결코 포기하지 마라. 나는 수도 없이 실패해왔고 그것이 바로 내가 성공한 이유였다."라고 말했다. (Never give up! I have failed over and over in my life and that's why I succeeded)

코칭을 해준 학생 중에서도 유난히 열심히 자기 계발을 끊임없이 해 오던 국제 유학생은 글로벌 기업에 합격하는 쾌거를 이루었다. 그는 졸업식에서 많이 아쉬워했다.

"교수님, 저도 취업을 준비할 시간이 없었어요. 후배들에게 제언한다면, 일하고 싶은 분야에 대해 좀 더 깊이 파고들어야 한다고 말해주고 싶어요. 좀 더 관련된 뉴스나 잡지를 온라인 오프라인으로 구독하면서 트렌드와 주요한 사항들에 대해 민감하게 주목하면 더 좋을 것 같아요."

해외 인턴십을 가려는 이들은 영어와 비자에 대한 중요성을 간과하면 안 된다. 영어권 국가 취업 비자의 경우 해당 분야의 오랜 근무 경력, 영어점수 학력 등 다양한 항목이 요구된다. 취업 비자를 제공할 기업체가 있어야 하므로 접근이 어렵고 준비 기간도 오래 걸린다. 그래서 사무직 근무의 경우 워킹 홀리데이 비자, 트레이닝 비자 등 단기 비자를 통해 인턴십 경력을 쌓으면 된다.

07 | Hope_직접 경험하고 체득하라

공감 능력을 지닌 리더가 진정한 리더가 된다. 공감은 직접 경험해 본 사람이 더 잘 할 수 있다. 물론 똑같은 일을 당하는 것은 아니겠지만 비슷한 일을 조금이라도 겪어본 사람은 상대가 그런 경험을 할 때 자신이 겪었을 때의 힘겨움이 기억나게 되므로 잘 공감해 줄 수 있다. 요리를 하다가 손끝을 베인 경험은 누군가 다쳐서 피가 흐를 때 얼마나 아픈지 이해하는 공감의 폭이 넓어지게 한다. 우리가 세상의 모든 것을 경험해 볼 수는 없겠지만 할 수 있는 한 다양한 경험을 하게 되면 사람은 더 깊이 있고 너른 인성을 지니게 된다. 그래서 나이가 어릴 때 욱하는 성격에 화를 잘 내던 사람도 나이가 들면 웬만해선 그 상황을 이해하려고 한다. 화를 낸다고 해결되는 것은 없다는 것도 아는 혜안이 생긴다. 직접 당해

보지 않으면 모른다. 이해한다고 하지만 뼛속 깊이 이해하긴 힘들다. 군대를 다녀온 이들은 군대 얘기를 하게 되면 시간 가는 줄 모르고 한다. 두셋만 모이면 공감대가 바로 형성되며 서로 맞장구를 치게 된다. 모두가 같은 경험을 할 필요는 없지만 적어도 공감할 만한 경험은 최대한 만들어 가길 바란다. 좋은 경험이든 나쁜 경험이든 결국 그 모든 것이 인생을 살아가는 데 있어 귀한 에너지가 되는 것이다.

　다양한 아르바이트와 인턴십 경험도 정식으로 직장 생활을 시작하기 전에 큰 도움이 된다. 본인이 패션 업에 관심이 있다고 패션 관련 일만 경험할 필요는 없다. 다양한 아르바이트를 통해 사회생활을 간접 경험하며 많은 이들과 만날 수 있기에 인간관계도 넓고 깊어진다. 무엇보다 그런 과정이 우리 자신을 성장시킨다. 사람을 대하는 법도 터득하게 되고 처음 만날 때 어떤 모습으로 인사해야 하는지 등등 나만의 노하우도 생긴다.

　레스토랑에서 서빙을 해봐야 스스로가 손님으로서 갖춰야 할 매너도 갖추려고 할 것이다. 비영리 단체에서 자원봉사도 해봐야 혜택 받지 못한 이들이 얼마나 힘들게 살아가는지도 알게 된다. 어린 나이에 경험을 하다 보면 때로는 분위기 파악도 못해 억울한 입장이 되기도 하지만 그런 상황에서도 화내기보다는 잠시 생각해 보길 바란다.

왜 이런 상황이 내게 벌어진 것일까? 상대방도 잘못했지만 나의 어떤 행동이 변화되어야 할까? 살아가다 보면 내 의도와 달리 억울한 일도 많이 당하고 화나는 일도 많이 겪지만 그 상황에 대해 일일이 화낼 필요는 없다. 상황은 이미 벌어졌고 나는 앞으로 어떻게 해야 하는가에 더 집중해야 한다. 아픈 만큼 성장한다고 했던가? 아파야만 성장하는 것은 아니지만 아픔의 시간을 통해 내가 옳은 방향으로 가고 있는지 어디에 서 있는지를 바라볼 시간이 주어지는 것은 사실이다. 젊은 나이에도 그렇고 나이가 들어서도 우리는 그렇게 경험을 통해 새로 배우며 성장하게 된다. 성공하는 이와 실패해 쓰러지는 이의 차이점은 어려운 상황에 봉착했을 때 보이는 반응의 차이일 것이다. 화를 내고 포기하는가, 아니면 자신을 돌아보고 문제의 해결점을 찾아내고 다시 새로운 도전을 하는가에 있다.

도전은 클럽에 가서 춤추고 술 마시고 노래하는 것만큼 혹은 그 이상의 남다른 짜릿함이 있다. 내가 해보지 않은 것을 했는데, 더구나 그것이 매우 어려울 수 있는 상황에서 오랜 시도 후에 그것을 얻어냈을 때의 행복은 해 본 사람만 안다. 시각 장애인 말라 러년은 1992년 바르셀로나 장애인 올림픽에서 4관왕 등 정상적인 사람도 힘든 마라톤 풀코스를 뛰었다. 자신의 부족한 부분에 집중하는 것이 아니라 자신이 좋아하고 잘 할 수 있는 부분에 깊은 관심을 가지고 조금씩 발전시켜 나갔다. 아무것도 안 하고 시간만 보내는 것보다 오히려 수많은 도전을 통해 좌충우돌 도전하면서 자신이 발전하고 스스로 변화되는 모습을 지켜보길 바란다. 아마도 더 깊은 생각과 새로운 다짐, 새로운 목표, 그리고 새로운 시작을 하는 계기가 될 것이다.

어떤 사람은 아무것도 하지 않으면 안전하다고 생각해서 피하기도 하지만 사실 무엇이라도 시도해 보는 것이 좋다. 한 번에 성공하지 않더라도 시도해 본다는 자체가 의미 있는 일이다. 누구에게나 새로운 시도는 두렵고 불안한 법이지만 망설이는 것이 습관이 되면 아무것도 할 수 없는 사람이 된다. 생각이 많으면 실행이 어려운 법이다. 위험을 감수하고 도전하는 용기가 우리를 크게 변화시킨다. 남들에게 성공한 멋진 모습만 보이고 싶겠지만 사실 젊을 때 무언가를 시도해 실패하는 모습은 그 자체로도 아름다워 보인다. 아직 이룬 것이 없고 가진 것이 없기 때문에 더 담대하게 할 수 있는 것이 도전이다. 도전할 땐 자신을 믿고 당차게 시도해 보라. 어려운 환경, 또는 불편한 몸을 가지고도 이루어낸 경우 내면에 차곡차곡 쌓이게 되는 내공으로 인해 결국 그들은 성공한다.

전 미국 대통령인 버락 오바마는 "인생을 돈벌이에만 집중하는 것은 야망의 빈곤을 보여준다. 그렇게 한다면 스스로에게 너무 적은 것만을 요구하는 것이다. 야망을 가지고 더 큰 뜻을 이루고자 할 때에야 비로소 진정한 자신의 잠재력을 실현할 수 있다."라고 했다. 나는 국제개발협력 비영리단체인 해비타트에서 5년 이상 근무하며 집 없는 설움 속에서 슬퍼하는 이들을 보아왔다. 처음 시작은 2001년 지미 카터 전 미국 대통령의 특별 건축 프로젝트 홍보 실장으로 일하면서였다. 영리 섹터에서 잘나가는 광고 대행사 AE로 바삐 살다가 비영리 섹터에서 일을 하게 되었는데 내게는 개인적으로 큰 도전이었다. 연봉은 줄었지만 전직 대통령의 선한 행보가 기적을 만들어 내는 것을 바로 그 중심에서 지켜보았다. 전 세계에서 만 명이 넘는 봉사자가 집 없는 설움으로 힘겨운 이들에게 집을 지어주려고 대한민국으로 모여들고 있었다. 당연히 전 세계가 주목하는 믿을 수 없는 엄청난 프로젝트였다. 덕분에 너무 감동을 받아 주변의 많은 이들에게 도전을 권하게 되었다. 30대 초반이라는 젊은 나이에 시도한 도전이었던지라 갑작스러운 상황에 프로젝트의 성공만큼 개인적으로 큰 상처도 많이 남았다. 하지만 그로 인한 굳은살이 나무의 옹이처럼 단단하게 늘어났다. 힘은 들었지만 나를 빠르고 깊이 있게 성장시킨 최고의 기회에 지금도 무한한 감사를 드린다.

우리나라 사람들은 유난히 내 집 마련의 꿈이 큰 편이다. 덕분에 평생 돈을 모아 집 한 채 마련이라는 꿈을 향해 온 가족이 돈을 모으고 아끼고 살아간다. 결국 자녀들이 대학 갈 때쯤 집 한 채가 마련되거나 평생 대출 빚을 갚아야 된다. 만약에 자녀들이 어릴 때 가족이 함께 할 보금자리를 미리 마련해 준다면 그 집에서 아이들은 안정된 삶을 살아갈 것이다. 국제 해비타트 운동은 후원자와 자원봉사자들의 도움으로 집을 지어주고 주거권을 먼저 전달해 가족이 함께 들어가 살도록 한다. 하지만 무료로 전달하는 것은 아니다. 그 집의 진정한 소유주는 그 집안의 가장이라는 사실과 함께 상환의 시간 동안 직업을 가지고 성장해 당당하게 갚아가길 기대한다. 지역마다 다르지만 무이자 상환으로 갚아가게 했다.

집을 지을 때 입주 가정이 300-500시간 집 짓기를 하는 것을 의무로 정한 것은 입주 후 가족들에게 아빠 엄마가 직접 지은 우리집이라고 말하도록 하기 위해서였다. 부모는 집짓기 과정 중에 집의 뼈대와 구조 그리고 관리에 대한 방법도 배우고 재능기부 봉사자들의 따스한 마음도 공유한다. 어린이가 있는 집에 우선권을 주는 것은 가정을 회복시키기 위해서이다. 가정(Home building)을 세우기 위해 건축(House building)이라는 행위를 통해 희망을 세우게 되는 (Hope building) 풀뿌리 운동이기 때문이다. 집을 소유하기 위해 집짓기 과정에 휴머니테리안적인 가치와 함께 하는 나눔의 기쁨까지 더해져 의미 있는 시간이 되는 것이다.

우리는 희망을 지어주고 있었다. 기나긴 인생 여정에서는 목표

뿐 아니라 과정도 귀한 것이다. 그것이 우리가 오늘 하루를 버티게 하는 힘이기도 하다. 오늘 하루 기쁘게 살아야 할 이유는 그래서 충분하다.

미국의 흑인 운동 지도자인 마틴 루터 킹 목사(Martin Luther King Jr. 1929~1968)는 "사람을 판단하는 최고의 척도는 안락하고 편안한 시기에 보여주는 모습이 아니라, 도전하며 논란에 휩싸인 때 보여주는 모습이다."라고 했다. 1963년 8월 28일 미국의 수도인 워싱턴에 피부색과 종교, 직업이 모두 다른 25만 명의 사람이 모였다. 흑인의 인권과 평화를 찾아야 한다는 신념을 상징하는 그의 연설은 역사상 최고의 명연설 가운데 하나인 "나에게는 꿈이 있습니다(I have a dream.)."였다. 킹 목사가 뿌린 흑인 인권의 씨앗은 그 이후에도 계속 무럭무럭 자랐고 그로부터 40년이 지난 뒤에 미국 최초의 흑인 대통령이 당선되었다. 폭력이 아닌 평화로 흑인의 인권과 자유를 찾아야 한다고 했던 킹 목사의 뜻이 이루어진 것이다. 역사는 하루아침에 이루어지는 것은 아니지만 함께 합력하는 이들에 의해 세상은 조금씩 변화하고 있다.

오늘 내가 하는 행동이 세상을 선하게 바꿀 수 있는 씨앗이 된다면, 그리고 내가 포함이 된 역사의 한 페이지가 써지기 시작한다면 수많은 도전을 하지 말아야 할 이유는 없을 것이다. 부디 목표를 향한 수많은 도전을 해보길 바란다. 앞으로도 인턴, 취업 트렌드는 스토리텔링이 될 것이다. 다양한 경험으로 강점과 적성을 발견하게 되어 회사와 사회에 기여하는 개개인의 스토리가 모여 이 사회를 변화시킬 것이다. 개인의 강점을 강화해 행복 추구로 향한다면 우리의 무한도전은 더욱 재미있고 감동적일 것이다.

남의 얘기를 듣고 흉내 내지 말고 직접 체험하고 느끼고 생각하고 행하라. 그렇게 온전히 내 것을 준비해 세상을 헤쳐 나갈 때 할 수 있다는 자신감과 용기가 생길 것이다.

08 ｜ Harmony_컬래버레이션을 하라

컬래버레이션을 한다는 것은 일정한 목표를 달성하기 위해 공동으로 작업하는 것을 뜻한다. 일정 분야에 장점을 가진 업체가 트렌드 결정자와 함께 협업하는 것이 최근 늘고 있다. 무엇보다 파트너들과 관계 커뮤니케이션 능력과 홍보 기획력이 필요하며 그 목적은 협력하여 공동의 선을 이루기 위해서이다. 주로 패션 디자이너 브랜드와 협업하여 기존 상품을 색다르게 리디자인한 뉴 라인을 출시하기도 하고 스포츠·아웃도어 브랜드와 스트리트 패션 브랜드 간에 컬래버 마케팅이 주를 이룬다. 두 브랜드의 공동 작업으로 인지도 높은 스포츠 아웃도어 브랜드는 신선함을 어필할 수 있다. 브랜드로서는 컬래버를 통해 보다 넓은 층의 소비자에게 가까이 다가가는 효과가 있다. 두 단체가 가지고 있는 자원의 풀이 협업을 하는 과정을 통해 공유되기도 하면서 시너지 효과를 내기도 한다.

대중에게 널리 알려진 셀럽을 모티브로 한 컬렉션을 출시하거나 스타가 참여해 제품을 착장하고 찍은 화보나 영상으로 브랜드를 홍보하는 컬래버를 쉽게 찾아볼 수도 있다. 셀러브리티 컬래버는 브랜드가 지향하는 가치와 콘셉트에 부합하는 이미지를 지닌 스타를 활용해 소비자의 공감을 이끌어낸다. LG Velvet 출시와 함께 전격적인 마케팅 일환으로 모델들이 핸드폰을 손에 들고 광고를 찍는 과정을 예능 프로그램에서 보여준 적이 있다. 당시 유명 스타일리스트가 출연하며 시너지를 내고 눈길을 끄는 모습도 재미있는 시도였다. 무엇보다 팬데믹으로 인해 오프라인 패션쇼 대신 온라인 패션쇼와 함께 출연한 모델들의 애환과 비하인드 스토리를 핫한 예능 프로그램에서 보여주었다. 덕분에 시청자에게는 재미있게 감상할 기회까지도 주니 일석 5조 정도 되는 효과를 본 것 같다. 협업(컬래버)을 한다는 것은 수많은 이들과 끊임없이 소통하고 리더십을 보이며 사랑으로 끌어안으며 함께 하는 이들의 염원과 간구를 실현해 내는 쉽지 않은 대 기획이다.

사실 브랜드의 컬래버와 다양한 아트 컬래버 뿐 아니라 우리가 직장에서 다양한 관련 단체들과 시너지를 내기 위해 시도하는 많은 일들에서 협업의 미를 이끌어내야 한다. 담당자는 기획부터 결과물이 나올 때까지 수많은 이들과의 소통의 과정에서 갈등도 해결해야 하고 문제점도 풀어내야 한다. 나도 국제기구에서 일할 때 준비한 대기업과의 착한 마케팅 PR 커뮤니케이션을 통해 수혜자에게 도움을 주고자 했다. 또한 브랜드에도 프로모션이 될 수 있도록 엄청난 에너지가 쓰이곤 했다. 관련자들은 수도 없이 많았고 성향과 니즈도 모두 다른 상황이었지만 하나의 가치를 목표로 설정해 그 방향이 흐트러지지 않도록 많은 시간과 노력을 쏟아야 했다. 당시 나의 일터인 국제기구 세계본부는 과학자과 석학들이 모인 단체였기에 내부적으로 마케팅에 대한 이해도는 높지 않았다. 함께 한 파트너는 대기업이므로 나는 회사의 이익과 그들이 추구하는 가치를 잘 조율해 줘야 하는 입장이었다. 후원사의 니즈도 맞추어야 했고 결과물에 대한 기대도 외면하면 안 되는 중요한 입장이었다. 게다가 비영리 마케팅을 통해 혜택을 받는 수혜자에게는 마음이 다치지 않는 배려가 있어야 했고 그 상황을 소개하는 언론 플레이도 사전 논의와 점검이 필요했다. 그 어느 것도 내가 갑으로 할 수 있는 입장은 아니었으니 얼마나 마음 고생할 일이 많았을지는 설명이 필요 없을 것이다. 서로가 튜닝하며 하나의 소리를 내도록 조율하는 그 모든 과정은 한순간도 마음을 놓을 수 없는 시간이었다.

물론 처음부터 컬래버레이션을 잘 하는 사람은 없다. 수많은 경험과 실패, 그리고 다시 얻는 지식으로 무장해 하나씩, 한 단계씩 더 나은 모습으로 나아갈 뿐이다. 무엇보다 관련자들의 입장에서 배려하고 문제들을 해결해 나가는 소통의 과정은 결코 녹녹치 않았다. 게다가 개발도상국의 여러 가지 예측하지 못하는 현지 상황들도 기다리고 있었다. 현장에 답사를 가기로 했지만 그 나라가 전쟁이 터지기도 하고 천재지변이 일어나기도 하는 등 무엇 하나 쉽게 되는 일이 없다고 봐야 한다. 심지어 행사를 잘 마치기 위해 오프닝이나 클로징 세션에 VIP를 모시는 준비 과정과 오시는 길 그리고 동선 확보 및 주차 확인까지 충분한 배려가 필요했다. 그리고 사전에 초대와 인사말 드래프트도 준비해 전달해주어야 하는 배려의 연속이었다. 행사가 끝난 후의 감사 편지까지 모든 것이 사전에 체크되어야 한다. 물론 그 모든 행사는 사전에 기획하고 보고 라인을 통해 컨펌을 받고 예산이 미리 편성되어야 했다. (나의 경우는 펀드레이징 총괄이었기에 후원사를 연락해 요청하고 제안서를 보내고 프레젠테이션을 하고 후원이 결정되면 진행하는 모든 과정과 결과를 보고하는 일까지 포함) 사전 동의가 있은 후 수도 없이 문서를 주고받은 후 초대하고 RSVP 메일과 전화를 하는 과정도 포함되었다. 스마트 폰이 없던 시절이라서 수많은 메일과 전화 그리고 문서 작업을 마무리하기 위해 매일 야근하느라 어깨가 항상 뭉쳐있었다. 당연히 그 모든 과정 중에 내부의 팀들과 회의도 해야 하고, 진행 상황을 수시로 점검해야 하며 관련 부서에 요청도 해야 하고, 언론사에 행사 소식을 보도 자료와 함께 보내 초대하는 일도 병행해야 했다. 인터뷰를 어레인지하고 참석하시는 손님들의 기념품과 선물을 준비하며 행사장을 사전에 살펴 동선 까지도 미리 파악해야 한다. 이 모든 것을 일일이 거론하다 보면 사실 밤을 새워도 부족할 듯 하다. 어떤 때는 월 2회~4회까지도 자선 행사를 준비해야 했고 행사 외에도 주요 모임에 네트워킹을 위한 참석 등 밤을 새워도 부족한 상황이었다. 그리고 행사가 끝난 후에도 결과 보고서를 작성하고 좋은 관계를 유지하고자 감사 편지를 발송하고 또 다른 협력 안을 제안하기 위한 아이디어를 수시로 고민해야 했다.

여기서 내가 강조하고 싶은 것은 얼마나 많은 일을 했는가보다는 그 과정에 대한 것이다. 어느 조직에서나 어떤 일을 하든지 간에 우리는 수많은 소통을 해야 한다. 메일도 보내고 전화도 했고, 얼굴 보고, 대화도 했다고 소통이 끝나는 것은 아니다. 직장을 들어가 조직에서 생활을 하다 보면 그 모든 것을 하고서도 그 이상의 것을 해야 하는 상황임을 깨닫게 된다. 즉 마음과 마음이 닿아 어려울 때 돕는 파트너들에 대한 배려이다. 사실 아무리 잘 설명을 해주어도 행사장에서는 수많은 변수가 작용해 플랜대로 진행되지 않는 법이다. 아무리 매뉴얼을 공유해도 현장에서의 변동은 피할 수가 없다. 그 모든 관계에서 당황스러운 상황이 펼쳐질 때 어떻게 순발력 있게 마음 상하지 않도록 소통하느냐가 컬래버레이션의 큰 축이 된다. 물론 누구나 직장 생활을 하며 하나씩 해나가다 보면 결국 자신만의 노하우가 생겨 시간이 갈수록 더 잘 해낼 것이다. 좌충우돌 실수하는 것을 너무 염려하지는 말라. 얼른 인정하고 사과하고 같은 실수를 되풀이 하지 않도록 준비 하면 된다. 실패나 실수를 두려워하지 말자. 넘어져야 일어서는 노하우가 생기는 법.

협업의 기술은 상대의 의견에 대한 존중이다. 사실 이처럼 많은 일들이 한꺼번에 돌아가는 상황에 모든 이들의 의견을 다 들어가며 설득할 시간이 충분하지 않다는 것이다. 이것이 바로 직장 생활에서 협업의 가장 어려운 부분이기도 하다. 본의 아니게 오해를 받는 것도 이 부분이다. 이를 방지하기 위해서는 명확한 역할 분담이 중요하다. 혼자서는 이 모든 일을 성공적으로 해낼 수가 없다. 공동된 목표가 무엇인지 공유해야 하고 결과물에 대한 예측도 나누며 각자의 역할이 얼마나 중요한지 사전에 인지하게 해야 한다. 개인의 능력과 개성을 존중하며 공통의 목표에 하나로 묶어내는 것이 리더의 역할이다. 물론 한 번에 해결되지는 않고 누구나 처음부터 잘 할 수는 없지만 프로젝트 준비 전후 내내 지속적으로 세밀하게 준비하고 발전해 나가는 과정이다. 커리어 개발은 단순히 월급을 높여가며 여기저기 출근해 일을 한다는 것을 의미하지는 않는다. 내가 가진 지식으로 노하우를 통해 누군가에게 도움을 줄 수 있도록 성장해 가는 것에 대한 기쁨이 더 큰 것이다. 인간이 동물과 다른 부분은 바로 이렇게 가치에 중요성을 두기 때문이다.

졸업생 중에 개발도상국 출신 국제 유학생은 성공적으로 이직을 한 후 최근에 나에게 이런 말을 전해주었다.

"교수님, 이 대기업에 제출해야 할 포트폴리오를 준비할 때 교수님이 가이드를 해주신 것에 감사해요. 제가 첫 동문회 기금 마련 (alumni fund) 펀드레이징을 위해 Marketing PR communication 전략을 주도해 진행하고 문서화할 수 있도록 많은 용기와 영감을 주셨지요. 저의 리더십을 이끌어 내셨고 할 수 있다는 용기를 주셨어요. 무엇보다 첫 번째 alumni fund를 제가 주도적으로 준비해 같이 졸업하는 친구들과 마련하고 졸업식에 전달까지 하는 영광을 얻게 되었어요. 이것은 실제 제가 글로벌 기업에 근무를 하게 되며 주어진 프로젝트를 수행할 때도 좋은 연습이 된 것 같습니다."

이 학생은 개발도상국 출신 유학생으로 성실하고 진정성 있는 태도로 주어진 상황에 최선을 다하는 장점이 있었다. 처음에는 한국어 구사가 어려워 취업에 어려움이 있었지만 스타트업에서 3년 정도 근무한 후 최근에 애플 본사에 합격하는 쾌거를 이루었다. 성격도 좋고 함께 협력하여 일도 잘 하는 코칭리더십을 지녔다. 졸업 후에도 기술을 배우며 셀프코칭으로 자기 성장을 지속해 자기와의 싸움에 승리한 경우이다. 참으로 자랑스럽고 기쁜 마음이다.

09 | Honor_
자기 자신에게 집중하여 품격을 지켜라

21세기는 달인의 시대가 될 것이다. 달인은 학문이나 기예에 통달하여 남달리 뛰어난 역량을 가진 사람을 뜻한다. 그들은 자기 자신만의 재능으로 전문가가 되어 그 누구도 대신할 수 없는 천직을 발견한다. 무엇보다 명확한 목표와 그것을 이루기 위한 눈물겨운 노력이 남다른 사람들이다. 남들에게 보이기 위해 척하는 것은 오래가지 못할 것이고 여기저기 기웃거리며 커리어 헌팅을 하는 것으로는 자기 자신이 원하는 일을 지속할 수 없을 것이다. 진정한 달인이 된다는 것은 자기 자신을 속여서는 불가능한 일이다. 아무리 좋아하는 일을 하더라도 힘든 상황을 이겨내는 자기와의 싸움을 극복해 내야 진정한 달인이 될 수 있다.

최근에 두각을 나타낸 트로트 가수 중에 20대 초반의 조명섭이라는 이가 있다. 그는 어린 시절 병약해서 누워 지내는 상황이었고 할머니가 키워주셔서 그런지 말투도 요즘 사람 같지는 않다. 그는 트로트가 좋아 노래를 했고 '신라의 달밤'을 부른 가수 현인이 환생한 것 같다는 평을 들을 정도로 매우 독특한 음색을 지녔다. 패션도 매우 올드하지만 물 흐르듯 편안하게 노래하며 웃는 모습이 보는 이로 하여금 행복함을 느끼게 한다. 자신은 트로트가 좋아 노래를 했다고 하는데 참 맛깔나게 잘한다. 얼마나 연습을 많이 했을까 싶다. 감동스러운 것은, 자신이 아파본 적이 있어 그런지 아픈 사람을 치유하는 '의사 같은 가수'가 되고 싶다고 한다. 사람은 무슨 일을 하는지, 어떤 외모인지가 중요한 것이 아니다. 그 시대에 맞느냐 그 조직이 좋아하느냐보다 더 귀한 것은 시대를 초월해 감동을 주는 키(key)가 있어야 성공하게 된다.

사람들이 찾든 안 찾든 스스로가 행복하고 가장 잘 할 수 있는 것 즉, 그 재능이 꿈으로 연결되어 자신을 행복하게 한다면 충분하다. 바로 그것을 업으로 삼는 것이 최고의 기쁨이 될 것이다. '의사 같은 가수'가 되어 아픈 이들에게 노래로 힐링을 전하겠다는 마음이 참으로 선해, 개인적으로 그와 친분이 있는 것은 아니지만, 계속 잘해 나가길 응원한다. 그 꿈을 지켜나갈 수 있다면 어떤 상황이 와도 자존심보다 더 귀한 자존감으로 삶을 살아갈 것이라고 생각한다. 열정이 실력을 좌우할 수 있다. 지금 자신이 안정적이고 쉬운 삶을 살고 있다면 경계하라. 당분간은 안정적이겠지만 실력을 쌓지 않으면 지속하지 못할 것이다. 인생은 타인과의 경쟁이 아니라 자기와의 투쟁이다. 부디 자신의 재능을 갈고닦아 평생 지속할 열정으로 나아가길 응원한다.

　나의 지인 중에 정리의 달인이 있다. 처음에 청소와 정리 비즈니스를 한다고 했을 때 매우 특별하다는 생각이 들었다. 보통 사람들은 정리 정돈을 좋아하지도, 잘 하지도 못하는데 그는 달랐다. 일단 정리하는 것을 즐거워하고 매우 결단력도 있었다. 정리의 달인들이 가장 먼저 하는 것은 바로 분류라고 한다. 쉬울 것 같으면서도 어려운 일은 바로 필요한 것과 더 이상 필요 없는 것으로 나누는 것이라고 한다. 무언가를 버려야 할 때 결단력이 많이 요구되는 상황이다. 그는 단순히 청소를 하는 것이 아니라 기획을 하고 있었다. 용도별, 형태별, 사용 빈도와 기호에 따라 물건을 끼리끼리 모아서 영역을 정한 후에 다양한 도구들을 활용해 정리해 나간다. 무엇보다 깨끗해진 환경을 보면 큰 보람을 느껴 자신이 무척 자랑스럽다고도 했다. 누군가는 청소를 우습게 볼 수 있지만 청소에 재능이 있고 기쁘다면 그것은 그 사람의 천직인 것이다. 사람은 누구나 잘 하는 것이 있고 그런 자신을 보며 뿌듯해하기 마련이다. 다만 그것이 무엇인지 의외로 찾기 어렵고 삶에 지쳐 끝까지 해내기도 어려운 상황에 직면한다는 것이다. 일단 내가 제일 잘하는 일을 스스로 찾아내야 한다. 재능보다 귀한 결단력과 기획력이라는 강점이 그를 성공으로 이끈 점에 주목해야 한다. 자신의 재능이 무엇인지 몰라서 발견할 때 까지는 아무것도 안하고 기다리겠다고 말은 하지 않길 바란다. 살아가는 동안, 특히 다양한 일터에서 일을 해가면서 자신의 강점을 발견하게 될 것이니 부디 오늘 지금 이 순간에 최선을 다하면 된다. 무엇이든 도전해보라!

윌리엄 셰익스피어는 인생의 의미는 당신의 재능을 찾는 것이고 인생의 목적은 그것을 타인에게 주는 것이라고 했다. (The meaning of life is to find your gift, the purpose of life is to give it away.) 우리가 타고난 재능으로 업을 삼아 돈을 벌고 우리보다 혜택 받지 못한 이들과 나누려고 한다면 진정으로 의미 있는 삶이 될 것이다. 때로는 학생들이 다가와 그들의 속마음을 고백해줄 때 나의 삶은 그들과 더불어 에너지로 가득해진다.

"교수님께 개인적인 코칭을 받게 되면서 매우 감성적인 경험을 하며 나 자신의 내적 자아에게 질문할 수 있게 해주셨어요. 처음에 제가 커리어개발센터를 찾아 교수님과 대화를 할 때 저의 첫 질문은 어디에 지원해야 하고 어떤 것을 준비하고 어느 사이트를 들어가 봐야 하는가에 대한 것이었어요. 그런데 교수님은 여러 번의 코칭을 통해 한국뉴욕주립대학교에 오게 된 저의 상황, 그 전공은 왜 택했는지 무엇을 하고 싶은지 어떨 때 행복한지 등의 질문을 하셨어요. 처음 듣는 질문들이었고 학교와 전공에 대한 근본적인 질문이 저에게 처음에는 황당하기만 했던 것 같아요. 하지만 두 번, 세 번 만남을 통해 계속되는 격려와 함께 유학 생활에서 겪는 아픔에 대해 들어주시고 제 마음에 평안함을 얻게 경청해 주셨어요. 때론 저의 고민을 털어놓기도 하고 준비해 주신 다양한 현장 경험의 기회에도 참여하면서 제가 선택할 곳을 찾아내기 시작했던 것 같아요. 제가 저의 모습으로 설 수 있게 기다리고 용기를 주시고 무언가를 할 수 있다는 자신감도 얻게 해주셨어요."

나는 학생들에게 코칭을 하며 무엇보다 자기 자신의 내면에 집중하도록 기다려 주었다. 자기 자신에게 집중하지 않고 겉모습에만 치중하거나 남들이 말하는 지식만 추구한다면 수박 알맹이가 아니라 겉껍질만 먹게 될 것이다. 내가 어릴 때도 그랬지만 20대에게 가르치려 든다는 것은 소통을 포기하라는 뜻일 만큼 학생들은 어른의 말을 듣기보다 자신의 생각을 시도해 보고 관철하려고 한다. 물론 자아가 있는 성인이 되어 그런 행동과 선택을 하는 것은 당연하기에 나는 그들에게 리서치나 기획을 시키거나 가르치려고만 하지는 않았다. 그에 앞서 우선, 스스로 하고 싶도록 열린 질문을 하고 구체화하도록 격려하는 과정을 통해 오히려 자신의 길을 찾아내기를 기다려 주었다. 평가하기보다 격려하고 답을 요구하기보다는 인정하고 칭찬하며 공감해 주니 더 효과적이었다. 음식은 먹고 싶을 때 먹어야 가장 맛있듯이 궁금한 것도 물어볼 때만 답해주려 했다.

나도 성장기에 그런 교육을 받은 것이 아니기에 쉽지 않은 기다림이었지만 시간이 갈수록 그들은 스스로 발전해가고 있었다. 누군가가 시켜서가 아니라 스스로 자신을 자랑스러워하며 결정하도록 하는 것이 중요하다.

"제가 교수님과 경험한 커리어코칭은 리서치, 목표 설정, 실행이었던 것 같아요. 교수님이 생각을 요하는 질문을 해주셨고 제가 자기 발견을 하도록 기다리고 도와주셨어요. 그 질문들 덕분에 저는 동기부여가 되어 정확히 성취하고자 하는 것이 무엇인지에 대해 깨닫게 되었어요. 결국 커리어 목표를 스스로 발견하게 되어 명확히 하고 조정할 수 있게 해주셨어요."

사회 초년생들은 직업을 구하려는 노력을 하며 여러 회사를 리서치하고 그 조직의 마음에 들도록 노력할 수밖에 없다. 그것은 너무도 자연스럽고 당연한 과정이다. 그리고 그러한 노력은 무척 중요하다. 조직은 그들만의 전통과 역사와 문화가 있기 때문에 신입사원으로 그것을 알아가려는 노력은 중요하다. 나 혼자 튀려고 한다면 차라리 나만의 회사를 만들어 해보는 것이 나을 수도 있다. 하지만 첫 직장을 구하려는 루키로서 일단은 겸손하게 현장에서 관계를 통해 배워야 할 것들이 더 많을 것이다. 조직에서의 태도와 사람을 대하는 방법과 함께 일하는 노하우 그리고 자신이 일하게 될 영역에서의 지식 등도 포함해서 말이다. 하지만 21세기를 살아갈 이들은 그에 더해 정말 잊지 말아야 할 것이 있다.

이 책의 초반부터 강조한 것인데 가장 나다운 것이 나를 돋보이게 한다는 것이다. 하지만 이 말을 잘못 이해하면 안 된다. 나다움을 강조하려고 너무 튀는 행동으로 주변은 배려도 하지 말라는 것이 아니라 자신의 색을 잃지 않으면서 조직과 화합하는 협업이 중요하다. 사회생활을 하면 모든 것이 쉽지는 않지만 그렇더라도 결국 나를 나답게 하는 부분을 놓지 않고 나아가야 한다. 나다움을 잃지 않고 업력이 쌓이면 구글, 아마존, 테슬라와 같은 글로벌 기업이 진심으로 원하는 창의적 인재가 될 것이다. 내가 이 책을 쓰게 된 이유는 구글, 아마존, 테슬라에 취업하려는 이들에게 단순히 취업 테크닉을 알려주려고 한 것이 아니라 21세기를 넘어서도 변하지 않는 가치와 비전을 공유하고자 한 것이다.

내가 가장 나다운 모습으로 재능을 발휘해 세상을 변화시킬 때 잊지 말아야 할 것은 '존귀한 가치는 시대를 초월해 한결같다'는 사실이다. 인간에 대한 존엄성. 그 누구도 함부로 대하지 말고 귀하게 여기는 휴머니티를 지닌 인재라면 그 어떤 조직에서 일하게 되더라도 환영받을 것이다. 즉, 그는 핵심 가치를 이해하는 사람이기에 또한 그 누구도 그를 함부로 대하지 못할 것이다.

4차 산업 시대에 기계와 대치하고 로봇이 지배하는 세상을 이겨

넬 진정한 리더는 자기 입장만 고려하는 어리석음을 보이지는 않을 것이다. 직장에서 당일 아침에 갑자기 몸이 안 좋다고 통보 문자만 던져놓고 출근하지 않는 등의 행동도 하지 않길 바란다. 몸이 아파서 누군가에게 전염시킬 수 있으니 출근하지 않는 것은 나를 포함해 타인을 위한 예방 차원의 당연한 일이다. 하지만 귀찮고 게을러서 벌어진 결근으로 인해 나 대신 그 업무를 감당해야 할 동료나 보스에게 피해를 끼쳐서는 안 될 것이다.

입장 바꿔 생각해 보면 된다. 누군가 성실하지 않고 거짓말로 출근을 하지 않아 갑자기 나에게 일이 추가된다면 얼마나 화가 나겠는가 말이다. 항상 상대를 배려해 이해를 구하는 예의 바른 태도는 꼭 유지하길 바란다.

10 History maker_ 새로운 역사의 주인공이 되자

한국뉴욕주립대학교의 슬로건은 "History Makers, We change the world"였다. 참으로 도전이 되고 가슴이 뛰는 멋진 키워 드였다. 철이 없을 때 이 문구를 접했다면 교만하고 열정적으로 역 사를 나 혼자만이 이룰 수 있을 것이라고 착각할 수도 있었을 것이 다. 사실 역사는 혼자가 아니라 함께 협력하는 사람이 협업으로 만 들어 가는 것이다. 세상을 바꾸는 힘과 능력이 우리에게는 분명히 있다. 글로벌 리더가 되어 세상을 돕고 싶다고 결심했을 때 나는 따 스한 마음만 있다면 될 것이라고 생각했지만 사회생활을 하며 생 각이 바뀌었다. 혼자 해낼 능력이 안 되어서 라기 보다는 팀 빌딩 을 바탕으로 한 소통이 얼마나 의미 있는지를 깨닫게 되었기 때문 이다. 따스한 마음(Heartfelt leadership)과 협업(Collaboration), 그 두 가지가 모두 있어야 비로소 가장 중요한 문제 해결 역량을 발휘할 수 있다. 지금 누군가 내게 어떤 사람이 진정한 리더냐, 그리고 누가 역사를 만들어 갈 글로벌 리더냐 라고 묻는다면 나는 먼저, 세상을 바라보는 통찰력과 따뜻한 마음을 가진 인재라고 할 것이다. 그런 성품을 지닌 사람이야말로 대한민국을 넘어 세계 곳곳에서 리더의 역할을 해낼 수 있을 것이다. 그들이 바로 세상을 바꾸는 새로운 역사의 주인공이 될 것이다. 자신의 강점을 발견해 각자 있어야 할 자리에서 꿈과 끼를 마음껏 발휘한다면 궁극에는 협력하여 선을 이루는 가치도 이루어 나갈 것이기 때문이다.

위대한 인물이 되어 역사를 이끌기도 하지만 우리 한 사람 한 사람의 소박하고 성실한 삶이 시간의 흐름 속에서 역사의 한 페이지를 채워나가고 그 역할을 해내고 있다고 생각한다. 누군가는 앞장서 리더가 되기도 하겠지만 누군가는 그들을 섬기며 팔로워 (follower)가 되어 일조하기도 한다. 누구나 리더가 되기를 바랄 것 같지만 의외로 리더 보다는 팔로워가 되고 싶다는 이들도 많다. 리더가 아무리 잘 하려고 해도 열등감이 가득해 부정적으로만 생각하는 팔로워를 만나면 아무것도 이룰 수가 없다. 한마디로 공동의 목표를 달성하기 위하여 각자의 역할에 따라 한 사람 한 사람이 책임을 다하고 협력해야 역사의 페이지는 완성된다. '훌륭한 리더는 팔로워가 만든다.'는 이야기도 있다. 어릴 적부터 부모님과 학교 선생님들은 좋은 리더가 되라고 강요하시는 경우가 많다. 하지만 좋은 팔로워가 되라고 가르치는 경우는 많지 않다. 좋은 팔로워는 리더를 따라가기만 하는 사람이 아니다.

하버드대 바버라 켈러먼 교수는 "나쁜 팔로워의 특징은 아무것도 하지 않고, 비효율적이고 비도덕적인 리더(나쁜 리더)를 지지한다. 그리고 효율적이고 도덕적인 리더(좋은 리더)에 반대한다."라고 말했다. 사실 팔로워인 팀원의 리액션이 긍정적인 역할을 해주면 리더는 힘이 난다. 상대방을 인정하고 지지함으로써 긍정적인 분위기를 만들어 내는 팔로워는 리더보다 더 귀한 존재이다. 거짓말을 하라는 것이 아니라 부드러운 말투로 대안을 제시하는 것도 지혜로운 팔로워의 역할이다. 오히려 리더는 객관적인 의견을 주는 팀원으로 인해 존중받고 그래서 더욱 팀원에게 귀를 기울이게 되는 선순환이 계속된다. 사회생활을 하며 도저히 이해가 안 되는 상황에 부딪힐 때마다 나의 어머니는 "항상 상대의 입장에서 얘기하라"고 자주 강조하셨다. 누구나 입장 바꿔 생각해 보면 상황이 더욱 명확해진다. 내가 리더라면 어떤 팔로워를 좋아할지 한번 고민해 보길 바란다.

리더는 어떻게 말해야 마음 상하지 않고 팀원들의 의견을 정확히 알려줄 수 있을까? 상대의 언어로 반복해 주는 것도 좋은 방법이다. 예전에 나는 상대가 말을 더듬거나 맞지 않는 단어를 사용하면 고쳐주거나 내 언어로 바꾸어 대화하곤 했다. 지금이라면 그러지 않았을 텐데 지나고 보니 미안하다. 상대의 언어로 반복해 주며 공감하는 경청은 감동이 되어 상대의 마음을 열어준다. 나와 같은 언어로 공감해 주는 사람에게는 호감이 생기기 마련이다. 그래서 배려는 그렇게 사람들의 마음을 움직이고 또 다른 배려를 낳게 되는 것이다. 많은 지식을 가지고 있는 사람보다 지혜를 가진 사람이 더 큰 일을 할 수 있다. 나도 젊었을 때는 그 비밀을 모르고 열심히만 하면 된다고 생각했다. 길 가는 나그네의 외투를 벗기는 해와 바람의 우화에서처럼 결국 나그네의 외투는 거센 바람이 아니라 햇빛이 벗겼다는 교훈을 잊었던 것이다. 매사에 젊은 혈기로 자주 화내고 성급하고 참지 못한다고 의기소침할 필요는 없다. 물론 나이가 들어 갈수록 상대를 배려하고 공감하는 자신을 발견하게 될 것이다. 누군가는 공감하는 재능을 타고나서 아주 어릴 때부터 배려를 하고 또 누군가는 부단한 노력을 통해 노년에 이르러 변할 수도 있다. 변화의 노력을 계속한다면 누구든지 성장하고 잘 할 수 있는 가능성은 있다.

취업을 위해 인터뷰를 하게 될 때 '본인은 리더인지 팔로워인지' 묻는 질문을 받을 때가 있을 것이다. 그럴 때 무엇이라고 답하게 될지 생각해 보는 것도 좋은 방법이다. 자기 자신을 잘 안다고 생각하고 본인이 리더라고 생각을 하지만 실제 상황은 항상 팔로워를 원했을 수도 있다. 비록 평소에 드러나지는 않지만 주인 의식을 가지고 일하려고 했다면 리더라고 말할 수도 있다. 리더이든 팔로워이든 우리는 서로 협력하며 역사의 페이지를 적어가고 있다. 각자의 역할에 충실하고 서로를 배려하고 있다면 우리는 이미 잘 해내고 있는 것이다. 사실 팔로워도 진정성과 전문성이 있어야 한다.

우리는 누구를 위해 역사를 만들어 가고 있을까? 흔히들 세상을 변화시키는 리더가 되고 싶다고 야무진 꿈을 말하곤 한다. 하지만 세상을 변화시킨다는 것이 쉬운 일은 아니다. 비영리 단체의 비전을 보면 세상의 모든 것을 변화시킨다는 문구들도 발견된다. 왜 그렇게 큰 비전을 만들어 가는가 하면 우리가 살아있는 동안 이룰 수 없는 최고의 선이기 때문이다. 비록 내가 죽더라도 나의 후세대가 그리고 또 그 후세대가 반드시 이루어 주리라고 믿는 것이 비전이고 지금 현재 나는 할 수 있는 최선을 다하는 것이다. 혼자의 힘이 아니라 함께 힘을 합쳐 오늘, 지금, 이 순간 협력하여 해내는 것이다. 그것이 우리가 잊지 말고 챙겨야 할 공동의 선이고 세상을 변화 시키는 단초가 된다. 어릴 적부터 일등을 해야 한다고 교육 받아온 사람들은 그 익숙한 목표가 인생을 지배할 수도 있다. 내가 해야 하고, 내가 잘 해야 하고, 내가 리더여야 한다고 생각한다면 마라톤 같은 인행의 긴 여행에서 오히려 지치고 낙오할 수도 있다. 우리가 세상을 변화시키는 노력은 사실 사람들의 삶에 선한 변화를 주기 위해 만들어 내는 작은 움직임이다.

"당신은 사람들의 인생이 변화되도록 '돕는' 히스토리 메이커입니다!"(You are the history makers to HELP change the lives of people!) 내가 비전 특강을 하러 가서 꼭 강조하는 말이 있다. 우리는 운이 좋아 대한민국이라는 곳에 태어나 종교의 자유도 있고 언론의 자유도 있다. 하지만 세상에는 그렇지 못한 열악한 나라에 본인의 의지와 상관없이 태어나 굶는 것은 다반사이고 자유조차도 허락되지 않는 사람들도 있다. 무섭도록 잔인하고 눈물 나는 전쟁 속에 힘들게 버텨야 하는 이들도 있고 병에 걸려 죽을 것 같아도 갈 수 있는 병원마저도 없는 곳에서 태어난 이들도 있다. 적어도 그들보다 편한 삶을 사는 우리는 그들을 위해 무엇을 해줄 수 있을까라고 물어야 한다. 왜 그 사람들까지 신경을 써야 하는가라고 묻는 사람들도 있다. 지금 받고 있는 혜택이 얼마나 귀하고 고마운 줄 모르고 교만하게 당연한 거라고 주장하는 이들도 있다. 하지만 사람은 누구나 그 반대의 상황을 겪을 수도 있는 것이다. 지금 당장 그 입장이 된다고 생각해 보자. 내가 가진 재능으로 누군가를 도울 수 있는지 항상 염두에 두는 삶이길 권한다. 나는 개발도상국에서 유학 온 학생들에게 코칭을 하며 참 뿌듯하다. 그들을 도울 수 있어 행복하다. 그들은 자신의 나라에서 얼마나 많은 이들이 아파하고 힘겨운 상황에 빠져있는지를 잘 알고 있다. 그렇기에 대한민국에서 경제 발전 노하우를 배우고 싶다고 말한다.

그들의 선한 영향력은 세상을 변화시킬 것이다. 대학원생인 R이 내게 해준 말이 있다.

"저는 경험도 부족하고 아직 어린 나이에 커리어코칭을 알게 되었지만 앞으로도 계속 커리어 패스를 넓혀 갈 때에 수시로 저에게 디렉션을 주고 나를 잡아주는 좋은 등대 역할을 할 것이라고 느낍니다. 기회가 된다면 계속 코칭을 받아보고 싶고 후배들에게도 기회를 얻도록 저도 좋은 멘토 코치가 되고 싶어요."

21세기는 팔로워들의 지혜가 없이는 아무리 유능한 리더라도 잘 이끌어가기 힘들다. 리더와 팔로워 모두 중요하다. 나는 아주 어릴 때부터 지금까지 반복해서 인생의 변환기에 꺼내어 읽는 책이 있다. 생텍쥐페리의 "어린 왕자"라는 작품인데 내가 10대일 때, 20대일 때, 그리고 30, 40, 50대가 되어 같은 책을 반복해 읽고 있다. 신기한 현상은 분명 책 내용은 같지만 내가 느끼는 것들은 사뭇 다르기만 하다. 어린 왕자에서 여우가 '세상에서 제일 어려운 것이 무엇일까?'하고 물었을 때 대답은 '사람의 마음을 얻는 것'이라고 한다. 사람의 마음은 돈으로 살 수 있는 것이 아니기에 진심으로 어렵다고 생각한다. 사람은 컴퓨터와 달라서 감성에 따라 자신의 경험치에 따라 수많은 변수 속에서 반응한다. 그렇다면 아무리 훌륭한 컴퓨터가 분석을 해도 불가능할지도 모른다. 본인도 자신의 마음을 모를 때도 있기 때문이다. 세상에서 제일 어려운 것은 그런 마음에 전하는 '감동'일 것이고 감동은 공감과 협업에서만 시작될 수 있을 것이다. 그래서 팬덤의 시대에 리더가 팔로워의 마음을 얻는 것도 어려운 일인 듯하다.

다양한 사람들의 얼굴만큼이나 그 속마음은 예측이 불가하다. 그래서 "열 길 물속은 알아도 한 길 사람 속은 모른다."라는 옛말도 있다. 결론적으로 말해 어려운 관계 속에서 일희일비할 필요가 없다고 말해주고 싶다. 작은 욕심보다는 큰 그림 안에서 함께 협력하여 선을 이루고 서로를 존중하면 될 것이다. 진실은 밝혀지고 우리만의 새로운 역사도 함께 써내려 갈 수 있을 것이다.

Lifelong Journey to find myself

재 능	
강 점	
가 치 관	
내 면 의 소 리	

chapter 3

Job을 Create 하는 시대,
아마존, 구글, 테슬라가 찾는
커리어를 만들어라!

01 | 직업에 대한 올바른 세계관을 확립하라

글로벌 인재의 취업 준비는 남의 것을 흉내 내고 베끼는 자소서보다는 뭉클하게 느껴지도록(Inspirational portfolio) 준비해야 한다. 즉, 전 세계에 선한 영향력을 끼치는 공존번영(Shared Prosperity)을 포함할 것을 목표로 해야 한다. 단순히 일터를 일만 하는 곳으로 이해하는 직업관을 지닌다면 장기적으로 볼 때 성공하기는 어렵다. 그리고 밀레니얼과 Z세대는 그런 일터에서는 더 이상 업무를 지속적으로 할 수 없는 성향이다. 그래서 최근 글로벌 기업들이 기업 문화를 창의적이고 혁신적으로 바꾸려는 노력을 기울이는 이유도 바로 그런 의미일 것이다. 아무리 IT가 발달하고 로봇이 일터를 대신하는 때가 되어 시대가 변해도 변하지 않는 진리는 그대로일 것이다. '주변을 이롭게 하는 이타적인 사람'이 세계가 인정하는 글로벌 인재가 될 것이라는 사실이다. 그것이 바로 '널리 인간을 이롭게 하는' 우리의 홍익인간 정신과도 일치한다. 그리고 구글, 테슬라, 아마존 등 글로벌 기업의 인재상이다. 배워서 남에게 도움을 주는 가치 있는(Valuable life) 삶을 정직하게 스토리텔링 할 수 있도록 거짓 없이 준비해야 한다.

홍익인간이란 말은 널리 인간을 이롭게 하고 이치로써 세상을 다스린다는 사전적 의미를 지닌다. 사실 홍익인간 정신은 민주 헌법에 바탕을 둔 대한민국 교육법의 기본 정신이 되기도 했다. 교육법 제1조에는 '교육은 홍익인간의 이념 아래 모든 국민으로 하여금 인격을 완성하고 자주적 생활 능력과 공민으로서의 자질을 구유하게 하여 민주국가 발전에 봉사하며 인류 공영의 이상 실현에 기여하게 함을 목적으로 한다.'라고 규정되어 있다.

즉, 홍익인간은 내 가족, 내 이웃, 내 민족만을 사랑하라는 것이 아니라 널리 모든 인간을 사랑하라는 말이다. 세계 인류가 개인이나 국가의 이익만을 앞세우려고 하지 말고 모두를 위하는 것이 곧 나를 위하는 길임을 기억해야 할 것이다. 글로벌 시대 우리의 갈 길이다. 어느 한 나라의 전쟁 상황이 그들만의 일이 아니라 인류 전체의 아픔이고 고통으로 전해진다. 우크라이나에 폭탄이 투하되는 모습이 SNS를 통해 실시간으로 전해지며 인류 공영을 위한 책무로 다가온다.

우리는 모두가 재능(Talent)을 타고났고 그것을 강화시켜 강점으로 갖추어 커리어를 개발해 나갈 수 있다. 참으로 감사한 일이다. 그렇게 커리어가 연결되어지는 일터는 바로 타인을 돕는 미션을 수행하는 현장이 된다(job to benefit others). 내가 어떤 재능을 가지고 있고 지금 내가 일하는 일터에서 돈을 버는 것뿐 아니라 더 중요한 무엇을 공유해야 할지 한 번쯤 고민해 보길 바란다. 그리고 내가 한 선택이 단순히 나 자신만을 위해 하기 보다는 나로 인해 누군가에게 도움이 된다면 나는 이 세상에 태어날 "아름다운 자격"이 있는 것이다. 그런 기쁨을 발견하고 꿈꾸는 삶은 당장은 힘들어도 행복할 것이다. 돈뿐만 아니라 재능과 시간을 누군가를 위해 사용할 때의 뿌듯함은 해본 사람만 아는 것이다.

나의 존재가 누군가를 살리고 도움이 된다는 것은 참으로 감사한 상황이다. 내가 돕는 상대가 나에게 직접 감사의 말을 하지 않더라도 내가 한 일에 대해 보상을 받으려 하지 말길 바란다. 내가 성공하고 훌륭해져야 하는 이유는 나로 인해 누군가 행복해진다면 더할 나위 없이 감사한 인생이기 때문이다. 내가 학생들을 코칭하며 그들을 기다려 준 것처럼 나의 학생들도 누군가에게 그런 사람이 되겠다고 말해주었다. 그럼 나는 그것으로 충분하다. 피카소가 "삶의 의미란 내 안에 재능과 선물을 찾는 것이고, 삶의 목적이란 이 재능과 선물을 세상에 돌려주는 것"이라고 했듯이.

직업관이란 직장을 선택할 때 자신이 가지고 있는 가치관이나 기준을 의미하는데, 성장 과정 중 겪은 경험이나 어떠한 가치관은 내가 직업을 선택하는 데 결정적 계기가 된다. 대개의 경우 지원 동기를 말할 때 어떤 직업관으로 회사를 지원했는지 적게 된다. 기업이 지원 동기를 물어보는 이유는 구직자가 왜 지원했는지, 그리고 그 사람을 왜 뽑아야 하는지에 대한 합당한 이유를 발견할 수 있기 때문이다. 그러므로 직무에서 필요로 하는 핵심 역량이나 관련 경험을 사례로 자신을 소개하는 것이 매우 유용하다. 하지만 사전에 기업에 대한 리서치를 통해 그 기업이 추구하는 가치관을 파악하고 그에 맞추어 나의 가치관과 맞는지를 확인하는 것도 중요하다. 회사가 나를 선택하겠지만 나 또한 그 회사가 나와 추구하는 방향이 맞는지를 확인해야 오래 근무할 수 있기 때문이다. 친구를 사귈 때도 나와 같은 생각을 지닌 친구와 말이 잘 통하듯이 내가 일할 곳도 나와 비전이 같은 곳을 찾아봐야 한다.

이타적인 직업관으로 누군가에게 도움이 되는 가치 있는 일터를 발견하게 되는 것은 축복이다. 더불어 그 일터가 단순히 돈을 버는 곳이 아니라 내 소명이 이루어지는 곳이라면 더할 나위가 없을 것이다. 나는 국제개발협력 비영리 단체에서 일하며 월급 받는 직원이었지만 동시에 그 비전을 공유하는 미션 빌더였기에 나의 출근이 곧 누군가를 섬기는 봉사의 터전이었다. 서양에서는 오래전부터 직업을 소명으로 인식해오고 있었다고 한다. 우리는 직업을 단순히 이익을 얻기 위해 하는 일터(Job)로 볼 수도 있다. 혹은, 성취나 발전을 얻는 개념으로는 커리어(career)로 인지하게 된다고 한다. 사회적 가치로 보면 소명(calling)이나 사명(Mission)으로 인식할 수 있겠다. 무엇보다 우리가 직업이라 말할 때는 소명을 인식하는 것이 중요하다. 왜냐하면 인간에게 직업은 한 개인의 삶에서 매우 큰 부분을 차지하고 있고 대부분의 시간을 일터에서 보내기 때문이다. 심지어 명함을 통해 자기소개를 하면서 그 사람 개인이 직업으로 동일시되기도 한다. 직업은 단순히 자신의 소득과 소비 수준을 사회경제적 가치로 결정하는 일터뿐 아니라 내 존재의 이유를 의미하는 소명임을 간과하면 안 된다. 그러므로 우리가 직업과 소명을 연결해 살아갈 수만 있다면 그것은 최고의 축복일 것이다. 나는 지난 20여 년 비영리 섹터에서 직업과 소명이 일치했기에 지금까지 포기하지 않고 지속한 듯하다.

지미 카터 전 미국 대통령 특별 건축 프로젝트 홍보실장을 역임하며 2001년부터 비영리 인더스트리에서 일하게 되었다. 나 자신을 자세히 살펴보니 천성적으로 영리에서 돈을 많이 벌어 경제적 욕구를 채우기보다는 비영리에서 가치 추구를 하는 것이 더 좋아하는 사람이었다. 결국 자연스럽게 커리어 경로(Career paths)가 비영리에서 계속 흘러가게 된 경우였다. 경제적으로 비교해 볼 때 대기업에서 일하는 나의 친구들보다 좋은 조건은 아니었지만 내가 중요하게 여기는 가치를 공유할 수 있었기에 후회는 없었다. 그것은 내가 아마 돈에 더 큰 중점을 두지 않았던 이유도 있을 것이다. 자기 자신이 무엇을 좋아하는지 몰랐는데 정신없이 돈을 벌다가 50세, 혹은 60세가 되어 은퇴를 하면서 그제야 자신이 누구인지를 찾게 된다면 참으로 막연한 고민이 될 것이다. 최근에는 지인들 중에 커머셜 섹터에서 평생을 일하다가 비영리 섹터에 대표로 일하는 경우가 많은데 그들도 적응하기 어려운 부분이 많다고 한다. 삶의 터전인 일터에서 가치를 어디에 두는가에 따라서 우리는 서로 다른 인생을 살아가게 된다.

직장 생활을 하며 우리는 일하기 힘들다고 푸념하곤 한다. 하지만 두 가지 다른 점이 있다. 어떤 이들은 힘들고 괴롭다고 하지만 그 어려움을 겪어낼 만큼 그 일이 좋아, 힘들어도 견뎌 보겠다고 한다. 하지만 어떤 이들은 정말 괴롭고 싫은데 갈 곳이 없어 버티고 불평하는 경우도 있다. 그 차이점은 자신이 무엇을 좋아하는지 스스로 아느냐 모르느냐의 차이다. 그래서 자기 자신에게 수시로 물어봐야 한다. 내가 정말 좋아하는 일이 무엇인지, 그리고 그 길을 향해 내가 조금씩 움직여가고 있는지 말이다. 꽤 유명한 모델이 인터뷰한 내용이 기억난다. 분명히 그녀는 자신의 직업이 고된 노동이고 너무 힘들다고 했지만, 다시 태어나도 이 일을 하겠냐는 질문에 '그렇다'라고 답하는 것을 본 적이 있다. 그런 답을 할 수 있다면 그것을 천직이라고 할 것이다. 그녀는 최근에 누군가를 위해 돕는 일까지 하고 있어 흐뭇한 모습이었다. 자신의 재능으로 직업을 삼아 성공하고 남을 위해 돕는 이타적인, 그야말로 배워서 남에게 베풀어주는 아름다운 모습이다.

물론 좋아하는 일이 무엇인지 스스로 알더라도 경제적 빈곤 속에서는 하고 싶은 일을 하는 것이 어려워질 수도 있다. 모든 것은 선택의 연속이며 선택을 한다는 것은 다른 어떤 것을 포기한다는 것을 의미한다. 후회 없는 한 가지를 선택하려면 나의 행복감이 더 높은 쪽을 선택하게 되는 것이다. 그래서 최근에는 미니멀 라이프를 통해 소득의 대부분을 저축해 40대나 50대에 은퇴하고 원하는 소명대로 살아가는 움직임들도 있다. 소박하게 돈이 주는 경제적 자유와 시간이 허락하는 육체와 정신의 자유를 모두 얻고자 시골이나 산속에서의 생활을 선택하기도 한다. 물론 모든 사람은 취향이 다를 수 있다. 나 같은 경우 전원생활을 꿈꾸면서도 개인적으로 벌레에 대한 심한 트라우마가 있어 시골에서 생활하는 것은 아직 고민되는 부분이다. 다행히 지금은 경기도에서 살며 아파트 생활을 하는 덕분에 외부는 시골스럽고 공기도 좋지만 아파트 실내는 벌레도 들어오지 않는 주거 형태라 어느 정도 타협된 삶을 살고 있다. 하지만 여전히 나의 부모님과 강아지, 딸내미 마리를 위해서는 가족들과 잔디와 텃밭 있는 마당도 꿈꾸고는 있다.

"돈을 보고 일하면 직업이 되고 돈을 넘어 일하면 소명이 됩니다. 직업으로 일하면 월급을 받지만 소명으로 일하면 선물을 받습니다."라는 독립운동가 백범 김구 선생님의 명언이 있다. 돈을 목적으로 해서 돈을 벌 수도, 못 벌 수도 있고 소명대로 하고 싶은 일을 한다고 하지만 돈을 벌 수도, 못 벌 수도 있다. 나의 선택이 내 소명대로 살아보는 것이라면 돈의 있고 없음을 넘어서 의미 있는 삶이라 여긴다면 소명을 선택해야 한다. 그래서 소명에 대해 고민하는 사람들에게 가장 중요한 태도는 묵묵히 좋아서 선택한 일을 포기하지 말고 해나가는 것이다. 그렇게 꾸준히 포기하지 않고 지속하면 시간이 흘러 십 년 정도 지나면 어느새 전문가가 되어 있을 것이다.

02 | 십 년 후를 준비하지 말고 지금 최선을 다 한다

영감을 주는 포트폴리오(Inspirational portfolio)를 작성해 나가다 보면 고민이 된다. 글로벌 시티즌으로서 세상에 선한 영향력을 끼치는 공존 번영을(co-prosperity) 위해 나는 어떤 역할을 할 수 있는지 묵상하게 된다. 이젠 고도의 기술 발전으로 인해 근로 시간 단축과 더불어 근무 환경이 개선될 것이다. 개발도상국에서 선진국 대열로 향해 가고 있는 대한민국은 가족과의 시간을 지키고 근로자의 권리도 보장해 주는 따스한 배려와 복지가 있는 사회가 될 것이다. 지금까지는 일터에서 돈을 버는 것이 주된 목적이었고 기껏해야 선배의 멘토링 정도를 받으며 업무를 지속해왔다. 하지만 사실 그들에게 전문적인 커리어코칭이 지속되었더라면 좀 더 나은, 질적으로 향상된, 그리고 장기적인 미래를 준비하는 일터를 만날 수 있었을 것이다. 다행히 최근에 기업 차원에서는 직원들을 위한 적극적인 배려로 발 빠르게 코칭 프로그램을 만들어 대처하는 분위기이긴 하다. 이렇게 선진국이 되어가면서 각 개인에 대한 만족도를 높일 수 있는 좋은 방법인 커리어코칭(Career Coaching)을 활용하고 있다. 사회적으로 '직업 정체성'이 곧 자신을 대변해 주기에 하고 있는 일을 통해 성취감을 느끼고 의미를 찾고 싶어 하는 것은 당연하다. 인간은 일을 통해 삶의 의미를 찾는 존재이기에 무척 중요한 부분이다.

특히, 방황과 도전의 20대에게는 커리어코칭이 필요하다. 취업하긴 했는데, 과연 이 일이 비전이 있는지, 혹은 재미도 없고, 적성에도 안 맞는 것 같다거나 하는 사람들에게는 추천하고 싶다. 직장 생활을 하다보면 조직 생활이 안 맞는 것 같고 내 커리어 패스를 어떻게 그려야 하지 궁금해 하기 마련이다. 지금 하고 있는 일이 자신에게 맞지 않다고 느낄 때, 현재의 커리어가 마음에 들지 않고, 변화를 모색하고 싶을 때 반드시 커리어코칭을 받아보길 권한다. 그리고 성장과 준비의 시간을 보내는 30대의 경우도 일단 취업은 했지만 직위랑 연봉을 높여서 이직해야 되는데 혹은 성과도 올리고, 인정받아 탄탄대로를 만들어야 된다고 생각하는 이들도 있을 것이다. 내 사업을 해야 되는데 더 늦기 전에 내가 하고 싶었던 공부와 일에 도전해 보고 싶다고 생각하는 경우도 있다. 그리고 과도

한 스트레스로 인해 쉬고 싶을 때, 자신의 사업을 시작하고 싶을 때 막연히 정하기보다 전문가의 진단과 권유가 있다면 도움이 될 것이다. 너무 나이가 들어서는 해보고 싶어도 그때는 너무 늦어 아쉬워하는 경우도 많다. 물론 나이가 들어 성숙과 변화의 40대에게도 승진 못하면 큰일이니 세컨드커리어(second career) 준비를 해야 하지 않나 하는 고민도 될 것이다. 퇴직하고 나면 무슨 일을 해야 하는지에 대한 고민도 대면하게 된다. 이직도 힘들고, 창업을 해야 되나? 아니면 늦기 전에 새로운 기술이라도 배워야 하나 싶어 조직 내에서 위기의식이 느껴질 때 누군가와 의논이 필요할 것이다. 갑작스럽게 계획도 없이 퇴사/퇴직하여 새로이 구직활동을 해야 할 때 혼자 고민하기보다는 대처할 구체적 준비를 코칭을 통해 당장 시도해 보길 권한다.

커리어코칭은 삶의 목적과 의미 그리고 가치와 연결된 커리어 설계를 통해 진정한 자신을 발견하게 돕는다. 코칭의 과정을 통해 스스로 삶의 의미를 깨달을 수 있도록 도와준다. 나는 코칭을 할 때 먼저, 1단계는 자기 이해를 통한(Explore Yourself) 커리어 관리로 자기 발견을 하도록 돕고 있다. 2단계는 커리어 설계(Customized Career design)로 최적의 직업 찾기에 도전한다. 그리고 세 번째 단계는 삶의 목적과 비전, 미션 발견으로 삶의 변화를 위한 목표 및 실행 계획을 수립하게 되는 것이다.

코칭은 자기 발견 즉, 자기 이해에서부터 시작한다. 내가 좋아하는 것은 무엇인지, 내가 잘하는 것은 무엇인지, 내가 가지고 있는 커리어 자산으로는 어떤 것이 있는지를 코칭 대화를 통해 스스로 발견하게 된다. 이를 바탕으로 지금 하는 일과 앞으로 하고 싶은 일에 대해 나만의 가치와 특별한 의미를 연결해 직업 정체성을 확립하게 된다. 나아가 일을 통한 삶의 의미를 발견할 수 있도록 도와준다. 이러한 코칭 과정을 통해 발견한 삶의 목적과 추구하는 가치에 따라 일과 삶을 실현해나갈 수 있도록 구체적 목표와 실행 계획 수립을 돕는다. 무엇보다 이런 과정을 통한 변화를 이끌어준다. 결과적으로 코칭을 통해 자의식이 증가되어 인생 목적과 목표에 대한 명료성이 커지므로 커리어 관리가 향상되고 전반적으로 삶의 질이 향상된다. 결과도 놀랍지만 과정이 더 의미가 있다.

나의 커리어 패스는 경력과 실력, 그리고 학력이 병행되었던 케이스다. 먼저 영어를 너무 좋아해서 대학 재학 중 4학년 때부터 낮에는 수업을 듣고 입시 학원에서 밤마다 영어 강의를 하며 프레젠테이션 스킬과 영어 실력을 발전시켰다. 대학 졸업과 동시에 영문학 석사를 시작하면서 학부에서 교사 자격증을 취득했다. 덕분에 대한민국의 내로라하는 YBM 시사영어사, 코리아헤럴드 어학원 등에서 월드뉴스앤드라마 등 영어 강의 경력과 네트워킹, 그리고 소통 경험과 실력을 쌓았다. 이후 결혼을 하고 석사를 취득 후 박사까지 하고 영문학 교수가 될 기회가 있었다. 하지만 일터에서 마케팅 PR 커뮤니케이션에 대한 관심으로 광고홍보 석사를 다시 하면서 글로벌 광고 회사에서 근무를 시작했다. 덕분에 몸은 무척 피곤했지만, 당연히 실무와 학벌, 그리고 영어 실력이 받쳐줘 커리어 개발이 잘 이루어졌다. 의도한 바는 아니었다. 그저 하고 싶은 일을 순차적으로 그리고 추가적으로 지속해왔을 뿐이다. 광고홍보학 석사 종합시험까지 마치고 논문을 쓰면서 PR 협회 회원으로 활동하며 네트워크를 확대해갔다. 사람을 좋아하니 커뮤니티에서 어울리고 배우는 것을 즐겨 한 듯하다.

기회는 준비된 자에게 온다고 했던가? 그러던 어느 날 전 미국 대통령의 프로젝트 홍보실장으로 일하게 되면서 그간의 노력이 날개를 달게 된 듯했다. 그간 쌓아온 지식과 실력 그리고 네트워킹까지 꽃을 피우게 되었다. 이후에는 국제기구 세계본부에 스카우트되어 글로벌 기업들과 일하며 사회 공헌 마케팅과 국제개발협력을 위한 자원개발마케팅PR 전문가가 되었다. 마케팅PR을 근간으로 펀드레이징 전문가로 인정받고 이후 과학기술 단체와 미국 대학에서 겸임/연구 교수로서 그리고 국제개발 인재연구원장과 커리어개발센터장을 역임하게 된다. 인생 후반기를 글로벌 인재 육성에 바치고 싶다는 귀한 마음이 생겨 박사를 하게 된다. 경력을 통한 업력과 학력 그리고 경력이 시너지를 내면서 필요한 자격증도 자연스럽게 업데이트되었다.

지금은 한국코치협회 인증 코치(Korea Professional Coach)로서 내가 가장 관심 있어 하고 보람을 느끼는 미래 세대 인재 육성을 위해 일터에서 겪은 나눔, 리더십, 커리어, 그리고 미션을 중심으로 나아가고 있다. 2015년부터 인증코치로 일터에서 적용하는 과정 중 많은 것을 성찰하게 되었다. 글로벌 시대 인재 육성 전문가로서 지난 30년간 다양한 조직들에서 얻은 커리어에 대한 지식과 실무 경험 사례를 통해 진로와 커리어의 방향을 제안하고 있다. 요즈음 K-Pop, K-Drama, K-Culture가 대세이다. 나는 오래전부터 전 세계에 나가 있는 한인 사회에 관심이 많았다. 우리 민족이 전 세계에 나가 있고 각자 훌륭한 역량을 발휘하지만, 그들이 하나 된 선한 가치를 만들어 낸다면 그 글로벌 임팩트(Global Impact)는 어마어마할 것이라고 기대한다.

1.5세대, 2세대, 3세대 간의 소통의 문제도 해결해 줄 수만 있다면 얼마나 크게 인류 공영에 이바지하게 될까 생각하면 가슴이 두근거린다. 코칭을 하면서 그렇게 다른 문화와 상황 속에 각자의 재능을 찾아 빛을 발하도록 도울 수 있다면 큰 의미가 있을 것이라는 꿈을 꾸고 있다. 분명 기회가 올 것이고 기다리며 준비하면 될 것이라고 확신한다. 머리로만 혼자서 십년 후를 상상하며 시간을 보내지 않길 바란다. 지금 바로 여기 이 순간 한걸음을 나아가는 것이 더 중요하다. 미래의 방향성은 오늘 내가 열심히 살아낸 하루가 알

려줄 것이다. 주변의 조언보다 중요한 것은 내 가슴이 두근거리는 방향으로 향하고 있는지를 스스로에게 묻는 것이다.

나는 후배들에게 글로벌 인재로 성장하도록 돕고자 한다면 계속 도전하라고 권하고 싶다. 나는 한 직장에서만 일한 것이 아니라 다양한 조직에서 다양한 커리어를 쌓게 되었다. 내가 바꾼 것이 아니다. 주어진 일터에서 묵묵히 나의 일에 열정을 다하면 새로운 제안이 왔고, 막상 해보니 내가 잘할 수 있는 일이었다. 누구나 한 조직에서 3년 정도 일을 하면 전문성이 생긴다. 그 다음 연결되는 직장에서는 관련이 되지만 업그레이드된 일을 맡게 된다. 그 일들의 연계성은 나의 기대를 초월해 더 큰 시너지를 끌어내었고 덕분에 의도하지 않아도 지속적으로 성장해 온 것이다. 개인이 조직에서 여러 종류의 직무를 수행함으로써 경력을 쌓게 될 때 그가 수행할 커리어패스(걸어온 길)는 개인이 설정한 경력 목표에도 도달할 수 있는 길이다. 그 과정은 이미 경험했거나 앞으로 경험해야 할 직위(職位)의 연속을 의미하므로 신중하게 각 개인의 강점과 재능에 맞추어 선택해야 한다. 칼릴 지브란(Kahlil Gibran)은 "일할 때 우리는 지구가 우리에게 준 꿈을 수행하고 있다. 일을 통해 우리는 진정 우리의 삶을 사랑하게 된다. 일을 통해 삶을 사랑하는 것은 인생의 깊숙한 비밀과 친구가 되는 것이다."라고 했다.

03 | 끊임없이 도전 한다

국제기구에서 일할 때 글로벌한 일터를 꿈꾸는 많은 인턴들이 함께 일을 했는데, 그때마다 나는 함께 일하고 싶은 인턴들이 있었다. 한 친구는 아직 어린데도 퇴근할 때마다 "혹시 제가 도울 일이 있으신지요?"라고 물어보곤 했다. 예의 바르고 단아한 그 인턴은 아주 작은 업무여도 성심성의껏 처리했고 데일리 리포트 일지를 작성할 때도 일과만 적는 다른 인턴들과 달리 궁금한 점과 관련된 문제들뿐 아니라 스스로 생각해 본 문제 해결 과정도 적곤했다. 항상 시킨 것보다 조금 더 마음을 써서 해 오는 이들은 주변인과 비교가 될 수밖에 없었다. 밝고 힘 있는 태도로 항상 활짝 웃던 그녀는 인턴 마지막 날, 자신이 일하며 느낀 점을 직원들과 함께한 사진을 포함한 포트폴리오 형식으로 제출했다. 반면에 투덜이처럼 출근한 날부터 입을 비쭉거리며 험담하는 인턴도 있었다. 지나치게 튀는 옷차림을 크리에이티브하다고 착각하고, 출근해서도 일에 집중하지도 못하고 싫은 티를 내곤 했다. 당연히 일하는 동료들이 같이 일하기를 꺼려했다. 인턴십은 커리어를 시작하는 가장 좋은 방법이다. 단 몇 달의 근무일지라도 갈고닦은 지식과 열정을 실무를 통해 마음껏 펼쳐볼 기회이기도 하거니와 함께 일하는 이들과의 네트워킹을 통해 좋은 곳으로 추천받기도 한다. 잠깐 있다 갈지언정 같이 일하는 이들에게 도움이 되고 에너지가 되어주는 존재가 되길 바란다. 나는 신입사원들이나 인턴 사원들에게 끊임없이 도전하라고 권유하며 여러 가지 팁을 주곤 했다. 업력이 없는 젊은이들이 업무에 큰 도움이 되지 않아도 국제기구를 경험해보도록 기회를 제공해주기 위해 인턴십 프로그램을 진행했다. 경험이 없는 학생들은 조직의 분위기를 익히고 소통하는 선배들의 모습을 보면서 많이 성장하고 있었다.

점심시간은 직장 동료들이나 다른 부서 사람들과 이야기하며 친해지고 새로운 사람들을 만날 수 있고 소통할 수 있는 시간이므로 지혜롭게 활용하길 바란다. 단순히 업무에서 도전하는 것과는 다른 측면에서 점심시간 등을 이용해 동료들이 어려운 일에 봉착했다면 도움을 주거나 진심으로 경청하고 공감하길 바란다. 동료에게 상냥하게 대하고 예의 바르게 존중하면서 돕는다면 인턴십이 끝난 후

취직을 도와주는 지원군도 생길 것이다. 다만 주의할 사항은 몰려 다니며 회사 내 가십(Gossip)을 나누거나 불평이나 비난을 하지 않 도록 당부한다. 자신이 뱉은 말은 결국 자신에게 되돌아올 것이기 때문이다. 내가 겪어 본 이들 중에 가장 대책이 안 서는 이들은 게 으른 사람이다. 자신의 업무를 하기 보다는 남의 개인사를 주변에 전하며 부정적인 말로 사내 분위기를 흐리는 부류이다. 누가 시키 지 않아도 사무실의 환경을 쾌적하게 유지하는 것은 모두의 역할 이다. 쓰레기가 있으면 치우고 공용 프린터에 종이가 없으면 채워 놓고 내 컵이나 식기는 깨끗하게 닦고, 책상은 정돈된 상태로 정리 해 유지하는 노력이 필요하다. 왜 그렇게 까지 하느냐고 묻는다면 "사무실은 공용으로 쓰는 공간이기 때문"이라고 답해주고 싶다. 입 장 바꿔 옆 동료가 지저분하고 비위생적인 상태로 업무를 하고 있 다면 어떤 기분일지 느껴 보길 바란다.

보스 입장에서 가장 믿음직한 직원은 중간 피드백을 잘하는 이 들이다. 맡은 업무가 있다면 주어진 기한 마지막 날까지 기다리지 말고 중간보고를 하며 업무를 지시한 상사의 평가를 미리 요청하 는 것이 현명하다. 피드백은 최고의 소통 기회이고 많은 것을 배우 고 발전시킬 수 있는 수단이다. 비록 마음에 달갑지 않은 피드백도 오히려 긍정적 자세로 새겨들어 적용하고 발전시키는 태도를 가진 다면 달라진 실력을 느낄 것이다. 예전에 10개월 정도 자원봉사 인 턴을 했던 젊은이가 있었다. 참으로 성품이 선하고 훤칠한 외모에 기본이 되어 있었지만, 자신이 무엇을 잘하는지 아직 발견하지 못한 상태였다. 처음에 일하러 왔을 때는 업무적으로 거의 무지 상태였는데 선배들이 모르는 것이 있으면 물어보라고 하니 웃으며 "무엇을 모르는지 몰라서 질문을 못 하겠다."라고 할 정도였다. 봉사를 하며 사무실 일을 지켜보며 결국 잔뼈가 굵어 대기업 회장 비서실에서 홍보 담당을 하게 되었고 지금은 아주 성실하게 자신만의 글로벌 커리어를 개발해 멋지게 성장해 가고 있다. 내가 코칭을 그때부터 배웠더라면 더 실제적인 도움을 주었을 텐데 하는 아쉬운 마음이 있다.

자신의 속도가 느리다고 불안해하거나 너무 속도를 내면서 무리해 걱정할 필요는 없다. 하루에 한 걸음씩이라도 발전하고 포기만 하지 않는다면 어제보다 나은 오늘이 될 것이다. 성품이 선해서 수용적이고 배우려는 태도를 지녀 매일 조금씩 발전해 간다면 언젠가는 멋진 커리어를 장착한 리더가 될 것이다. 얼마나 빨리 가느냐보다 포기하지 않고 지속적으로 가는 것이 더 중요하다. 성공의 때가 언제인지는 사람마다 다르고 본인의 노력 여하에 달렸겠지만 꿈꾸는 자는 꼭 이루게 되는 법이다. 나는 그 친구가 처음엔 많이 어리숙했지만 긍정적인 마인드와 열정을 가지고 끊임없이 노력하는 모습을 보며 언젠가는 다시 함께 일하고 싶다는 생각이 들었다. 지금도 나를 '사부'라고 부르며 가끔 연락을 전해 온다. 한결같은 그의 모습에 진정성이 느껴져 나도 그를 위해 항상 기도하게 된다. 빠르게 가기보다 느리더라도 주변과 어울리고 가족을 챙기고 자신이 누구인지를 통찰하며 삶의 매 순간을 누리며 나아가길 권한다. 나의 경우, 남보다 10년을 앞서 승진하고 열정이 넘쳐흘러 24시간을 일만 하다 보니 나중에는 나의 존재를 너무 소홀히 하고 간과했음을 알게 되어 아쉬웠다. 건강을 챙기지도 못하고 가족을 돌아보는 것도 부족해 아쉬웠다. 물론 남보다 앞선 승진과 좋은 단체에 스카우트되는 기쁨은 크지만, 그 과정에서 놓치는 것들이 있어 안타까웠다. 삶의 그 순간은 다시 돌아오지 않기에…

모르면 물어보는 것이 최고의 성공 비법이다. 인턴들은 근무하는 짧은 기간 동안 많은 정보와 지식을 흡수해야 하는 만큼, 호기심을 가지고 질문을 많이 할수록 얻는 것도 많아진다. 상대방의 업무에 방해가 되지 않는 선에서 적절하게 조절해가며 궁금한 것들을 물어보는 직원들을 보면 흐뭇하다. 보스는 바쁠 것이라고 미리 단정 짓지 말고 수시로 커피도 한잔하며 일대일로 질문도 하고 의견도 나눌 수 있는 시간을 만들어 보길 바란다. 직장생활을 하며 반드시 지녀야 할 꿀팁이다. 혼자서 고민하다가 눈치 보며 일희일비하며 작은 것에 감정 소모하는 이들이 많은데 그럴 필요가 없다. 일을 하다 보면 누구나 싫은 일을 해야 할 때도 있지만 그런 작은 일마저도 성심성의껏 해내길 바란다. 일하다가 어떤 어려움을 만나게 되었는지 선배에게 예의바르지만 허심탄회하게 묻기도 하면 사람들이 그 좋은 느낌을 기억해 두고 그들을 통해 더 좋은 기회가 온다. 열심히 그리고 잘 해보겠다는데 상대가 비난한다면 그 사람이 나쁜 사람이므로 마음 상할 필요는 없다. 불평보다는 '하나 더 배우자'는 태도를 가져보길 바란다. 나도 대학을 졸업하고 외국계 회사에서 일할 때, 신참에게는 처음부터 중요한 일이 주어지지는 않으므로 복사를 하게 되곤 했다. 다른 친구들은 투덜거렸지만 나는 복사를 하며 선배들의 기획서를 유심히 읽었고 다음에 기회가 주어질 때 나도 멋지게 해낼 실력을 벤치마킹했었다. 더 크고 의미 있는 업무를 하기 위해서는 그전에 작은 것들부터 잘 해낼 수 있다는 것을 증명해야 한다. 그리고 기회가 왔을 때 놓치지 않도록 조용히 실력을 키워둬야 두각을 나타낼 수 있는 법이다. 웃는 얼굴에 침 뱉는 법은 없다. 아무도 가르쳐주지 않아도 내겐 모든 것이 배움의 기회였다. 허드렛일부터 성실하게 쌓아 간다면 나중에 리더가 되어서 팔로워들의 애환도 자신의 일처럼 잘 이해하게 된다.

나는 업무를 할 때 항상 주도적 자세를 가졌다. 내가 일을 잘해서라기보다 긍정적인 태도가 그런 기회를 자주 얻게 해준 것 같다. 직장 상사는 예산을 절약하거나 혹은 이익을 창출하는 새로운 아이디어들을 선호한다. 실무에 도움이 되는 기발한 아이디어를 낼 때가 재능을 뽐낼 수 있는 절호의 기회였다. 그래서 항상 고민하고 아이디어를 생각해 본 것 같다. 내게 기회가 오지 않더라도 준비하고 기다린다. 지나치게 많은 종류의 산만한 아이디어 제시보다는, 가장 효과적인 아이디어 하나에 몰두하고 거기에 지식을 더하니 모두가 좋아하는 아이디어를 기획할 수 있었고 일이 재미있었다. 일에 대한 집중력과 열정이 만나 성과를 이루어내는 것이다.

하지만 주의할 것은 지나치게 오버하지 말아야 한다. 밝고 에너지 넘치는 모습을 보이는 것은 좋지만 너무 지나치면 오히려 방해가 될 수 있으니 신중하게 생각해 말을 아긴다. 함께 일했던 직원 중에 항상 말없이 보스인 나의 마음을 헤아리고 배려해준 이가 있다. 함께 미팅을 하거나 프리젠테이션을 다녀오면 사무실에 복귀할 때 '수고하셨습니다.'라고 말 해주었다. 보스도 사실 지치고 힘들 때가 있는데 서로가 그렇게 응원을 해준다면 다시 에너지가 생긴다. 사회생활을 할 때 업무뿐 아니라 관계로 인해 에너지가 소진될 수 있지만 그렇게 팀장과 팀원이 서로 인정, 칭찬 그리고 격려를 자주 해준 다면 다시 힘을 낼 수 있을 것이다.

나는 매년 한 권의 수첩을 사용한다. 일부러 대형 서점에 가서 오래 쓸 수 있도록 수첩형 다이어리를 가죽 제품으로 구매해 커버에 영문 이름을 새긴다. 나 자신에게 주는 선물이다. 매년 다이어리가 나오면 속지만 갈아 끼우면 되었기에 내 이름을 새긴 그 커버는 십년 넘게 나의 분신과 같은 존재이다. 가죽을 쓰는 이유는 오랜 세월이 지나 손때가 묻는 것을 좋아하기 때문이다. 무슨 일정이든지 수첩에 적어 두면 스케줄을 따로 외울 필요가 없다. 노트를 습관화하는 것이 좋다. 새로운 아이디어나 스케줄은 메모해두고 비워진 덕분에 내 머릿속은 항상 업무에 필요한 다양한 상상력으로 사용하기 위해 빈 곳이 남아 자유로울 수 있다. 그리고 수시로 수첩을 꺼내어 약속을 놓치지 않도록 체크하고 미팅 전에 작은 선물이나 사전 리서치 그리고 방문하는 길, 맛 집 등을 미리 체크해 두곤 한다. IT의 발전으로 전자 스케줄을 사용하기도 하지만 나는 끄적거리는 것을 좋아하는 스타일인지라 만년필로 스케줄을 적고 메모하는 소소한 즐거움을 누린다. 누구나 자신이 좋아하는 방식으로 스케줄 관리를 하면 된다.

덕분에 시간 관리 능력을 키울 수 있어 출근 시간이나 회의 시간에 늦지 않을 수 있었고 되도록 정해진 시간보다 몇 분 더 일찍 도착해 좋은 인상을 남기고자 했다. 물론 대한민국은 교통체증이 워낙 심각해 간혹 늦긴 했지만 스케줄을 잊지는 않았다. 만약 기한 내에 일을 마치지 못할 것 같다면 사전에 미리 양해를 구하고 연기를 부탁하면 된다. 사전에 양해를 구하는 것에 대해 누구도 비난하지 않는다. 시간을 관리하는 능력은 성공하기 위해 꼭 필요한 능력임을 잊지 말길 바란다. 이런 모든 태도들이 모여 우리는 프로페셔널하게 인정받게 된다. 주말을 보낸 후 출근 전날에는 다음날 스케줄을 파악해둔다. 행사나 업무 종류에 따라 세미 캐주얼인지 아니면 정장 슈트인지 미리 입을 옷과 브로치나 스카프, 가방과 신발을 코디해 둔다. 중요한 행사에 초청되는 경우 드레스코드를 사전에 파악해 맞춰 준비한다. 레드컬러가 컨셉인 행사에 혼자 검정색 옷을 입고 간다면 혼자만 튀어 보이므로 주최 측에 실례가 되는 것이다. "옷이 중요한가요?"라고 묻는 이들도 있겠지만 T.P.O. (Time, Place, Occasion 즉, 시간, 장소, 상황)에 맞는 의상은 그 사람의 첫 이미지이자 태도를 반영하는 거울이 된다.

내가 만나는 회사와 경쟁사 브랜드의 가방이나 신발을 신고 미팅을 하러 가면 좋은 이미지는 아닐 것이다. 브랜드 담당자들은 자신의 브랜드에 대해 상당히 진심인 편이다. 자신의 브랜드와 경쟁사의 제품을 사용하는 사람과의 미팅이라면 마음이 완전히 열리기는 어려울 것이다. 그것은 상대에 대한 아주 작은 배려(respect)이기 때문이다. 물론, 비싼 명품 브랜드의 정장을 입을 필요는 없지만, 때와 장소에 맞게 깔끔한 옷을 입는 것은 매우 중요하다. 대충 차려입지 않고 준비된 모습으로 진하지 않은 은은한 향수까지 마무리해 미팅에 나오는 사람을 보면 나는 왠지 상대가 '나와의 만남에 무척 배려한다'는 생각이 들어 호감이 생긴다. 나도 그런 모습으로 사람을 만나려고 항상 준비하게 된다.

04 울림이 있는 내적 변화로 성장과 성숙 그리고 출발을 준비 한다

커리어 개발은 단순히 직장을 바꾸는 것이 아니라(Career Development is not just job seeking) 나를 둘러싼 주변과 함께하는 관계 마케팅이다. 미국대학에서 근무할 때 학생들은 나와의 코칭 과정 덕분에 울림이 있는 내적 변화가 생겼다고 말해주었다. 가치 있는 직업을 찾아야겠다는 긍정적 자기 성찰을 하게 되었다고 한다. 주고받는 과정 속에 학생들의 삶을 대하는 태도가 달라지고 긍정의 자세로 자신이 할 수 있는 것을 찾아 시도하면서 자신감이 상승하게 되었다고 한다. 하지만 그것은 사실 내가 해주는 것은 아니다. 코칭 프로세스를 통해 스스로 알아차리고(Awareness), 세상으로 나아갈 수 있도록 성숙하였고(Growth), 자신의 길을 선택할 만큼 변화(transformation)되어 세상을 향해 출발(Departure)할 수 있도록 성장하고 성숙한 것이다.

나는 영문학 석사 논문을 헤밍웨이에게 영향을 끼친 Sherwood Anderson이라는 미국 소설가의 작품으로 쓰게 되었다. 와인즈버그 오하이오(Winesburg, Ohio)라는 미국 소설을 프로이드 심리학적 관점에서 서술했다. 와인즈버그 마을에는 그로테스크(Grotesques)들이 사는데 남들이 보면 기괴한 사람들이지만 사실 인생을 살아오며 상처 입은 사람들이다. 저자 셔우드 앤더슨은 주인공 George가 기괴한 마을 사람들과의 관계 속에서 깨닫고 변화되고 세상으로 출발하는 과정을 보여준다. 그들을 분석하며 논문을 쓰는 과정에서 나도 깨닫고 성장해감을 느꼈다. 아무것도 모르던 순진한 젊은이가 주변 사람들과의 관계 속에서 그들을 이해하고 품을 줄 아는 성숙한 어른이 되어간다. 나는 미국 대학에서 국제 유학생들을 코칭하면서 그들도 그런 과정을 거치며 다양한 관계 속에서 성장하는 모습을 볼 수 있었다. 그리고 때가 되면 성숙해져 세상을 향해 날갯짓하며 날아가는 모습을 보며 흐뭇하고 감사했다.

나도 30년째 일터에서 만나게 된 사람들과의 관계를 통해 성찰하고 배운 것들로 가득 채워졌다. 의도하지 않았지만 지난 2001년부터 시작된 비영리 섹터에서 나의 사명은 넘치는 인생 선물을 받으며 시작되었다. 지미 카터 전 미국 대통령의 아주 특별한 건축 프로젝트의 홍보실장을 역임하며 둘도 없는 감동스러운 경험을 하게 된다. 광고회사에서 마케팅PR을 하던 나는 모금이 단순히 수금을 하는(Money collecting) 것이 아니라 비영리 단체의 미션을 사랑하는 친구들을 찾아내는 것임을 배웠다. 즉 후원자들을 찾아내는 Friend-raising이라는 것을 알게 되었고 자원봉사의 가치와 감동도 배웠다. 국제기구에서 근무할 때는 전 세계에서 온 과학자들과의 협업으로 문화와 언어의 한계 속에서도 생명의 귀함과 컬래버레이션을 배웠다. 과학기술 단체에서는 과학기술 나눔을 통해 적정기술을 적용할 수 있게 되었다. 그리고 산업통상자원부 소관 월드리더스 재단에서는 리더십(Leaders lead Leaders 리더가 리더를 세웁니다)의 의미를 성찰하고 깨닫는 통찰력을 얻을 수 있었다. 한국뉴욕주립대학교에서는 커리어와 미션이 나의 소명임을 깊이 깨닫게 되었다. 이후로 십 년이 지난 이제는 세상을 향해 내가 받은 사랑을 되갚으려는 발걸음을 딛게 되었다. 알고 보니 나는 세상을 변화시키는 사람이 아니라 To HELP change the lives of people 세상이 변화되도록 "돕는 자"라는 것도 깨닫고 겸손을 배웠다. 좌충우돌하며 커리어가 개발되는 과정이 곧 성장을 넘어 성숙하는 고마운 과정이었다. 그렇게 나의 일터가 나를 성장시키고 변화시켜주었다.

삶은 내가 일한 그 일터들이 세상을 변화시키는 중심이라는 것을 알게 했고, 혼자보다는 함께 협력하여 선을 이루라는 미션을 깨닫게 했다. 그리고 세상은 내가 그 미션을 잊어버리고 교만해지면 바로 아픔을 허락해 혼내기도 하였다. 어릴 적부터 '정직이 최상의 정책이다!'라는 말을 모토로 살아왔다. 하지만 그것이 나의 지나친 의로움이 되어 교만하게 누군가를 평가하고 잣대로 재려고 할 때는 바로 한 대 얻어맞고 깨어지게 되었다. 하지만 마음과 마음(Heart to Heart)이 만나 내 임무를 완수하면 그제야 비로소 삶은 내게 다시 웃어주었다.

인간이 진리만을 강조하고 집착하는 순간에 괴짜로 인식되고 좌절할 수도 있는 것이기에 타인과의 진심 어린 친화 관계를 통해 내적 충족 상태가 온다는 것도 알게 되었다. 인생의 과정 속에 너무 많은 깨어짐을 겪으며 비로소 자아실현에 도달할 때 진정한 자기 표현이 가능해지고 이상적인 모습이 될 수 있음을 알게 된 것이다. 그래서 이젠, 일보다 인간과 인간 사이의 관계를 더 중시하게 되었다. 그것을 알게 되기까지 너무 오랜 시간 상처를 입으며 때로는 억울해 하며 걸어온 듯하다. 개개인의 특수 상황에서 얻는 자그마한 진리가 모든 사람에게도 적용되는 보편성을 지닐 수 없는 것이기에. 매번, 아직도 깨지고 낙망하곤 한다. 아무리 많은 지식을 얻어도 인간은 미완의 존재이기에 모든 것을 해피엔딩으로 이끌지는 못할 것을 알게 되었다. 그래도 자신만의 진리에 집착하고 착각하는 삶보다는 주변의 마음마저도 감쌀 줄 알게 되어 다행이다.

최근에 MZ 세대와 자주 일을 하면서 부장급 리더들이 겪는 고충은, 일면 그들의 노하우를 전해주고자 시도해서 그럴 수 있겠다는 생각이 들었다. 그래서 최근에 '라떼는 ~'이라는 표현이 나왔겠지만 시니어 스태프들이 전해주려는 노하우는 지금 세대와 맞지 않을 수도 있다. 그들이 윗사람을 무조건 싫어해서가 아니라 트렌드가 급변하고 있기에 이해되지 않는 구시대적 자료로 인지될 수도 있는 것이다. 그들이 필요로 하는 지식들이 인터넷상에 이미 포화 상태이기 때문이기도 하다. 그러면 사수인 윗사람은 무엇을 전할 수 있을까? 오히려 말하기 보다는 80% 이상 경청하며 열린 질문을 하는 코칭 리더십을 발휘해야 할 것이라는 생각이 든다. 내가 코칭리더십을 강조하는 이유이다. 회의 중에도 듣는 목적이 달라져야 한다. 내가 말하기 위해 혹은 답하기 위해 듣기보다는 진심으로 공감하기 위해 집중해서 들어야 한다.

상대의 말을 진정성 있게 듣다 보면 깊이 있는 질문을 하게 되고 주거니 받거니 하는 대화 과정 중에 상대의 문제는 해결될 것이다. 그것이 코칭의 놀라운 영향력이다. 어린 직원들이어도 자신의 문제 해결 답변을 자신이 갖고 있다는 것을 시니어들이 믿어준다면 자신에게 가장 잘 맞는 옷을 찾아 입을 것이다. 자기 자신이 말한 것이기에 실행에 옮기기도 더 쉬워질 것이다. 시켜서 일하는 시대는 이미 사라지고 담당자가 깨닫고 알아차림에 의해 일 처리를 자기 주도적으로 하는 시대가 오고 있다. 우리는 모두 선진국을 향해 가고 있다.

자신의 생각뿐 아니라 타인의 생각을 온전히 수용하고 교류하는 가운데 진정한 인간애(휴머니티)가 가능할 것이라고 생각한다. 지금까지 사회생활을 통해 내가 만난 사람들은 자신이 처한 불안한 상태에 대해 어찌할 바 몰라 소외되고 좌절한 이들도 있었다. 그들은 현실을 부인, 왜곡, 위장하여 불안을 경감시키려 했고 위협이나 위험이 생길 때 무의식적으로 억압, 투사, 고착, 퇴행 등 방어기제를 사용하기도 했다. 아마도 성격이 형성되는 과정에서 욕구불만으로 인한 불안을 경험한 적도 있을 것이다. 적응이 어려우면 욕구불만이 생긴다. 그래서 허전한 내부의 공허를 메우려는 노력을 비뚤어지게 하려는 경우도 있지만 그것을 긍정의 에너지로 풀어가는 것이 우리의 숙제라고 생각해 본다. 주변 사람들의 생각을 읽는 배려, 변치 않는 낙천주의, 전략적 통찰력 그리고 세상을 더 나은 곳으로 바꾸겠다는 강렬한 사명감을 놓치지 않길 바란다.

성숙한 인간은 자신의 한계와 부족함을 깨닫고 받아들이고 이해하려고 하면서 삶의 대처 방법을 배운다고 생각한다. 인생은 한두 개의 단어로 요약될 수 없고 이른바 진리란 상대적일 수도 있다. 그동안 나는 다양한 단체에서 마케팅 PR 커뮤니케이션, 펀드레이징, 재능기부 자원봉사, 국제개발협력, 그리고 커리어 개발과 인재 육성 등 다양한 일을 해왔다. 인적, 물적, 그리고 봉사를 통한 국내외 자원 개발 마케팅을 해왔다. 일터는 바뀌어도 한결같은 점은 강점인 영어를 사용하며 글로벌하게 일 해왔다는 것이다. 마케팅 PR을 도구로 사용해 영리와 비영리 섹터 간에 커뮤니케이션의 토대가 되었다. 그리고 도구인 마케팅은 물건이 아니라 '사람'을 향하고 있음을 알게 되었다. 인간 존중을 잊지 않아야 함을 깨닫게 된 먼 인생여행(lifelong journey)이었다. 그러니까 일터에서 단순히 커리어를 개발한 것이 아니라 사람과의 관계 속에서 수많은 경험을 통해 울림이 있는 내적 변화로 성장과 성숙, 그리고 출발을 준비해온 것이다.

우리는 다양한 관계 속에서 성장하고 성숙하지만 인간의 실존 방식은 고독이라고 생각한다. 단체 속에 있어야만 행복하다고 생각하다가 허망해할 필요는 없다. 혼자라고 외로워(lonely) 낙심하는 것이 아니라 고독(solitude)을 오히려 즐기고 당당히 바로 서야 하는 것이다. 내게는 공감하는 재능이 있어 다른 사람의 미래를 열어 주는 사람이 되고 싶었다. 처음에는 서툴러서 쉽지 않았고 때로 오해도 샀고 갈등도 겪었지만 그래도 묵묵히 나아가고 있다. 청년들이 자신을 바라보고 갈 길을 찾도록 자신에게 맞는 최고의 때(great timing)를 격려하며 기다려 주려고 한다. 누군가 한사람이라도 곁에서 믿어주는 사람이 있다면 그들은 해 낼 것을 알기에 나는 오늘도 성실히 준비하며 기다려 주며 경청하고 공감하며 나아간다.

미국의 경영 이론가 짐 콜린스는 "리더는 결과가 나쁠 때는 거울을 들여다보며 자신에게 책임을 돌린다. 결과가 좋을 때는 창문 밖을 내다보며 다른 사람들에게 찬사를 보낸다."라고 했다. 나는 부족한 리더였지만 지금도 성장하고 있고 매일 변화되고 성숙하고 있다. 오히려 실패와 실수 후 얻게 된 성찰이 나를 성장시켰고 그런 일련의 과정이 통찰력을 얻게 해주었다. 나의 선배들이 내게 그랬듯이 나도 그들을 지켜봐주고 응원할 준비가 되었다.

05 | 구글의 인재 특징은 구글스러움이다

     구글은 R&D센터가 세계에 분포되어 있고 오피스와 연계해서 사업을 진행하기 때문에 구글 시스템에 한국 R&D센터도 포함되어 작동되고 있다고 한다. 구글에서 일하는 후배와 대화중 "구글이 필요로 하는 영어 수준은 전화나 화상으로 대화가 가능할 정도는 되어야 한다"는 것이었다.(나 자신도 국제기구에서 근무할 때, 전 세계의 사람들과 조율하면서 일해야 했기에 글로벌 조직에서는 기본적인 조건이라고 생각한다.) 구글은 자체적인 인프라스트럭처(하부구조)를 소유하고 있어서, 개발자들은 대용량의 데이터를 다룰 수 있고 자신이 구상하는 프로젝트를 효율적으로 개발할 수 있다. 눈에 띄는 점은 위에서 지시하는 문화가 아니라 동등한 위치에서 구글러 한 명 한 명이 프로젝트를 제안하고 적극적으로 지원해 주는 것이었다.

내가 아는 구글의 인재들은 모두가 구글을 멋진 일터라고 소개하며 자랑스러워했다. 모두 그렇게 긍정적으로만 느끼는 것은 아니겠지만 적어도 기쁘게 출근하는 나의 멘티는 면접 과정을 통해 좋은 영향을 받았다고 한다. 구글 면접을 7차까지 봤는데 1차 영어 전화 면접을 시작으로 2차부터 기초 코딩 인터뷰/기초 딥러닝 인터뷰, 리눅스 인터뷰, 기계 학습과 코딩 테스트/아키텍처 등이 쉽지 않았다고 한다. 이후 자유로운 분위기에서 6차 점심 인터뷰, 7차 매니저 인터뷰 그리고 최종 하이어 커미티와의 면접까지 쉽지 않은 여정이었다고 한다. 특히 7차 인터뷰는 함께 일할 선임들이 프로젝트 매니지먼트, 마케팅, 시간 관리 등 상황 설정을 하면서 문제가 출제되었다고 한다. 같이 팀으로 일할 사람을 찾아야 하니 당연한 과정이다. 합격 통보 다음 날부터 업무를 시작할 수 있는 인재를 뽑는 시스템이 갖추어져 있었다. 직원들은 이와같이 특별한 과정을 거쳐 합격했기에 자부심과 주인의식이 넘치고 동료들의 실력에 대해서도 신뢰하고 존중하는 마음이 생긴다고 한다.

면접에서 평가 기준은 창의성과 전문성, 리더십, 그리고 '구글에 맞는 사람'인지 등 네 가지 정도라고 한다. 함께 일할 팀 동료들이 면접을 하게 되므로 일단 구글에 입사하면 인터뷰 트레이닝을 통해 채용 면접에서 질문과 답변 분석 하는 것도 배우게 된다고 한다. 구글은 구글 기준에 맞는 사람이라면 언제든지 인력을 충원하고 있는 것도 글로벌 조직의 대표적인 시스템이다. 사람 뽑는 일만 전담하는 리쿠르터가 팀별로 배정돼 지원자 이력서를 검토하고 스카우트를 담당한다. 특히 내부 직원들도 다른 파트에서 일할 수 있도록 기회를 주기 위해 내외부에 동시에 공고를 낸다. 직원과 업무가 모두 소중하다는 철학이 구글을 인재의 보고로 만들어 가고 있다.

구글의 CEO인 에릭 슈미트가 구글의 인재 육성 방침을 발표하면서 "구글의 10가지 황금률(Google's 10 Golden Rules)"이 2005년 12월 뉴스위크지에 실렸었다. 최소 6명 이상의 경영진이나 미래의 동료들과의 채용 인터뷰를 통해 위원회에서 채용을 담당한다고 한다. 채용 과정을 통해 팀워크를 보며 창의적 발상을 하는 사람에게 관심을 둔다고 한다. 무엇보다 식사, 헬스클럽, 세탁실, 마사지실, 미용실, 세차 시설, 드라이클리닝, 출퇴근용 버스 등 엔지니어가 필요로 할 만한 것들을 모두 회사에서 제공해 준다고 하니 얼마나 매력적인 일터인가! 동선을 배려해 동료 간 커뮤니케이션을 원활히 하도록 큰 사무실에서 함께 일하도록 하고 가까운 거리에 팀 동료가 있도록 한다. 그리고 주 1회 이메일로 한 일을 공유하면서 커뮤니케이션하도록 만든다고 한다. 이렇게 가장 효과적인 업무 상황을 조성해 주고자 지금도 변화를 거듭해가고 있다. 덕분에 많은 기업들이 이를 벤치마킹해 서로 영향을 주며 배우고 개선해 사회 전반적으로 선진국형 기업들이 늘어나고 있다.

라즐로 복(Lazlo Bock)은 구글스러움에 대해 언급하기를, 맡은 일에 의미를 부여해(Give your work meaning) 재능 있는 인재들이 동참하게 하려면 고무될만한 목표를 잘 만들어야 한다고 했다. 예전과 달리 미래 세대는 충분한 검색과 정보를 통해 일터를 선택할 것이며 기업이 훌륭한 인재를 찾으려면 무엇보다 그들의 마음을 움직일(inspiring) 목표를 제시해야 한다는 것이다. 그리고 직원들을 신뢰하고(Trust your people) 투명하게 진행해 직원들이 주인의식을 가지고 생각하며 행동하도록 격려하라는 것이다. 그들이 옳은 일을 하게끔 믿어주기만 한다면 오히려 그들은 그들의 일을 놀라울 정도로 잘 해낼 것이라고 언급했다. 나는 그가 코칭리더십을 지녔다고 생각한다. 무엇보다도 당신보다 나은 사람을 고용하라(Hire people who are better than you)는 부분에 동감한다. 때로는 일하다 보면 업무상 사람이 당장 필요해 적정 수준에서 타협하고 선택하는 경우가 있는데 그렇게 되면 결국 낭패가 되기도 한다. 최고의 인재를 발견하기 위해 기꺼이 기다릴 줄 알아야 한다.

업무가 급하다고 제대로 고용하지 못한다면 그것이 결국 조직에는 독이 된다는 것을 나도 뼈저리게 체득한바 있다. 라즐로는 높은 기대치를 만들고 결코 타협하지 말아야 한다고 강조한다. 어떤 의미에서 당신보다 나은 사람을 발견하라는 말은 결과적으로 훨씬 강한 팀을 이끌 수 있을 것이기 때문이다. 그래서 직원을 뽑게 되면 그들의 계발과 보상에 대한 관리는 별개의 것이니 혼동하지 말라고도 했다. 조직은 커다랗고 유기적이어서 한 명 한 명 챙기며 소통하기 어려운 것이 사실이지만 사람들을 불안해하거나 놀라게 하지 말라고도 했다. 직원들은 윗사람의 눈치를 보기도 하고 조직의 결정에 민감할 수밖에 없다. 그래서 불안해하고 괜한 걱정에 업무 수행 능력이 떨어질 수도 있다. 수행 능력이 가장 낮은 이들에게는 더 배우도록 기회를 주거나 다른 업무를 할 수 있도록 도와준다.

직원들이 성장하기 위해 어떻게 해야 하는지 알도록 해야 한다고 했다. 물론 가장 일을 잘하는 이들도 잘 살펴서 무엇이 그들을 성공하게 하는지 세밀히 지켜보고 복제하도록 하라고 했다. 인간은 매우 복잡한 존재이기에 모두를 만족시킬 수는 없다. 하지만 주변 사람들에게 기대치를 균형 잡게 하려는 의도를 말해주라고도 했다. 사람을 귀하게 여기는 배려의 문화가 느껴졌다.

내가 국제기구에서 일할 때 협업을 해야 하기에 어떤 아이디어가 있으면, 관련되는 모든 사람에게 참조 메일을 보내곤 했다. 그래서 항상 수많은 메일 커뮤니케이션으로 가득했다. 고마운 것은, 과학자라는 프라이드 강한 고학력 집단이어서도 그렇겠지만, 항상 친절하게 답변이 오고 긴밀하게 협력했었다. 나는 개인적으로 국제적인 인물들과 논의하며 업무를 하는 것을 즐거워했기에 지금까지 글로벌한 일터를 선호했었다. 비슷한 사람과 조직끼리 서로 끌리는 것은 당연한 것이다. 조직이든 사람이든 나는 서로에 대한 존중 (respect)이 가장 중요하다고 생각한다. 서로가 출신, 국적 그리고 언어 등 상황이 다르기에 오히려 더 긴밀히 소통하고자 다양한 노력을 기울였다. 그런 노력과 배려가 감동을 주고 시간이 흐를수록 조직을 개선시켰다. 구글도 그런 글로벌한 분위기에서 업무를 본다고 생각한다. 직장에서 일하다보면 MZ세대는 친절하게 설명해달라고 사수나 보스들에게 불만을 표현하기도 한다. 하지만 사수나 선배라고 해서 모든 것을 아는 것은 아니라는 것도 알아야 한다. 그들도 나름 잘 대해주고 싶은데 잘 소통하는 것에 아직 익숙하지 않은 것이다. 일터에서는 서로가 서로의 성장을 기다려줘야 하고 함께 소통하며 협력하여 만들어 가야 하는 것이다.

나의 멘티 중 구글에서 엔지니어로 일하는 이는 어떻게 지내냐는 안부 메일을 내게 보내면서 자신은 매우 만족스러운 직장 생활을 하고 있음을 전해왔다. 다른 사람을 존중하고 인간적으로 대하는 직장 문화가 자신의 성향과 비슷하다고 했다. 그의 사수인 매니저는 매주 미팅을 통해 어떤 어려움이 있는지 물어봐 주고 도와주려고 해서 좋다고 했다. 요즈음은 데이터마이닝, 인공지능, 그리고 소셜을 결합해 수익 창출하는 것이 목표라서 집중하고 있다고 한다. 구글에 입사하려고 하는 후배들에게 하고 싶은 조언이 있는지 물어보니 회사에 기여할 수 있는 사람이 되어야 하지만 본인도 그 회사를 정말 좋아해야 한다고 답해주었다. 학벌과 상관없이 컴퓨터를 정말 잘하는 이들에게 기회가 있다고도 추가했다.

진심으로 이쪽 업무에 관심이 있고 하고 싶어야 하고 관심 분야에 대해 끊임없이 실력을 쌓아가야 전문가가 될 수 있다고 강조했다. 서로 원하고 최고가 되고 싶은 엘리트들이 기쁘게 일하는 조직이라는 인상을 깊게 받았다. 그렇게 좋은 문화 속에서 일하는 만큼 그렇지 못한 이들에게도 꼭 도움을 주길 기대한다고 제언도 하며 기분 좋은 대화를 마무리했다.

06 아마존은 다양한 경험으로 스스로 문제를 해결하는 주체적 능력을 중시 한다

세계적으로 가장 유명한 기업 중 하나이고 지구에서 가장 큰 쇼핑몰 시스템을 이끌어가는 아마존은 1994년에 제프 베조스가 설립한 기업이다. 온라인 판매를 주로 하는 아마존 주가는 팬데믹에도 오히려 상승하고 있어 전 세계 쇼핑몰을 거의 독점하고 있는 듯했다. 코로나19에도 불구하고 사회적 거리두기 등으로 온라인 쇼핑 등의 활동이 증가하게 되자 오히려 아마존 매출이 증가하고 10만여 명을 긴급히 고용한다는 뉴스도 나왔었다. 이와 같은 성장 속에 직원들의 존재감은 어떨까?

Times에서 어느 아마존 물류 직원이 "직원들은 로봇 덕분에 넓은 창고를 뛰어다니지 않아도 되어 고맙긴 하지만 일자리를 잃게 될까 두려워하고 있다." 그리고 주문, 물류, 배송의 전 과정에서 인간과 기계의 사투가 벌어지고 있다고 인터뷰한 기사를 읽은 적이 있다. 아마존은 2015년부터 아마존 피킹 챌린지 대회를 열고 있다고 한다. 스타트업과 대학생들이 제작한 로봇 팔 경진 대회인데 과제를 빨리 수행한 로봇 팔이 이기게 된다. BBC에서도 로봇이 피커들을 대체할 날도 멀지 않은 듯하다고 언급했다. 아마존은 월급뿐 아니라 직업 교육까지 시키며 물류센터 일자리가 사라질 때를 대비해 직원들에게 자동화 이후의 삶을 준비시키고 있는 것인지도 모르겠다고 한다. 기계와 기술이 대체하게 될 코로나19 이후의 삶 속에서 가장 인간답게 살아가려면 어떤 준비가 필요한 것일까? 자율주행이 되어 인간에게 운전이 허락되지 않고 인공지능 로봇이 감정까지 장착한다면 어떤 일이 벌어질지를 상상해 본다. 그리고 실제 아마존, 구글, 테슬라 등 기업들은 실행할 준비가 되고 있다고 한다. 오차 없는 기계가 일하는 시대에 인간이 설 곳이 있을까 궁금해졌다.

기업이 역량과 인재상을 중요시하므로 아마존도 리더십 조건에 걸맞은 인재를 뽑길 원할 것이다. 즉, 그 인재 요건에 얼마나 부합하는지에 관심을 두고 있으므로 지원할 때 그 부분에 비중을 많이 두고 답변을 준비해야 한다. 아마존의 인재 기준 14개 리더십 원칙 중에는 주인의식을 갖고 늘 배우고 호기심을 잃지 않는 최고의 인재를 채용하고 성장시킨다, 그리고 최고의 기준을 고집해 신속하게 판단하고 행동한다는 것도 포함되어 있다. 그중에서도 나는 근검절약을 실천하고 다른 사람의 신뢰를 얻는다는 부분에 동의하는데 신뢰 없이는 그 어떤 일도 진행이 어렵기 때문이다. 나도 리더의 역할을 하며 리더십에 대한 수많은 성찰을 해 오면서 리더십은 결국 탁월한 성과 창출로 귀결된다는 것을 경험적으로 알게 되었다.

GM 전 회장 코오디너는 "훌륭한 리더는 최소한 3년 이내에 자기보다 3배의 성과를 높일 수 있는 사람을 3명 이상 육성해야 할 책임이 있다."라고 했다. 직원들에게 위임하여 그들이 성과를 낼 수 있도록 격려하고 돕는 리더가 미래의 일터를 책임질 진정한 리더일 것이다. 나는 이러한 리더십의 중요성을 깨달았기에 월드리더스 재단 사무총장으로 일하던 시절에 재단의 슬로건을 '리더가 리더를 세운다'라고 정했던 적이 있다. 덕분에 수많은 글로벌 리더들이 키다리 아저씨같이 드러나지 않는 따스한 후원으로 재단의 비전에 동의하여 각종 재능기부 프로그램에 합류, 인재 육성에 동참해 주었다. 당시에 후원해 주시던 IT 기업 대표들은 후배들을 키우고 싶어 하면서도 드러나게 돕기보다 말없이 지켜주고 싶어 하셨다. 진짜 어른이었다.

귀한 시간을 들여 재능기부를 해준 인텔, HP, 포스코, 영국대사관, 월드뱅크, 대한항공, 인천공항, 마이크로소프트, 페이스북, 트위트 등의 수많은 리더들은 모두 공통점이 있었다. 즉, '전문지식과 창의성'이라는 핵심 역량을 지니고 있었다. 21세기에 주도적으로 활약할 리더들에게 전문지식이란 곧 유능함의 출발점이며 특정 분야에 관하여 체계적으로 축적된 정보 및 이를 바탕으로 한 판단력과 사고력까지 포함한다. 자신이 속한 분야에서 다른 누구에게도 뒤지지 않는 탁월한 실력을 갖추는 것은 이 시대 인재들이 갖추어야 할 기본 자질이다. 무엇보다 불확실성으로 가득한 세상에 인류에게 풍요와 행복을 가져다주는 힘은 창의성이다. 존재하는 것들에 대해 파괴적·융합적 사고로 세상에 없던 새로운 것을 만들어 내는 것이며, 다양하고 유용한 기술과 자원을 새롭게 분석하고 융합하는 시도와 도전으로 가치를 창출하게 될 것이다. 이와 같은 재능기부 후원의 좋은 사례가 바로 아마존에도 있었다.

아마존은 신입사원 교육을 멘토-멘티 시스템을 통해 빠르게 전력화될 수 있도록 돕는다고 한다. 신입사원에게 매칭되는 멘토는 처음 3개월간 업무 전반에 대해 궁금한 것을 언제든지 물어볼 수 있다는 것이다. 아마존 사원들은 사내 멘토 사이트에서 자신이 원하는 멘토를 검색해 선택할 수 있으므로 사원들 간의 자발적 재능기부의 장이 형성된다고 한다. 아마존 사원들에게 기본적으로 필요한 능력은 스스로 문제를 해결하는 능력이고 자신의 힘과 의지로 정보를 검색하고 답을 찾을 수 있게 된다. 그리고 직원들만을 위한 지식 공유의 플랫폼 사내 위키는 아마존 사원이면 누구나 검색하고 새 페이지를 만들고 수정할 수 있다고 한다. 아마존 위키의 모든 정보는 전 사원들에 의해 실시간으로 업데이트되어 공유되는 것이므로 위키를 통해 관리된 양질의 정보는 모든 사원에게 없어서는 안 될 아마존의 큰 경쟁력이 되고 있다.

아마존 같은 글로벌 대기업에 관심이 있다면 대학 생활을 시작하면서부터 다양한 경험으로 미리 내실을 다져야 할 것이다. 문제 해결 능력이 있는 사람이 되려면 단순히 공부만 열심히 하는 것이 아니라 다양한 활동을 통해 체득한 자기만의 무기를 갖추어야 한다. 전공을 충실히 하는 것은 당연하고 관련된 분야의 인턴 생활을 하며 기초부터 경험을 쌓고 여건이 된다면 아르바이트를 해서 어학연수도 다녀오면 좋겠다. 얼마 전 패션모델이 꿈인 젊은이가 있어 뉴욕에서 사진작가로 활동 중인 분에게 의논을 하니 첫 번째 조언이 일단 뉴욕에 와서 큰물에서 경험을 쌓아보라고 권한다. 큰 그림을 그리라는 것 일 게다. 뉴욕의 에이전트에 메일로 포트폴리오를 보내서 계약이 되면 방문하되 한 가지 기억할 것이 있다고 했다. 프로가 되기 위해서는 인맥, 학연, 지연보다는 '실력이 더 중요'하니 평소에 실력을 쌓으면서 기회를 엿보아야 한다고 조언했다. 조금은 살벌하게 느껴지더라도 '글로벌 스케일'로 자리를 잡는 꿈을 꾸어보라고 했다.

IT 분야도 마찬가지로 학창 시절 내내 각종 비즈니스 대회에 출전해 우수한 성적을 거둘 수 있으면 좋을 것이다. 창업의 경험이 있는 경우, 성공했건, 실패했건 간에 좋은 인상을 줄 수도 있으니 다양한 도전과 경험이 취업에서 강점이 될 수 있다. 때로는 성공보다 실패가 더 큰 자산이 되므로 다양한 경험을 즐기는 성향이라면 해외 취업을 권하고 싶다. 솔직히 내가 국제개발협력 업무를 하면서 느낀 것이지만, 한국의 미래 인재들이 용기도 있고 스마트하며 참으로 경쟁력 있는 재능도 가지고 있다고 생각한다. 실패를 두려워하지 말고 자신감을 갖고 도전해서 글로벌 인재로 성장하겠다고 다짐하는 마음부터 가져보길 바란다.

글로벌 시대에는 오히려 해외 취업을 준비해보라고 제안하고 싶다. 다양한 분야에 관심이 있는 사람이라면 자신이 취업하고 싶은 일터에 필요한 내용을 교양 수업으로 프로그래밍, CAD 등을 배워 이공 계열에 대한 지식을 갖춘 '융합형 인재'로 준비만 된다면 기업의 관심을 충분히 끌 수 있다. 서류보다는 '열정과 성장 가능성 등 사람을 보고 채용하는 방식을 어필하는 나라'에서는 학교생활뿐 아니라 다양한 경험을 했던 사람이 취업에 승산이 있기 때문이다. 면접은 회사가 직원이 될 사람을 판단하는 시간이기도 하지만, 오히려 인터뷰이도 기업을 탐색할 기회이기도 하므로 최대한 많은 인터뷰를 통해 연습하고 트레이닝 하는 것도 중요하다. 경험이 부족하고 글로벌 무대라는 생경함과 언어의 한계 때문에 도전하지 않는다면 평생 후회하는 인생이 될지도 모른다. 젊음은 도전이고 후회 없는 시도이며 실패마저도 또 다른 도전을 위해 준비된 노하우이다. 중요한 것은 그 어떤 상황을 겪어도 자기 자신을 지키는 중심을 꼭 잡아야 하는 것이다.

솔직히 나도 함께 일하고 싶은 사람을 뽑으라면 외우기만를 열심히 해서 성적만 유지한 사람보다는 다양한 시도를 통해 성장하고 발전하는 크리에이티브한 사람이 좋다. 참고로 해외 인터뷰는 거의 모든 면접이 영상으로 진행되므로 자기의 잘못을 인정하는 솔직함을 오히려 승부수로 활용하는 담대함을 발휘해 보길 바란다. 내가 한국뉴욕주립대학교 입학생 인터뷰를 할 때도 전 세계에서 지원한 학생들을 영상으로 만날 때 그런 점을 높이 샀다. 실수도 하고 부족한 면이 있어도 솔직하고 진정성 있게 인터뷰에 적극적으로 임하는 모습들이 좋았다. 다양한 경험은 인생에 있어 가장 큰 자산이며 최고의 문제 해결의 원천이 될 것이다. 확신컨대, 실패는 또 다른 전진을 위한 좋은 밑거름이었다.

07 | 테슬라는 "학력보다 실력"을 강조한다

테슬라는 신속하고 열정적이며 혁신적인 기업 문화를 가지고 있다고 한다. 본사는 샌프란시스코 베이에 위치하고 있으며, 전 세계 곳곳에 지사를 보유하고 있다. 테슬라는 모든 사람이 성별, 인종, 종교, 배경에 관계없이 최상의 능력을 발휘할 수 있는 포용적인 환경 구축을 위해 노력하고 있다. 테슬라의 '사명은 지속 가능한 에너지로의 전 세계적 전환을 가속화하는 것'이기에 세계 최고의 인재를 고용하려고 한다. '전 세계를 변화시키고자 하는 열정에 공감하는 우수한 인재들과 함께 세계가 직면한 중요한 문제를 해결해 가고자' 한다.

2018년에 일론 머스크는 '향후 생산에 박차를 가하기 위해서 대규모 회의를 취소하고 꼭 해야 할 때는 매우 짧게 하고, 유용하지 않다면 바로 그만둘 것'을 강조했다고 한다. 되도록 약어나 상식에 와 닿지 않는 용어도 피하라고 했다. 그리고 일을 끝마치기 위해서라면 '지휘 계통'을 무시하라고 했다. 관리 및 유통비용 절감을 위해 차량 계약과 직원 선발도 모두 자사 홈페이지를 통해 인터넷으로 이뤄진다. 테크놀로지 시대의 합리적 운영과 비용 대비 효과성을 강조하고 있는 운영이다. 글로벌 기업이니 테슬라 모터스에 입사하기 위해서 유창한 영어 실력과 전문 기술을 보유해야 하며 제2외국어 실력도 갖춰야 한다고 했다. 아무리 번역을 하는 앱이 개발되고는 있지만 여전히 뉘앙스의 변화와 감성을 담아내는 문맥 간의 이해를 포함하는 것에는 한계를 보인다. 로봇과 일자리 경쟁을 해야 할 Z세대들이 갖추어야 할 것이 실력뿐 아니라 어학 능력이 추가됨을 보여준다.

테슬라모터스는 자동차보다는 하이테크 기업이라고 생각된다. 원래 소프트웨어 개발자였던 일론 머스크가 이끄는 테슬라모터스로의 이적이 늘고 있다고 한다. 그 이유는 비상한 두뇌 회전과 디자인, 그리고 세세한 부분까지 보는 섬세한 일론 머스크 때문이라고 한다. 21세기를 준비하는 테슬라는 차량의 옵션에 따른 가격을 온라인에 모두 공개하고 있고 '자동차 직접 판매 시대'를 열어가고 있다. 이처럼 전 세계가 직면한 중요한 문제를 해결하고자 신속하고 열정적이며 혁신적이다. 배경과는 관계없이 '최상의 능력'이 요구되며 '업무상 담당 분야 파괴'로 가장 중요한 인재는 '문제를 해결하는 능력자'라고 보고 있는 것이다. 실력만이 살아남는 길이다. 그리고 그 진짜 실력은 '타고난 재능, 즉, 자신이 가장 잘하는 것이 무엇인지 찾아내어 갈고닦아 갈 때만 얻을 수 있는 것이다. 전 세계적 팬데믹으로 인해 테슬라도 직원 급여를 깎고 직원을 줄이거나 휴가를 주기로 했다고 한다. 모든 직원에 대한 임금을 삭감키로 했다고 한다, 캘리포니아 메인 공장 생산을 중단했기 때문에 생산량이 급감했고 테슬라 주가도 바닥을 치다가 가파르게 상승하고 있다. 사람도 기업도 그 미션이 중요하다. '지속 가능한 에너지로의 전 세계적 전환을 가속화 하겠다'는 테슬라의 미션을 포기하지 않고 지키려고 하는 한, 주변에 같은 의지를 품은 리더들이 모여들 것이고 잘 헤쳐 나갈 것이라고 생각한다.

앞서가는 글로벌 기업이 강조한, 학력보다 실력을 갖춘 리더가 되기 위해 준비해야 할 두 가지는 바로 '인성과 기업가 정신'이다. 인성은 인간으로서 마땅히 갖추어야 할 심성, 품격과 가치관을 의미하며 다양한 이해관계를 포용하는 힘을 의미한다. 실력을 갖춘다는 것은 단순히 관련 지식만 많이 알면 된다는 것은 아니다. 인간이 로봇과 다른 점은 무엇일까? 서로 다른 것을 융합하고 유기적으로 조직화하는 협력과 '신뢰'를 구하는 능력일 것이다. 다양성(diversity)

의 시대에 나와 다른 가치관, 배경, 성격, 기질, 문화의 사람들을 이해하고 존중하며, 섬길 수 있는 마음가짐과 태도를 갖추어야 한다. 바르고 정직한 성품을 갖춘 사람은 서로 다른 사람들을 하나의 지향점과 가치로 엮어낼 수 있다. 이를 통해 선한 영향력을 끼치도록 더 큰 성취와 의미를 창출하기 때문이다. 그리고 현재에 안주하지 않고 새로운 도전에 대한 열정을 품는 마음가짐을 지녀 기업가 정신을 갖추어야 한다. 과감히 상상하고 현실화하는 도전 정신과 어려움 속에서도 좌절하지 않고 극복하는 용기를 가지고 새로운 가치를 창출하는 리더가 되어야 한다. 말이 쉽지 얼마나 고통스럽고 힘든 시간이겠는가? 하지만 도전하고 발전하고자 하는 열의와 희망을 품고 끊임없이 새로운 목표를 향해 나아가는 태도가 궁극에는 성공의 열쇠가 될 것이다.

코로나19와 오미크론 등으로 인해 국내뿐 아니라 전 세계가 패닉 상황이며 모두가 암담한 현실 속에 절망을 맛보고 있다. 인생이 누구에게나 쉽지는 않고, 시간이 아까울 정도로 세상은 빠르게 변화되고 있는데 많은 부분이 제한적으로 돌아가는 시대에 불안할 수 있다. 하지만 우리가 할 수 있는 것들을 검토해 보며 자기 내면에 관심을 가질 수 있는 이 시간은 인생 마라톤에서 좋은 쉼이자 도약의 기회가 될 수도 있을 것이다. 같은 시간을 어떻게 보내는가는 우리의 선택일 것이다.

최근 모 방송사에서 미스터 트로트라는 레트로 감성을 불러일으
킨 프로그램을 기획했다. 마침 사회적 거리두기로 인해 재택근무가
늘어나며 한 집에 모여 시간을 보내게 된 가족들에게 인기를 끌게
된다. 특히 10년에서 20년의 무명 시절을 보내고 두각을 나타낸 청
년들이 눈에 띈다.

　누구나 어려운 시기가 있는데 그 시기를 어떻게 버티고 포기하
지 않느냐가 그 사람을 더욱 깊이 있고 단단하게 만들게 된 것이다.
아이돌에서 수영 강사를 거쳐 트로트 가수가 된 사람도 있고, 광고
기획 전문가가 되려 했다가 트로트 가수가 된 경우도 있다. 한 가지
일에 매진하다가 어느 순간 터닝 포인트를 만나 새로운 도전을 했
기에, 그리고 무엇보다 그전에 계속된 고생스러운 시간이 있었기
에 지금 그들은 겸손하고 초심을 잃지 않으려 한다. 그래서 서로 위
할 줄도 알고 서로 응원하는 휴머니티가 느껴지는 모습이 좋아 사
람들이 좋아하는 것이다. 기존의 경쟁자들은 서로의 실력만을 뽐낸
적도 있지만 이들은 다르다. 서로 챙기는 독특한 모습이 있다. 누군
가 나와서 노래할 때 뒤에서 코러스를 해주며 기꺼이 배경이 되어
주고 손뼉 치며 응원하는 등 그 사람이 멋져 보이도록 도와준다. 힘
겨운 시간들이 그들의 인성 형성에 큰 역할을 한 것이다. 아픔을 겪
으면 타인의 어려움을 바라보는 눈이 생기고 이것은 이후에 그 사
람의 리더십에 큰 힘이 된다. 다른 사람들의 아픔을 공감할 줄 모르

는 사람은 다른 사람을 마음으로 이해할 수 없기 때문이다.

나도 팬데믹을 겪으며 외부를 바라보던 눈이 내부로 향하게 되었다. 더욱더 나 자신의 내면에 대해 집중해 알아가고 있으며, 청년들과 대화를 나누며 자신의 미래를 설계하는 기회를 제공하고자 아주 특별한 커리어 탐색 프로그램을 기획하고 있다. 조이플 커리어커피챗(JOYFUL CAREER Coffee Chat)을 통한 커리어코칭과 온라인 세미나 및 SNS로 다양한 방식의 만남을 시도하고 있다. 우리는 이제부터 맞닥뜨릴 세상을 준비하기 위해 정해진 길을 따라가는 게 아닌, 미래의 모습을 직접 개척할 수 있도록 주체적인 탐색과 체험이 필요하다.

자신의 적성과 흥미를 파악하여 바람직한 미래 설계를 위한 자기 계발을 돕고, 청년 스스로 꿈을 찾아 진로 목표를 설정할 수 있도록 할 것이다. 나는 그들이 다양한 직업 세계에 대한 이해 및 체험 활동을 돕게 할 것이다. 내가 가진 글로벌 네트워크가 미래 인재들을 위해 반드시 쓰이길 소망한다. 미래 인재를 위한 투자는 세상에서 가장 지혜로운 투자이기 때문이다.

08 | 뜻이 있는 곳에 길이 있었다

나는 어린 시절부터 영어를 좋아했다. 영어가 주는 뉘앙스도 좋았고 내가 영어를 통해 다양한 국적의 사람들과 소통할 수 있어 더 좋았다. 학창시절 어느 날, 영어 시간에 뜻이 있는 곳에 길이 있다(Where there is a will, there is a way.)는 문장을 처음으로 배운 날, 나는 이것을 내 인생의 슬로건으로 정했다. 세월이 흘러 그때 이해한 정도를 넘어서 더 큰 의미들을 알게 되면서 부터는 더욱 집중했던 것 같다. 인생을 살아가다 보면 지금 당장 길이 없을 때도 있다. 하지만 나에게 의지가 있다면 그곳에 결국 길을 만들어 내는 것이다. 무엇이든 도전과 열정이 있어야지 이룰 수 있고 진정한 내 것이 되는 것이다. 그리고 "걸어가는 사람들이 많아지면 길이 생겨나는 것"이라고 생각한다. 지난 30년간 직장 생활을 하면서 매번 어려움을 만날 때마다 이 말을 되뇌이며 나를 격려하곤 했다. (살아가면서 어려움에 직면할 때마다 자신을 일으켜 세울 문구 하나쯤 가지고 있으면 큰 힘이 된다.) 나도 그렇게 살아왔고 누군가 그런 정신을 지니고 있으면 키워주고 싶었다.

어느 회사에서 함께 일하게 될 사람들을 찾는 리쿠르팅 문구를 멋지게 적어 알리고 있기에 공유하고자 한다. 이 회사가 어떤 곳인지 잘은 모르지만 이런 글로 리쿠르팅을 하는 곳이라면 분명 멋진 곳일 거라는 생각을 해본다. "우리는 불가능한 것을 현실로 만들기 위해 끊임없이 노력하는 통찰력이 있고 주도적인 인재를 찾고 있습니다. 세상에는, 수백 가지의 이유를 들어 왜 할 수 없는지에 대해 이야기하는 반대론자들이 가득합니다. 우리는 이 사이에서 가능성을 찾고 우리와 함께 변화를 끌어낼 사람을 찾습니다. 우리의 고객들은 최고를 받을 자격이 있고 이를 실천하는 것이 우리의 일입니다."

청춘은 다이아몬드 원석 같은 시기이다. 아직 세련된 스킬은 부족하고 노하우도 없지만 무한한 가능성을 지닌다. 젊은이들은 자신에 대한 자신감을 가지고 사회 속으로 들어오지만, 현실적인 장벽 앞에 수도 없이 쓰러지고 상처받기도 한다. 하지만 그럴 때마다 그만두거나 자책한다면 자존감은 남아나지 않을 것이다. 물론 무조건 자신을 잘 났다고 착각하라는 말은 아니다. 교만해도 안 된다. 사람들은 잘 도와주다가도 상대가 교만한 태도를 보이면 바로 공격을 시작한다. 인간의 마음은 그런 것이다. 그래서 겸손한 태도와 예의가 몸에 배게 한다면 여러모로 도움이 될 것이다. 억지로 힘들게 잘 보이려고 애쓰지 않아도 자연스레 그런 모습이 자기의 것이 되어 우러나오기 때문에 편안해질 것이다. 그러려면 무엇보다도 희생할 줄 알아야 한다. 나는 손해를 보는데 왜 내가 도와줘야 하냐고 따질 필요가 없다. 지금은 손해 보는 것 같지만 그것이 결국 사람의 마음을 얻게 되는 것이므로 승리하는 지름길이다. 처지를 바꿔 생각해 보면 이해가 될 것이다.

누군가가 나를 위해 도움을 주려고 한다면 그 사람으로 인해 감동하고 행복하지 않겠는가? 손해 보는 것도 괜찮으니 작은 일에 일희일비하지 말기를 바란다. 그래서 글로벌 리더는 누군가를 대가 없이 돕는 재능기부 봉사를 꼭 경험해야 한다. 남을 도와주고 그 도움을 받는 이들의 마음에 내가 희망을 준 것을 아는 순간 세상을 다 얻은 것 같은 행복감이 밀려올 것이다. 그것은 돈으로는 살 수 없는 가장 아름다운 가치이고 그런 가치를 맛본 자만이 진정한 글로벌 리더가 될 자격이 있는 것이다. 언어와 문화와 종교가 다른 세계 시장에서 언어를 넘어선 공유 가치는 그렇게 체득을 통해 얻게 되는 것이 진짜 내 것이 되기 때문이다. 이 책을 마무리하는 과정에 존경하는 분들에게 추천사를 부탁했다. 얼마나 바쁜 분들인지 너무도 잘 알기에 감히 요청을 드리기도 죄송했지만 용기를 내었다. 요

Part 1 대학생과 사회 초년생을 위해

청을 드리자 모두 흔쾌히 정성을 다해 추천의 글을 보내주셨다. 거절당할 각오를 하고 드린 부탁이었기에 너무 큰 감동이었다. 최고의 위치에 선 그분들의 인성과 겸손하고 성실한 모습을 보면서 마음이 따뜻해졌다. 그렇게 리더들의 베풂은 대가없이 전하는 선한 감동과 배려로 흘러 넘쳐 또 다른 이들에게 그대로 전달되는 에너지가 된다.

얼마 전 '슬기로운 의사생활'이라는 드라마를 우연히 보게 되었다. 워낙 내가 개인적으로 CSI나 메디컬 드라마를 좋아하기에 어떤 전개를 펼치는지 관심 있게 보는 중에 매우 특별한 부분이 있음을 느꼈다. 기존에 차가운 이미지의 의사들 대신 평범한 이들의 우정과 사랑을 얘기하고 있었다. 특히 따뜻한 성품과 완벽한 실력을 갖춘 채송화를 포함해 멋진 동료들의 휴머니티는 참으로 아름다웠다. 평범하면서도 비범한 드라마 속 등장인물들은 의사로서 충분히 능력을 갖춘 멋진 전문가들이지만 그보다 더욱 근사한 것은 친구의 상황을 이해하고 도우려는 태도와 성품이다. 사람들을 감동시킨 것은 실력뿐 아니었다. 바로 공감되는 인성을 지녔기에 그들을 지켜보며 흐뭇한 마음이 들었을 것이다. 오히려 너무 잘난 실력과 경쟁심으로 숨 가쁘게 하는 이들보다 '사람 냄새' 나는 인성을 갖춘 매력이 오래 기억되었기 때문이었다. 아무리 훌륭한 자질과 역량을 타고났더라도, 이를 절제하지 못하고 심지어 남용한다면 이는 자기 자신을 위한 삶밖에 되지 못한다. 각자 가진 인간 본연의 욕심을 절제하지 못한다면 갈고닦은 모든 역량도 의미가 없어질 것이다. 모두를 위한 가치 창조적 삶을 살기 위해서는 인내와 분별력, 책임감을 바탕으로 훈련된 '자기 절제'가 뒷받침되어야 한다.

자칫 실력이 뛰어난 자들이 빠지는 오류는 자신들이 최고이며 누구도 자신을 대신할 수 없을 거라고 착각하는 것이다. 하지만 삶이 매력적인 이유는, 아무리 뛰어난 사람도 혼자서는 아무것도 할 수 없다는 것이다. 젊은 나이에는 내가 혼자서 왜 못하느냐고 따져 되물을 수도 있다. 자신이 충분한 능력을 갖추었다고 생각하고 실제 잘하고 있기 때문이다. 하지만 직장 생활뿐 아니라 조직을 경험하게 되면 상황은 달라진다. 조직은 여러 사람들이 모여 함께 일하는 곳이기에 유기적으로 움직이게 되므로 예측불허의 상황이 자주 발생한다. 아무리 뛰어난 능력을 갖춘 사람도 동료의 도움이 없이는 성공적인 결과를 끌어낼 수 없다. 비겁하게 겉으로만 다른 이들에게 잘 보이려고 하고 잘해주는 척하라는 말이 아니다. 사람은 신이 될 수 없는 미완의 존재이기에 결국 서로가 누군가의 도움을 받을 수밖에 없다. 그것은 내가 실력이 부족해서가 아니라 함께 협력하여 공동의 선을 이룰 때 더 가치가 커지기 때문이다. 아무리 뛰어난 로봇이라도 이 부분은 결코 흉내 낼 수 없을 것이다. 조직 안에서의 나는 나 개인의 실력보다 오히려 함께 협력하여 만들어가는 팀워크 능력으로 더 높이 평가될 것이다. 한 사람의 능력보다 여러 명의 합력이 조직에서는 더 의미 있다. 하지만 말이 쉽지 서로 다른 사람들이 모여 어떻게 하나의 목소리를 낼 수 있겠는가? 그래도 조율해가며 맞추어가고 함께 했을 때 얻어지는 격려와 배려의 따스한 마음은 그 어떤 어려움도 극복할 수 있는 이유가 되기에 충분하다. 한번 해보면 알게 될 것이다. 안될 것이 뭐가 있겠는가. 아무리 뛰어난 사람도 실패와 실수를 하게 될 것이다. 하지만 그런 과정에서 도움을 받기도 하고 자신만의 노하우도 생길 것이고 그것이 혼자가 아니라 커뮤니티 안에서 함께 이루어낸다면 더 큰 멋진 결과를 끌어낼 것이기 때문이다. Just try! 하겠다는 의지만 있다면 해낼 수 있다.

과거의 전통적 교육 시스템은 '훈련'(training)방식으로 표준화된 내용을 중심으로 개인의 개성과 재능을 무시한 채 진행된 획일적 교육이었다. 하지만 밀레니얼 세대 학생들은 역량과 학습 취향을 고려하여 개개인의 자발적 노력이 수반되는 '배움'(learning)의 단계로 발전한 교육을 받았다. 그리고 다양한 플랫폼이 등장하고 시·공간을 초월한 지식 획득이 가능한 유비쿼터스(ubiquitous) 교육 시대가 도래 하였다. 이런 학생들을 가르치기 위해서는 단순 지식 전달은 교육 현장에서 큰 의미가 없다. 이제는 인터넷으로 해외 장기 인턴십이나 취업의 기회도 충분히 열려 있는 세상을 맞이하고 있다. 4차 산업 시대가 온다고 해서 무조건 모두가 IT만 공부하라는 것은 아니다. 물론 그쪽에 적성이 된다면 당연히 공부하고 배워 전문가가 되면 될 것이다. 하지만 잊지 말아야 할 것은 인간은 혼자서 살아갈 수 없다는 것이며 다양한 사람들과의 관계 속에서 성장한다는 것이다. 각 사람의 재능을 존중하여 융합하고 서로 시너지를 낼 방향을 찾아내는 열린 리더가 4차 산업 시대 진정한 리더십을 보일 것이다.

그럼 그 다양한 팀원들을 이해하려면 리더는 무엇을 해야 하는 것일까? 단순히 명령하고 강요하는 시대는 아닐 것이므로 반드시 갖추어야 할 태도는 '코칭 리더십'이다. 코칭을 아는 리더는 코칭 질문을 할 줄 알아야 한다. 리더는 될수록 말하기보다 80% 이상 들어주는 일에 익숙해야 한다. 팀원들이 하는 얘기를 집중해서 들어주고 공감 해주고 코칭 질문을 해주면 된다. 코칭 질문이란 Yes/No로 답하기보다는 자신의 의견을 설명하는 과정에서 스스로 깨닫게 하는 열린 질문이다. 그래서 왜라고 묻는 질문보다는 그 일을 할 때 어떤 어려움이 있겠는지 묻고, 해결하기 위해 무엇을 해야 할지도 들어보고 그리고 그것이 이루어진다면 어떤 모습일지 등을 질문해 주는 것이다. 코칭 리더는 직원들이 말하는 방식에 구애받기보다는 그 저변에 있는 관심사가 무엇인지 확인하게 된다. 그들이 세상을 지각하는 방식은 무엇인지도 더 잘 인식하게 된다. 리더는 직원들이 그들이 생각과 실제 행동이 일치하지 않는 경우 스스로 알아차리도록 도와주어야 한다. 남이 말해서가 아니라 스스로 자신의 내면을 탐색할 수 있어야 문제 해결 능력이 향상되는 것이다.

'좋은 리더(Leader)는 좋은 리스너(Listener)이다.' 자신도 할 말은 가득하지만 무엇이 그들의 고민인지 먼저 공감해 줘야 한다. 자신이 궁금한 것을 질문하기 위해 묻지 말고 진심으로 상대에 대해 궁금해 하며 들어보면 알게 될 것이다. 말하는 것, 그 너머에 말로 표현하지 않은 진실이 있음을! 나이가 들고 노하우가 쌓일수록 나름 솔루션을 알고 있으니 코치가 그냥 답을 직접 말해줘도 되는데 왜 코칭 질문을 하느냐고 묻기도 한다. 남이 주는 답이 해결책은 아니다. 답하는 이가 질문에 대한 답을 생각하고 말하는 과정을 통해서 "자신에게 가장 적합한" 솔루션을 찾아내야 하기 때문이다. 경청을 할 때 꼭 지켜야 할 룰은 절대 비교하거나 평가하지 말아야 한다. 함께 일하다보면 실력이 부족한 팀원들의 행동이 답답하고 다른 이들과 비교하며 평가를 하게 되겠지만 그런 부정적 자세는 금물이다. 답하는 이들이 자신이 원하는 일에 대한 의지를 가지고 그 일을 하겠다고 달려들어야 진정한 코칭 리더십이라고 할 수 있다. 왜냐하면 그들은 자신이 알아차리고 스스로 한 말에 대해서 지키려고 노력할 것이고 포기하지 않을 것이기에 리더는 격려하고 응원하고 기도해 주면 되는 것이다. 코칭 리더십은 예상을 넘어서는 근사한 답을 스스로 찾아내도록 돕는 기적 같은 힘을 지니고 있다. 자신에 내재된 잠재능력을 스스로 발견하고 그것을 스스로 개발하고 활용해 발전하도록 도와주는 일처럼 멋진 일이 어디 있겠는가.

09 | 뛰어난 인재는 열정을 지닌다

"5년 후에 당신을 어디에서 볼 수 있을까요?" 인터뷰 질문 중에 이렇게 물어본다면 어떤 답을 할 수 있을까? 사실 미래를 예견하는 것은 대답하기 어려운 질문이다. 나도 직원을 고용하고자 인터뷰를 할 때 지원한 이유와 더불어 십 년 후 자신의 모습에 대해 말해 보라고 했다. 생각해 본 적이 없다거나 거짓으로 하는 답보다는 자신의 비전이 무엇이고 어떤 꿈을 가지고 있는지 당당하게 말해주는 이가 더 신뢰가 갔다. 플로리다 기부재단의 히더 비번 대표는 "솔직하게 답변하는 게 좋다"라고 조언했다. "저는 결단력이 있으면서도 유연한 편이어서 결코 편안하고 안정된 것만을 추구하지 않습니다. 앞으로 제게 올 기회를 최대한 활용하기 위해 최대한 준비할 수 있도록 노력하겠습니다." 설득력 있는 외모와 말투에 약간의 긴장이 보인다면 진정성 있고 더욱 매력적일 것이다. 누구에게나 인터뷰는 떨리고 긴장되는 순간이다.

나는 지금도 인터뷰를 하는 중에 "가장 큰 약점은 무엇입니까?"라는 질문도 하곤 한다. 약점을 숨기기보다는 오히려 솔직히 말하고 개선하기 위해 어떤 노력을 기울이고 있는지 설명하는 이들이 믿음직하다고 느껴졌다. "과거에 저는 마감 시간을 잘 맞추지 못했습니다. 하지만 몇 년 전부터 매일 할 일에 대한 계획을 어떻게 세우고 어디에 적어놓고 시간을 효율적으로 쓸 수 있는 나름대로의 방법을 개발했고 이후 마감 시간을 어긴 적이 없고 능률적으로 일을 처리해왔습니다." 자신이 만난 최악의 상사에 대해 얘기해 보라는 질문도 있을 수 있다. 사실 과거의 나쁜 상사에 대해 비난하고 싶은 마음이 들겠지만 오히려 배웠던 점이 무엇인지 긍정적으로 대답하는 것이 좋다. 그 누구도 투덜이처럼 불평하는 사람과 일하고 싶어 하지는 않을 것이다. "저에게는 최악의 상사였지만 친절함과 기술적 경쟁력에 대한 필요성, 직업적 존경심에 대해 배울 수 있었고 그것이 최고의 팀을 만들어내는 데 중요한 요소라는 것을 깨달았습니다." 나를 힘들게 한 사람을 칭찬하라는 것이 아니라 그런 과정 속에서 깨달은 것이 있다면 무엇인지 답하라는 뜻이다.

내가 인터뷰할 때 받았던 질문 중에는 "왜 당신을 뽑아야 합니까?"라는 질문이 있었다. 왜 이런 질문을 하는지 그 이유를 깨달아야 한다. 그 회사가 당신을 선택할 명분이 필요한 것이다. 사실 개인적으로 나는 혜택을 받지 못한 누군가를 위해 일하고자 하는 글로벌 비전을 지녔었기에 담담히 설명했던 듯하다.

"단순히 일자리를 얻기 위해서가 아니라 정말 일하고 싶은 곳이기 때문에 지원했습니다. 저는 제 자신이 진심으로 원하는 일을 할 때 24시간 열정과 시간을 전부 투자합니다. 제가 이 회사를 택한 것이 바로 그 이유입니다."

사실 처음 만난 사람이 어떻게 누군가를 한 번에 알고 평가할 수 있겠는가? 바로 이러한 열정적인 에너지가 전달되고 진심이 전해질 때 한번 믿고 맡겨보고 싶어지는 것이다.

국제기구 근무 시절 자선 골프 대회를 주최한 적이 있었다. 당시에 전문 골퍼들뿐 아니라 기업의 CEO 44명이 참여한 꽤 규모가 큰 행사였다. 모금과 홍보가 목적으로 진행되었고 모금된 수익금은 백신 개발과 개발도상국 어린이들을 위해 사용하고자 기획하였다. 그 행사는 많은 분들의 수고와 노력으로 이루어졌고 나 역시 최선을 다해 준비했었다. 특히 그중에 골프장을 하루 동안 빌려주신 대표님이 계셨는데 하루 동안 영업을 하지 않고 대신 골프 장소(venue)를 후원한 것이었다. 그분이 참으로 감동적인 것은 후원자이시지만 나서기보다는 뒤에서 조용히 누구보다 열정적으로 일하는 모습을 보여주셨다. 그의 직원들이 해준 얘기 중 하나이다. 행사를 준비하느라 바쁘신 중에 야근을 자주 하셨는데 집에 다녀올 시간이 없어 사무실 책상 뒤 바닥에서 주무셨다고 한다. 그렇게까지 열정적으로 일을 하시니 귀감이 되어 직원들도 열심일 수밖에 없었을 게다. 하지만 그가 누군가에게 일을 시키기 위해 그런 것이 아니라 만나서 얘기를 나누어보면 얼마나 일에 대한 정성과 열심이 많은지 느껴지고 감동마저 느끼게 하는 겸손한 모습이 돋보였다. 항상 깍듯한 매너에 젠틀한 어투까지 함께 해 일하는 분들이 자랑스러워할만했다. 우리는 누군가에게서 열정이 느껴질 때 마음이 열리는 것을 느낀다. 덕분에 그곳에 참여한 많은 분들이 그 골프장을 이용하게 되었고 그 좋은 이미지가 오히려 더 큰 성공을 가져다주었다고 한다.

골프 대회에서는 많은 분이 도움을 주셨는데 WPGA골프 협회장께서 자신의 일처럼 열심히 섬겨주셨다. 개인적으로 친분이 있는 분은 아니었지만 좋은 일에 동참한다는 순수한 마음으로 함께해주셨기에 아직도 기억에 남는다. 행사를 준비하는 과정 중에 같이 일하는 젊은이가 지나가는데 나에게 물었다. 저 사람은 누구냐고 하신다. 무슨 일이시냐고 여쭈었더니 모두가 열심히 뛰어다니며 일하는데 느긋하게 걸어 다닌다고 하셨다. 물론 모두가 다 뛰면서 일하라는 것은 아니지만 그 친구가 느긋한 성격 탓에 유난히 걸음이 느린 것은 사실이었다. 사람마다 성품이 다르고 일하는 방식이 다르다고 할 수는 있겠지만 잘 모르는 분이 보시기에 유난히 혼자 열심이지 않는 사람을 발견한다면 눈에 띌 수밖에 없을 듯하다.

열정적인 태도는 사람의 마음을 열게 한다. 나의 삶의 방식은 어떤 일이든지 열렬한 애정을 가지고 열중하는 마음이 가득했다. 일이 좋아서 즐기며 살았기 때문일 것이다. 사람들은 일이 돈을 벌기 위한 생계 수단이었기에 때로는 비굴해져야 한다고도 했지만 나는 돈만을 위해 일한 것은 아니었다. 내가 좋아하는 일이었고, 하고 싶은 일이었고, 내가 잘 하는 일이었기에 24시간 집중할 수 있었고 힘들어도 즐거웠다. 그런 나의 상태가 겉으로 드러나 사람들에게 열정으로 보여 졌을 것이다. 일을 두려워하지 않았고 하면 된다는 생각으로 살았다.

나에게 손해인지 따지거나 저울질할 시간도 없었다. 워커홀릭으로 퇴근을 하고서도 심지어 꿈속에서도 아이디어가 나와서 머리맡에 노트 패드를 놓고 자곤 했었다. 그렇지 않으면 깊은 잠을 들 수도 없고 아이디어가 꼬리를 물고 계속되어 잠들 수 없었다. 나의 경우는 그렇게 일에 열정을 다했지만 누구나 열정을 다하고 싶은 부분이 다를 것이다. 현모양처가 꿈이라면 집안 단속하고 꾸미는 일에 관심이 많을 것이다. 무슨 일이든지 자신이 하고 싶은 일을 하며 행복하면 되는 것이다. 내가 선택한 것이고 내가 열정을 다해 해냈다면 그 누구 탓도 하지 않을 수 있다. 나는 그렇게 워커홀릭으로 살았지만 후배들에게는 조언한다. 가끔은 휴가 쓰고 야근도 많이 하지는 말고 가족도 챙기라고 말이다. 열정적으로 살아가라는 말이 절대 쉬지 말라는 말은 아니다. 워라밸(Work- Life Balance)은 자신에게 어울리는 현명한 지혜가 필요하다. 더 나아가 워라인 (Work -

Life Integration)까지도 시도해 보기 바란다.

무엇이든 열정 없이 이루어지는 건 없다. 사랑도, 일도 무엇이든 다 열정이 있어야 얻을 수 있다. 열정을 가지면 세상을 집중해서 열심히 살아갈 수 있고 바라고 원하는 것들을 이룰 수 있는 확률도 높아진다. 열심히 살게 되니 솔직히 나는 누군가를 탓하거나 걱정할 시간이 없었다. 혹여 누군가 나를 욕한다는 것을 알고도 가서 따질 시간도 없었다. 나는 내게 주어진 일에 매진하며 책임을 다하고 요청한 것 이상으로 해내는 것에만 주력하고 있었다. 덕분에 일에 대한 후회가 없을 만큼 시간을 쏟았다. 열정은 창의성, 능력, 기적, 성공, 승리 등을 죄다 끌어낸다고 생각한다. 성공하기 위해 열정적으로 산 것이 아니라 묵묵히 열심히 살다 보니 인정받고 성공하게 되었다. 세상에 태어나 죽기 전에 적어도 내가 하고 싶은 일에 열정을 쏟아 보고는 가야 할 것 아닌가!

솔직히 그러다 보니 가정에 소홀한 부분이 아쉽기는 했다. 그래서 아이를 키울 때도 부모님의 배려로 부모님 건물로 들어가 서로 다른 층에 살았다. 퇴근 후 저녁 식사와 잠자는 것은 아들과 같이 하려고 했고 주말은 가족과 함께였다. 지금 나는 조금 더 많은 시간을 누리며 가족과 시간을 보내면서 행복하다. 언젠가 강의 중 질문을 받은 적이 있다. 지금까지 그렇게 다양한 프로젝트를 해 오면서 가장 잘 한 것은 무엇이냐고 물었다. 나는 아주 빨리 답했다. "결혼하고 아들을 낳은 것입니다."라고. 질문한 사람은 황당해 하면서도 고개를 끄덕이고 있었다. 50대가 되어 돌아보니 정말 잘한 일이다. 어려운 속에서도 잘 견디고 버티고 해낸 것에 대해 스스로 자랑스럽다. 일하고 공부하고 아이 키우고 하느라 정말 시간이 흐르는 것도 몰랐다.

완벽하지 않았지만 적어도 최선을 다했다. 물론 내가 아주 완벽해서 지금까지 남다른 커리어를 남보다 십 년 정도 빨리 얻어냈다고 생각하지 않는다. 나는 항시 노력했고 자기 계발을 지속했다. 준비된 자세로 기회가 왔을 때 놓치지 않았고 기쁜 마음으로 최선을 다한 것이다. 그것이 바로 나의 남다른 열정이었다.

10 스펙보다 호감(likability)가는 태도와 유머가 스웨그다

사람과 대화를 할 때 상대방에게 호감을 주는 태도가 있다. 솔직담백하고 진정성 있는 모습은 더도 덜도 말고 있는 그대로 대하고 있다고 느껴져 기분을 좋게 한다. 너무 점잖은 척하거나 거드름을 피우는 것처럼 보이는 태도는 상대에게 반감을 준다. 하지만 그저 솔직담백하기만 하다면 만만한 사람이라는 인상을 줄 수도 있다. 예의를 갖추면서도 상대방을 지나치게 어렵게 대하지 않는 태도가 바로 평등하게 마음을 이야기하며 상대를 존중하는 모습일 것이다. 자신이 요청을 하는 일이 있다고 해서 비굴해 보이는 모습을 보인다거나 반대로 요청받는 입장에 있다고 해서 거만하고 불손해 보이는 태도는 얄팍해 보인다. 그러나 다른 사람을 무작정 존중하기만 하면 주관이 없어 보이기도 한다. 상대방을 존중하면서

나 자신도 솔직담백하게 보인다면 안정적이고 개방적인 태도와 연결될 수 있다. 모든 대화에서 개방적인 것은 성공적인 의사소통의 지름길이다. 안정적이고 개방적이면서도 유쾌한 사람은 쾌활함, 긍정적인 태도, 유머 감각, 그리고 활기를 장착하게 되므로 호감 가는 대화를 하게 된다. 사회생활은 사실 스펙보다 호감(likability)이 더 중요함을 잊지 말아야 한다.

때로는 직장에서 열심히 일만 하다 보면 어느 순간 일이 없어서 유난히 하루가 길게 느껴지는 날도 있다. 그럴 때는 새로운 업무를 요청하거나 아이디어를 제안해 보면 좋은 기회가 생긴다. 일터에서 한가하게 친구와 채팅을 하거나 인터넷 쇼핑을 하다가 민망한 상황이 발생하지 않길 바란다. 차라리 좋은 맛집을 찾아 축적해두고 필요시 사용하는 것도 직장 생활에 큰 도움이 된다. 모두가 맛집 정보통으로 알고 문의할 것이고 상황의 중심에 서게 되어 주도적으로 리더십을 발휘할 기회도 많을 것이다. 의전을 하면서 상사를 모시고 출장을 가야 할 때가 있다. 초행길일 수 있으니 맛 집을 알 리가 없다. 하지만 만족할 만한 맛 집을 찾아 함께 한 이들을 기쁘게 할 수 있을 것이다. 적어도 좋은 곳을 검색해 준비하는 노력을 보인다면 그 집이 맛 집이 아니어도 준비한 감동으로 인해 출장길의 피로를 풀어줄 수 있을 것이다. 나도 힘든데 왜 내가 그런 일을 해야 하느냐고 묻고 싶다면 사회생활을 하지 않는 것이 나을 것 같다. 상대의 입장이 되어 생각해 보면 쉽게 이해가 될 것이다. 타지에서 일하고 나서 힘든 때 맛있게 식사할 곳을 준비하고 배려해 주는 마음이 동료를 위해 준비된다면 그 누가 싫어하겠는가? 스펙보다 더 귀한 것은 이러한 배려와 존중에서 나오는 호감 가는 태도이다.

나의 직장 생활 초창기 직함이 대리였을 때였다. 우리 팀 프로젝트가 있어 팀원들과 보스를 모시고 지방 출장을 가게 되었는데 상사와 팀원들의 니즈를 파악해 만족할 만한 곳을 찾아내곤 했다. 물론 누가 시킨 것은 아니고 강요하지도 않았지만 내가 좋아서 했던 것 같다. 내가 맡은 할 일도 많아 귀찮기도 하지만 사실 장기적으로 볼 때 그 조직 안에서 내가 여러모로 필요한 사람인 것이 드러나는 계기였다. 덕분에 이후로는 맛 집에 대한 정보를 꼭 내게 물어보곤 했다. 잘 보이기 위해서가 아니라 섬기는 마음으로 즐거워서 하면 좋겠다. 그렇게 해서 나로 인해 여러 사람이 만족하고 기분 좋아한다면 얼마나 행복한가? 그것으로 충분하다. 팀원을 티 나지 않게 진심으로 챙기고 배려한다면 바로 내가 그 팀을 하나로 묶는 좋은 연결 고리가 될 것이다. 결과적으로는 없어서는 안 될 호감이 가는 존재가 되는 것이다.

하지만 아무리 학벌이 좋고 지적 능력이 뛰어나고 좋은 직장을 다녀 커리어가 훌륭해도 유머가 없다면 빛을 발하지 못한다. 나는 일만 하느라 유머가 얼마나 사람을 돋보이게 하고 주변에 사람을 모이게 하는지 모르고 지냈다. 남을 웃기는 것으로는 재능이 없다고 생각했었다. 하지만 조직의 대표 역할을 하게 되면서 내가 유머가 참 부족하다는 생각을 하게 되었다. 일을 잘 하려고만 했지 팀원의 긴장을 풀어주는 역할은 못했다. 내가 아는 어느 단체의 리더는 출장길에 비행기 안에서 유머 모음집을 가져가 읽고 외운다고 한다. 70대 중반에 높은 직위에 있지만 아직도 고민하고 자신을 발전시키려는 노력에 놀랐던 것 같다. 그렇게 사회생활에서 장수하는 리더는 타고난 위트가 있지만 또한 노력이 있어 오랫동안 존경받는 것 같다. 솔직히 유머가 없는 사람과 함께 하는 시간은 얼마나 지루하고 시간이 가지 않겠는가 말이다. 한때 나는 그런 유머가 일에 도움이 되지 않는다고 생각하면서 들은 척하지 않거나 자리를 피했던 경험도 있다. 직장은 일하는 곳인데 농담을 하느라 시간을 보내는 것이 아까워 보일 정도로 너무 열심히 살았던 듯해 후회하고 있다. 여러분은 그러지 않길 바란다.

물론 책에 있는 유머를 외워서 웃기려 하지 말고 상황에 맞는 위트 있는 소통에 대해 관심을 가져 보길 권한다. 같은 말이어도 얼마든지 위트 있게 할 수 있다. 국제기구를 다닐 때 함께 일하던 샌디라는 미국인은 나이가 많은 여성이었고 우아하며 상냥한 모습이었다. 샌디는 워크숍 장소를 어디로 하는게 좋겠냐고 물었다. 나는 한국이 아닌 곳에서 하고 싶다고 했더니 우리를 위해 미군 기지에서 회의를 할 수 있게 초대 해주었다. 외부인이 함부로 들어갈 수 없기에 한 명씩 우리의 신원을 확인하며 일일이 데리고 들어가는 수고를 해야만 했다. 그런데 몇몇 사람들이 늦게 도착해 여러 번 출구까지 가서 데려오느라 쉬지 않고 왔다 갔다 해야 했다. 나도 회의가 있어 본의 아니게 늦게 도착했는데 미안하다고 하니 오히려 웃으면서 "Joy, you are not the last one." 하면서 웃고 지나간다. 미안해하는 내 마음을 배려해 준 말인데 "당신 말고도 늦은 사람이 또 있으니 괜찮아요!"라고 덧붙였다. 나도 미안했지만 웃으며 회의 장소를 들어간 기억이 난다. 짜증내고 안 좋은 말을 할 수도 있었지만 오히려 그렇게 말해주니 나도 마음이 편해졌다. 언젠가 그녀에게 꼭 갚아야지 하는 좋은 마음을 먹게 되었다. 위트는 여유 있는 마음에서 시작될 것이라고 본다. 상대에 대한 배려와 마음 씀씀이도 충분히 준비되어야 한다. 어떤 상황에서든 무조건 남 탓을 하고 서운해 하기보다 그 사람도 무언가 이유가 있겠지 라는 마음이 전해질 때 진가를 발휘한다고 생각한다.

사회생활뿐 아니라 연애를 하는데도 이성의 마음을 흔드는 무기로는 유머가 강력한 효과가 있다. 남녀가 처음 만났을 때 남자가 유머를 많이 구사하려고 노력하면 노력할수록 여자가 웃을 가능성이 높다. 결과적으로 데이트에 흥미를 가질 가능성도 높다. 특히 유머코드가 서로 비슷해 함께 웃을 수 있다면 두 사람이 연결될 가능성이 더 많다. 유명한 개그맨 커플들의 얘기를 들어보니 결혼하게 된 이유가 설명하지 않아도 서로가 통하는 유머 코드 덕분에 신뢰하고 사귀게 되었다고 했다. 결혼을 약속하고 함께 살아야 할 사이에 서로 심각하기보다는 같이 웃으며 문제를 해결하는 관계가 더 오래갈 것은 당연한 결과이다. 나의 경우도 사회생활을 하며 알게 된 사람들과 오래 만나게 되는 경우는 웃음 코드가 맞아서 만나면 기분 좋은 경우인 것 같다. 나의 경우도 대학 신입생 일 때 만난 남편은 당시에 매우 유머러스해서 나를 많이 웃게 해준 듯하다.

그런데 한 가지 조심해야 할 것은 누군가 나의 단점을 유머의 소재로 삼는다면 오히려 기분이 나빠지게 된다. 유머를 한답시고 어느 한 사람을 웃음거리로 만드는 것은 사람들 사이에서 비호감이 되기 쉽다. 본인은 유머가 있고 위트가 넘친다고 착각해서 하는 말들이 남을 깎아내려 주변인의 마음을 힘들게 한다면 누가 가까이하고 싶겠는가? 유머가 넘치는 동료가 내가 어려울 때마다 도와주려고 마음을 써준다면 그 사람은 모두가 좋아하는 리더가 될 것이라고 확신한다.

요즘 아들과 대화를 하다가 자주 웃게 된다. 같은 말을 해도 본인은 웃지않고 위트 있는 표현을 하니 같이 있는 게 즐겁다는 생각이 들었다. 요즘 Z세대에게 배우는 것이 많다. 자신만의 강점을 개발하여 나다움으로 승부를 보려고 하는 그들에게 남다른 매력이 느껴진다. 바로 스웨그란 단어인데 본래 윌리엄 셰익스피어에 의해 탄생된 말로, 현재는 힙합 뮤지션이 잘난 척을 하거나 으스댈 때를 가리키는 것 외에도 패션, 사회 분야에서 광범위하게 사용되고 있다고 네이버 지식백과에 적혀있다. 나는 개인적으로 항상 엉뚱하고 독창적인 작품을 추구하는 P.S. 브랜드에 관심이 있다. 코트의 양쪽 주머니 위치가 다르거나 모자가 앞쪽으로 달려 있어 옷을 거꾸로 입은 듯 보이는 후드, 소매 길이가 다른 재킷 등이 매우 위트 있게 느껴진다. 말을 통해서 뿐 아니라 브랜드의 디자인에서도 그런 에지 있는 느낌을 받으면 무척 가까이 하고 싶어진다. 사람이든 브랜드이든 태도, 말, 행동 등 모든 것이 유머러스할 때 매력적이고 스웨그가 있다고 생각된다.

Part 2

학부모와
진로 담당 교수진을 위해

chapter 4

솔루션 메이커인
융합형 인재의 조건
-학무모를 위해-

'이 시대 부모의 역할을 잘 해내고 싶은 열망을 지닌 한 사람으로서

우리의 미래가 될 MZ세대와의 소통에 관심을 가지고 있다.

이 책의 구성 중 4장은 특별히 나와 같은 마음을 가진 학부모들을 위해

우리가 자녀들을 어떻게 리드 하면 좋을지에 대한 고민을 공유하고자

정리해 본다. 미국 대학 연구교수이자 다양한 국제기관들에서

일을 해 온 워킹 맘으로서 누구보다 워라밸(Work-Life Balance)을

넘어 워라인(Work-Life Integration)에 대한 필요성을 느꼈다.

힘겨운 사춘기를 지나 청년으로 성장해가는 우리 자녀들에 대한

고민은 정답이 없음을 알기에 나누고 서로 응원하고자 한다.'

01   21세기 취업은 진정한 핵심가치(Core value)를 알고 시대를 읽는 통찰력이 답이다

21세기는 학력이 높고 지식이 많은 사람이 아니라 직관력과 통찰력 있는 사람이 리더가 될 것이다. 존 맥스웰은 리더의 조건에서 직관력 혹은 통찰력이란 타고난 강점과 학습된 기술이라고 정의하고 리더가 가져야 할 5가지 직관력을 강조했다. 리더는 상황을 제대로 파악하고 경향을 읽고 앞을 내다보며 다르게 보는 시각을 가진 자이다. 더불어 미래에 대한 비전과 전략에 대한 능력과 책임을 가져야 한다. 나도 단체의 대표로서 조직을 운영해보며 느낀 바가 있었다. 구성원의 기대, 안심 혹은 의심, 두려움 등 조직 내의 분위기를 곧바로 느낄 수 있는 직관력과 통찰력이 가장 중요한 능력이라는 것을 깨달았다. 그래서 가장 잘 하기 위한 방법은 자기 자신의 가치, 열정, 능력 그리고 마음을 잘 알고 읽는 능력을 끊임없이 계발해야 한다고 생각했다.

존 맥스웰은 "영리한 리더들은 들은 것의 반만 믿는다. 하지만 통찰력 있는 리더들은 믿어야 할 그 반이 무엇인지 알고 있다."라고 말했다. 통찰력은 문제의 뿌리를 찾아내는 능력이라 할 수 있어 이를 위해선 이성적인 사고뿐 아니라 남다른 직관력 역시 필요하다고 했다. 리더로 하여금 그림의 일부만 보고도 직관을 통해 문제의 본질을 찾을 수 있도록 하는 것이 바로 통찰력이다. 근원을 찾을 수만 있다면 어떤 문제든 해결할 수 있으니 통찰력을 높일 재능을 키우고 싶다면 일단 자신의 강점을 살릴 수 있는 영역에서 일해 봐야 할 것이다. 그곳이 어디인지는 일생을 통해 끊임없이 갈구하고 스스로 발전시켜야 한다. 평생 일터에서 얻는 경험과 체득하며 배우는 노하우는 그렇게 해서 우리를 점점 더 나아지게 해 줄 것이다.

나의 경우는 가치 있는 삶(Valuable life)이 지금껏 내가 소망하던 삶이었다. 30년 커리어를 통해 다양한 경험을 하며 단순히 직장을 다닌 것이 아니라 주변을 이롭게 하는 홍익인간의 사명을 완수하길 바랐었다. 내가 대단해서가 아니라 나로 인해 나라가 변하고 세계가 변화되는 데 작은 부분이라도 일조하기 위해 간절한 소망을 품고 일했다. 물론 누가 시킨 것은 아니고 그런 성향의 사람이기에 그랬던 것 같다. 사람마다 추구하는 바가 다른 것이고 나는 그런 측면에 가치를 두는 사람이라고 이해된다. 어쩌면 이 시대 구글, 테슬라, 아마존 등 글로벌 기업의 인재상이 바로 주변을 이롭게 하는 사람일 것이라고 생각한다. 그렇다면 이 시대 부모들이 아이들을 어떻게 키워야 통찰력 있는 자녀가 될 것인가? 예를 들어, 공부해라, 책 읽어라, 숙제해라 하면서 자신의 생각을 강요하기보다는 누군가에게 선한 영향력을 끼치는 삶이길 바란다고 큰 그림만 말해주고 믿어줄 때 자녀들은 자신의 삶에 대한 진정성 있는 고민을 할 것이다. 우리의 아이들은 그렇게 조금씩 성장해 갈 것이고 우리는 최고의 응원자가 되면 충분하다.

아들이 초등학생일 때 참 좋아하는 예능 프로그램이 무한도전이었다. 워커홀릭 워킹 맘인 나는 시간을 쪼개어 살다 보니 시간 아깝게 왜 저런 프로그램을 보고 있나 싶어 시간 낭비라고 생각했었다. 그러던 어느 날은 아들이 워낙 즐거워하니 같이 시청하게 되었다. 마침 그날의 테마는 이층집에서 두 팀으로 나누어 살아가는 스토리였는데 자세히 보니 단순히 예능이 아니라 환경을 주제로 하는 의미 있는 콘텐츠였다. 북극과 남극이라는 두 팀이 한 집에 층을 달리해서 살고 있었다. 처음에는 상대를 배려하지 않고 2층에서 덥다고 에어컨을 틀고 에너지를 낭비하니 아래층 남극에서는 얼음이 녹아 물난리가 나고 있었다. 그렇게 TV를 보며 아들과 대화를 하며 지구 온난화에 대한 의견을 나눈 적이 있었고 그 이후로 좋은 예능 프로그램을 함께 보며 같이 웃는 시간을 공유하게 되었다. 덕분에 나는 대화가 되는 엄마가 되었고 이후 나이가 들어 시사 프로그램이나 뉴스를 보면서도 대화할 수 있는 물꼬를 트게 되었다. 이렇게 나 자신도 수많은 고민과 시행착오로 변화되어가고 있으며 나의 아이뿐 아니라 학생들을 코칭하며 그들의 성장과 성숙을 바라보며 격려하고 있다. 우리의 역할은 그들에게 지식을 넣어주는 것이 아니다. 그들이 가치 있는 삶을 살아가며 자신의 재능을 발휘할 때까지 곁에서 함께 있어 주고 공감하고 격려하며 응원하는 것이다.

팬더믹 시대의 국제협력도 새로운 국면을 맞이하게 되었고 위드 코로나 시대에 비대면 사회가 되면서 전례가 없는 교육혁신이 필요하게 되었다. 전 세계 인류는 코로나19와 연이어 오미크론으로 인해서 큰 위협을 받고 있다. 그 결과 온라인 교육의 역할과 중요성이 한층 높아졌고 전 세계 어린이, 청소년, 대학생들이 합당하고 품질이 보장된 안정된 교육을 받을 기회가 박탈되는 위험에 처해 있다. 전 세계 모든 어린이와 청소년들이 인터넷 서비스나 컴퓨터를 제공받지는 못할 것이기 때문에 온라인 교육은 새로운 시대적 불균형을 초래하기도 한다. 사실 누구에게나 어디서나 균등한 교육을 받을 기회를 제공해야 하므로 사회적, 기술적 문제를 함께 풀어가야 할 것이다. 개발도상국에 태어났다는 이유만으로 혜택을 받지 못하는 이들이 없어야 한다. 한 국가가 강해지고 발전하기 위해서는 교육이 가장 중요하고 교육을 통한 미래의 투자가 세상을 변화시킬 수 있을 것이다.

　코로나19로 전 세계 공교육 시스템에 온라인 수업이 도입된 것은 사상 처음 있는 일이다. 무엇보다 공교육의 온라인 플랫폼 도입과 관련 기술·서비스 현황을 살펴보고 위드 코로나 시대 창의적 인재 육성을 위한 고등교육 혁신이 필요하다. 그리고 온라인 교육 격차 해소를 통한 포용적 교육에 관해 전망하고 혁신하려는 노력도 중요한 때이다. 2012년부터 대규모 공개 온라인 강좌 무크(MOOC) 시대가 본격적으로 열렸다. 무크는 온라인 양방향 수업 운영과 인터넷 환경에 최적화된 교육 콘텐츠의 제공 등을 통해 한층 진화된 교육 모델을 선보이고 있다. 한 보고서에 따르면 2030년 4년제 사립대학 50%가 사라질 수도 있다는 전망도 있었다. 4차 산업혁명 시대가 도래 하면서 대학에서 배우는 지식을 손쉽게 접근할 수 있게 되니 위기감도 고조되고 있다. 이제는 혁신과 함께 경쟁력을 높여야만 대학도 살아남을 수 있을 것이다. 미국 샌프란시스코에 본부를 둔 미네르바 스쿨은 교육혁신 대학으로 강의실, 도서관, 학생 식당, 교수 연구실 운동장이 없다. 학생들은 도시의 기숙사에서 생활하며 온라인 강의로 토론 중심 수업을 하므로 시간에 구애받지 않고 정해진 시간에 온라인 강의 플랫폼을 실행하여 수업에 참여한다. 망가진 교육 시스템에 새로운 해답을 만들겠다는 취지로 처음에 시작되었고 학생들이 실천하고 참여해 보도록 가르치고 있으며 과목보다는 개념과 습관에 중점을 둔다고 한다.

최근에는 스탠포드 대학을 포함해 유명 대학들이 온라인으로 강의를 들을 수 있게 되어 누구나 관심만 있다면 그 대학 강의를 들어볼 수도 있다. 다시 말해 졸업장보다는 실질적인 실력, 지식 역량이 중요한 시대가 될 것이다. 그러므로 진짜 내가 제대로 잘 하는 재능을 바탕으로 강점을 하나 이상 만들어 IT와 시너지가 일어나도록 접목하지 않는다면 뒤처질 수밖에 없다. 이미 쇼핑도, 패션도, 팬클럽도 모든 것이 온라인에서 이루어져 오프라인으로 만나거나 혹은 그 반대의 경우로 활동이 다각화되고 있다.

1세대 무크의 대표주자 코세라(Coursera)의 최고경영자, 제프 마지온칼다(Jeff Maggioncalda)를 시작으로 캠퍼스 없는 대학 미네르바 스쿨(Minerva School)의 설립자 및 최고 경영자, 벤 넬슨(Ben Nelson), 그리고 2016년 4차 산업혁명 시대 일자리와 교육의 미래 전망으로 널리 회자된 공저자이며 세계경제포럼(WEF) 전무이사인 사디아 자히티(Saadia Zahidi)와 신개념 교육 협업 프로그램 MS 쇼케이스 스쿨(MS Showcase School)을 이끌어온 MS 부사장 앤서니 살시토(Anthony Salcito) 등 수많은 글로벌 리더들이 향후 벌어질 글로벌 교육 혁신에 대해 예견하고 또한 새로이 방향을 잡아가고 있다. 이처럼 다양하고 다각화된 시대에 일방적으로 그 모든 것을 다 배우고 답을 주입식으로 미래를 준비시킨다는 것은 불가능한 일이다. 그 모든 것을 다 외운다고 한다면 아주 나이가 많이 들어서도 사실 어려울 것이다. 그렇다면 어떻게 해야 할까?

바로 직관력과 통찰력 있는 리더로 성장하여 상황을 제대로 파악하고 경향을 읽고 앞을 내다보며 다르게 보는 시각을 갖추도록 해야 한다. 그리고 '자기 자신에 대한 이해를 시작'으로 주변을 이롭게 하는 가치 있는 비전을 향해 한 걸음씩 나아가야 한다. 그렇게 한걸음씩 나아가 찾게 된 나의 바람이 나를 원하는 곳으로 이끌어 갈 것이다. 그곳이 어디인지 아무도 예측할 수 없으며 끊임없이 궁금해 할 때만 찾을 수 있는 곳이다. 남들이 좋다는 곳이 내게도 좋은 일터는 아닐 수도 있을 것이다.

02 │ 지구촌 시대 청년의 역할에 대한
│ 새로운 패러다임 "Work for others!"

내가 주로 하는 강의의 주제는 글로벌 시대 청년들의 역할에 대한 새로운 패러다임(New Paradigm of global youth's role)에 대한 것이다. 21세기는 지금까지와는 분명히 다른 세상이 올 것이다. 학벌을 높게 쌓아가고 때가 되면 취업을 하고 남들이 좋아하는 나로 살아가는 인생보다는 자신이 하고 싶은 일을 하며 살아가는 사람들이 더 늘어날 것이다. 직업을 갖지 말라는 것이 아니라 소신 있게 선택하고 열정을 다해 준비하라는 말이다. 공부라기보다는 관심 분야에 대한 깊이 있는 '배움'에 투자는 늘어날 것이고 더욱 개별 맞춤화(personalize) 될 것이다. 경북 영천에서 사과 농사를 지으며 행위예술과 설치미술 등 작품 활동을 하는 행위예술가 K 씨는 "바람과 산과 들, 주변 모두가 작품의 소재인 동시에 저의 관객입니다."

라고 말한다. 귀농하여 농사를 짓는 사람인데 오히려 자신이 좋아하는 일을 하면서 예술적 영감을 얻고 버려진 지게·왕겨 활용 전시회도 열고 있다. 그는 자신이 좋아하는 일터에서 하고 싶은 일을 하며 살고 있다. 유기농으로 식재료를 만들어 가고 있는 것을 누가 알아줘서가 아니라 그것이 바로 그의 자존심이라고 표현한다. 미래 세대들도 점점 더 이렇게 자신이 하고 싶은 일을 하며 행복해하는 인물들이 될 것이다. 밀레니얼과 Z세대는 누군가의 눈치를 보며 자기답지 않은 삶을 살고자 하지는 않을 것이다. 자신의 성공이 직책이 높아지는 것으로 인지하기보다는 하고자 하는 일을 하고 있는지에 기준을 두기 때문이다. 일터에서 워커홀릭이 되기보다는 가정의 소중함을 귀하게 여기고 지켜내려고 할 것이다. 무엇보다 자존감을 지키기 위해 누군가에게 도움이 되는 가치 있는 삶이 되는 데 관심을 두고 있다.

Valuable youth to the world, 내가 가진 재능을 기부하는 힘

내가 비전 특강을 할 때마다 20년 넘는 세월 동안 강조한 것이 있다. 성공적인 일터를 찾으면 이후로는 혜택을 받지 못한 이들을 돕는 것이 목적이 되어야 한다.(I want to be a doctor to HELP save the lives of people. 즉, 직업이 목표가 아니라 어떤 가치 있는 일을 할지가 커리어와 인생의 목표가 되어야 한다는 의미이다. 일터는 돈을 버는 것뿐 아니라 누군가를 돕는 소명을 실현하는 장소다.(Work hard to help benefit others.) 내가 잘나서 나에게 좋은 일이 생기고 직책이 높아지고 돈을 많이 버는 것이 아니라 내가 가진 재능으로 누군가를 돕기 위해 내가 성공해야 함을 알게 되는 것이 가장 중요하다. 사람은 삶의 목적과 의미를 잃게 된다면 쉽게 포기하고 쉽게 지치게 된다. 비영리 조직에서 일해야만 한다는 것이 아니라 영리 조직일지라도 그 회사의 비전과 미션이 세상을 돕는 가치가 있다면 되는 것이다. 착하게 살아야 한다고 생각하는 어느 젊은이가 비영리 단체에서 일하다가 영리 단체 쪽으로 가면 안 될 것 같다고 말하며 코칭을 요청했다. 오히려 나는 영리 단체에서도 일해 보면서 자신이 어느 섹터에 맞는지 경험해 보라고 권했다. 선입견을 가지고 고민하기 보다는 일단 직접 해보면 나에게 맞는 일인지 아닌지를 스스로 알게 된다. 내가 어떤 성향을 지녔고 어떤 일터에서 행복감을 느끼는지 알게 된다. 즉, 스스로 선택한 일터여야 한다. 나라는 개인이 하는 일들이 세상을 위해 조금이라도 선한 영향력을 끼친다면 그는 그곳에서 최고의 일을 하고 있는 것이다.

"저에게도 통제 욕구가 있더라고요. 좋아서 권하지만 나에게 좋은 게 남에게는 안 좋을 수도 있다는 걸 절실히 깨달았어요. 하나님이 제게 주신 달란트, 제게 맡기신 일이 이거였어요. 신은 모든 인간에게 남들과 함께 살기 위한 달란트를 주세요. 저는 그게 아이들이었어요. 배우는 제 적성에 맞는 좋은 직업이죠. 그런데 연기라는 업으로 영향력이 생기고, 대중들이 제 말에 귀 기울여주시니 아이들을 더 많이 살릴 수 있었어요. 얼마나 감사한지요." 그렇게 신애라 씨는 남편 차인표 씨와 함께 많은 이들을 돕는 삶을 살아왔다고 한다. 2001년 내가 지미 카터 대통령 프로젝트를 진행할 때에도 이들 부부가 함께 해비타트 홍보 가정으로 위촉된 바가 있다. 남이 아니라 내가 원하는 삶을 살기 위해서는 오늘 하는 일에 최선을 다하며 내가 원하는 삶이 무엇인지 끊임없이 자신에게 물어보아야 한다.

나의 경우는 워커홀릭처럼 너무 일만 열심히 하느라 나에 대한 고민할 시간이 충분하지는 않았다. 오히려 다양한 섹터에서 일하면서 배우고 깨닫게 된 케이스였다. 나는 일에만 집중하느라 가족과의 시간뿐 아니라 나 혼자만의 시간이 부족했고 퇴근 후 집안일을 하고나면 지쳐서 쓰러져 자고 다시 일터로 나서기 일쑤였다. 얼마 전, 지인이 죽으면 어디에 묻히고 싶은지 죽은 후의 묘비명을 생각해 본 적이 있는지 물어보는데 대답할 수가 없었다. 나보다 남을 먼저 챙기는 삶이어서도 그랬지만 그만큼 나에 대해 스스로 물어볼 시간도, 여유도, 필요도 없었던 듯하다. 내가 누군가의 눈치를 보며 살아온 것은 아닌데 너무 많은 일 속에서 나도 모르게 힘들었던 것 같다. 언젠가 명상 클래스에 조인한 적이 있었다. 호흡을 하는 중에 선생님께서 내게 큰 숨을 쉬며 살아보지 않은 듯하다고 표현을 했다. 나름 할 말 다 하고 살았다고 생각했는데 그 순간 정말 큰 숨을 쉬면서 호흡하지 못하고 하루하루 조바심 많은 바쁜 삶이었다는 생각이 들었다. 그래서 요즘은 수시로 나에게 묻는다. 나에 대한 궁금증이 많아지면서 오히려, 남들에게 좀 더 여유롭게 대하게 된다. 내가 나를 알아가는 과정이 있어 행복하다.

우리의 미래는 그 누구도 대신해 줄 수 없고 어떻게 해야 한다고 가르쳐 주지도 않는다. 모두 자신이 감당하고 깨닫고 찾아내고 나아가야 할 몫이다. 부디 바라건대, 다른 사람의 탓을 하지는 않길 바란다. 자신의 인생 행보를 스스로 선택해야 할 뿐 아니라 선택한 후에는 어떤 결과가 나오더라도 깨끗하게 인정하고, 방향을 잘못 선택했다면 수정하면 된다. 남 탓을 하는 사람이 가장 어리석다고 생각한다. 살아가다 보면 억울할 때도 있고 외압에 의해 싫어도 해야 할 때도 있지만 솔직히 그렇게 가는 것도 자신의 선택임을 인정해야 한다. 그리고 상황에 의해 원치 않던 방향으로 갔더라도 알게 된 순간 바꾸면 된다. 새로 시작함을 두려워하지 않길 바란다. 얼마나 했느냐가 아니라 옳은 방향으로 향하고 있는가가 더 중요하기 때문이다. 누군가 말하길, 후회가 인생에서 가장 비극적인 일(Regret is the most tragic thing in life)이라고 했다. 후회하지 않기 위한 최고의 방법은 자기 자신을 알고, 두려움을 바라보고(face your fear), 마음을 따라가라(follow your heart)는 말이다. 지금이라도 늦지 않았다. 쿨하게 자신의 길을 가면 된다!

글로벌 시대의 청년들은 작은 것에 연연하기보다는 더더욱 큰 그림 안에서 나아가야 한다. 누가 나보다 얼마를 더 받았는지, 조건이 얼마나 더 좋은지 보다는 내 인생의 큰 그림에서 볼 줄 알아야 한다. 지금 현재 내가 서 있는 현실은 어디쯤이고 더 나은 내가 되기 위해 지금 내가 발전시켜야 할 것은 무엇이며, 누구를 만나 어떤 도움을 받아야 하는지 등 자신을 집중해 살펴보자. 자기 자신이 무엇을 하고 어디에 있는지 모르는데 어떻게 친구를 사귀고 함께 동역할 사람을 찾을 수 있겠는가? 세상을 향해 적어도 내가 태어나 해낸 일이 이만큼이라고 정해졌다면 그 일을 함께 할 사람을 만나고 나를 이끌어줄 멘토를 찾아가야 한다. 그가 한국이 아니라 해외에 있다면 아르바이트를 해서 돈을 모으고 비행기 값을 챙겨 콜드메일을 보내고 약속을 잡고 십 분이라도 만나서 멘토링을 받아야 한다. (내가 국제기구 본부장으로 일할 때 실제 이메일로 상담을 요청한 청년들이 있었고 나는 아무리 바빠도 가능한 모두 만나 멘토링을 해주었다.) 멘토와의 만남은 오랜 시간이어야 의미가 있는 것이 아니다. 내가 옳은 방향으로 향하고 있는지 가늠하는 시간은 그렇게 오래 걸리지 않는다. 자기 자신을 탐색하기 시작하면 이렇게 직관력과 통찰력이 개발되고 자신도 모르는 사이에 알게 된다. 가슴이 두근거릴 것이다. 멘토들이 답을 주는 것은 아니다. 비슷한 길을 먼저 간 선배와의 대화를 하는 동안 '스스로' 생각을 하면서 답변을 하고 어떤 일에 내 가슴이 두근거리는 지를 감지할 수 있게 된다. 내가 가야할 길에 대한 두근거림을 찾는 것이 중요하다.

어떤 직업을 갖든지 간에 누군가를 위해 도움이 되는 이타적인 사람으로 성장하길 바란다. 눈앞에 이익보다는 너른 마음을 지닌 리더로 자신을 성장시키길 바란다. 작은 것에 연연하기보다 쿨하게 나의 길을 가며 힘든 일을 겪어도 툭툭 털어버릴 줄도 아는 사람으로 솔직 담백한 태도를 갖자! 그런 사람은 국내에 있든 혹은 해외에 가든지 모두가 환영하는 인물이 될 것이다. 선입견과 편견일랑 던져 버리길 바란다. 피부색이 어떻든 그 겉모습보다는 상대의 마음을 헤아려주길 바란다. 껍질보다 알맹이를 볼 줄 아는 이가 진정한 글로벌 리더가 될 것이다. 국적이나 문화의 차이보다 더 중요한 것이다. 전문가로서 언어와 지식이 해박한 것도 필요하겠지만 따스한 가슴이 없다면 부질없는 결과를 얻게 될 것이다. 한때 내게도 무슨 일을 해도 결과가 좋지 않았던 적이 있다. 나에게 누군가 지나가는 말로 왜 열매가 맺지 않을까라고 말했던 적이 있다. 그 순간 깨달았다. 내가 많은 것을 가지고 자부할 만큼 잘 했고, 그래서 본의 아니게 교만함이 드러났기에 남을 무시하는 마음도 생겼을 거라는 생각이 들었다. 내가 쌓은 모든 것이 무너진 것은 바로 그때였다고 생각한다. 사람은 누구나 잘난 척하고 싶고 자신이 뿌듯하게 느껴질 때가 있다. 바로 그 순간을 경계하기 바란다. 선 줄 아는 순간 쓰러질 수 있다. 리더가 되어 세계와 친구가 되고 세상을 변화시키려는 꿈이 있다면 반드시 기억할 바는 따스한(heartfelt) 가슴으로 나보다 남을 위하고 돕는 마음을 놓치지 말아야 한다는 사실이다.

글로벌 시대 청년은 내 가족, 내 나라, 내 것을 뛰어넘어 세계 시민 의식(global citizenship)을 지녀야 한다. 특정한 국가나 장소의 시민으로서가 아니라 전 세계적인 철학과 감각을 가지고 세계 시민이 되어 그 권리와 시민적 책임을 가지고 있어야 한다. 뿌리가 깊은 거목처럼 큰 사람이 될 준비를 하길 바란다. 사람의 정체성이 지리나 정치적 경계를 초월하고 책임이나 권리는 더 넓은 계층인 "인류"라는 멤버십에서 파생된다고 위키백과에 적혀있다. 물론 우리가 국적이나 다른 더 많은 지역 정체성을 부인하거나 포기한다는 것을 의미하는 것이 아니라 '세계 공동체 구성원'이 되는 것을 의미한다. 자랑스러운 세계 시민으로서 세상을 위해 선한 영향을 주는 리더가 되어주길 바란다. 나의 전문성이 세상을 돕고 업에서 힘이 생겨 사람들이 관심을 가져줄 때 혜택을 받지 못한 이들에게 희망이 된다면 얼마나 행복하겠는가!

03 | 일희일비 하지 않는다

내가 찾아낸 재능에 어울리는 일터를 찾으면 어떤 어려움을 만나도 포기하지 않고 나아갈 수 있다. 그러므로 성공적인 커리어 패스를 위해 제일 먼저 자기 자신에게 무엇을 가장 좋아하는지 물어봐야 한다. 그리고 자신이 관심 있는 회사나 조직을 상상해 본다. 기사나 포털사이트에서 검색을 해보기도 한다. 그리고 전공, 활동, 꿈과 매칭되는 방식에 대해 숙고해 본다. 자신의 자원봉사 활동도 이력서에 적어보고 나만의 스토리를 작성해 본다. 여성들의 경우라면 여성 커리어 플랫폼에 가입해서 조언을 구해보는 것도 좋다. 이미 성공하고 충분히 고민해 온 선배들이 기꺼이 답변을 해줄 것이다. 나도 H 커뮤니티에서 여성 커리어 우먼들을 위해 멘토링을 해주고 있다. 후배들에게 가장 전하고 싶은 것은 '나의 비전과 일치하는 일터'를 찾는 것이다. 그러고 나면 열정을 가지고 능력을 보여줄 기회가 있을 것이다.

좋은 목적의 회사가 아닌 곳에서 일하는 이가 있었다. 무엇보다 월급을 많이 받다 보니 때로 부당한 일을 당하고 어려운 상황에 봉착해도 참고 넘어간다고 했다. 문제는, 그냥 넘어가는 것이 아니라 점점 그 조직의 성품과 문화를 닮아 가고 있다는 것이었다. 돈만 목적인 일터는 그 사람의 인성과 인격마저 변화시킬 수 있다. 욕하면서 닮는 법이다. 싫다고 하면서 조직원의 일하는 법과 가치관을 그대로 답습하게 된 것이다. 결국 그는 그 어떤 조직으로 이동을 하더라도 배운 대로 일하게 되는 것이다. 한 조직의 리더가 중요한 이유는 바로 이 부분이다. 직원들에게 선한 영향력을 지닌 리더가 있는 단체라면 최고의 일터일 것이다. 향후에 사회공헌을 확장시켜 나가는 기업이 늘어날 것이다. 그것이 바로 대한민국이 선진국으로 발전하고 있다는 증거가 될 것이다. 사람과 마찬가지로 기업도 이타적인 기업을 사람들은 신뢰할 것이다. 자신의 가치관과 딱 맞는 곳이 있지는 않겠지만 적어도 옳지 않다고 생각하는 곳에서 돈을 위해서 일하는 것만은 멈춰주길 바란다. 타협하는 매일이 반복되며 비전과 꿈은 사라지고 언젠가는 자신과 다른 모습의 낯선 자신이 발견될 수 있기 때문이다. 그리고 더 이상 이곳저곳 흘러 다니며 심지도 없고 줏대 없이 돈만 주면 옮기는 커리어 헌팅은 하지 마시길

(No more career hunting)! 솔직히 이력서에 짧은 기간 너무 많은 이력이 있다면 신뢰를 주지는 못 한다는 것도 기억해 주시길 바란다.

최근에 미국 뉴저지 주에 위치한 패션 제조업체로 취업을 하게 된 멘티가 있다. 20년이 넘는 역사를 지닌 패션업체이다. 미국, 캐나다, 아시아 및 유럽에서 수천 명의 소매점을 지닌 도시 패션 디자이너, 도매 업체 및 라이선스 제공자로 사업을 해 온 곳이다. 이력서와 자기소개서 그리고 미국 본사 영어 레벨 테스트 후, 영문 이력서와 자기소개서가 포함된 지원서 제출, 지원 서류 검토, 회사 정보와 지원자 정보를 제공하고 사전 교육과 화상 인터뷰를 거쳐 미국 국무성 비자 발급 후 출국했다. 자신이 꿈꾸던 바를 하나씩 해내고 이루어낸 쾌거였다. 코칭의 과정을 통해 그녀는 변화되고 있었다. 합격 후 무척 기뻐할 줄 알았는데 의외로 담담한 표정으로 그다음 준비할 것들을 체크해 나가고 있었다. 그래서 내가 물어보았다. 많이 기쁘지 않느냐고 했더니 일희일비하지 않겠다고 한다. 이제부터 시작이라고.

사실 상황에 따라 가볍게 좋아했다 슬퍼하기를 반복하는 모습은 주변에 신뢰를 주지 못한다. 아직 나이가 젊은 때는 본의 아니게 욱하는 상황에 감정이 컨트롤되지 않아 순간적으로 화를 내기도 하고, 좋은 일이 생기면 지나치게 좋아하는 것은 당연하다. 나의 멘티들도 나에게 그런 고민을 이야기한 적이 많다. 그러지 않으려고 하는데 감정을 숨기는 것이 쉽지 않다고. 하지만 그것은 감정을 숨겨서 될 일이 아니다. 감정에는 솔직해야 한다. 자기 자신과의 대화와 묵상을 과정을 거쳐 서서히 변화되는 것이다. 순간순간 닥쳐오는 상황에 따라 감정이 변화하다가는 자괴감에 빠져들 수가 있고 멘탈 관리가 될 수 없다. 본래 인생이란 좋은 일과 나쁜 일이 번갈아 일어나는 것이니까 인생을 멀리 보면 지금의 기쁨에 마음 놓을 수도 없고 지금의 슬픔에 연연해할 필요도 없다. 일희일비하지 않길 바란다. 담대하게 잘 버텨낸다면 반드시 성공한다는 것을 기억하라. 다만 성공이 목표가 되어 힘들어 하지 말고 어제보다 오늘 조금 더 발전한 나를 매일 매순간 기뻐하면 된다. 그렇게 쉬지 않고 한결같이 해나가다 보면 언젠가 십 년 후 그런 작은 실력들이 모여 원하는 업계의 멋진 리더가 될 것이기 때문이다.

내가 한국뉴욕주립대학교에서 커리어센터장으로 있으면서 스토니브룩 대학교를 방문해 업무를 진행 중에 롱아일랜드의 IT회사와 미팅을 하게 되었다. 대기업은 아니지만 미국에서 자리를 잡고 캐나다와 중국 그리고 말레이시아 등에서도 네트워크를 지닌 탄탄한 기업이었다. 우리 학생들이 미국에 와있을 때 인턴십을 할 수 있는지를 논의할 때 대표께서는 가능하면 인턴으로 일하다가 사원으로 데리고 일을 시킬 재원을 필요로 한다고 했다. 그러면서 옆에 과장의 등을 두드리며 "이 친구가 인턴을 하다가 군대를 갔고 다시 돌아와 직원이 되었습니다."라고 말씀하시는데 만면에 미소가 가득하며 뿌듯해하셨다. 기업은 직원을 뽑는 것이기는 하지만 사실 믿고 맡길만한 인재, '내 사람'을 찾고 있는 것이다. 누구나 글로벌 대기업이나 이름 있는 곳에서 일하고 싶어 할 것이다. 하지만 진짜 중요한 것은 어디에서 일하느냐보다는 은퇴 후에도 내가 전문성을 나눌 수 있도록 진짜 나의 실력을 키울 곳을 찾는 것이 더 중요하다. 그 과장님은 바로 그 회사에서 그런 꿈과 비전을 발견한 듯하다. 멋지게 웃고 있는 모습이 보기 좋았다.

H라는 배우가 있다. 그는 카센터 사장이 꿈이라고 한다. 자동차를 무척 좋아해서 드라마 대본을 연습하는데 오픈된 카페에 앉아 지나가는 명품 차를 감상하면서 하는 모습이 포착되었다. 왜 저렇게 시끄러운 곳에서 연습을 할까 라고 생각했는데 자신이 좋아하는 차를 실컷 볼 수 있어서였다. 현재의 직업은 배우이고 열심히 하고 있지만 정말 원하는 것은 자신이 좋아하는 차를 실컷 보면서 수리도 하고 튜닝도 하는 직업을 갖고 싶어 하는 듯했다. 자주 가는 카센터에 가서 자신의 차뿐 아니라, 기회가 될 때 다른 차도 선배의 도움을 받아 수리도 하며 땀을 흘리며 행복해 했다. 도움을 주는 선배들도 그가 아직 전문가는 아니지만 차에 대한 열정과 배우려는 태도가 기특해서인지 노하우를 공유해 주고 있었다. 그는 나중

에 자신의 꿈을 이루기 위해 배우라는 직업을 가지고 돈도 벌고 튜닝이나 수리도 해가며 노하우도 쌓고 지속적으로 좋은 선배를 만나 네트워킹도 다져갈 것이다. 배우가 된 것도 카센터를 차리고자 돈을 벌기 위해 모델을 했고 모델을 하다 보니 배우가 되었지만 아직도 자신의 꿈을 놓지 않고 나아가고 있었다. 하고 싶은 일이 있기 때문에 지치지 않고 현재에 충실할 수 있었을 것이라고 생각한다. 어디서 일하느냐보다 무엇을 위해 일하고 있느냐가 삶의 에너지가 된다.

직장에 들어가 사회생활을 하다 보면 다양한 상황과 별의별 사람을 다 만나게 된다. 말이 통하지 않고 이성적으로 이해가 되지 않는 이들도 많다. 그런 사람들과 대면할 때마다 싸우고 화내고 하다 보면 일 년의 반은 경찰서를 들락거려야 할지도 모른다. 때로는 그 사람이 이상해서 부딪힐 때도 있고 상황이 그렇게 몰아가기도 한다. 일을 하다 보면 억울하게도 의견이 달라서 나를 혼낸 상사와 웃으며 식사도 하고 일해야 하는 상황도 있다. 옆 부서 후배가 얄밉지만 내가 먼저 커피 한잔 사주며 달래야 할 때도 있다. 매일 출근하기도 힘든데 미운 사람들이 가득하면 과연 그 일터에 출근할 수 있겠는가? 게다가 일도 잘 안 풀리고 카운터 파트가 되는 파트너나 클라이언트가 나에게 모욕적인 말을 할 수도 있다. 그럴 때마다 매번 그만두고 나올 수는 없지 않겠는가 말이다. 그리고 어쩌면 그들에게도 어떤 이유가 있을 수도 있고 내가 오해를 한 것 일 수도 있다. 그런 조직 생활이 타협 불가하다고 선언한다는 것은 성숙하지 못한 태도이다. 인생은 누구에게나 녹록하지 않지만 우리가 버틸 수 있는 이유는 꿈과 열정이 있기에 최선을 다해 살아가고 있고 미래를 위해 견뎌내고 있는 것이다.

직장에서 어렵고 슬픈 일을 당하더라도 휘둘리지 말고 합리적으로 쿨하게 이겨내도록 하자. 매번 화가 앞서 너무 감성적이라면 '일과 내가 분리'되지 않아 상황을 혼동할 수가 있다. 직장은 가정과 다르게 실력으로 인정받는 곳이다. 때로 상사들 중 왜 그 모양이냐는 등의 표현을 쓰며 말하는 이들이 있다. 그럴 때에도 화를 내기 전에 일어난 '상황'과 '감정'을 분리할 줄 알아야 한다. 일어난 현상은 그냥 객관적으로 바라보아야지 더 많은 근심과 걱정을 안고 가지 말아야 한다. 나를 중심으로 하는 자기중심적 사고 대신 상황을 객관적으로 파악하는 시야를 길러야 한다. 그리고 본인이 부족한 부분이 있다면 인정하고 배워서 조금 더 나아진 모습의 나를 만들어 가야 한다. 태어날 때부터 완벽한 사람은 없다. 우리는 모두 미완의 존재이며 스스로 발전시켜 나가야 한다. 억울하다고 복수를 하겠다든가 일을 포기한다거나 하기 전에 감정을 조절하고 중심을 잡을 수 있는 자기 자신을 응원하고 격려하길 바란다.

우리는 세상을 하루만 살다 갈 사람들이 아니기에 자신을 끊임없이 다스리며 셀프 코칭하며 트레이닝 해야 한다. 처음에는 컨트롤이 되지 않던 내 마음의 감정 상태도 시간이 갈수록 세련되게 침묵할 줄도 알고, 알면서도 모르는 척할 수도 있게 된다. 모든 것은 훈련이 필요하다. 나이가 든 어른들 중에도 여전히 자기감정을 다스리지 못해 낭패를 부르는 이들이 있고 아직 어린 나이임에도 불구하고 지혜롭고 묵직하게 주변을 아우르는 친구들도 있다. 조금 좋다고 웃고 조금 힘들다고 울고 마음에 안 든다고 티 나게 화내고 하는 경박함은 노력에 따라 시간이 흐르면 변화될 것이다.

한국뉴욕주립대학교 김춘호 총장은 '노블맨은 노블 플랜이 있어야 한다'고 말했다. 비전이 있는 사람은 하찮은 감정싸움에 에너지를 소모하지 않는다. 미래 세대가 살아갈 세상은 한국의 문화에 대한 이해뿐 아니라 전혀 모르는 세상의 사람들과도 어울리는 소통을 해야 할 것이다. 지금부터라도 부디 상황을 파악하고 반응하는 어른스러움을 연습해 장착하길 바란다. 나이가 들어도 자신의 화를 주체 못 하는 사람처럼 부족해 보이는 사람이 없다. 항상 그런 상황을 경계하며 모두의 존경을 받는 리더가 되길 바란다. 리더는 많은 이들의 시선과 관심 속에 서 있게 된다. 그럼에도 불구하고 자신의 감정대로 모든 것을 쥐락펴락한다면 결국 조직원들은 실망하고 외면할 것이다. 내가 조금 손해를 보더라도 참고 이해하려는 지혜를 발휘해야 할 것이다.

04 100세 시대 진정한 리더는 기술을 넘어 이타적 세계시민이다

〈스물셋의 사랑 마흔아홉의 성공〉이라는 책이 있다. 나는 대학생일 때 스타커뮤니케이션 회장인 조안 리 선생님의 이 책을 읽고 큰 감동을 받았다. 내가 하고 싶은 PR 전문가의 저서이기에 열심히 읽었던 기억이 있으며 지금도 내 마음에 남아 있는 책이다. 책 제목만 보고는 젊을 때 사랑에 빠지고 중년의 나이에 성공하신 분이구나라는 추측을 했다. 시간이 흘러 내가 50세가 되어 첫 번째 책 '사람이 답이다(아가페 출판사)'를 쓰게 되고 지난 커리어를 들여다보게 되면서 한 사람이 20대에 사랑하고 50대가 되면 성공이라는 인정을 받는 시기라는 걸 알게 되었다. 대부분 60-70세까지 살 것이라고 했을 예전과 달리 이젠 100세까지의 삶을 준비하기 위해 50세 라는 나이는 딱 중간이니 한참 일할 나이다. 그리고 대개의 경우 열정을 가지고 사랑하며 달려온 인생 전반기를 돌아보며 후반기에 무엇을 해야 할지 고민하는 경력의 피크가 되는 시기이기도 할 것이다. 20대의 사랑과 열정 그리고 수많은 도전이 50세 즈음 성숙하고 무르익어 삶의 노하우를 후배들과 아낌없이 나누고 싶은 나이이다. 무엇보다 내게는 글로벌 인재를 육성함으로 세상에 기여하게 되는 시기라고 할 수 있다. 그리고 또 다른 50년을 어떻게 살아갈 것인지 나의 삶을 설계하고 계획하는 아름다운 시기이기도 할 것이다.

100세 시대 커리어는 단발성이 아니라 일생 계속될 항해(Lifelong journey)이기 때문에 매 순간이 지속적인 자기 계발과 지혜로운 도전으로 완성해 가는 과정이다. '오늘보다 나은 내일의 내가 되기 위해' 보람 있는 일을 찾고 그 일을 사랑해야 할 것이다. 내가 코칭 하는 이들 중에 50대 은퇴하는 사람도 많지만 너무 조급해하지 말라고 당부 드린다. 커리어코칭을 통해 무엇보다 자신의 일을 사랑하는 사람이 되길 기다려 준다. 선진국으로 나아가는 대한민국 국민으로서 자존감 세우는 부모가 되길 제안한다. 자기애가 아니라 자존감으로 가득 채워 지금까지 달려온 자신을 자랑스럽게 여기며 주변을 편하게 대하길 권한다. 아주 작은 일에 최선을 다하는 이들을 보면 행복하다. 그 작은 일들이 모여 누군가를 위해 귀하게 쓰이기에 그렇다. 그래서 아주 작은 일이라도 귀하게 다루는 그들을 난 프로라고 부른다. 나 자신이 아주 작은 일부터 실무에서 잔뼈가 굵은지라 실무의 애환을 안다. 한 페이지 문서를 만들기 위해 얼마나 많은 고민과 리서치가 있어야 하는 지도 알고 있다. 그 작은 행보가 모여 길고 긴 계단들이 결국 진짜 성공의 문으로 이끌어갈 것이다. 세상적인 성공이 아니라 나 자신이 인정하는 나의 길을 가는 리더가 된다.

100세 시대를 살아가는 세계시민으로서 '타인을 돕는 리더가 진정한 리더'라고 할 수 있을 것이다. 나 혼자만 잘 났고 내가 제일 잘하고 다른 사람을 신경 쓸 여력도 없고 각자 열심히 살면 된다고 생각할 수도 있다. 물론, 그 생각이 맞을 수도 있다. 하지만 자신이 리더라고 생각한다면 주변을 살펴볼 줄 알아야 한다. 그리고 너른 마음으로 품어야 한다. 사실 누군들 못 살고 싶을까? 누구인들 못사는 나라에 태어나고 싶을까? 사람은 누구나 잘 살고 싶은 욕구가 있고 기본적으로 갖추고 살고 싶지만 현실이 그렇지 못한 혜택 받지 못한 이들도 있다. 리더라면 그렇게 어려움에 처한 이들을 품어야 할 것이다. 도움을 주는 방법은 단순히 내가 노동력으로 하는 재능기부 봉사뿐 아니라 정책을 변화시켜 임팩트 있게 그 나라가 변하고 성장하게 돕는 방법도 있다. 혹은 인재 육성을 통해 그 나라 리더를 세우는 일에 관심을 둘 수도 있다. 자신이 가장 잘 할 수 있는 방법을 찾으면 된다. 사업가라면 부자가 되어 돈으로 지원하면 되고, 교육자라면 그 나라 젊은이들을 가르치면 되는 것이다. 필력이 있다면 글을 통해 생각을 어필하고 공유하면 된다. 그래서 바로 자신의 강점과 재능이 무엇인지 스스로 찾아야 한다는 말이다. 자신이 가장 잘하고 가장 행복한 일을 하며 누군가를 돕는 것이 더욱 근사한 삶일 것이다. 그리고 그 일이 또한 나의 생계의 수단이기도 하다면 더할 나위 없는 기쁨이고 축복이 될 것이다.

세계시민의 매너란 비전이 같은 사람과 결합해 다양한 문화를 받아들이고 배려하며 존중의 자세로 나아감(Respect others)을 의미한다. 배려란 그저 단어 상으로 누군가에게 잘하는 것 이상의 디테일한 의미를 가진다. 젊은이들이 시니어들과 잘 지내기 위해 배려하는 상황을 예로 들어보자. 상대의 입장에서 하는 소통도 배려가 될 것이다. 얼마 전 부모님을 모시고 온 가족이 외식을 하게 되었다. 모두 바쁘고 각자 스케줄이 파악되어야 하므로 카톡으로 일정을 조정한다. 젊은 사람들은 쉽게 답변하고 사용도 편하지만 시니어들은 쉽지 않다. 때로 와이파이가 되지 않아 읽기도 어렵거니와 링크가 걸려있으면 들어가기 어렵기도 하다. 젊은 사람들은 단문 형태로 한 줄씩 보내기도 하지만 시니어들은 잘 정리해서 읽기 편하게 보내야 한다. 상황이 복잡해 카톡만 보내고 확인 전화를 안 드렸더니 두서없이 사진과 링크와 시간과 내용이 한꺼번에 온 것을 보시고 파악은 했으나 몇 시에 모시러 간다는 부분에 대해서는 언급하지 못했기에 '그래서, 어떻게' 부분이 빠진 것을 놓친 것이다.

전화 한 통만 드렸어도 기다리게 하지 않았을 텐데 상대 입장에서 배려가 부족했었다.

내 입장에서 충분하다고 착각하는 부분이 다른 커뮤니티의 사람들에게는 낯설고 부족한 상황일 수 있다. 부모뿐 아니라 직장에서 상사와의 관계도 마찬가지일 것이다. 몇몇 특이한 분을 제외하고 일반적인 시니어들은 사실 주니어들에 대해 잘 표현은 못하더라도 상당 부분 배려하고 있다. 그 마음이 제대로 잘 전해지지 않곤 하지만 매 순간 나름대로 고민하고 있다고 한다. 서로가 어려워서 관심이 없는 척하기도 한다. 서로의 방법이 다르기에 오해가 생기기도 하지만 서로 마음을 열고 "그럴 수도 있지."라고 생각하며 자신의 생각을 나누다 보면 놓친 것들을 발견하기도 한다. 그럼 서로 미안하다 말하고 다시 시작하면 된다. 그렇게 서로가 평생 배우며 채워가는 것이다. 항상 소통은 내가 상대 입장이 되어 생각하면 잘 된 것인지 아닌지 파악이 가능하다. 내 입장에서만 옳다고 주장하는 것이 전부는 아니다. 나도 일터에서는 다른 직장인들처럼 소통이 가장 어려웠던 듯하다. 하지만 수많은 경험을 통해 알게 되었다. 내 생각을 비우고 상대의 이야기를 그대로 경청한다. 나의 생각을 강요하기보다 상대의 입장을 이해하려고 노력한다. 공감이 함께 이루어지는 경청은 분명 소통으로 가는 핵심 비결이 된다. 부디 답변하거나 주장하기 위해 듣지 말고 듣기 위해 듣기 바란다.

나도 나름대로 남의 얘기를 잘 듣는 사람이라고 자부했었다. 하지만 직장 내 가십이 싫었고 개인적으로 사생활에 대해 얘기를 나누면 말들이 많아져 일부러 업무적인 얘기만 하려고 노력했었다. 그러다 보니 대화를 할 때 의도적으로 거리를 두려고 했고 사적으로 깊이 있는 대화를 피하기도 했었다. 그래서 자기 자신에게만 관심이 있다고 오해를 받기도 했었다. 때로는 남의 얘기를 듣고 이미 알고 있지만 모른 척하기도 했다. 조직의 험담이 제일 싫어서 나도 남의 얘기를 하고 싶지 않고 남이 내 얘기를 하는 것도 싫어했던 듯하다. 그러다가 소통의 중요성을 깨닫고 상대가 말하지 않는 것까지 들으려고 노력하기 시작했다. 사람은 대화를 할 때 모든 것을 말하는 것은 아니다. 코칭을 하면서 깨닫게 되었다. 건성으로 듣는 것이 아니라 눈을 맞추고 고개를 끄덕이는 귀로 듣기를 넘어서 들어야 한다. 추임새와 맞장구를 치고 키워드를 반복해 주거나 요약도 해주며 입으로 듣기도 한다. 하지만 더 나아가 감정과 욕구를 경청해 주고 의도를 파악해 마음으로 듣기를 해야 하는 것이다. 그리고 육감과 영감으로까지 들어줄 때 비로소 통찰이 생기며 상대의 이야기에 진정으로 깊이 집중해 공감하게 되는 것이다. 거기에서 진정성이 보이고 리더로서 포용력도 시작된다. 스스로 생각해 보길 바란다. 과연 나는 1단계, 2단계, 그리고 3단계 혹은 그 이상의 경청을 하고 있는지 말이다. 누군가 나에 대해 깊이 이해하려는 노력을 할 때 상대의 마음은 열리고 변화가 시작되는 것이다.

한국뉴욕주립대학교 커리어개발센터장으로 일할 때 하고 싶었던 것은 기업 참여형 진로 탐색 지원 활동을 활성화하는 것이었다. 다양한 커리어 개발 프로그램을 진행하면서 느낀 것은 학생들을 교육하는 것은 전 사회적으로 미래 성장 동력과 연계한 진로 체험의 중요성에 공감하고, 산·학·관 협력이 이루어질 수 있어야 한다는 것이다. 먼저, 기업 진로교육 프로그램을 통해 교육전문가의 지원이 있어야 한다. 그리고 동일/이종 산업군의 기업 협의체 구성을 통해 업계에 필요한 인재를 공동으로 육성해야 한다. 마지막으로 진로체험 참여 학생들의 경험 공유와 장기적 평가 시스템도 적용해야 한다. 그리고 이를 전 세계에 포럼이나 컨퍼런스 등에서 논의하고 소개하는 것이다. 앞으로 우리가 살아야 할 세상은 일할 때 혼자서 모든 권한과 책임을 가지고 일하게 되는(Individual Contributor making impact to others) 세상일 것이기에 일은 독립적일 수 있으나 더욱 서로의 관계와 헌신이 필요한 유기적 관계로 집중과 선택이 가능해지게 된다. 감사한 것은 내가 요즘 그렇게 일하고 있다는 것이다. 개인의 강점으로 커뮤니티가 연결되어 '따로 또 같이 함께 협력하여 선을' 이루고 있다. 집단 지성은 선하게 활용될 때 엄청난 파워를 지닌다. 그래서 그것이 바로 뉴러너의 업무방식이 될 것이다.

뉴노멀 시대 우리의 삶은 이렇게 많은 변화를 가질 것 같다. 모두가 함께 모여 커뮤니티 안에서 움직이던 것이 온라인상으로 상당 부분 옮겨질 것이고 IT와 융합되고 발전하는 다양한 업무 형태를 갖출 것이다. 그런 변화에 맞추어 가는 것이 성공의 방향일 것이고 뒤처지지 않는 모습일 것이다. 결국 학벌을 넘어서 평생 배우는 자세가 성공의 방식일 것이다.

우리나라 교육은 중학교부터 감성교육이 부재하고 이성교육 중심으로 변화되고 있다. 하지만 상당 부분 중요한 결정은 감성일 때가 많으므로 참으로 아쉬운 현실이다. 이 모든 것들이 좌로나 우로나 치우치지 않고 균형 잡힌 모습으로 적절한 속도와 더불어 개방적 형식을 갖출 때 세계와 협력하고 발전하게 될 것이다. 사실 대학 교육이 궁극적으로 지향해야 할 바도 글로벌 연결과 융합, 그리고 이를 통한 '소셜 임팩트'라고 생각한다. 4차 산업혁명 시대에 창의·융합적인 인재 양성이 강조되는 요즘, 현재의 온라인 수업은 언택트 시대에 하나의 교육방식일 뿐, 교육의 본질적 영역까지 포괄할 수는 없을 것이다. 우리는 모두가 예측 불허의 새로운 세상을 맞이할 것이고 해답을 찾지 못해 실패하거나 실수할 상황이 더 많아질 것이다. 이를 위해 함께 협력하여 문제 해결을 해나가야 발전해 나갈 수 있을 것이다. "Only those who dare to fail greatly can ever achieve greatly." Robert Kennedy (Senator (1965-1968) and Attorney General (1961-1964) - United States of America)

05 ┆ 비전이 있는 곳에서 시작 한다

취업을 했다고 하면 주위 사람들이 "비전 있는 곳이냐?"고 묻는다. 그럴 때 그들이 말하는 비전의 의미는 무엇일까? 사람마다 다르겠지만 회사가 망하지 않고 오래 갈만큼 재력이 있느냐 혹은 월급을 많이 주느냐 등을 포함할 것이다. 실제로 비전(Vision)의 의미는 과연 무엇일까. 사전적 의미로 기업의 비전은 기업이 미래에 원하는 모습과 목표이며, 목적에 도달하기 위하여 움직이는 것이 있는지에 대한 질문이 될 것이다. 만약 조직의 나아갈 방향이 없고 어떤 식으로든 돈 버는 것만 목적일 때는 비전이 있는 곳이라고 표현하기 어려울 듯 하다.

조직의 비전이 내 역량 강화와 만나 성장할 수 있다면 그곳은 좋은 일터이다. 요즈음 밀레니얼 세대의 트렌드는 가족을 더욱 소중히 생각하므로 일터에서 정시에 퇴근하고 자신의 취미나 개인 삶을 영위하려고 한다. 일터가 자신을 발전시키는 공간이기보다는 에너지가 소진되게 하는 곳이라는 뜻이기도 할 것이다. 하지만 나는 오히려 일과 삶은 분리되지 않아야 한다고 생각한다.(야근을 해야 한다는 뜻이 아니다.) 일터가 정말 동기부여를 하고 나를 발전시킨다면 출장이 업무상 가는 것이기도 하지만 내가 성장하는 기회이기도 할 것이다. 마지못해 월급 때문에 다니는 직장이라면 그런 말이 안 나오겠지만 나의 경우는 달랐다.

내가 선택한 일터는 항상 내가 발전하도록 동기부여가 되었다. 끊임없이 도전하고 성숙하게 하는 기회를 선사했다. 보너스나 월급이 많았다거나 나에게 교육을 시켜주는 기회가 많은 단체들이라는 말은 절대 아니다. 오히려 나는 비영리 섹터에서 주로 일했기에 내가 개인 비용을 투자해 교육을 받을지언정 조직에서 그런 트레이닝의 혜택은 거의 받지 못한 사람이었다. 다만 나의 삶에 대한 태도가 좀 달랐던 것 같다. 일단 내가 일할 수 있어 감사했고 매 순간 모든 일이 도전하는 입장이었기에 한시도 편한 적은 없었다. 내가 시스템을 만들어야 하는 영역이었기에 일 초도 고민하지 않은 적이 없었고 사수가 없어 선례도 얻을 수 없었다. 하지만 그렇게 하나씩 개척해가는 재미가 나의 '성향'과 맞았고 그래서 보람 있었다. 오히려 사수가 없었기에 좌충우돌 창의적으로 만들어 냈다. 그래서 나만의 독특한 노하우가 있었고 시간 가는 줄 모르고 열정을 쏟을 수 있었다. 내가 하면 무조건 첫 케이스였으니 신명 나게 했던 것 같다. 당연히 독특한 사례발표를 공유하기 위해 강의 요청도 늘어났다.

나의 비전은 내가 만들었기에 내 강의 주제는 항상 "공부해서 남 줘라!"였다. 왜 기껏 고생해서 내가 노력한 것인데 남을 주라는 말이냐고 질문을 받으면 더욱 할 말이 많아졌다. 다른 것과 달리 지식은 나눈다고 없어지지 않고 오히려 더 확장된다. 오히려 지식을 혼자만 알겠다고 꽁꽁 싸매고 있어 시기를 놓쳐 공유하게 되면 손해 보거나 이미 늦어 의미가 없어진다. 지식은 아무리 나누어도 더 증가하니 뿌듯할 수 있는 것이다. 내가 잘되고 성공해야 하는 이유도 내가 누군가에게 어떤 식으로든 도움을 줄 것이기에 당연한 것이다. 나만 알고 적절한 선에서 머무르기보다는 할 수 있는 한 자신을 발전시켜 삶이 어려운 이들을 돕는다면 그것처럼 뿌듯한 일이 어디 있을까? 세상에는 예측 못한 천재지변으로 삶의 터전을 잃고 어렵게 살아가는 힘든 이들이 많다. 그들은 그렇게 살고 싶어 그런 것이 아니다. 아무리 해도 안 되는 상황도 있는 것이다. 태어나 보니 부모가 없을 수도 있고, 살아가다 보니 혼자일 때도 있는 것이며, 나이가 들어가며 병들고 경제력이 부족해 먹고살기 어려워지기도 하는 것이다. 누군가를 돕고자 전쟁 통에 최선을 다해 싸우다가 불구가 되어 아프지 않은 곳이 없을 만큼 힘들지만 경제 활동을 할 수 없어 굶기도 하는 것이다. 그래서 혜택 받지 못한 이들을 돕는 삶은 적어도 그들보다 안정적인 직장을 지니고 살아가는 우리가 해야 할 책임이고 소명인 것이다. 다만 어떤 이들을 돕는가는 자신의 기도와 선택이다. 선진국 국민이라면 돕는 것도 각자 나름대로 삶의 철학이 있어야 한다. 그렇게 철학이 있는 도움을 줄 줄 아는 사람을 우리는 박애주의자(Philanthropist)라고 한다. 21세기는 일 자체가 소명이 되는 시대이므로 일터에서 자신의 꿈, 가치를 찾아야 한다. 부디 일터가 소명을 이루는 장소가 되도록 자신의 실력을 갈고닦으며 누군가를 위해 도움 되는 사람이 될 수 있길 바란다.

일터가 단순히 노동하고 돈만 버는 곳이라면 우리는 사실 기계와 다를 바 없다. 일은 신념과 철학이 있어야 한다. 일은 긍지이다. 내가 강조하는 것은 "Work hard to help benefit the underprivileged!" 등 각자 일에 대한 태도를 명확히 정립할 때 일터는 보람 있는 멋진 곳이 될 것이다. 돈을 벌지 말라는 말은 아니다. 돈을 전부로 착각하지 말라는 뜻이다. 돈만이 전부라면 매일의 삶이 돈의 액수에 따라 일희일비할 것이다. 돈이 많은 날은 행복하고 돈이 없는 날은 슬프고…가 아니라 오늘은 조금 부족해도 내가 해내려고 하는 일을 여전히 향하고 있으므로, 오늘 조금 부족한 것은 다시 채워질 것을 스스로 믿고 나아가야 한다.

일과 삶의 밸런스를 유지하는 워라밸을 넘어선 워라인 시대 (Work Life Integration)는 일과 삶은 서로를 강화하는 것이다. 그러므로 직장에서 보내는 시간은 나 자신이 누구인지를 사회적으로 드러내고 내 가족에게도 이익을 주는 중요한 활동이 된다. 일터가 나의 꿈을 실현시켜주고 나를 가치 있게 하므로 출장을 가서 일을 하지만 오히려 내적으로 내가 성장하는 경험도 한다. 상황을 어떻게 보는가가 중요하다. 지겹고 힘들다고 하면서 스스로 지치게 한다면 그 일은 지겨울 수밖에 없다. 하지만 수시로 일의 의미를 들여다보고 작은 일에서도 통찰을 얻어낸다면 우리는 평생 걸음마 하듯 배우는 것이다. 21세기는 일 자체가 소명이 되는 시대이므로 일터에서 자신의 꿈, 가치를 찾아야 하는 시대이다. 그러니까 더욱더 일과 삶은 분리되지 않아야 한다. 그것이 바로 우리 자신이 누구인지 무엇을 할 때 행복한지 나의 재능이 무엇인지를 먼저 찾아야 하는 강력한 이유이기도 하다. 그리고 그것을 찾는 방법은 바로 매일 반복되는 즐거운 코칭대화로 알 수 있게 되고 코칭리더십이 소통의 핵심이 된다.

예전에 아들이 여름 방학에 호주로 스쿨링캠프를 갔을 때 홈스테이 맘이 제대로 식사를 챙겨주지 않고 거실에 큰 개를 키우고 있어 방에서 거실로 나가지 못하고 있다고 연락이 왔다. 게다가 겨울인데 히터도 틀지 않아 혼자서 외롭게 냉골인 방에서 힘들어했을 때가 있었다. 낯선 곳에서 참다못해 안 되겠다고 나에게 SOS를 보내왔기에 교장 선생님께 의논을 드렸더니. "We wish your son to be happier."라고 말해주었다. 갑자기 발생한 상황이었고 우리 아이의 요청은 여러 아이들 중 한 명의 외국 학생이 보낸 요청이었을 것이다. 하지만 우리 아이가 더 행복해지길 바라기에 바로 홈스테이를 바꿔주겠다고 친절하게 답해주는 것을 보며 감동했었다. 문제 해결을 해준 것이 감동이 아니라 나로서는 그렇게 해주는 이유가 더 잊지 못할 스토리였다. "좀 더 행복해지길 바라서"라니… 선진 국민인 그들은 무엇이 더 중요한지를 알고 있었다. 그 감동으로 나도 대학에서 국제 유학생들을 가르칠 때 학생들을 엄마의 마음으로 바라보게 되곤 했었다. 무엇보다 그들이 행복해지길 바랐기에 어려운 일은 없느냐고 진심으로 질문을 하곤 했다.

21세기는 행복이 우리 모두의 화두가 될 것이다. 단순히 "일을 많이 해서 승진하고 돈을 많이 벌어요."라는 말보다 보다 더 근사한 말은 "그래서 행복해요."일 것이다. 무엇이 자신에게 행복인지는 사람마다 다르겠지만 혼자만 행복해하는 것은 분명 오래가지는 못할 것이다. 외로운 행복이기에!

삶은 수없이 다가오는 문제와 고통에 어떻게 대응하느냐에 따라 달라진다. 세상이 아무리 힘들고 괴로워도 버티고 살아내야 한다. 그리고 결국 잘 될 것이다. 가수 이정현은 SNS 활동을 하며 자신의 요리책을 출간했다. 나는 그녀가 가수에서 요리라는 새로운 영역으로의 도전을 하는 과정을 보며 참 멋지다고 생각했다. 젊어서는 유명한 가수였으나 결혼도 하고 부모님도 챙겨야 할 나이가 되어 어머니의 모습을 닮아가면서 요리라는 새로운 인생의 의미를 찾는 과정이 무척 근사하다고 생각했다.

어느 TV 프로그램에서 그녀는 자신에게 가장 많이 하는 말은 "최선을 다하자. 열심히 하자!"라고 한다. "저는 설거지를 해도 음식물 망을 끝까지 다 비워요. 화장실 청소를 해도 배수구 머리카락 한 올까지 잡아내죠. 연기할 때도 능력의 최대치를 쓰려고 해요. 일단 시작했으니까 끝까지 잘 마무리하려고 해요. 그런데 슬럼프가 자주 와요. 피가 마르죠. 이겨내기 위해 저는 취미를 찾았어요. 취미가 있으면 힘든 시간을 견뎌낼 힘이 생겨요. 그게 제겐 요리였어요. 주말엔 남편과 원예농장에 가서 천 원짜리 모종을 사요. 베란다 텃밭에서 상추와 블루베리를 키우는 재미가 얼마나 쏠쏠한데요. 어릴 때 엄마는 텃밭에 고추, 파, 배추… 온갖 채소를 다 심었어요. 끼니때면 언니랑 바구니 들고 채소를 뜯으러 갔는데, 저는 그 심부름이 너무 좋아서 매번 콧노래를 불렀어요. 커서는 매주 목요일 TV 앞에서 7시 45분을 기다렸어요. '한국인의 밥상'을 보려고요. 엄마랑 둘이 앉아서 가마솥 뚜껑 위에 지글지글 소리 내며 부침개가 익어 가는 것을 보면 세상 시름이 다 잊혔어요."

우리는 자신의 재능을 아주 어릴 적부터 찾기도 하지만 살아가면서 자신이 진짜 좋아하는 것이 무엇인지를 알아가게 된다. 그러면서 어떤 상황에서도 행복해지는 방법을 찾을 수 있게 된다. 젊을 때는 삶을 살아내느라 바빠서 찾기가 쉽지 않지만 세월이 흘러 경륜이 쌓이고 나이가 들어가며 쌓아온 경험 속에서 체득된 것들이 모여 어느 순간 알게 된다.

물론 사람마다 그 때(timing)가 다 다르지만 그 순간이 올 때까지 우리는 잘 버티고 잘 살아내면 된다. 때로는 힘든 상황을 혼자 겪기 어려울 때가 있기에 가족이나 친구의 응원과 기도가 필요하다. 속마음을 나누며 혹은 그저 내 마음을 꺼내놓는 과정에서 스스로 깨닫기도 하고 힐링이 되기도 한다. 그래서 궁금해 하며 계속 간절히 구하며 살아가야 한다. 느닷없이 알게 되는 것이 아니고 끊임없이 궁금해 하며 매일을 성실히 대하면서 담담하게 살아가면 기회가 온다. 스스로 궁금해 하지도 않는데 어떻게 알게 되겠는가? 진짜 나 자신을 찾는 것을 누가 대신해 줄 수 있겠는가? 그리고 내가 찾았다고 생각하면서도 도전과 위기는 계속될 것이기에 어느 것이 진짜인가 하는 궁금증은 죽는 날까지 고민일 수도 있다. 그럼 무엇 때문에 고민하느냐고 할 수 있을 것이다. 하지만 생각도 없이 산다는 것은 동물이나 기계와 다른 영장류가 할 질문은 아닐 수도 있다. 자신을 귀하게 여기고 자신이 무엇을 좋아하는지 살피고 관심을 가지고 살면서, 우리가 이 세상에 보내진 이유도 즐겁게 궁금해 하면 된다. 무엇을 해내고 이 땅을 떠날지에 대해서도 즐겁게 고민하는 매일이길 바란다. 그것이 죽기 전에 우리가 해야 할 사명이다.

그리고 자신을 혼내는 사람 한 명 이상은 있어야 좋을 것이다. 우리는 그를 멘토라 부른다. 혼난다는 말이 욕먹는다는 것이 아니라 단 한 사람이라도 나에게 정직하게 쓴 소리를 해주는 이를 곁에 두길 바란다는 것이다. 그는 친한 친구일 수도 있고 엄마일 수도 있고 선배 멘토일 수도 있다. 기업 대표와 같은 리더들에게는 코치일 수도 있다. 리더에게 감히 의견을 내어 놓기 어려울 때 코치는 열린 질문을 해서 그가 깨닫도록 기다려 줄 수 있다. 인성보다는 지식만 가득한 아이로 키워져 높은 지위를 얻었지만 두근거리는 하트가 없어 외롭게 살아가지는 않길 바란다. 주변에 코치를 찾아 도움을 받길 권한다. 나 같은 시니어 멘토들은 멘티들이 질문해 오고 요청하면 공감하고 노하우를 전하고자 무척 행복하게 기다리고 있다는 것을 기억하시길. You are not alone!

06 공감하고 협력할 때 성공한다

긍정의 사람이 되자. 어떠한 상황이 오더라도 초 긍정의 사람이 되자. 인생은 누구에게나 쉽지 않다. 내가 아무리 조용히 있고자 해도 혼자 사는 세상이 아닌지라 관련된 이들로 인해, 상황으로 인해 하루도 편한 날이 없기도 하다. 열심히 했는데 억울한 일도 많이 당할 수 있다. 특히 조직에서 일하며 사회생활을 하는 것은 결코 쉬운 일은 아니다. 매일 아침 8시부터 12시간에서 24시간을 일한 적도 있다. 아이가 아프고 부모님이 아파도 귀가할 수 없는 경우가 있기도 했다. 내가 그 조직에서 일하게 된다는 말은 그 어떤 상황에도 조직을 우선순위에 둔다는 약속이었다. 나뿐 아니라 나의 선배들과 나의 동료들도 그런 이들이 많았다. 그것이 약속을 지키는 것이라고 생각했다. 어쩌면 우리 부모님 세대가 그렇게 살아왔고 가정보다는 조직의 이익을 위해 희생하고 헌신하는 것이 당연한 시대여서 그랬을 수도 있다. 어떻게 가족을 챙겨야 하는지 롤 모델이 없어서 일지도 모르겠다.

하지만 이젠 우리나라도 선진국이 되어가고 있고 일만 강조하던 개발도상국 상황을 벗어나 사람이 우선이 되는 선진국형의 삶을 살아가고 있다. 그리고 요즈음은 유튜브나 넷플릭스 등 다양한 매체와 SNS로, 그리고 영화를 통해서도 선진국처럼 가족을 우선순위에 두는 삶을 벤치마킹하고 배우게 되었다. 무엇보다도 밀레니얼과 Z세대 성향이 자기 자신과 가족에 집중되어 있기에 달라지는 것은 당연한 트렌드이다. 세상은 끊임없이 변하고 있고 그때는 맞았고 지금은 틀리다기보다는 그렇게 변화되는 삶 속에 우리가 적응하며 살아가는 것이다. 우리가 살아오며 어려웠던 일들이 미래에도 벌어지지는 않을 수도 있다. 하지만 똑같지는 않더라도 또 다른 힘겨움이 기다리고 있을 수 있다. 그러면 어떻게 준비해야 할까? 우리가 그 모든 것에 대처할 방안을 예상하고 연습하고 준비해야 할까?

나는 준비하기 보다는 '초 긍정'이 답이라고 생각한다. 몇 년 전, 이낙연 전 총리의 말이 떠오른다. 그는 "우리 사회의 일각에는 모든 것을 비판 또는 비관만 하는 사람들도 있다."라며 "헬렌 켈러가 말했듯이 비관론자는 별의 비밀을 발견하지도, 미지의 섬으로 항해하지도, 인간 정신의 새로운 낙원을 열지도 못한다."라고 했다. 그분의 원래 의미가 무엇이든 간에 나의 해석은 긍정하는 자만이 별의 비밀도 발견하고, 미지의 섬으로의 항해도 할 수 있고 새로운 낙원을 열 수 있을 것이라는 것이다. 사회생활을 하며 참으로 다양한 사람들을 만났고 그들의 삶의 방식과 그들의 미래가 일치한다는 것을 발견하곤 했다. 긍정의 마인드로 어떤 어려운 상황에서도 "괜찮아. 잘 될 거야!"라고 마음을 다스리는 사람은 오히려 그 상황을 잘 이겨내고 더 큰 사람이 된다는 것이다.

부정의 언어는 잔잔한 호수에 떨어뜨리는 한 방울의 독극물 같아서 스스로 부정의 언어를 내뱉는 순간 내 귀에 다시 들어와 나를 부정적으로 설득하기 시작한다. "그래, 안 될 거야."라고 확신하게 만들어 어떤 시도도 하지 않게 되고 결과적으로 안 되는 것이다. 굳이 어려운 상황을 집중해 묵상할 필요도 없다. 그저 나에게 주어진 오늘 하루를 덤덤하게 살아가고 또 그다음 날도 '어제보다 조금 더 나은 나'로 발전시키며 버티면 어느 순간 난 다시 멋진 모습으로 재기하곤 한다. 대단한 하루가 아니라 하나라도 더 배운 것이 있어 성찰했다면 훌륭한 하루였다. 오늘 하루 성실하게 잘 살면 된다. 주변을 챙기면서 잘 살면 더 좋다.

비대면 행사들이 많아지고 있는 요즈음 어느 대기업이 신제품 출시를 하며 패션쇼를 기획했다. 쇼를 담당하게 된 에이전시의 대표가 클라이언트와 미팅에서 드론을 띄워 제품을 강조하는 특별한 행사를 준비하겠다고 말한다. 함께 미팅을 하던 직원들은 사전에 논의하지 않은 아이디어를 제안해 실행해야 되는 상황이 되자 당황해하며 어떻게 하냐고 고민한다. 클라이언트는 기뻐했고 대표는 할 수 있다고 선언한다. 그리고 그녀는 멋지게 행사를 성공시켰다. 물론 그렇게 되기까지 수많은 고민과 준비와 리허설을 포함해 어려움도 있었을 것이라고 생각한다. 도전하지 않았더라면 골치 아픈 일도 없었을 텐데, 결국 해내는 모습을 보니 리더로서 긍정의 마인드로 할 수 있다는 자세로 밀어붙이는 모습이 참 근사해 보였다. 누구나 할 수 있다고 하겠지만 책임을 져야 하므로 아무나 할 수 없는 리더십이었다. 물론 그렇게 먼저 선포한 그녀에겐 함께 따르고 도와준 팔로워들이 있어 가능했지만 모두가 결국 긍정의 태도로 해낸 것이 보고 있는 나마저 자랑스러웠다. 그렇게 서로 자랑스러워하는 모습이 무척 인상적이었고 함께 해낸 팀원들이 모두 뿌듯해하는 모습을 보며 내내 부러웠다. 팬데믹 상황에도 초 긍정의 힘으로 이루어낸 파워풀한 결과물이었다.

탄탄대로만 걸었을 것만 같은 사람도 사실 알고 보면 많은 어려움이 있었다. 곁에서 보기에 모두 근사해 보이겠고 SNS에 올라온 글들을 보면 다 좋은 내용만 가득하다. 나는 좋은 모습만 보이려고 하는 것을 비난하고 싶지 않다. 나도 대중적으로 업로드 할 때 긍정의 좋은 글만 쓰기 때문이다. 왜냐하면 리더가 대중을 상대로 작성하는 글에 부정과 비난의 언어를 가득 쏟아낸다면 그 글을 읽은 사람들은 얼마나 부정적인 영향을 많이 받겠는가? 나의 경우는 내가 힘든 일이 있거나 우울하면 SNS를 하지 않는다. 오히려 잠시 꺼두고 혼자 기도하고 묵상을 하거나 누군가의 글을 읽고 도전받는다. 그리고 나의 마음이 진정될 때 글을 올린다. 누구나 즐거운 일만 있는 것은 아니다. 실제로 대단한 부잣집에서 태어났지만 가족이 행복하지 않거나 누군가 많이 아프거나 해서 슬픈 가족들도 많다. 말하지 않아서 모를 뿐이다. 그렇다고 무슨 일로 힘드냐고 캐내려고 하지도 않길 바란다.

누군가 내게 SOS를 하면 도와주고 기도해 주고 누군가 말하지 못하는 슬픔이 있는 것 같으면 기다려주고 격려해 주고 그러면 되는 거다. 그러니까 이것저것 알아내고 소문내고 남들과 나를 비교할 필요도 없다. 질량보존의 법칙이라는 말이 있다. 화학반응이 일어나기 전의 물질의 질량은 화학반응 후에도 변하지 않는다는 의미이다. 행복에도 질량 보존의 법칙이 있을 것이다. 마이너스가 깊을수록 내가 가질 수 있는 플러스도 언젠가는 높아진다. 그러니 지금 현재 마이너스가 많다고 해서 너무 실망하지 않길 바란다. 인생 전체적으로 봐서는 모두가 균등한 것을 겪게 되니 지금 힘들다면 내가 나중에 얼마나 멋지고 즐거운 삶이 되려나하는 생각도 해보길 바란다.

다양한 일터에서 남다른 경험들로 남들이 부러워하는 커리어를 가진 나였지만 십 년 전, 상상하고 싶지 않은 교통사고로 죽을 고비를 여러 번 넘겼다. 종로 교차로에서 택시에 들이받힌 적도 있고, 작년 코로나19 상황에 부모님 병원 다녀오는 길에 뒤에서 어느 아기 엄마가 운전 미숙으로 내차를 덮쳤었다. 어이가 없지만 오래 아끼며 타던 나의 소중한 차를 폐차했다. 특히 십여 년 전 자유로에서 차량이 전복되며 났던 사고는 무시무시할 만큼 큰 사고였고 내 차는 폐차가 될 정도로 상황이 심각했지만 다행히 나는 무사했고 아직 살아있다. 영화의 한 장면처럼 무서웠지만 그래도 아직 살아있으니까 감사하다. 아무리 힘든 상황이 와도 초 긍정의 마인드로 다시 일어나고 불씨를 꺼뜨리지 않고 기다리면, 어디에서건 늘 늦지 않게 기회의 바람이 불어온다. 그리고 그 힘든 시기를 견뎌낸 자신이 기특하고 자랑스러워진다.

그렇게 나무에 상처가 생기면 옹이가 남듯이 상처의 흔적은 남지만 그다음에 더욱 단단해져 아주 튼실하고 큰 거목이 되는 것이다. 어린나무가 하루아침에 거목이 되지는 않는 법이다. 나에게 어려운 상황이 있을 때마다 '내가 얼마나 크게 쓰이려고 이렇게 훈련을 시키실까'라고 생각했다. '내가 아직 너무 부족하구나'라고도 여겨 스스로를 돌아보곤 했다. 그리고 나의 숨겨진 잠재력이 무엇인지 매순간 찾고자 했고 내가 노력하고 감당해야 할 부분은 열심히 준비하면 또 새로운 기회가 주어지곤 했다. 내 커리어에서는 한 번도 어느 집 자식이니 누구의 배경이니 그런 것은 한 번도 작용하지 않았기에 나 스스로 치열하게 길을 걸어왔다. 다만 내가 선택한 일들이 남들이 가지 않은 길이었기에 매번 쓰러지곤 했지만 나의 선택이니 버텨냈던 것 같다. 그것 또한 나의 자존심이었을지도 모르겠다.

'낭만닥터 김사부'라는 드라마에서 김 사부는 자신과 의견이 다르고 병원을 떠나려는 병원장에게 "또 도망가시게? 근데 그렇게 도망치기만 해서는 평생 아무 곳에서도 벗어나지 못해요.", "적정 불안 효과라는 게 그렇게 꼭 나쁜 것만은 아니라서." 그의 말투는 참 묘한 설득력이 있다. 강요하지도 않고 비난하지도 않고 그저 물어보고 난 후 혼잣말처럼 말하지만 따스한 진심이 묻어난다. 의사로서의 냉철함보다 오히려 옆집 아저씨 같은 마음이 느껴진다. 그는 공감해 주고 있었다. 병원장이 불안해하고 있음도 알았기에 오히려 도와주려고 하지만 자존심 상하지 않게 지원하고 있었다.

나는 30년간 직장 생활을 해오면서 특히 비영리 단체에서 자원 개발 마케팅 PR과 글로벌 사회 공헌을 하며 가치 있는 삶에 집중해 왔다. "대개의 경우 직장 생활이 뭐 있어? 월급 나오고 적절히 일하면 되지."라고 하는 사람도 있다. "대부분의 사람들은 존재하는 걸

알면서도 존재하지 않는다고 믿는, 그러면서도 누군가는 꼭 지켜줬으면 하는 아름다운 가치들… 우리가 왜 사는지, 무엇 때문에 사는지에 대해 질문을 포기하지 마. 그 질문을 포기하는 순간 우리의 낭만도 끝이 나는 거다. 알았냐!!"라고 낭만닥터는 말한다.

가치 있는 삶을 살고자 선택한 일터에서 조직원들이 어려움에 처했을 때 서로 격려하고 용기를 주며 공감하고 협력하여 이겨내는 것처럼 뿌듯한 일이 또 있을까? 전 세계적으로 만고의 진리일 것이고 성공의 열쇠일 것이다.

07 잘난 척과 자존감의 차이를 묵상 한다

사람은 누구나 잘 나고 싶다. 잘 해내고 싶고 인정받고 싶어 한다. 하지만 나의 자존심은 진짜 실력이 있어야 지켜낼 수 있음을 알아야 한다. 오직 나만이 할 수 있는 것이 진짜 내 것이다. 젊은 나이에 욕심을 부려 완벽한 모습으로 보여주고 싶어 하는 것은 당연하다. 하지만 현실은 그렇지 않은 상황에서 절망하기도 하고 그것을 인정하기 싫지만 인정해야 하는 상황에서 무너지기도 한다. 하지만 진짜 자존심은 그 모든 상황을 견디고 나의 부족한 부분을 채워 완성해가며 서서히 자존감으로 연결된다. 나도 젊은 시절에, 진짜 실력이 채워지는 수준이 되기 전까지는, '얕은 잘난 척'을 할 수밖에 없었던 듯하다. 하지만 성급해지더라도 인정받고 싶은 마음으로라도 아직 완성되지 않은 부분을 채워가기 위해 끊임없이 시간을 두고 노력해야 한다는 것을 알게 되었다. 한 가지 잊지 말아야 할 것은 그 노력은 자기 자신이 누구인지를 질문하며 해 나아가야 알 수 있다는 것이다. 남의 눈에 보이기 위해 쌓아간다면 방향이 틀어질 수도 있고, 다시 돌아가야 하는 상황이 될 수도 있고, 심한 경우는 처음부터 다시 해야 할지도 모른다.

자존감을 지켜내기 위해 정해져 있는 일을 차례로 하는 것을 의미하는, 즉 루틴의 힘을 기억해야 한다. 하루하루 거듭되는 작은 습관들이 모여 십 년 후, 이십 년 후의 나를 만들어 낸다. 변화무쌍한 크리에이티브도 중요하지만 나의 일상에서 하고 있는 운동, 독서, 메모하는 습관 등 지루해 보이는 반복적 일상을 정해 놓아야 한다. 규칙적인 과정에서 실력은 탄탄하게 쌓아질 것이다. 뉴욕에서 잘나가는 어느 디자이너는 수시로 떠오르는 디자인을 노트에 적어두었다고 한다. 덕분에 십 년 전 디자인 해둔 아이디어들이 갑작스러운 요청을 해오는 기업들의 연락에도 바로 답해줄 수 있을 만큼 이미 준비되어 있다고 한다. 그가 성공한 이유를 알 수 있었다. 잘난 척은 그렇게 내가 매일 쌓아 가는 것들이 단단해질 때 비로소 진정한 자존감으로 든든하게 다가올 것이다. 아직 나이가 어릴 때는 내가 조금 멋져 보이면, 혹은 내 몸이 좀 더 근사해 보이면 뿌듯하고 자랑하고 싶어진다. 그것은 당연한 본능이고 나쁜 것이 아니다. 하지만 너무 과한 경우 나르시시즘에 빠져 혼자만의 착각 속에 살아갈 수도 있다. 남이 뭐라 하든지 '나는 나'라는 마음이 나쁘다는 것이 아니다. 남의 눈치를 보라는 뜻도 아니다.

내가 정말 나의 잘난 척을 멋지게 증명해 내려면 그만큼 노력해서 탄탄한 내 것이 만들어져야 한다는 것이다. 그래야 당당하게 자랑할 수 있게 된다. 그렇지 않다면 겉으로는 꽤 괜찮은 척 하지만 결국 떳떳하지 못한 잘난 척이 될 수 있다. 준비된다는 것은 누구보다 자신이 더 잘 아는 것이니 자신을 속이려 하지 말고 스스로 겸손하게 다지길 바란다. 나를 소중히 하는 것도 중요하지만, 남은 없고 오로지 나만 잘 되면 된다는 유아독존적인 마음은 타인에게도 그대로 드러날 것이다. 결국 나의 잘난 척이 좋은 인상을 주지는 못할 것이다. 항상 입장 바꿔 생각하면 모든 상황은 이해될 것이다. 누군가 옆에서 잘난 척을 하고 있는데 내용은 별거 없어 보인다면 곱게 보일 리가 없을 것이다. 아직 젊기에 부족한 것은 당연하다. 나도 그랬었다. 현재 상황을 인정하고 겸손하게 하나씩 배우는 태도로 긍정적으로 받아들이는 청년이라면 결국 많은 곳에서 환영받을 것이다.

이 책의 첫 장에서 던진 질문에 대한 답으로 내가 누구인지(Who am I)를 발견했다면 온전히 내 것, 내가 정말 잘 할 수 있는 강점(strength) 찾기를 지속해야 한다. 남들이 잘 한다고 말해서 해온 내 것 말고, 진짜 내 것에 대한 재미를 느끼는 것이 50세 이후 삶의 준비가 될 것이다. 가수 아이유의 인터뷰를 보면서 그녀가 참 남다른 사람이라고 느꼈다. 가수로서 성공했지만 그런 과정에서 남이 만든 거품 안에 불안과 슬럼프를 이겨낸 계기는 바로 직접 프로듀싱을 하면서였다고 한다. 작게 시작해 초라하지만 '내 것'을 찾아가며 내적 파티를 하게 되며 극복했다고 한다. 그녀는 자신의 연봉보다 팀원 전원 재계약을 조건으로 소속사를 계약했고 지금은 혼란스러운 청춘들에게 어떤 응원을 해줄까를 고민하며 살아간다고 한다. 힘든 때 도움 받은 청춘이 또 다른 청춘을 돕는 재단을 만들어 기부하고 싶다고 한다. 자신이 좋아하는 일을 찾아내고 그 일을 해가면서 나이 들어가는 그녀가 아름답다고 생각되어 응원하게 된다. 모든 인간은 메타인지 능력이 있다고 하므로 성장을 방해하지 말고 기다려주면 된다. 사람마다 학습 속도가 다르다. 한 교실에서 같은 나이라는 이유만으로 같은 교육을 받는다고 똑같이 잘 하는 것은 아니다. 인지에 대한 인지, 생각에 대한 생각이 시작되어야 비로소 자신을 발견하게 된다. 소크라테스가 '너 자신을 알라'고 했던 말의 뜻을 이해하고 나면 '나 자신으로부터' 시작할 수 있을 것이다.

더 나아가 내가 누구인지에 대한 분명한 자기 인식, 즉 스스로 정체성을 확립하는 것으로부터 자기 변화는 출발한다. 능력과 성품에 대한 부단한 자기 계발을 추구하면서도 끊임없는 자기 혁신의 과정을 통해 자신을 늘 새롭게 창조해 나가면서 삶의 참된 목적을 발견하게 된다. 변화를 거친 개인은 평범한 존재에서 특별한 존재로, 의존적 존재에서 독립적 존재로 바뀌게 되며, 개인적 존재에서 사회적 존재로 다른 결의 삶을 살게 될 것이다. 자신을 변화시킨다는 것은 자신을 더 나은 존재로 발전시키는 것에서 한 걸음 더 나아가 다른 사람 그리고 이 세상을 변화시키는 힘이 되어야 한다. 청년들이 자신을 스스로 변화시킨 힘으로 세상을 밝게 비추고 다른 사람에게 좋은 영향을 줄 수 있게 함으로써 이 사회가 더 아름답고 행복한 세상으로 바뀌도록 하는 데 도움이 되는 존재가 된다.

우리는 자신만 특별하다고 생각하지 말아야 한다. 남들도 나만큼 특별하고 귀한 존재이다. 그러니 내가 남들보다 똑똑하다고 생각하지는 말아야 한다. 내가 더 낫다고, 더 많이 안다고, 그래서 더 중요하다고 착각하지 말아야 한다. 나 혼자 모든 것을 할 수 있고 아주 잘한다고 생각도 하지 말아야 한다. 내가 조금 더 잘한다고 다른 사람을 비웃지 않아야 한다. 나도 젊은 시절에 크리에이티브하고 카피라이팅도 잘하고 마케팅에 대한 감각도 있고 아이디어도 샘솟고 영어도 잘하니 자칫 잘난 척을 하게 되곤 했다. 게다가 업력이 쌓일수록 기획력도 출중하고 실무에서 잔뼈가 굵다 보니 문서작성도 뛰어나게 되면서 느린 사람들을 보면 답답하기도 했고 무시할 때도 있었다. 겉으로 드러내어 말하지 않았지만 내가 하면 5

분이면 될 일을 5시간 이상 고민하는 것을 보며 한심하다고 생각하기도 했었다. 하지만 그 착각은 업력이 쌓이면서 알게 되었다. 우리는 서로 다른 재능을 지녔으니 각자 잘 하는 일을 찾아내어 협력하여 선을 이루는 것이 가장 아름다운 일이다. 서로가 마음이 다르고 할 수 있는 것들이 다르고 하고 싶은 것들도 다르니 관계에 있어 삐걱대는 것은 당연한 일이다. 다만 그 관계들 속에서 각자의 강점을 찾아 역할을 주고 각자의 마음을 읽어 협력하게 하는 코칭 리더가 있다면 그 커뮤니티는 멋진 승리를 함께 얻어낼 수 있을 것이다. 각 조직의 리더들이 코칭을 배우길 권한다. 소통에 대해 고민하지 말고 코칭의 철학과 열린 질문 하는 법 그리고 경청, 칭찬, 인정을 체화하길 바란다. 그러면 팀원들은 당신을 최고의 팀장이라고 따를 것이다.

최근에 어떤 단체의 리더를 알게 되면서 감탄을 하고 있다. 그분은 상대 맞춤 리더십을 발휘하고 있었다. 구성원을 만나면 일단 그가 잘하는 것이 무엇인지 간파하는 능력이 탁월하다. 그래서 그에게 어떤 일을 맡기는데 상대는 그것을 거부하기 힘들다. 왜냐하면 자신이 제일 잘 하는 일을 하라고 했기 때문이다. 때로는 자신이 없었는데 해보니 정말 잘하고 재미있기도 하다는 걸 알게 된다. 결국 그 조직은 각자 자신의 재능에 바탕을 둔 강점으로 일을 하다 보니 모두가 전문가의 능력을 발휘한다. 그 리더의 리더십은 코칭 리더십이었다. 코칭 리더십은 강요하는 것이 아니라 코칭 질문을 통해 상대가 잘 하는 일을 발견하게 돕고 스스로 해낼 수 있도록 격려하고 경청하는 공감 리더십이다. 결국 각 구성원마다 잘하는 일을 찾도록 도와준 그 리더에게 팀원들은 감동하게 된다. 내가 해낼 수 있을까 라고 살짝 두려워하는 팀원들에게 격려와 진심어린 공감을 표한다. 그런 리더십을 지니기 위해서는 수많은 노력과 사람을 이해하는 통찰력이 준비되어야 한다. 단순히 지식을 갖춘 노하우뿐 아니라 수많은 관계 속에서 생겨난 지혜와 좋은 성품이 결합된 것이다. 이 또한 하루아침에 이루어지는 리더십은 아니며 오랜 시간 간구할 때 준비되는 것이다. 단편적인 일을 그 영역에서 잘하는 사람은 스페셜리스트라고 하고 그 프로들을 엮어 프로젝트가 잘 이루어지도록 하는 것이 제너럴리스트이다. 40세가 되면 내가 스페셜리스트인지 제너럴리스트인지 스스로에게 물어봐야 한다. 의외로 전문성을 강조하며 자신이 스페셜리스트라고 자부하던 사람들이 나이가 들어 노하우와 함께 경륜이 쌓이면서 제너럴리스트로 훌륭하게 일을 해내기도 한다.

자기 자신에 대한 탐색은 죽을 때까지 해야 하는 과제(Lifelong Journey)일 것이다. 잘난 척이 아닌 자존감을 위해 잊지 말아야 할 것이 있다. 자신이 남들만큼 좋은 사람이라고 착각하지 말아야 한다. 우리는 모두가 자기만이 옳다고 생각하는 의로움, '자기의'에 빠져 살 수 있다. 내가 가장 옳고 의롭다고 생각하게 된다. 그리고 세월이 갈수록 점점 더 그렇게 믿고 정해진 프레임 속에 빠져 살아가는 자신을 발견하게 된다. 하지만 나만큼 남들도 나름의 이유로 자신들이 옳고 좋은 사람이라고 생각하고 있다.

나이가 들어 남들을 가르치는 입장이 될 때 특히 문제가 될 수 있는데 자신이 잘났고 많이 알고 의롭다고 생각하면 어떤 것이든 가르칠 수 있다고 착각할 수 있다. 착각의 늪에 빠지게 되는 것이다. 남들이 자신에게 관심이 있다고 생각하다 보니 잘난 척을 할 수밖에 없고 결국 자신이 잘났다고 생각하는 혼자만의 착각이 될 수 있기에 항상 경계해야 한다. 잘난 척은 허상이고 사라지지만 자신을 자랑스럽게 바라보는 자존감은 나를 든든하게 지켜준다. 나를 사랑하고 믿고 조금씩 더 발전할 것이라는 신뢰로 노력하자, 진정한 나의 자존감을 위해!

08 | 월드 휴머니테리안이 된다

나는 마케팅 PR을 통해 자원 개발(resource mobilization)을 해온 사람으로서 과학자가 아니지만 한국과학기술단체 총연합회의 과학기술나눔공동체 사무국장이자 자문위원을 역임하였다. 과학기술나눔공동체는 과학기술인의 긍지와 인류를 사랑하는 과학기술 나눔의 의미와 비전을 사회와 나누고자 시작되었다. 나는 과학기술인들의 재능을 사회에 환원하고 나눔을 실천하도록 돕고자 청소년을 대상으로 과학기술 멘토링 사업을 비롯하여 낙도 및 오지의 초등학생 대상의 프로젝인 "생각하는 청개구리" 과학탐험대 및 따뜻한 과학기술 토크콘서트도 개최하였다. 국내뿐 아니라 세계를 향해서도 글로벌 새마을 운동과 지구촌 기술 나눔의 일환으로 개발도상국 과학기술협력 사업을 위한 프로젝을 위해 펀드레이징을 하였다. 과학자라고 해서 하이테크만 관심을 갖는 것보다는 개발도상국 현지 사정에 맞는 적정 기술(Appropriate technology)을 지원해 돕고자 제안하였다. 2013년에는 휴머니테리안나잇(Science for Humanity)이라는 행사를 개최하며 과학기술인의 재능기부의 중요성에 대한 인지도를 확산시키고자 했다. 당시 제1회 휴머니테리안상을 제정하여 고 이태석 신부께 추서하게 되었다. 우리는 과학기술 전문가들이 행동으로 실천하는 재능 나눔을 격려하고자 미래를 준비하며 부단히 노력하였다.

아프리카에서도 가장 오지로 불리는 수단의 남부 톤즈는 내전(內戰)으로 폐허가 된 지역이다. 고 이태석 신부는 이곳에서 말라리아와 콜레라로 죽어가는 주민들과 나병 환자들을 치료하기 위해 흙담과 짚으로 지붕을 엮어 병원을 세웠고 척박한 오지마을을 순회하며 진료하였다고 한다. 오염된 톤즈 강물을 마시고 콜레라가 매번 창궐하자 우물을 파서 식수난을 해결하기도 하였고 학교를 세워 원주민 계몽에 나섰다. 전쟁으로 상처받은 원주민을 치료하는데 음악이 가장 좋은 효과가 있다는 사실을 알게 되었기에 치료를 위해 직접 피리와 기타를 가르쳤으며 브라스밴드(brass band)도 구성하였다. 그는 사제이자 의사였으며 교육자이자 음악가 건축가로 일인 다역을 하였기에 한국의 슈바이처로 불리었다고 한다. 그의 삶을 보면 휴머니테리안의 뜻을 굳이 추가로 설명할 필요가 없을 듯하다. 그리고 왜 그가 선정이 되었는지도.

세계인도주의 정상회담(World Humanitarian Summit)은 UN사무총장이 주관한다. 첫 번째 국제회의가 2016년 5월 이스탄불에서 열렸고 인도주의 활동에 대한 규모와 범주에 대해 논의되었다. 정상회담의 목적은 국제사회가 새로운 방식의 일을 함께 수행하여 국제사회를 결속하도록 하는 것이다. 한 가정을 운영하는데도 수많은 어려움이 있고 규칙을 정해야 하고 상호 협조해야 하거늘, 하물며 전 세계의 평화를 유지하기 위해 얼마나 많은 이들의 노력이 있겠는가? 수많은 사람들에게 모두가 참여하도록 하고자 강압적으로 시킨다고 해결이 될까? 나름의 주관과 생각이 있는 성인들은 자신의 방식대로 살고 싶어 하는데 직접적인 이익이 있지 않다면 과연 세계 질서 속에 자신을 넣고자 할까? 그러면 어떤 부분이 세상을 하나 되게 하여 다수의 사람들이 한 목소리로 동참하게 할 수 있을까? 그것은 '사람 냄새 나는 감동'을 주는 월드 휴머니테리안 리더십이었다.

아직 나이가 어릴 때는 젊은 혈기에 객기도 부리고 부당하다고 생각해 화를 주체하지 못하기도 한다. 하지만 조금씩 성장하고 성숙해지며 나이가 들어갈수록 우리는 자기 자신을 다스릴 줄 알게 된다. 나도 젊었을 때 좌충우돌 수많은 부딪힘의 대부분은 나 자신이 원인인 부분이 많았다. 서로의 다름을 인정해 좀 더 세련되게 토론하는 방식을 배웠더라면 좋았으련만 화내고 싸우는 일이 많아 아쉬웠다. 지금은 상당 부분 참을 줄도 알고 이해의 폭이 넓어졌다. 화를 내고 분노하는 것만이 답은 아님을 알게 되고 얻은 지혜. 한때는 침묵하며 넘어가는 이들이 비겁하다고 생각했고 부당하다고도 여겼던 듯하다. 그것은 나의 착각임을 알게 되었다. 인도의 독립과 세계 평화에 공헌한 간디의 비폭력 정신을 되새기며 '변화를 원한다면 네가 그 변화가 되어라.', '평화로 가는 길은 없다. 평화가 길이다.'라는 간디의 가르침이 깊이 와 닿는다. 간디의 정신이 우리 젊은이들의 가슴에도 영원히 남으면 좋겠다.

개인적으로 나는 마음이 따스하고 훈훈해지는 드라마를 좋아한다. 미드도 좋아하고 한국 드라마도 좋아한다. 재미도 있거니와 사람 냄새나는 스토리가 좋다. 수많은 의학 드라마에서 의사의 전문성과 지식이 때로는 어려운 전문 용어를 통해 전달되며 범접하기 어려운 매력을 지니기도 한다. 과학자는 아니지만, 나는 '낭만닥터 김사부'와 같이 메디컬 베이스에 휴머니티가 녹아든 스토리를 선호하는 편이다. 사람 사는 이야기가 휴머니티 가득 넘쳐날 때 감동도 되고 힐링이 되기 때문이다. 최근에는 젊고 유머 넘치는 이들이 멋지게 등장했던 드라마 '슬기로운 의사생활'이 인기가 있었고 뒷맛에 여운이 남는 이유가 있었다. 전문성을 지닌 의사도 멋지지만

'인간미 넘치는' 의사도 근사하기 때문이다. 아무리 로봇과 함께 하는 세상이 온다 해도 사람 사는 세상에 사람 냄새나는 요소가 없으면 무슨 의미가 있겠는가? 우리가 살아가며 사랑하고 행복할 수 있는 것도 사람들이 필요로 하는 것을 재빨리 파악하는 센스와 배려에 의한 감동일 것이고 전 세계적인 사회 공헌 나눔은 앞으로도 아무리 세상이 어렵고 험해져도 가장 일 순위로 놓치지 말아야 할 귀한 가치이다. 그런 면에서 나는 나에게 비영리 섹터에서 일할 수 있는 기회가 주어졌었음에 다시 한번 감사한다. 비록 개인적으로 풍족한 월급을 받고 다닌 것은 아니었지만 그래도 남들이 일만 하느라 못 챙겼을 부분을 나는 일터에서 느끼고 감사할 수 있었으니 얼마나 고마운지 모른다.

"You are not alone. 넌, 혼자가 아니야."

나는 일터에서 동역하는 이들과 그리고 우리가 돕는 수혜자들을 통해 사람들은 믿어주는 만큼 자라고 아껴주는 만큼 여물고 인정받는 만큼 성장한다는 것을 확인했다. 솔직히 말해서 우리가 전문가라고 하지만 하나님처럼 완벽하지는 않다. 그것을 인정하면서도 또한 완벽을 향해 나아가는 것이 우리 인생이다. 사실 일터라는 곳이 완벽하게 처리하지 않으면 인정받지 못하는 부분도 있다. 어려운 상황일수록 리더로서 나 자신과 조직 구성원이 학습 및 성장의 기회를 제공해야 함을 일터에서 배웠다. 내가 좀 더 많이 배우고 경력도 많아 더 낫다고 착각해 부족한 후배들이 답답하고 못 미더워 맡기지 못한 적도 있었다. 성숙해가면서 그들이 스스로 일을 감당하게 하고자 실수를 못 본 척하기도 하면서 기회를 제공해 경험하고 체득하게 도왔다. 사실 그들을 기다려줘야 하지만 일터의 시계는 너무 빠르게 돌고 있었기에 시험에 들기도 했다. 중간 보스로서 상위 보스의 막무가내 명령과 보이스를 높이는 직원들 사이에서 힘든 시간도 있었다. 하지만 일을 위임함으로 인해 그들이 스스로 깨달으며 일에 대한 감각도 생겨 훌륭한 리더로 성장하는 모습을 보게 되었다. 세상은 혼자 살 수 없는 곳이고 인간은 미완의 존재이지만 내 부족함을 채워줄 동료를 찾아 각자 역할을 해냈을 때 그들이 감동받아 휴머니티 넘치는 협력자가 될 수 있었다. 결과적으로 강하게 성장하는 조직이 되고 성공할 수 있었다. 나 개인이 아무리 잘 났어도 시간이 흐르면 알게 된다. 둘이 하면 더 큰 완성도를 얻게 된다는 사실을 나이가 들어 깨닫게 될 것이다. 그것은 성장을 넘어 성숙으로 이어지게 하는 통찰이다. 잊지 말자! 이 조직을 떠나면 모르는 남이 되는 얄팍한 인연이 아니라 평생을 함께 갈 동행자를 찾는 것이 일터이고 인생 여정이라는 것을 말이다.

아직 젊은 나이에 힘든 일을 겪게 되어도 혹여 스스로 자신을 아프게 하지 않길 바란다. 속상하다고 술 마시고 싸우고 자신을 미워하는 행동은 당장 잊고 화풀이는 할 수 있지만 이후 전개될 결과에는 전혀 도움이 되지 않는다. 그 상황에서 한 발 뒤로 물러서서 100미터 상공에서 자신을 바라보며 상황이 왜 이렇게 되었는가를 묵상하고 나의 부족한 부분은 무엇이었는지를 들여다보길 바란다. 잘잘못을 따지는 것이 아니라 삶의 과정으로 받아들이길 바란다. 그 누구도 나쁜 짓을 목적으로 하지 않았을지라도 때로는 부모 자식 간에도 오해가 있고 부딪히곤 한다. (나쁜 짓을 모의한 자에게도 괜히 복수하려고 애쓸 필요도 없다!) 부디 그런 상황이 오더라도 후회할 행동과 말을 하지 않길 바란다. 먼저 아무도 없는 곳에 가서 기도하길 바란다. 일터 사역은 흔들리는 가치관들 속에 미션과 비전, 그리고 일터의 관계가 동시에 녹아들어 있기에 될까 안 될까 하는 고민은 하지 말아야 한다. 무엇을 하고 싶은가, 우리는 어디를 향해 가는가에 더 집중한다면 때로는 힘들어도 인생이 답을 줄 것이라고 믿는다. 잠시 멈춰 기다리며 버티는 것도 괜찮다. 가장 힘들 때 항상 그 말을 기억하고 잘 견뎌내길 바란다.

"터널의 가장 어두울 때를 지나면 빛이 기다린다."

09 | 통합적 지식 근로자로 조직 혁신에 도움 되는 인재가 된다

국내의 취업난을 벗어나 일과 기회를 찾아 세계 각지로 진출하는 청년들이 늘고 있다. 국내 대학을 졸업하고 네덜란드 암스테르담 IT 회사에서 그래픽 디자이너로 일하는 친구도 있다. 뉴욕에서 패션모델이 되고자 고군분투하며 이력을 쌓고 있는 후배도 있다. 이러한 잡노마드는 어디서 일하는가 보다 무엇을 하는가를 더 중요시한다. 그래서 어플라이하기보다는(applying for job) 새로운 일을 만들어 내고(creating job) 있다.

잡노마드는 평생직장의 개념이 사라지는 시대에 직업(job)을 따라 유랑하는 유목민(nomad)처럼 일을 찾아 자신의 의지에 따라 해외 취업도 자유롭게 개척하는 사람들이다. 앞으로 취업 세상은 노마드의 세계가 될 것이라고 생각한다.

이러한 트렌드 속에서는 더욱더 자기 자신에 대한 깊은 이해가 될수록 자신의 노동력을 자유롭게 사용할 줄 알게 될 것이다. 고정된 규칙과 관계 속에 있거나 무미건조하게 반복되는 일보다는 가지고 있던 가치관을 근본적으로 바꾸어야 할 것이다. 하지만 정신적으로는 노마드이고 실질적으로는 안정된 여건에 정착해야 하는 현실적인 욕구 속에서 선택의 문제가 남아있다. 정보의 디지털화로 인해 세계는 자유롭게 연결될 것이기에 훨씬 강력한 변화와 결과를 이끌어 낼 것이다. 실제적으로 관리자들의 통제에서 벗어나 자유자재로 이동하며 일하고 있는 것이 현실이고 이미 사이버 공간에서의 마켓이 새로운 경제를 만들어 내고 있다. 고객의 충성도를 높이려는 브랜드들의 노력에도 불구하고 요즈음 고객들은 커뮤니티 안에서 자발적인 결정에 따르고 있다. 상호 간에 서비스를 제공하는 네트워크 세상에서 신뢰, 책임감, 다양성이 더욱 강조될 것이다. 그러므로 자기 자신에 대한 재능 즉, 강점을 파악해 그 놀라운 경쟁 속에서 다양한 진짜 능력을 가지고 될 때까지 도전해야만 한다.

노마드 세상은 어디에서 일하는가보다는 스스로 원해서 무엇을 하는가의 문제이다. 컴퓨터와 인터넷, 그리고 스마트폰으로 우리가 상상할 수도 없는 노동의 유동적인 상황이 전개되고 있다. 그러다 보니 가장 중요한 키워드는 커뮤니케이션 능력이다. 내가 2001년에 지미 카터 전 미국 대통령 특별 프로젝트의 홍보실장을 역임한 후에 다시 한국해비타트 상임이사이자 사무총장으로 돌아왔을 때 78개국에 사무소를 둔 국제해비타트 임원진과 업무를 하게 되었다. 아태지역 총괄 대표께서 웃으며 했던 말이 떠오른다. 최근 들어 각 나라 대표들이 전직 커뮤니케이션에서 업력이 있는 전문가들로 바뀌고 있다고 표현했다. 즉 홍보마케팅 커뮤니케이션 전문성을 지닌 이들이 각 나라 대표들이 되고 있다는 것은 커뮤니케이터로서 대표의 역할이 중요하다는 것을 포함하고 있는 실제적인 사례이다. 좋은 관계를 위해서는 대화를 잘 하면 된다. 1분 말하고, 2분 듣고, 3분은 맞장구쳐줘야 한다. 관계는 결국 '소통 커뮤니케이션'이다. 사회생활을 하다 보면 모든 상황이 스트레스를 주게 마련이지만 '때문에'라고 하기 보다는 되도록이면 '덕분에'라는 표현을 쓰며 소통하는 것이 더 낫다.

내 후배 중 한 명은 항상 부정적으로 남의 탓을 하곤 한다. 그는 십 년째 똑같은 스트레스를 받고 있다고 한다. 하지만 그것은 남이 주는 것이 아니라 자신이 만드는 것이다. 그럴 때마다 마음을 바꿔라. 스트레스를 받으면 내 건강만 나빠진다. '저 사람 덕에 내가 인격 수양하는 거야.'라고 생각하면 미움도 아이스크림 녹듯이 녹아버리기도 하며 자주 그런 노력을 기울이다 보면 자신의 성품도 변화되기 마련이다. 적어도 시도는 해봐야 하지 않을까? 내가 아무리 인상을 쓰고 싶다고 해도 상황은 당장 바뀌지 않는다. 명심하자. 복이 와야 웃는 것이 아니다. 웃어야 복이 온다. 웃음은 기적의 호르몬을 분비한다. 웃음에는 쾌감 호르몬 25가지를 생성해 주는 항암 효과가 있다고도 한다. 어떤 상황에서 누구를 만나든지 일단 다른 사람부터 먼저 배려해 보라. 짜증내기 전에 딱 3초만 생각해보자.

'내가 저 사람이라면 어떻게 할까?', '역지사지'하는 것을 습관화하면 사람들이 함께 일하고 싶은 사람이 될 수 있을 것이다. 그 무엇보다 긍정적인 자세가 중요하다. 최악의 상황에서도 긍정을 바라볼 내공이 필요하다. 긍정의 칭찬은 고래도 춤추게 한다고 했던가. 사람들은 상대의 좋은 점을 찾아 칭찬하는 사람을 좋아한다. 나도 조직에서는 참으로 힘든 상황들이 비일 비재했었다. 하지만 코치가 되면서 증폭된 나의 능력치는 '인정, 칭찬, 공감'이다. 때로는 과한 칭찬에 사람들은 쑥스러워하지만 마음을 열게 되고 자신을 표현하게 된다. 열린 대화는 열린 질문과 경청에서 시작된다. 지금은 그런 커뮤니케이션 능력을 장착한 코칭 리더를 찾고 있는 시대이다

온택트 시대가 되면서 재택근무도 자연스러워지며 일과 사생활 사이의 경계가 사라지기 시작했다. 출근을 하지 않을 뿐 업무는 그대로 진행 중인데 장소는 집이라는 사실은 나의 자기 절제력이 필요함을 뜻한다. 그래서 삶과 일, 흥미와 긴장, 정열과 과제들이 서로 조화를 이루도록 균형을 잡는 것이 중요할 것이다. 시간을 잘 분배하고 전문가로서 네트워킹 기술에도 능통해야 하며 자신에 대

한 평가를 스스로 정확하게 하고 셀프 브랜딩을 성공시켜야 한다. 한 젊은이는 취업이 되지 않아 자존감이 부족해지고 실망해서 나를 찾아왔고 커리어 코칭을 통해 독서를 시작하며 자신이 빵 굽기에 관심이 있음을 알아차리게 되었다고 한다. 그리고 빵 굽기에 대한 지식이 의외로 많았음을 알게 되었기에 자신의 브랜드로 빵집을 운영하고 싶어 하는 '속마음을 알아차리게(awareness)'되었다. 우리는 자기 자신에 대해 잘 안다고 생각하지만 사실 그렇지 않을 수도 있다. 남들에게 멋지다는 평을 들어도 정말 내가 좋아하는지 스스로에게도 물어봐야 한다. 결국 그녀는 실제 빵집에서 인턴으로 일하며 자신만의 강점을 체득하여 배우게 된다. 지금은 남과 차별화된 자신만의 브랜딩으로 새로운 커리어를 위해 도전하고 있다. 매일 행복해하고 있기에 멋지게 성공할 것을 확신한다. 좋아하는 일이 잘하는 일은 아닐 수도 있다. 그리고 좋아해서 했는데 너무 힘들어 포기하고 싶어질 때도 있다. 그 일이 내가 진짜 원하는 일인지 아닌지는 그 힘듦을 견딜 마음이 있느냐 없느냐에 달려있다. 정말 좋아한다면 힘들어도 견디게 된다.

통합적인 사람이 되려면 자립성을 지니며 자신을 잃어버리지 않도록 스스로 세밀하게 관리해야 할 것이다. 그래서 4차 산업 시대는 코칭 리더십이 중요해질 것이다. 자신을 관리하기 위해 정확하게 답하기보다 정확한 질문을 하는 것이 더 중요하기 때문이다. 게

다가 매일 새롭고 빠르게 변화되는 지식의 속도를 따라잡아야 하므로 나이가 들어도 끊임없이 배워가야 할 것이다. 어제의 지식이 영원하지 않고 새로운 것을 배워나가는 것이 죽을 때까지 지속되어야 한다. 우리의 삶은 학교에서 하듯 공부(Studying)가 아니라 알아가는(Learning) 평생 여정(Lifelong Journey)이기에 배울 준비(Get ready to learn)의 자세를 유지해야 할 것이다. 새롭고 특이한 것에 대한 개방적인 자세와 탐구하는 능력을 지녀야 한다. 성적을 위해 얻는 지식이 아니라 궁금해서, 혹은 새로이 알고 싶어 배우게 되는 것은 단순 외우기와는 다른 영역이다. 좋아서 계속 궁금해지고 더 알고 싶어진다.

전 세계와 온라인에서 충분히 연결되고 심지어 온라인 인턴십도 가능한 시대이기에 투명성 속에서 혁신적인 아이디어를 지닌 능력 있는 문제 해결자(solution maker)가 되어야 할 것이다. 결국 기술의 발전에 따라 급변하는 일자리 시장에서 살아남으려면 하나의 직장만을 고집하기보다는 적성과 능력을 오래도록 펼칠 평생 직업을 찾아 나서야 하는 시대가 되고 있다. 이직을 마음먹은 뒤엔 이성적 판단이 필요하다. 어떤 이유로 이직하려고 하는지, 그리고 나라는 자원에 대한 객관적 평가와 현실성은 이후에 해야 할 전략적인 잡 서치와 경쟁력 있는 이력서 작성, 강력한 인터뷰 스킬을 만나게 될 것이다. 애매하게 나는 뭐든지 잘한다는 착각에서 벗어나 실제적으로 나의 업무역량을 객관적으로 판단해 봐야 한다. 어디서도 들을 수 없는 경쟁력 있는 내 스타일의 이력서 작성하기 및 효율적 Job Search 방법을 자기 맞춤으로 개발한다. 그리고 인터뷰 스킬 마무리까지. 자신이 회사의 가치와 목적에 부합하는 것을 강조하고 입사 후에는 그 조직을 어떻게 도울 수 있는지 담대하게 설명할 수 있어야 한다. 이력서에 그런 정보들을 잘 정리할 줄 알아야 하고 그런 자격이 있음을 입증해야 한다. 이력서 작성 시에는 오타나 문법적 문제가 없는지 꼼꼼하게 읽어봐야 한다. 이 모든 과정은 기업에 들어가기 위한 준비가 아니라 취업 후 진행될 업무를 수행할 능력을 기르는 과정이기 때문에 성실히 직접 수행해야 한다. 직접 시도해 보는 이 과정은 셀프코칭의 시간이 될 것이고 자기도 모르는 사이 실력이 향상되고 있을 것이다. 그리고 어려우면 멘토에게 요청해야 한다. 혼자 고민하기보다는 이미 그 길을 가 본 선배에게 궁금한 것을 물어보라. 나에게 후배가 그런 요청을 해 온다면 난 무척 행복할 것 같다. 준비된 자만이 원하는 것을 얻을 수 있다. 그리고 기업은 그 준비된 자를 찾고 있다. 통합적 지식 근로자로 훈련하여 조직혁신에 도움 되는 인재를 찾고 있기 때문이다.

나는 이미 30년 전부터 스스로 다양한 일터를 경험하는 잡노마드(Jobnomard)였던 것 같다. 태도는 언제나 긍정적인 낙관주의자로. 모험적이고 가치 지향적으로 긍정의 자세였다. 나의 관심사는 친구들처럼 대기업을 들어가거나 공무원이 되어 안정적인 직장을 찾아 월급을 고정적으로 받으며 살아가는 쪽은 아니었다. 내가 하고 싶은 일을 하면서 일터가 나의 놀이터이고 꿈을 실현하는 곳이어서 매일이 행복할 수 있기를 원했다.

좀 특이하게도, 하고 싶은 일에 어플라이하는 것을 선호하는 일 찌감치 잡노마드로 내가 할 수 있는 일을 개척하는 파이오니아였다. 그래서 삶이 예측불허에 좌충우돌 그리고 현장에서 잔뼈가 굵는 상황이라 일하면서 매일 배우고 있었다. 좀 더 버라이어티하고 창의적이어야 했고 남이 만든 것을 유지관리하기보다는 내가 모두 만들어내야 해서 힘들었지만 후회는 없다. 사실 사수가 있어 지시하는 대로 하면 좋았을 텐데 PR이라는 영역의 업무 특성상 항상 최고 결정권자에게 보고해야 했다. 즉, 긴급한 결정을 요하는 상황이라서 항상 긴장해 있고 완벽한 준비를 해야 했기에 그리고 보고 라인이 CEO였기에 나에게는 우산이 되어줄 사람은 없었다. 재미있는 것은 나 스스로가 단계별 보고 라인을 따라가기 보다는 최고 결정권자에게 보고하며 그들이 비전을 실행하는 모습을 직접 보고 배우는 것이 즐거웠다는 것이다. 그래서 주로 글로벌한 조직이 잘 맞았었던 듯하다.

한국적인 조직에서는 그런 나를 탐탁지 않게 생각했을 수도 있다. 자신의 커리어는 남을 흉내 내기보다는 자신의 성향과 스타일이 어떤 쪽이냐에 따라 선택하면 된다. 그래야 남 탓도 않고 후회도 없다. 정규적인 패턴으로 정해진 룰에 따라 움직이는 것을 더 편안해한다면 그런 업무를 하면 되는 것이다. 하지만 도전적인 기회는 별로 주어지지 않을 수도 있다. 지금 자신이 불평하고 있다면 다른 길을 결정해야 한다. 무엇이 불편함의 대상인지 그것이 내 잘못인지 조직의 문제인지 정확히 인지해 다음 단계를 준비해야 한다. 가장 중요한 것은 내가 어떤 일을 어떤 곳에서 할 때 행복한지를 파악해야 한다. 그래야 어려운 일에 봉착하더라도 포기하지 않고 오뚝이처럼 일어나 그 일을 해나갈 수 있고 성장하는 것이다. 상처받는 것을 두려워하는 사람은 성장하기 어렵다.

10 | 세상을 품어라(Embrace the world)

압축 성장으로 선진국 반열에 올라선 대한민국은 이제 높은 수준의 생활양식과 다변화로 획일성 위주의 문화는 효력을 잃고 있다. 우리의 미래 세대는 누구에게나 인정받는 보편적 성공이 아닌 나다움을 키워드로 자신만의 생각과 취향이 담긴 행복을 추구한다.

나는 우리의 귀한 미래 세대가 무조건적인 희생보다는 서로의 장점을 인정하며 나누며 배려할 줄 아는 멋진 리더로 성장할 것을 확신한다. 언젠가 나의 멘토인 정근모 박사는 '자기 신뢰(self reliance), 상호 협조(mutual assistance), 자원봉사(volunteerism), 이 세 가지가 삶에 대한 진정한 행복의 조건이다.'라고 강조했다. 그 말에서 영감을 얻었기에 이렇게 나의 생각을 정리해 보려고 한다.

첫째, 진정한 행복을 얻기 위한 자기 신뢰란 단순히 자기를 믿는다고 해석하기보다는 '나답게 살기'라고 표현하는 것이 더 맞는 것 같다. 우리 부모님 세대에서는 워낙 경제적으로 어려운 시기였기에 세상적 성공만을 중시했을 수도 있다. 하지만 이제는 사실 그렇게 크고 거창한 것이 아니라 우리가 매일 만나는 아주 작은 소소한 일상에서 성공이 있을 것이라고 생각이 든다. 나답게 살지도 못하고 오로지 세상적인 성공만을 위해 달려가다가 건강도, 가족도, 그리고 아주 작은 행복의 순간들도 놓쳐버리지 않아야 할 것이다. 행복을 찾겠다고 쉼 없이 자신을 저버리고 세상의 것만을 쫓다 보면 어느새 나이 들고 몸도 약해질 것이고 그러면 너무 늦어 허무해져버릴 수도 있다. 내가 누구인지를 발견하고 나답게 살아가다 보면 세월이 흘러 성공을 하게 되는 것이니 너무 조바심 내지 말고 헛된 꿈을 꾸지 말고 나답게 살기에 매진하길 바란다. 먼저, 자기 자신을 믿어야 한다.

둘째, 진정한 행복은 반드시 상호협조를 통해 이루어진다. 우리의 삶은 혼자 살아가는 것이 아니므로 서로가 도와가면서 살아가게 된다. 사회 속에서 살아가다 보면 사고나 위험이 있을 때 서로 도와야 하는데 고도 산업사회가 되어가면서 전통적으로 상호 돕는 기능이 요즘은 줄어들고 있다. 젊을 때는 힘이 세고 실력 있으면 살아남는다는 적자생존을 맹신하기도 하지만 사실 인생의 원리는 상호 협조에 있다. 조직에서도 일만 잘하기보다는 직원 상호 협조와 배려가 있어야 성공하게 된다. 자기 일은 똑 부러지게 하는데 협조나 상대방을 배려함이 없으면 직장 분위기는 좋아질 수 없다. 일도 중요하지만 인간적인 정으로 대하고 협조와 상대를 배려하는 마음이 앞서야 그 사람에 대한 신뢰도 높아지게 되어 일의 능률도 오르게 된다. 하고 있는 일이 너무 많은 경우는 자신을 들여다볼 시간이 부족해 중요한 것을 놓치고 갈 수가 있다. 즉, 업무의 데드라인만 바라보고 가다 보면 협업하는 이들과 소통의 시간이 없다. 그럼 불통이 되고 오해가 생겨 이해가 되지 않게 된다. 나도 워커홀릭으로 그런 바쁜 삶을 살아왔기에 참으로 어려운 일들이 많았다. 내가 할 수 있는 일의 능력치를 가늠해 보스와 논의하고 업무량을 조절하는 지혜도 필요하다. 할 수 없는 부분을 나누어 주고 그들이 협력하도록 돕는 코칭 리더십을 발휘하면 된다.

내가 주로 했던 일은 이른바 맨땅에 헤딩이라 할 수 있는 비영리 국제기관에서의 자원개발(Resource Mobilization & Development for Fundraising)이었다. 영리 단체에서라면 사업 개발(Business Development)일 것이다. 나도 단체의 대표 역할을 하면서 양해각서(MOU, Memorandum of Understanding)를 통한 협약식을 주로 하게 되었다. 각자 다른 조직이 협력하여 선을 이루기 위해서는 서로가 서로에 대한 배려를 바탕으로 한 업무 협약서를 작성해야 한다. 실무

선에서 작성의 프로세스가 협약식보다 선행되며 사전에 드래프트된 내용이 양 기관에 공유되어야 한다. 그것도 배려의 움직임이 핵심이다. 각 조직이 강조하고 중요시하는 부분이 다 다르기 때문에 괜한 오해를 방지하고 함께 같은 방향을 바라보며 나아가기 위한 필수적 프로세스이다. 실무자는 상대측 담당자에게 서로의 니즈를 공유하며 행사장에서 마음이 상하는 일이 없도록 물 흐르듯이 주고받으며 배려의 소통을 해야 한다. 그래야 실제 협약식에서 각 단체 대표들이 만나 얼굴 붉히지 않고 흐뭇한 만남을 가질 수 있고, 그렇게 하는 것이 탁월한 실무자의 소통 능력이다. 아주 작은 것부터 행사 전에 시뮬레이션 하고 상대의 글이 어떤 의도인지 그리고 상대 조직이 원하는 바가 무엇인지 세세히 챙겨 행사를 준비해야 한다. 양측 대표에게 역할과 나누어야 할 대화 주제도 사전에 드래프트하는 치밀함도 필요하다. 물론 협약식을 한 후에도 업무를 해가면서 서로에 대한 존중과 배려는 지속되어야 하며 상호 협조의 과정은 사실 그 결과보다도 더 귀하다고 할 수 있다.

셋째, 자원봉사가 진정한 행복을 위한 가장 중요한 요소이다. 자기 자신만을 위해서 살아가다 보면 어떤 어려움에 부딪혔을 때 바로 주저앉고 일어나지 못할 때가 있다. 만약 내가 지원해주는 장학금이 없으면 학교를 갈 수 없고 먹을 것이 없어 굶을 수 있는 이가 있다면 나또한 삶을 쉽게 포기하기 어려워 책임감을 느끼게 된다. 아이러니하게도 누군가를 돕는 것은 내가 행복해질 수 있는 가장 좋은 방법이다. 국제기구, 국제개발협력기관, 그리고 대학 등 다양한 국제비영리 단체에서 일을 하다 보니 재능기부와 자원봉사란 단어가 잠시도 떠나지 않는 삶을 살아온 것 같다. 단순히 직장생활을 하는 사람과 자원봉사를 하는 이들의 차이점은 얼굴에 빛이 난다는 것이다. 단체가 투명하고 잘 운영하는 것은 그 단체에 믿고 맡겨 잘 되길 기도하면 된다. 내가 할 일은 진심을 다해 누군가에게 도움이 될 노력을 하는 것이다. 처음에는 누군가를 돕는 것이 낯선 일일 수도 있다. 상대가 필요로 하는지 조심스럽기도 하다. 하지만 아주 작은 도움이라도 대가 없이 어려운 이들에게 전하면서 내가 원하는 봉사의 길을 찾는 것이 인생의 큰 기쁨이다. 누군가는 어린 이를 돕고 싶어 하고 누군가는 어르신들을 돕고 혹은 장애우나 해외의 어려운 가정을 돕는 등 돕는 대상은 수없이 많다. 그중에 누구를 도와야 하는지, 내가 어떤 이들을 보면 가슴이 뭉클하고 돕고 싶은지는 자신의 마음, 내적 자아에게 꼭 물어보길 바란다. 그것이 셀프코칭이 될 수 있다.

자원봉사에는 자신의 소신 있는 인생철학이 포함되어야 한다. 남이 도우니까 혹은 사람들이 하라고 하니까 하는 것이 아니다. 나의 경우는 하고 싶은 봉사가 개발도상국의 어려운 이들을 돕는 것이다. 그래서 다양한 비영리 단체를 겪었지만 한결같이 내가 돕는 이들은 개발도상국의 혜택을 받지 못한 이들이었고 국제개발협력을 통해 그들의 삶을 나아지게 돕고 눈물을 닦아줄 기회가 있을 때마다 행복했다. 해비타트 사무총장이자 상임이사로서 해외 출장을 많이 다니게 되었는데 어느 인도네시아 입주 가정 할머니의 눈물을 보며 감동을 했다. 그동안 지붕이 없는 집에서 사느라고 비가 오면 많이 힘들었는데 우리를 위해 이렇게 많은 것을 해줘서 정말 고맙다는 말씀과 함께 눈물을 쏟으셨다. 7명의 가족이 천막으로 덮고 살던 예전에는 비가 오는 날이면 천막 틈으로 빗물이 떨어져 집 안이 온통 흙탕물로 가득 찼다고 한다. 우기 때는 매일 뜬눈으로 밤을 지새워야 할 정도였다고 하니 얼마나 불안했을까 싶다. 후원사도 자원봉사자도 우리 스태프들도 모두가 같이 할머니의 진심 어린 감사에 보람과 함께 눈시울이 붉어졌다. 언어는 통하지 않아도 느낄 수 있었다. 나의 존재가, 우리의 합력이 누군가의 삶을 살아가게 하는 힘이 되어준 것이다.

우리의 부모 세대는 전쟁을 겪으며 전 세계 유엔 국가들로부터 도움을 받고 살아오셨다. 그 시절은 대한민국이 필리핀보다도 가난한 나라였다. 나의 부모님은 전쟁을 겪어 보셨기에 근검절약이 몸에 배어있는 분들이시다. 그렇게 아끼는 모습을 지켜보며 살아왔기에 나도 영향을 받았다는 것을 깨닫게 되었다. 나는 이제 우리 미래 세대가 세계 시민으로서 세상을 이끌어갈 리더로서 그 은혜를 갚아야 할 때라고 생각한다. 옛날에 도움 받은 걸 왜 우리가 갚아야 하냐고 묻는 사람도 있을 것이다. 우리가 이제 그렇게 도울 수 있을 만큼 힘이 생겼다는 것이 얼마나 자랑스러운 일인가 생각해 보자. 부디 바라건대 마음을 크고 넓게 가져 한국뿐 아니라 전 세계를 넘나들며 재능을 발휘해 세상을 도울 리더가 되길 바란다. 자신의 삶의 그릇을 크게 만들어 많은 이들을 담아 준다면 어느새 우리는 작은 어려움들이 어렵지 않을 것이다.

커다란 앵글에서 각도를 잡아 촬영을 하듯 바라본다면 세세한 작은 것들은 충분히 극복할 만하기 때문이다. 단순히 기술만 좋고 학벌만 좋고 성적만 좋은 리더가 아니라 세상을 품고 도와 선하게 변화시킬 인재가 되길 바란다. 10년 후 대한민국은 자원이 부족할 것이므로 지금부터 개도국 젊은 청년들과 협력이 필요할 것이다. 우리가 왜 도와줘야 하냐고 따지지 않길 바란다. 예전에 내가 국제기구에서 백신 개발을 통해 개도국 아이들의 생명을 살리는 미션을 수행할 때 어떤 후원자들은 그렇게 묻곤 했다. 우리나라에도 어려운 이들이 많은데 왜 해외를 돕느냐고 질문한다. 그러면 난 이렇게 답했다. "우리나라냐 남의 나라냐가 아니라 아이들이 죽어간다는 사실을 기억해 주십시오. 우리의 작은 도움이 아이들의 생명을 살리고 그 나라가 바로 설 수 있게 돕습니다. 정말 자랑스러운 일을 우리가 함께 하는 것입니다."

조직의 비전이 내 역량 강화와 만날 수 있다면 최고의 일터가 될 것이다. 내가 이렇게 당당하게 제안하는 것은 이유가 있다. 지난 30년간 영리와 비영리 섹터 사이에서 브리지 역할을 하며 글로벌 마케터로 활동해 온 덕분에 다양한 기업, 국제기구와 국제개발 비영리 단체에서 수많은 사람들을 만났다. 최고의 리더들은 한결같이 따스한 마음(heartfelt leadership)을 품고 있었다. 나는 이제 그들과 어려운 이들을 돕는 인재 육성을 위해 매진하며 그들의 진로와 커리어의 방향을 제안하고 코칭을 한다. 무엇보다 자신 있게 '비전이 없는 곳에서는 일하지 말라'고 권고한다. 돈보다 소중한 것이 있다.

'나답게 살아갈 수 있고, 서로 협조할 수 있고 누군가를 도울 수 있는 일터라면 최고의 장소일 것'이다. 글로벌 리더로서 세계 시민은 기본적인 영어 실력에, 문제 해결력과 팀 빌딩 능력을 갖추어 회사에 공헌하는 자가 될 것이다. 팀장들이 조직의 구성원으로 기꺼이 여러분을 픽업하도록 준비된 인재여야 한다.

Job에 apply 하는 시대를 지나 이제는 Job을 create 하는 시대를 살아가는 리더로서 무엇보다 문제가 무엇인지 찾아낼 줄 아는 능력부터 키워야 한다. 문제 해결력은 내가 잡(Job)을 크리에이트 하거나 혹은 크리에이티브 한 회사를 선택할 수 있게 할 것이다. 세계 시민의 조건은 문제 해결자(Solution maker)로서 끊임없이 도전하는 것이다. 구글, 아마존, 테슬라, 네이버, 삼성 등 A급 회사들이 탐내는 톡톡 튀는 밀레니얼 세대의 취업 시크릿은 문제 해결력과 라이프 커리어 인생 프레임 잡기가 답이다. 차세대 리더들은 단순히 조직에 들어가 평생직장에서 월급을 받으며 안전하게만 일하기보다는 크리에이티브 한 업무능력을 드러내는 성향이 늘어나고 있다. 이제는 직장을 다니면서도 개인의 퍼스널 브랜딩을 위해 자신의 브랜드 스토리를 SNS에 기록하려는 노력들이 늘고 있다. 그들의 브랜드 스토리에는 자신이 누구인지 무엇을 했는지를 표현하고 자신의 가치와 도덕관을 전하게 될 것이다. 그렇게 세상을 품는 리더십으로 진정한 행복을 찾게 될 것이다.

문제 해결자로 성장하려면 어떤 도움이 필요할까? 코칭리더십을 지닌 리더를 찾아야 한다. 구글의 에릭 슈밋 회장은 2009년 6월 포춘지와 인터뷰에서 "Hire a coach."(코치를 고용하라.)를 자신이 받은 생애 최고의 조언으로 얘기했다. 포춘 500대 기업 CEO 중 50% 이상이 코칭을 받고 있고 국내에서도 LG, 포스코, KT, SKT 등 대기업과 GE, 듀폰 씨티은행, 화이자 등 외국계 기업에서도 도입하고 있다고 한다. 코치는 경청과 공감을 통해 통찰력을 가지고 성장할 수 있도록 응원하며 격려해 주는 사람이다. 코치는 컨설팅처럼 문제를 해결해 주지 않고, 멘토처럼 자신의 경험을 나누어 주지도 않는다. 오히려 중립적이고 강력한 질문을 통해 스스로 코치이(Coachee)가 생각하고 성장하도록 기다려준다. 사실 코치들이 해답을 주지않고 질문만 하다보면 코치이들은 답답해 할 수도 있다. 하지만 코칭의 철학은 코치를 받는 코치이가 무한한 가능성을 지니고 있으며 변화와 성장을 위한 자원을 이미 내면에 가지고 있어 필요한 해답을 스스로 발견하게 하는 것이다. 그리고 그 해답을 찾기 위해서는 코칭 리더십을 지닌 파트너가 필요하다고 소개한다. 코칭 철학은 내가 코칭을 시작하게 된 이유이기도 했다. 대개의 경우 문제의 해답을 외부에서 발견하려고 평생을 찾아 헤맨다. 하지만 남이 주는 해답이 아니라 자신만의 컬러를 지닌 해답은 스스로 묵상하고 궁금해 할 때 자신의 내면에서 발견할 수 있을 것이다.

그렇게 자신의 재능을 기반으로 강점을 찾아 스스로 능력을 발견하게 되면 비로소 내가 누구인지를 알게 되어 나만의 브랜드가 완성되는 것이다. 진정한 변화는 지식의 습득보다 근본적인 경험을 통해 이루어지는데 사람마다 타고난 재능이 독특하게 디자인되어 성품으로 흘러나오게 된다. 우리는 모두가 세상에 태어나면서 맡고 있는 미션이 다르지만 성장과 변화, 성숙을 통해 완성시켜 나갈 수 있다. 선한 영향력을 주는 리더를 세우는 것이 우리 선배 리더들의 역할이다. 코치는 코치이와 먼저 신뢰 관계를 형성하여 롤 모델이 되어야 한다. 목표를 설정하고 지지와 격려로 발전을 지켜보며 잘 헤쳐 나가도록 부드럽게 격려한다. 그리고 겸손한 피드백을 통해 진정성 있는 문제 해결자를 세우도록 해야 한다.

chapter 5

행동하는 인성 (Humanity in Action) 코칭이 인생 코칭

-진로 담당 교수진을 위해-

내가 국제기구에서 업무를 마치고 근무하게 된

한국뉴욕주립대학교는 한국에 최초로 설립된

미국 뉴욕주립대학교의 송도캠퍼스(extended campus)이다.

한국의 경제 발전 노하우를 가르칠 수 있도록 특화된

비즈니스 모델로 산업 간의 통섭을 통해 새로운 모델을

만들어내는 것을 핵심 가치로 활용하고 있었다.

초대 총장인 김춘호 총장은 학생들에게 항상 "Dream a great dream!

Noble man 은 Noble plan을 가져야 한다."라고 강조하셨다.

김춘호 한국뉴욕주립대학교 전 총장의 강력한 비전과

직원들의 섬기는 모습은 학생들을 감동시켰다.

비저너리 리더의 리더십이 IT에 기반을 둔 전공을

공부하는 캠퍼스에 특별한 기숙사 생활을 통한

시스템으로 융합형 인재를 키워내고 있었다.

IT 기반의 글로벌 기업들이 선호하는 인재형은

외국계 선진 기업이 관심을 가질만한 글로벌 리더였다.

학생들은 전 세계에서 모인 인재들이었고

미국 대학의 글로벌 교육을 통한 미국 학위뿐 아니라 한국의

경제 발전 노하우를 수학한 결과 그들의 경쟁력은 뛰어났다.

그에 더해 학생들은 내가 진행한 커리어코칭 과정을 통해 자기 이해,

자기 성찰, 비전 설정 그리고 자기 성장에 이르러 다양한

글로벌 기업들에 성공적으로 취업하게 되었다.

한국코치협회의 인증 받은 전문코치(Korea Professional Coach)로서,

최근에 나는 여러 대학의 취업 담당 교수진에게 비전특강을 자주 하고 있다.

영향력 있는 리더인 대학 교수진을 대상으로 맞춤형 커리어 코칭과

행동하는 인성코칭을 소개하고 그 중요성을 강조하고 있다.

그분들 뒤에 있을 수많은 미래 인재들에게 가치 있는 삶을

이끌어낼 수 있다고 생각해 나의 노하우를 아낌없이 나누고 있다.

마지막 장에서는 내가 직접 일했던 일터를 사례로 소개하고자

한국뉴욕주립대학교에서 직접 진행한 맞춤형 커리어코칭 프로세스 디자인을

공유하고자 한다. 학교를 소개하려는 목적이 아니라 당시 일터에서

실무자로서 고민하고 묵상했던 것들을 나누고자 할 뿐임을 먼저 밝힌다.

이 책의 마지막 장은 그래서 대학 교수진의 귀한 사명을 위해

축복과 경의를 표하며 적어본다.

우리는 함께 협력하여 선을 이룰 것이기에 미리 감사를 드린다.

---

01 | 대학 교육의 이유는 '가치 추구'

"저희 학교 이념은 홍익인간(弘益人間, 인간을 널리 이롭게 하다)이며 역사를 만드는 사람들(History Makers, we change the world) 창출을 위해 교육하고 있습니다."

"정말, 총장님의 비전에 감동했습니다. 저도 항상 '사람이 답이다.'라고 생각하며 인재를 육성합니다."

나는 국제해비타트와 함께한 지미 카터 특별건축 프로젝트뿐 아니라 유엔개발계획이 주도한 국제기구 세계 본부 그리고 KOFST 과학기술나눔공동체에 이르기까지 국제개발협력 전문가로 커리어를 쌓아왔다. 덕분에 업력을 더해갈수록 글로벌 인재 육성에 관심이 커져가고 있었다. 4차 산업혁명 시대를 대비하여 차세대 양육의 기회를 찾고 있을 때 중국 북경에서 유학생을 대상으로 재능기부 특강을 하는 코스타 강사로 초대되어 특강을 하게 되었다. 그리고 그곳에서 한국뉴욕주립대학교 김춘호 총장과 처음으로 만나게 되었고 그분의 비전이 내가 찾던 미션과 일치함에 반가웠다. 총장님은 유학생들을 항상 자식처럼 사랑하셨다.

"학교가 학생들을 형제처럼 자식처럼 거두고 사랑하며 교육하지 않으면 잘 따라오지 않습니다."

내가 지난 30년간 영리와 비영리 섹터 간 브리지 커뮤니케이터 역할을 해온 커리어를 통해 항상 추구하던 '세상을 이롭게 하는 미션'을 지닌 분을 만났기에 매우 기뻤다. 일터에서 나와 같은 비전과 미션을 가진 사람을 만났을 때 그 기쁨은 이루 말할 수가 없고 출근길이 기쁨으로 가득했다. 그렇게 2012년에 나는 한국뉴욕주립대학교 국제개발연구원장이자 겸임교수로 합류했다. 나의 비전은 개발도상국을 돕는 일이었고 어디에서 일하느냐보다 무슨 가치와 비전을 공유할 수 있는가가 더 중요했기에 기꺼이 동참하였다. 오랜만에 가슴이 두근거리는 일을 하게 되었다.

급변하는 현대 사회에서 다른 고등교육기관에 모범이 될 수 있도록 노력하는 학교, 그리고 그 이상을 추구하는 대학이 되려는 비전을 가지고 있는 리더가 있다는 것을 알게 되었다. 무엇보다 국내를 넘어서 글로벌 사회가 직면한 문제를 창의적으로 해결하고 무한한 가능성의 세계를 열어갈 리더를 양성하려는 미션이 나의 마음에 크게 다가왔다. 이 학교는 졸업생들이 역사를 만들어 나가는 리더가 될 것이고 더 나은 세상으로 바꿔 나가도록 교육하는 곳이라고 했다. 단순히 지식을 가르치는 것을 넘어서 내가 찾고 있던 '가치 추구'대학이라는 것을 확인했다.

한국뉴욕주립대학교는 2012년 3월 한국의 유일한 스마트시티인 송도에 세워진 최초의 미국 대학교이다. 한국 정부가 글로벌 교육을 제공하기 위해 유치한, 학부와 대학원 과정을 모두 갖춘 최초의 미국 대학이며 모든 강의는 영어로 진행된다. 뉴욕주립대학교(The State University of New York: SUNY) 스토니브룩대학교(Stony Brook University, SBU)에서 출범하여 미국 밖의 첫 캠퍼스로 인천 송도 글로벌 캠퍼스를 설립한 것이다. 뉴욕주립대학교는 미국에서 가장 큰 종합 공립 대학교 시스템으로 1948년에 설립되었으며 뉴욕 주 내 총 64개 학교로 구성되어 있다. 뉴욕주립대학교의 대표적 학교로는 스토니브룩대학교(Stony Brook University), 패션기술대학교(Fashion Institute of Technology), 빙햄턴 대학교(Binghamton University) 그리고 버팔로 대학교(Buffalo University) 등이 있다. 미국 스토니브룩대학교 캠퍼스는 평화롭고 친환경적이며, 규모는 1,300 에이커가 넘는다. 세계적으로 각광받는 도시이자 금융 활동의 중심지인 뉴욕시(New York City)에서 한 시간 거리인 뉴욕 롱아일랜드 북해안(Long Island

North Shore)에 자리 잡고 있다. 스토니브룩대학교는 입학 수요가 매우 높은 학교로 타임스(Times) 선정 고등교육기관 세계 대학교 랭킹 상위 1%의 세계적인 수준의 교육 프로그램을 제공하고 있었다고 한국뉴욕주립대학교 홈페이지에 적혀있다. 북미 상위 62개의 연구 대학으로 인정받아 초청된 대학교만 가입할 수 있는 미국 대학 연합(Association of American Universities)의 일원이다.

23명으로 시작한 한국뉴욕주립대학교는 학과도 스토니브룩대학교 5개 학과와 패션기술대학교 2개 학과까지 7개 학위 프로그램을 제공하고 매년 꾸준히 교육 프로그램을 확장하고 있다. 스토니브룩대학교의 컴퓨터과학, 기계공학, 기술경영학, 응용수학통계학 그리고 경영학의 학부와 대학원 학위 프로그램을 제공하고 있으며 패션기술대학교의 패션디자인학, 패션경영학의 준 학사 과정을 제공하고 있다. 모든 수업은 미국 홈 캠퍼스 교육과정과 동일하게 진행되며 학생들에게 미국과 동일한 수준의 교육을 보장하기 위해 미국 홈 캠퍼스에서도 공부할 기회를 제공한다. 내가 근무할 당시 스토니브룩 대학에 입학한 학생들은 3년은 송도에서 공부하고 1년간 홈 캠퍼스인 뉴욕에 가서 수학하며 글로벌 경험을 쌓게 되었다. 그리고 한국뉴욕주립대 FIT에 입학한 학생들은 2년은 송도에서 수학한 뒤 나머지 2년을 뉴욕 또는 이탈리아에서 학업을 마치면 학위 수여 시, 모든 학생은 미국 홈 캠퍼스의 학위를 받게 된다.

김춘호 총장은 한국뉴욕주립대학교 초대 총장으로 2013년 3월 첫 입학생을 맞은 이후 자매 대학인 FIT도 성공적으로 유치하는 등 큰 성과를 거두었다. 김 총장은 미국 존스홉킨스대학 화학공학 박사학위를 취득한 이공계 전문학자이다. 그는 전자부품종합기술원장을 지내고 미국 롱아일랜드에 위치한 뉴욕주립대 스토니브룩 산하 연구소인 CEWIT(Centre of Excellence in Wireless and Information Technology) 원장을 역임하고 있다. 초기 계획부터 향후 100개국 학생들이 공부할 수 있도록 학교 역량을 키울 것을 선포하며 어려운 이들의 눈물을 닦아줄 청년들이 리더가 되어 공존 번영(Co-prosperity)에 앞장설 것을 강조했다. 김 총장님이 바로 융합형 인재의 롤 모델이었다.

"인간에게는 교육이 사람의 기본이고 역사를 만드는 본질이 됩니다. 그래서 수많은 봉사와 경험들이 자신들의 소망을 이루는 길로 인도합니다."

"네, 총장님! 그동안 제가 국제개발 비영리 단체와 국제기구 세계본부 등에서 쌓은 지식과 글로벌 네트워크를 통해 마음이 따스한 리더를 양육할 수 있도록 최선을 다해 섬기겠습니다."

내가 추구하는 가치와 같은 꿈을 꾸는 대학을 만났기에 일터가 행복한 곳이 되었다. 한국뉴욕주립대학교에서는 무엇보다 윤리적 가치를 중요하게 여기며, 학생들이 겸손한 마음으로 진실하고 즐겁게 다른 사람을 돕는 심성을 기르도록 애쓰고 있었다. 전 세계에서 모이는 학생들을 수용하고 그들이 기억에 남을 대학 생활을 할 수 있도록 합리적 비용의 캠퍼스 내 기숙사, 다양한 장학금 기회, 그리고 학생 활동들을 제공하고 있다. 그래서 학생들은 인천 글로벌 캠퍼스 내 다른 대학교 학생들과도 교류하며 글로벌 네트워크를 쌓아갈 수 있는 기회를 얻는다. 학생들은 캠퍼스에서 4년 동안 자신의 진정한 꿈과 삶의 목적을 찾고 탁월한 인성과 실력을 갖춘 글로벌 리더로 성장하는 교육을 받게 된다. 직접 경험하고 깨닫는 과정을 통해 체득을 중시하는 학교의 방침은 다양한 글로벌 문화를 경험하고 특화된 인성교육과 리더십 교육을 받게 하고 있다.

"총장님, 학생들이 어떤 리더가 되길 바라시는지요?"

"그들이 졸업 후 전 세계 어느 나라에서도 실력과 인성을 갖춘 융합형 인재로 성장해서 나보다 '우리'를 먼저 생각하며 세상을 살기 좋은 곳으로 변화시켜 나가길 기대합니다. 외국에서 오랜 시간을 보내 영어가 오히려 편한 자녀를 둔 한인사회 학부모들께서도 자녀들이 IT 인프라와 패션 산업도 발전하고 있는 한국에 와서 새로운 도전을 하고 성장하는 리더가 되도록 격려해 주길 바랍니다."

나는 총장님의 바라시는 바를 토대로 개발도상국 학생들에게 장학금을 전달하기 위해 인재육성에 비전을 가지고 있는 잠재 후원자(키다리 아저씨)들을 찾아 나서기 시작했다. 그리고 학생들의 글로벌 커리어를 개발해 주고자 마음을 모았다. 나는 또한 산자부 소관인 월드리더스재단의 사무총장으로 재능기부를 하고 있었다. 진정한 리더만이 차세대 리더를 양육할 수 있다는 의미로 재단의 슬로건도 '리더가 리더를 세웁니다(Leaders lead Leaders)'라고 정한 후 오명 이사장님의 리더십 하에 다양한 활동을 했다. 학교는 여러 재단과의 업무 협약 하에 대학 경쟁력을 강화하고자 차별화 전략을 구사하고 스티브 잡스나 빌게이츠 같은 인재를 양성하기 위한 창업 트랙을 차별화 전략 중 하나로 두었다. 학교는 연구 분야 특화 트랙과 취업 트랙을 강조하며 첨단 과학의 산업화 접목을 이루는 학문적 사회 기반 구축 계획을 가지고 있었다.

1인당 국민소득 3만 불이 넘는 시대에 대한민국의 과제는 사용자 중심의 혁신이 되었다. 그래서 기업들이 세계를 무대로 시대를 앞서가는 기업가 정신을 강조하는 총장님의 비전과 시너지를 기대할 수 있었다. 전 직원이 Think & Talk 등 전체 회의를 통해 하나가 되어 인재 육성을 위해 열정적으로 동참했다. 나는 첫 졸업생들이 배출되는 때에 맞추어 글로벌 커리어 개발을 위해 초대 커리어개발센터장이자 연구교수로서 창의적인 맞춤 프로그램 기획도 구체화하기 시작할 수 있었다.

02 공존 번영(Co-prosperity) 핵심 가치가 최고의 경쟁력

요즘 우리나라 학생들을 보면 우울증이나 공황장애가 있는 젊은이들이 많다. 경제적으로는 풍족해도 가족이 해체되거나 붕괴 직전의 가정이 많기 때문일지도 모르겠다. 그래서 학교 교육 이전에 중요한 것은 올바른 인성을 가지고 자랄 수 있도록 가정교육이 중요하다고 한다. 하지만 가정교육뿐 아니라 학교가 그 역할을 돕기 위해서는 다양한 문화권에서 온 학생들과 교류를 가질 수 있고 학생과 교수진과 교직원, 그리고 사회구성원 모두와 함께 공식/비공식적인 상호 관계를 맺을 수 있어야 한다. 특히 운동, 음악, 드라마, 예술, 문학, 토론 등과 같은 대외활동에 적극적으로 참여하게 함으로써 사회 공동체를 섬기는 기회를 제공하며 더불어 가치관과 인격을 세우도록 돕는 것이 최선이다. 그래야 다른 사람을 존중하며 정직하게 사는 법을 배울 수 있게 된다. 그래서 나는 학생들이 다른 조직이나 다른 사람과 협력하여 선을 이루는 기회를 최대한 많이 제공해 그들 내부의 '탁월함'을 찾아내기 위해 노력했다.

2013년 2월, 나는 반크(VANK)의 박기태 단장과 월드체인저 프로젝트를 기획해 김춘호 총장님 특강을 준비했다. 반크는 한 청년의 펜팔에서 시작되어 지금은 대한민국을 대표하고 있는 사이버 외교사절단이다. 자랑스러운 대한민국의 청년들이 인터넷을 통해 세계인들에게 대한민국을 알리는 일에 동참하도록 하고 있다. "21세기 월드체인저의 비전"이라는 제하의 총장님 강의를 듣기 위해 글로벌 리더의 꿈을 꾸고 있는 청소년 500명이 학교를 방문했다. 열정적인 청소년들은 지하철에서 내려 한참을 걸어야 도착하는 캠퍼스까지 즐거운 마음으로 와주었고 그 행렬은 길고 긴 줄로 이어져 장관을 이루었다. 나도 "New paradigm of global youth's role"이라는 제목으로 '공부해서 남 줘야'하는 이유를 특강을 통해 나누었다. 인터넷의 발달로 국경의 의미가 달라진 시대에 지구촌 시민이 된 학생들의 역할은 분명히 달라져야 한다. 내 것, 내 나라만 생각하는 것을 넘어서 나보다 삶이 어려운 이들을 위해 고민해야 하는 책임감 있는 리더로서 살아가야 할 시대가 왔기 때문이다. 나는 강의하는 내내 진정한 리더의 모습이 어떤 것인지에 대한 화두를 던졌다. 참여한 청소년들은 한국뉴욕주립대학교에 입학하고 싶은 꿈과 세계를 돕는 의지를 가지게 되었다. 그날 강의 내용은 청소년들의 블로그에 감동과 함께 게재되어 수많은 젊은이들과 공유할 수 있었다.

홍익인간에 근간을 둔 대학의 비전과 미션은 학생들이 대학 생활을 하는 동안 인생의 의미를 이해할 수 있도록 지원하고 꿈을 찾을 수 있도록 했다. 무엇보다 올바른 인성을 갖출 수 있도록 지원하며 글로벌 리더십과 기업가 정신(Entrepreneurship)을 가질 수 있도록 했다.

"총장님은 학교의 비전을 세우실 때 어떤 특별한 계기가 있으셨는지요?"어느 날 나는 총장님께 여쭈었다. 조직의 일원으로 살아갈 때 그 조직의 리더가 던지는 비전은 열심히 일하게 될 이유가 되기 때문이다.

"한국은 아주 슬픈 역사를 가슴속에 품고 있는 나라이며 전란으로 모든 것을 잃고 비극의 주인공이 되었던 민족이었습니다. 헐벗고 굶주렸던 나라였지만 1960년 이후 2014년까지 약 50년 동안 눈부신 발전으로 선진 세계와 어깨를 같이 하게 되었습니다. 그동안 한국인의 교육열은 조국 발전의 주춧돌이 되었습니다. 고등학교 졸업자 70%가 대학에 진입하는 경향이며, 학사, 석사, 박사 배출이 눈부시게 두드러집니다."

"총장님의 마음을 그대로 학생들에게 전달하면 좋겠습니다. 우리가 개발도상국 학생들에게 장학금을 전달할 때 그 의미도 전달할 수 있도록 학생들이 꿈을 발표하는 '드림프리젠테이션 장학금 전달식'을 준비하겠습니다."

우리는 장학금 전달식을 아주 특별하게 준비했다. 장학 증서를 그냥 나눠줘도 괜찮지만 나는 국제개발연구원장으로서 학생들에게 장학금이 지원되는 이유를 학생들 '스스로' 되돌아보게 하고 싶었다. 무엇보다 후원해 주신 분들에 대한 감사의 마음을 전하고 자신들도 그런 리더가 되어 되갚겠다는 말을 하도록 기회를 준비했다. 개발도상국에서 온 국제 유학생들이 졸업 후 자국에 돌아가서 그 나라 국민들에게도 혜택이 전달되고 세상이 변화되도록 돕는 인재가 되도록 꿈에 대한 프레젠테이션의 기회를 제공한 것이다. 덕분에 학생들은 자신의 꿈에 대해 발표를 위해 한번 더 집중해서 숙고하며 준비하는 과정을 통해서 성숙해가고 있었다. 개발도상국 출신 국제 유학생들은 사실 양복을 입고 준비할 상황이 아니었겠지만 나름대로 자신이 가지고 있는 옷을 깔끔하게 입고 와서 매너 있고 멋지고 당당하게 해냈다. 너무나 멋지게들 준비해 와서 나는 눈물이 났다. 평소와 달리 무척 고민하고 준비한 모습으로 나름 깔끔하게 나타난 그 광경은 나의 눈에는 마치 미래의 비즈니스맨, 대통령 들이 서있는 듯 했다. 'Practice makes perfect!' 그렇게 학생들은 체득하고, 학술대회에도 참가해서 우수한 논문을, 영어로 세련되고 당당하게 발표하는 모습으로 성장해 가고 있었다. 이런 다양한 도전을 통해 연습해왔기에 이후에도 지속적으로 발전해 갈 수 있었다.

대한민국은 10년 후 아마 자원이 부족할 것이며 우리 아이들이 살아갈 세상은 개발도상국과 협력하여 비즈니스를 해야만 할 때가 올 것이다. 우리는 국제 유학생들이 한국 학생들과 동문이 되어 전 세계 네트워크를 통해 세상을 선하게 변화시키길 기원했다. 개발도상국에서 온 국제 유학생들은 한국의 경제 발전 노하우와 기술력을 배우고 미국 학위를 취득한 후 본국으로 돌아가 선한 영향력을 끼치는 중간 관리자 리더가 될 것이다. 그들에게 전한 '가치'에 대한 교육은 미래에 대한 지혜로운 투자가 되었다. 학교의 고유한 문화와 핵심 가치가 학생들에게 자리 잡고 핵심 가치가 공유되어 전 세계와 협력하게 되는 것이다. 개발도상국 출신 국제 유학생들이 한국뉴욕주립대학교를 선호하는 이유 중에는 한류와 K팝도 있겠지만 중요한 한 가지가 있었다. 바로 선진국인 미국과 달리 가장 가난한 나라였던 대한민국이 경제 발전을 이루어 단기간에 선진국으로 향해가는 그 발전 노하우를 배우고 싶어 하는 것이었다. 과거에 국가가 독점하던 기술혁신 활동은 이제 글로벌 차원으로 확장되었다. 이런 점에서 미국 교과과정에 따라 영어로 수업하는 우리 학교 학생들은 중요한 전제조건 하나를 이미 충족하고 출발하는 셈이었다.

2012년부터 내가 한국뉴욕주립대학교에 국제개발연구원장을 시작으로 이후, 커리어개발센터장으로 재임하며 첫 학부 졸업생이 배출되기 시작했다. 당시 첫 졸업생은 스토니브룩 대학 학위를 받았다. 첫 학부생은 대한항공, LG전자 이란 법인, 제너셈 반도체 장비 기업 등에, 그리고 이후 페이스북 싱가포르, LG C&S, 효성중공업, 서울대, 연세대, 독일 대학원 등 여러 기업과 대학원에서 계속 진로를 찾고 활약하고 있다. 지금은 35개국에서 온 800여 명의 학생이 공부 중이라고 한다. 대학은 사회에 기여하기 위한 구체적 비전을 제시하고 이를 실천해 나가야 하므로 학문과 산업의 일체성을 찾기 위해 노력했다. 무엇보다 이를 실현하기 위해서는 글로벌 리더십을 갖춘 젊은 인재 육성이 필수적이라고 생각했다. 나는 한국뉴욕주립대학교가 학생들뿐 아니라 그 지역사회의 센터가 되어 선한 영향력을 전파하길 바랐다. 그렇게 우리가 뿌린 씨앗들이 열매를 맺는 모습을 지켜보는 것은 최고의 기쁨이다.

03 | 4차 산업혁명 형 인재

　　학생들의 성공적인 졸업에는 무엇보다도 대학교의 남다른 교육철학이 일조했다. 우선 학교는 올바른 가치관과 비전을 강조할 뿐 아니라 적극적으로 '인성교육'에 과감히 투자했다. 무엇보다도 지구적 '문제 해결자(solution maker)'로서의 글로벌 리더를 육성하고자 힘쓴 것이다. 다양한 지식 교육을 바탕으로 올바른 가치관과 비전을 중시하는 인성교육을 강조함으로써 창의적 지성과 전인적 품성을 지닌 글로벌 리더를 양육하는 데 특별히 집중하고 있다.

　　요즘같이 스펙이 좋은 사람들이 넘치는 사회에서 인성교육이야말로 뛰어난 경쟁력을 갖출 수 있는 방법이라고 생각한다. 개인적으로 나는 오랜 직장 생활을 거치며 내 마음에 남는 것은 '인성이 핵심'이라는 생각이다. 학교는 단순 교과과정만으로 평가할 수 없는 개인의 소질과 적성, 그리고 가능성을 다각적으로 평가하고 판단해서 본교의 인재 상에 부합하는 학생을 선발하고자 노력했다. 국내 고교 졸업자뿐 아니라 미국, 캐나다, 중국, 키르기스스탄, 우즈베키스탄, 케냐, 가나, 스리랑카, 베트남, 인도, 몽골, 에콰도르, 이란 등 20여 개 이상의 다양한 국가의 국제 유학생들을 선발, 실제적인 방안으로 글로벌 캠퍼스의 길을 나아가고 있다고 본다.

본교의 선진화된 전인적 교육 프로그램인 레지덴셜 칼리지 프로그램의 운영은 한국 사회에도 절실한 인성교육에 힘써 학생들에게 미래에 대한 구체적인 비전을 제시했다. 감사하게도 학생들은 지성과 인성을 모두 갖춘 글로벌 인재로 양성하고 있다. 영국 옥스퍼드 대학, 케임브리지 대학 등은 오래전부터 도입해 운영하고 있는 레지덴셜 칼리지 프로그램은 주간 학습과 방과 후 공동체 활동을 융합한 생활 밀착형 전인 교육 시스템이다. 매 학년 특정 테마를 가지고 운영하는데 1학년은 Dream, Hope, Vision, Mission, 2학년은 Global experience 3학년은 Leadership and Entrepreneurship 4학년은 케이스스터디로 전인교육 시스템을 갖추게 되었다.

"손 원장님, 레지덴셜 칼리지 프로그램을 후원할 곳을 찾아 우리 비전에 대해 제안할 준비를 해 주십시오."

"네! 알겠습니다. Culturing Vision으로 제목을 정해 제안서를 준비하겠습니다."

국제개발연구원은 주도적으로 제안서를 준비했고 감사하게도 '소외된 이웃과 문화를 위해서 사랑의 마음과 소중한 시간을 나누는 비영리 기관들을 지원하는 곳들을 찾았다. 지앤앰 글로벌 문화재단이 레지덴셜 칼리지 프로그램을 지원해 인재 육성을 돕는 훌륭한 파트너가 되었다. 학교의 비전이 재단을 감동시켰고 함께 협력하여 선을 이루게 된 것이다.

우리는 국적과 출신 지역을 뛰어넘는 공평한 교육 기회를 제공하여 새로운 공존 번영의 발판을 마련하고자 항시 노력했다. 매 순간 세계를 이롭고 새롭게 변화시킬 글로벌 인재 양성을 목표로 국내외 우수 학생들에게 다양한 장학금을 제공하고자 한 것이다. 그래서 많은 이들이 그 길을 함께 걸어가기 시작했다. 잠재 후원자와 학교의 비전을 사랑하는 이들이 모여 성적 우수자뿐 아니라 사회 배려 대상자와 특기자 등 잠재력 있는 학생들의 지속적인 교육 기회 제공으로 적극적으로 후원하고자 긍정의 에너지로 동참하게 된 것이다. 리더가 리더를 세우고 있었다(Leaders lead Leaders).

이와 같이 기숙형 전인교육의 일환으로 교학에서 운영하는 레지덴셜칼리지(RC: Residential College)는 학생들이 학교에서 공부만 하는 것이 아니다. 자기 자신을 발견하고 정체성을 찾고 자신의 미래를 생각하는 과정을 주목표로 하는 대표 프로그램으로 알려지기 시작했다. 학부 학생들 전원이 학내 기숙사에 교수들과 거주하며 4년 동안 함께 생활하도록 했는데 그 이유는 학생들에게 소속감을 부여하기 위해서이기도 했다. 이 프로그램을 통해 학생들은 시간이 갈수록 자기 삶의 가치와 목적에 대해 생각할 수 있는 기회를 얻게 되고 결정적인 순간들과 경험이 가득한 대학 시절을 경험할 수 있게 된다. 이들은 전원 기숙사 생활을 하며 100% 영어 강의, 자유로운 토론 수업 등을 받고 봉사와 문화 체험을 생활 속에서 체화해나가게 되었다. 특별한 시스템이다. 이 밀착형 전인 교육 프로그램을 통해 지성과 인성을 모두 갖춘 글로벌 인재 양성의 목표는 실현되어 가기 시작했었다.

다양한 국적의 학생들이 서로 어울리며 각 나라의 문화를 이해하는 과정을 통해 자연스럽게 공동체 생활을 배우고 글로벌 마인드로 배려와 나눔, 인성을 갖춘 인재로 성장하고 있었다. 교수진과 교직원들이 학생 개개인의 성향과 장단점을 세부적으로 파악할 수 있으며, 구성원들 간 친밀도도 상당히 높다는 장점이 있다. 학생들이 기숙사 보조(RA), 기숙사 사감(RHD)을 지원하여 성실하게 섬기며 다양한 국적의 친구들과 함께 공부하며 경험한 것이 졸업 후에도 큰 도움이 된다고들 한다. 적극적인 강의와 토론을 통해 목표를 다시 점검하고 열정적으로 그것을 이루어 내기 위해 전략적인 마인드를 키워 나갈 수 있다고 한다. 학생들은 매주 화요일 저녁 진행 중인 RC 강의에 참석할 뿐 아니라 다양한 분야의 특별 강사와 더불어 학생들이 꿈과 삶의 목적에 대해 생각하고, 구체적인 목표를 세우는 방법을 배워나갔다.

특히 글로벌 리더들의 재능기부 특강을 통해 다른 사람을 이해하고 세계시민의 역할을 배우고 감당하게 하는 태도와 마인드의 중요성을 가르쳤다. 멘토와의 네트워킹을 통해 문제를 해결하는 기술 개발 능력을 키우며 다양한 그룹 활동을 통해 팀워크 능력을 배양하도록 하기 위해서였다. 학생의 학문 과정과 진로 연결을 적극적으로 도와 글로벌 리더십, 기업가 정신과 인격을 키워주기 위한 노력이었다. 학생들은 멘토들의 비전 특강을 통해 동기 부여가 되어 진로와 비전에 대해 진지하게 고민할 수 있게 하였다. RC 담당 부서는 GE 코리아 강성욱 사장, CJ 그룹 민희경 부사장 등 각 분야 명사를 초청해 올바른 세계관을 심어줌으로써 전공 실력과 함께 훌륭한 인품을 겸비한 인재로 만들고자 최선을 다했다.

나는 국제기구 세계본부에서 근무할 때도 LG와 함께 사이언스 리더십 프로그램을 기획하여 국내뿐 아니라 개발도상국 출신 고등학생을 대상으로 특별한 장학 기회를 제공했었다. 프로그램의 성공으로 당시 참여한 글로벌 인재들은 후원사와 협력 파트너들에 대한 좋은 마음을 품게 되었고 함께 한 한국의 영재들과도 글로벌 프렌드십을 체득하는 기회를 제공했다. 재능기부 인성교육은 말로 하는 것이 아니라 체험을 통해 스스로 깨닫고 생각하게 하는 프로그램이다. 어른들은 어린 학생들이 잘 모를 것이라고 염려하곤 한다. 하지만 사실 학생들은 이미 그들 안에 재능과 삶에 대한 해답을 가지고 있으며 우리가 할 일은 그들이 자신만의 탁월함을 찾아내어 삶을 주도적으로 나아가도록 코칭 해주는 것이다. 학생들은 말로 배우는 것이 아니라 보고 배우는 것이며 중립적인 열린 질문을 통해 내적 묵상을 하게 되어 스스로 깊이 생각하고 변화(transform)되는 것이다.

가수 션은 그동안 여러 기관에서의 나눔 활동을 이어왔다. 그의 나눔에 대한 가치와 히스토리 메이커를 길러내는 우리의 교육철학이 공감대를 이루었기에 2015년 4월 특강을 하며 한국뉴욕주립대학교 비전 나눔 대사로 위촉되었다. 나는 위촉식을 준비하는 과정에서 그와의 커뮤케이션을 통해 많은 감동을 받기도 했다. 션은 레지덴셜 칼리지(RC) 프로그램의 특별 강연자로 학생들과 소통하며 봉사와 나눔을 삶으로 실천하는 이야기를 통해 학생들에게 도전과 큰 감동을 주었다. 특히 개발도상국에서 온 유학생들은 그의 특강이 끝난 후 여러 가지 질문을 하였다. 나라가 해야 할 일들로 생각되는 수많은 봉사활동을 그가 해냈다고 말하며 자신들도 꼭 한국 사회를 위해서 무언가 돕겠다고 다짐했다. 나도 그에게 연락해 제안하고 사전 준비를 하며 비전을 공유하는 과정에서 그가 가정을 얼마나 소중히 하는지를 느낄 수 있었다. 그런 그의 모습이 학생들에게도 참으로 진정성 있는 좋은 롤 모델로 인지되었다.

UCLA 교수와 로봇 및 메커니즘 연구소 (RoMeLa)의 소장으로 재임하고 있는 데니스 홍 박사는 내가 한국과학기술단체총연합회 과학기술나눔공동체 사무국장으로 일할 때 만난 적이 있다. 창의적이고 에너지가 넘치는 데니스 홍 박사를 한국과학기술단체총연합회 사이언스프렌즈소사이어티(SFS) 멤버로 위촉하고자 했었다. 그는 참으로 마음이 따스한 과학자였다. 한국뉴욕주립대학교의 RC(Residential College) 프로그램에서도 그는 "생명을 살리는 로봇"이라는 강연을 했고 학생들은 매우 많은 것을 느꼈다고 한다. 강의 시간 동안 그는 축구를 할 수 있는 로봇을 설계하고 실력을 갈고닦는 과정을 소개했다. 로봇 공학을 통해 인류와 사회에 기여하겠다는 그의 남다른 열정은 청중인 학생들과 교수진을 매료시켰다. 미래의 리더인 학생들이 인류에 기여하는 기술을 개발하는 원동력이 되길 바라는 마음이 충분히 전달되었다. 나의 전문성이 나만을 위한 것이 아니라 세상을 변화시키는데 기여한다는 열정이 함께 전달되어 학생들은 성공과 성장에 대한 동기부여가 충분히 이루어졌다. 학생들은 그렇게 조금씩 선배 리더들의 모습을 보며 감동하고 닮아가며 변화되어가고 있었다.

    학교에서 난타, 수영, 오케스트라, 독서클럽 등 약 15개의 활동을 통해 학생들이 캠퍼스 생활에 잘 적응하고 글로벌 리더십을 키울 수 있도록 돕는 것이 레지덴셜 칼리지 프로그램의 목적이라고 할 수 있다. 학교는 학생들의 열정적인 참여를 독려하기 위해 다양한 활동을 기획하여 진행하고 있을 뿐 아니라 다양한 대외 활동과 지역 봉사에 참여할 수 있는 기회를 준비했다. 레지덴셜 칼리지 프로그램뿐 아니라 학교에서 개최되는 다양한 퍼포먼스의 효과는 졸업 후 학생들이 사회에 진출했을 때 적응력에서 확연하게 나타나게 되었다. 공부만 하라고 외치는 것이 아니라 학생들에게 다양한 활동을 통해 학생들 각자의 영역을 넓혀주기 위해 노력하는 참교육이었다. 크리스마스에 개최되는 Year end party는 콘서트를 방불케 했고 교수님들과 함께 심사위원을 하던 나는 학생들의 재능과 열정을 보며 너무 즐거워 기쁨이 넘쳐흘렀다. 이후에도 개발도상국을 방문하여 지원하는 활동뿐 아니라 국내에서도 루게릭병 환우를 위해 요양병원 건립비 모금을 위해 교직원과 학생들이 함께 달리기를 했다고 한다. 학생들은 안양 샘병원 환자를 위한 봉사활동, 인천 선학 초등학생 대상 멘토 활동 등 봉사활동을 지속적으로 진행하며 학교가 위치한 지역사회에 기여하고 있었다.

나는 학교의 봉사 활동을 활성화시키기 위해, 지난 2015년 1월에는 멘토리 야구단원 및 관계자와 무비 & 멘토링 데이를 개최했다. 이 행사는 양준혁 야구재단의 멘토리 야구단 어린이들을 위해 마련됐다. 한국뉴욕주립대학교 학생들로 구성된 멘토 봉사단원들은 다문화 및 저소득층 가정의 자녀로 구성된 멘토리 야구단원들에게 본국의 문화와 풍습에 대해 영어로 소개하고 대화하는 브런치 멘토링 시간을 갖게 기획했다. 투썸플레이스의 브런치 후원과 메가박스의 영화 후원이 있어 더욱 재미있고 풍성한 시간을 기획할 수 있었다. 학생들은 브런치를 하며 처음 보는 대학생 형 누나들이 자신과 같은 외모의 국가에서 왔기에 어머니 나라에 대한 생각을 깊이 하게 되었다. 멘토 학생들은 종이 모형 비행기 제작 및 날리기 경연, 영화관람 등을 함께 하면서 미래에 대한 꿈과 희망을 갖도록 격려도 했다.

"저도 이제부터 영어 공부를 열심히 해서 미국대학을 가고 싶습니다."라고 말하는 다문화 어린이들의 모습을 보며 우리 학생들은 "재능기부 하러 왔는데 제가 더 도전받았어요!"라며 행복해했다. 우리는 그렇게 서로 도우며 변화되고 성숙해 가고 있었다. 그리고 그 현장에서 나는 힘든 줄 모르고 매일 행복할 수밖에 없었다.

"교수님, 저는 한국 사람들과 소통하는 것을 무척 좋아해요. 이번 프로그램은 멘토 자원봉사자로 참가했지만 제가 오히려 많은 혜택을 받은 느낌이에요. 기회가 있으면 꼭 다시 참가하고 싶습니다."

멘토 봉사에 참여한 한 키르기스스탄 학생이 내게 전한 소감이었다. 나는 학생들의 커리어 개발 및 진로교육 기회를 제공하여 인성과 실력의 균형 있는 발전을 지원하기 위해 끊임없이 연구했다. 이후에도 다양한 재능기부 봉사 기회(Service Learning)들을 마련했고 학생들은 서로가 서로를 돕는 과정에서 마음이 따뜻한 리더로 성장, 변화되고 있었다. 나는 그들의 눈빛을 보며 변화를 알 수 있었다. 말로 하는 설명보다 그들이 직접 체득(Learn by experience)하도록 돕는 기회를 제공하는 것이 더 큰 효과를 내고 있었다.

총장님은 학교 졸업생들의 성공 기준은 올바른 삶의 목적을 가지고 사회에 긍정적인 영향력을 끼칠 수 있는지에 그 가치를 두고 있다고 강조했다.

"첫 졸업생들은 누구보다 도전정신이 뛰어난 학생들입니다. 새 시대를 이끌어 갈 글로벌 리더 양성을 지향하는 학교의 비전에 동의해 이곳을 선택하고 4년의 대학 생활을 성공적으로 마친 학생들의 첫 졸업을 보게 돼 감격스럽네요. 시대가 지닌 문제를 해결하는 인재로 세계를 누비며 새 역사를 만들어가는 히스토리 메이커가 되길 바랍니다."

미국 뉴욕주립대 스탠리 총장도 첫 졸업생들을 위한 축하 연설에서 "스토니브룩대학교의 우수한 커리큘럼, 교수진을 통해 4년 동안 배우고 경험한 모든 것이 사회에서도 유용하게 쓰일 것입니다. 한국뉴욕주립대학교 학생으로서 당당하게 세상을 향해 도전하길 기대합니다."라고 소감을 전했다.

그렇게 롤 모델이 되는 많은 리더들이 학생들의 미래를 위해 응원을 하고 계셨다. 특히, 한국뉴욕주립대학교가 한국에 설립되는데 큰 공헌을 하신 분이 계신다. 그는 월드리더스재단 오명 이사장이시다. 월드리더스재단은 한국뉴욕주립대학교 뿐 아니라 글로벌 캠퍼스 내 대학생들의 장학금을 지원하기 위해 설립되었다. 그는 학교 설립의 공로를 인정받아 명예 총장에 임명되었는데 미국 뉴욕주립대학교에서 명예총장 직위가 생긴 것은 오명 전 부총리가 처음이었다. 그는 대통령 경제과학비서관과 체신부 장관, 교통부 장관, 건설교통부 장관, 그리고 과학기술부 장관을 지낸 어른이시다. 명예 총장직을 시작으로 교육 분야를 더욱 깊이 있게 고민하고 한국뉴욕주립대학교 발전과 인재 양성에도 최선을 다하신 분이다. 미국 뉴욕주립대 스토니브룩대학교 대학원에서 전자공학 석사와 박사 학위를 받았고 자랑스러운 동문으로 다양한 활동을 하고 학생들에게 좋은 롤모델이 되어 주고 계셨다. 오명 이사장님은 참으로 존경스러운 어른이시다. 학교 임원진들에게 항상 윗사람보다 나이 어린 아랫사람에게 더 잘해야 한다고 강조하시며 격려해 주셨다. 왜 후배들이 그분을 한결같이 보좌하고 따르는지 이해가 되었다. 내가 월드리더스재단에 재능기부를 하며 즐겁게 일할 수 있는 큰 이유이기도 했다. 이처럼 멘토들은 멘티들에게 영향을 주며 그 멘티는 어느새 또 그 후세대들에게 선한 영향력을 끼칠 준비를 하고 있었다. 아름다운 선순환이었다.

나는 초대 커리어개발센터장으로서 자부심을 갖고 매일 다양한 자원개발 활동을 통해 개발도상국에서 온 국제 유학생의 장학금 지원을 위해 노력했다. 어느 날 중소기업의 대표를 만났는데 그분은 미얀마 학생을 돕고 싶어 하셨다. 그 이유를 여쭈어보니 미얀마에서 큰 사업을 진행 중인데 미얀마 사람들이 관리를 무척 성실하게 해서 감동을 받았다고 하셨다. 그래서 그 지역사회를 돕고 그 지역의 미래 인재 육성을 지원하고 싶다고 하셨다. 한국 사람들이 전 세계에서 사업을 하게 되며 그 지역 사회를 돕는 일에도 관심이 늘고 있었기에 키다리 아저씨같이 선한 의지를 가진 사람들을 찾아내느라 매일이 행복하기만 했다. 나는 그런 선한 분들을 혜택을 받지 못해 눈물 흘리는 어려운 이들과 매칭해 소개해 드렸다. 선한 에너지가 전달되도록 하는 자랑스러운 역할을 하고 있었기에 감사한 날들을 보낼 수 있었다.

어느 날 한국 휴렛팩커드 사회공헌위원회의 초청으로 직원들에게 특강을 하게 되었고, 우리가 하고 있는 인재 육성 프로젝트에 감동을 받아 좋은 파트너가 되어 주었다. 그날 나도 한국 휴렛팩커드의 후원으로 '다문화 가정 아이들을 위한 꿈의 캠프'를 개최하기 위해 사회공헌 위원회에게 재능기부 특강을 했다. 감사하게도 직원들은 월드리더스재단의 비전에 감동하여 2014년에 '다문화 가정 아동들을 위한 꿈의 소풍'을 송도에 위치한 한국뉴욕주립대학교 캠퍼스에서 개최하였다. 이 소풍에는 살레시오 다문화 지역아동센터의 초·중학생 아동과 어머니, 지도교사, 한국뉴욕주립대학교 재학생, 한국 휴렛팩커드 직원 등 60여 명이 참가하였다. 다문화 가정 아이들은 생김새가 다르다는 사회적 편견 때문에 학교생활에 적응하지 못하고 대부분 어렸을 때 미래에 대한 희망을 포기해 버리는 경우도 많다고 한다. 사회적 문제로까지 대두되는 다문화 가정 아이들의 밝은 미래를 위해 만남의 시간을 주최한 것이다. 케냐, 방글라데시, 스리랑카, 우즈베키스탄, 키르기스스탄 등 국제 유학생들과 한국 학생들은 다문화 가정 아이들에게 학교의 문화적 다양성이 만들어내는 시너지 효과를 소개하며, 미래에 대한 희망과 비전을 공유하였다. 우리는 서로에게 감동을 전하는 존재였다.

"다문화 아동센터 아이들이 오늘처럼 밝고 적극적인 모습을 보인 적이 없었어요. 대학생 언니 오빠들을 롤 모델로 삼아 꿈과 삶의 목표를 세우는 계기가 되길 바라며, 오늘 참가한 아동 중에서 미래의 한국뉴욕주립대학교 학생이 나올 수 있기를 기대합니다."

"오늘 자원봉사자로 아이들에게 작은 힘이 될 수 있어서 기쁘고, 나 또한 동생들에게 많은 것을 배울 수 있는 뜻깊은 시간이었습니다."

휴렛팩커드 직원과 우리 학생의 대화를 들으며 참으로 뿌듯한 마음이었다. 글로벌 인재 육성의 허브로서 지성과 인성을 겸비한 인재 교육을 목표로 개발도상국 학생과 한국인 학생이 나눔 활동 참여를 통해 인성교육이 효과적으로 의미를 더해 가고 있었다. 학생들을 다양한 IT기업들에 인턴으로 일하거나 봉사하도록 소개해 지원하며, 재능기부를 통해 과학기술을 배우는 이들의 인성을 변화시키는 기회를 계속 만들어냈다. 선한 의지로 서로가 지닌 자원으로 세상을 위해 기여하도록 돕는 자원개발(Resource Development)은 그렇게 매일 계속되었다.

최근에는 코로나19로 인해 온라인에서 온택트 활동이 늘어나고 커뮤니티에서 만날 수 있는 기회가 한정적이긴 하지만 그렇다고 할 수 있는 것이 없는 것은 아니다. '뜻이 있는 곳에 길이 있기에' 마음을 먹고 알아보면 의외로 비용 대비 효과적으로 온라인에서도 봉사가 가능하다. 나는 2001년부터 영어 통역 봉사인 bbb 활동을 지금까지 22년째 해오고 있다. 한국어가 안 되는 외국인들이 비자 업무 중 혹은 경찰서에서 억울하거나 소통이 어려워 긴급한 상황일 때 전화 통역을 해주어 도움을 주고 있다. 영어라는 재능으로 시간을 들여 어려운 상황에 놓인 누군가를 도왔다는 사실도 중요하지만 20년이라는 오랜 세월을 지속한 자신이 자랑스럽게 느껴진다. 학생들에게도 중요한 역할을 하는 비영리단체에 리서치 펠로우 역할을 지원해서 스태프들을 위해 번역이나 리서치 봉사를 지원할 수도 있게 하였다. 학생들이 아직 업력이 없어 직접 업무를 할 수는 없지만 그렇게 좋은 일을 하는 단체를 위해 봉사하며 간접적으로 돕는 것도 분명히 세상을 변화시키는 일에 동참하는 시작점이 되는 것이다. 그렇게 학생들은 과학기술을 전공했지만 행동하는 인성코칭을 통해 4차 산업 시대를 준비할 융합형 인재로 성장해 가고 있었다.

04 나눔과 헌신, 인성을 겸비한 글로벌 리더 육성

무한경쟁 시대에 '공부해서 남 주자'라는 삶의 철학을 가지고 진정한 글로벌 리더를 양성하기 위한 미션에 더욱 집중하고자 하는 시간을 보내고 있었다. 나는 지난 2001년 지미 카터 전 미국 대통령 특별건축사업 홍보실장을 시작으로, 유엔개발계획이 주도한 국제백신연구소 Fundraising Head(자원개발마케팅본부장)을 거쳐 한국과학기술단체총연합회 과학기술나눔공동체 자문위원/국장 등 다양한 국제기구 및 비영리 단체에서 여러 활동을 했다. 비영리와 영리 섹터 간 브리지 역할을 하는 국제개발 커뮤니케이터로 활동했기에 인재 육성을 포함해 사회를 선하게 변화시키는 자원 개발 마케팅PR에 집중하고 있었다. 나 자신이 재능기부를 통해 산자부 소관 월드리더스재단 사무총장으로서, 서울시자원봉사센터 비상임 이사로, 한국어린이재단과 앰네스티 홍보위원으로, 그리고 서울시 기부 심사위원회 위원으로도 휴가를 내고 시간을 쪼개어 강의와 자문 등으로 재능기부 봉사활동을 기쁘게 실천하고 있었다.

지난 30년간 다양한 섹터의 다양한 글로벌 단체에서 활동해 왔지만 나의 커리어는 한결같이 3M(Money, Material, Manpower)이라는 자원 개발 마케팅PR 커뮤니케이션의 연속이었다. 잠재 후원자가 자신의 재능이나 후원 등 자신이 가장 잘 할 수 있는 방법으로 도울 수 있도록 시간을 두고 설득하고 혜택을 받지 못한 이들을 돕는 다양한 국제개발협력이었다. 그러니까 글로벌 기업의 사회 공헌 CSR/CSV(Corporate Social Responsibility/ Creating Shared Value) 전문가로 펀드레이징을 통해 비영리 단체의 미션과 비전을 세우고자 한 것이다. 그렇게 다양한 재능기부 봉사를 도와 글로벌 인재 육성에 이바지해서 자랑스럽다. 이제 글로벌 기업들이 사회 공헌의 방향을 더욱 적극적으로 '교육 즉, 글로벌 미래 인재 육성'에 둬야 한다고 주장한다. 미래 세대 육성이야말로 기업이 장기적으로 세계 시민으로서 사회에 공헌하고 함께 발전할 수 있는 최고로 임팩트 있는 전략이고 지혜로운 투자라고 생각한다.

내가 걸어온 길을 돌아보면 한마디로 가치 중심의 삶(Valuable life)을 살아왔고, 한국뉴욕주립대학교는 '새로운 시대의 문제를 해결하는 글로벌 리더 양성'을 목표로 하고 있었다. 그래서 학생들이 미국 홈 캠퍼스에서 수학 하는 동안에도 한국과 미국 등 한국뉴욕주립대학교와 스토니브룩 대학의 커리어센터장과 논의하여 커리큘럼을 공유하였다. 글로벌 네트워크를 통해서도 학생들의 커리어 개발을 돕기 위해 인턴십을 제안하는 등 세심하게 노력해왔다. 이와 같은 활동들로 커리어개발센터는 진로·취업 지원을 전담하는 학생들의 취업 역량을 강화하는 주춧돌이 되었다. 우리 학생들이 전 세계로 나아가 사회를 변화시키는 문제 해결자가 되길 바라는 마음으로 'Keys to the world'라는 슬로건을 만들었다. 그리고 실질적인 취업 지원 방안을 마련하고자 적성 파악부터 진로 모색, 취업 탐방, 맞춤 멘토링, 인턴십, 자기소개서 클리닉까지 취업 교육 시스템을 구체화했다. 무엇보다 맞춤형 취업 준비를 위해 커리어코칭으로 학생들이 '스스로' 진로를 설계하고 직무 능력을 키워 취업 연계가 이뤄지도록 열정을 다해 도왔다. 그리고 진로 및 취업 지원 프로그램을 총 5개의 큰 축으로 구분했다. 그것은 취업 교육 및 개발(Career education), 인턴십 지원(Internship management: summer & winter), 취업 지원(Career related services), 취업 네트워크 프로그램(Career networking program), 학점 인증 교과목(Credit bearing course) 설립으로 구분된다.

먼저, 취업 교육 및 개발을 위해 이른바 3C(Counseling, Coaching, Consulting) 프로세스 전략을 활용해 진로 설계를 위한 취업 코칭을 하면서 매달 최소 1개에서 2개의 교육 프로그램을 운영했다. Career Counseling Program, Entrepreneurship Site Tour, Career Exploration

Project, Mock Interview Program, Career Coaching Program, Career Workshop, Resume Clinic Program, Career Planning Project가 그것이다. 학기 시작과 동시에 전문 상담사의 1:1 취업 상담 및 선호도 조사를 시작했다. 그리고 한국전력공사나 포스코 등 현장답사, 국내 글로벌 기업 취업 탐방 프로젝트, 한국GM 등 기업과 함께하는 지역사회 김장 봉사 활동, 기업 실무진과 하는 모의 면접과 취업 워크숍을 통한 이력서 및 자기소개서 특강 등을 진행했다.

둘째, 인턴십 지원은 연중 프로그램(summer, winter)으로 학교와 협력을 맺고 있는 다양한 기업들과 논의를 하며 인턴 자리를 만들어 간다. 특히 인천공항 같은 경우 한국뉴욕주립대학교에서 산학협력 프로그램의 일환으로 매년 인턴을 파견하였다. 본격적으로 프로그램이 가동된 2015년 가을학기 이후부터 학생들이 인턴십을 한 곳은 인천공항, GE Korea, 월드뱅크, 노스페이스, 비앤비코리아, 시스코, UNESCAP, A-WEB, UN-ISDR 등이다. 국내 대기업, 글로벌 회사는 물론이고 국제기구까지 제안서를 넣어 인턴십을 진행하도록 했다. 당시 한국뉴욕주립대학교와 가장 효과적으로 운영되고 있는 취업 지원 프로그램은 인천시청과 함께하는 국제기구 인턴십 체험 그리고 인천공항과 함께하는 산학협력 프로그램이었다. 인천시청은 2016년부터 한국뉴욕주립대학교와 함께 송도국제도시에 유치되어 있는 유엔기관들과 파트너십을 연계하였다. 미국 대학교에 재학하는 학생들의 강점인 영어와 세계적인 수준의 공학 지식을 활용했다. 이에 우리 학생들이 영어를 강점으로 세계은행, 유엔지속가능발전기구 등 국제기구에서 인턴으로 활동했다. 한편 인천공항과는 2014년부터 진행해 온 프로그램으로 매년 세계적인 수준의 인천공항에서 다양한 인턴십을 체험하면서 고객 응대부터 수하물 체크까지 진정한 체험형 인턴에 대한 경험을 하게 되었다. 글로벌 캠퍼스 내에서 한국뉴욕주립대학교가 선발 주자였기에 다른 대학들보다 파이오니어적인 역할을 했다.

셋째, 취업 지원을 위해서 크게 5개의 전략을 수립했다. 학생들이 언제든지 찾아와 면담을 받고 전문적인 취업과 도움을 받을 수 있는 Open Door Policy로 운영했다. 타지에서 공부하느라 고생하는 국제유학생들에게 나는 코리안 맘의 역할을 하고 있었다. 수시로 연계되는 인턴십 채용에 도움을 주기 위한 국문 및 영문 이력서 검토 서비스도 준비했다. 그리고 서류 합격자에 한해 기업이나 단체에 맞춤형 면접 팁을 전달했으며, 온라인 게시판 및 이메일로 한국뉴욕주립대학교에 어울리는 인턴십에 대한 정보를 수시로 제공했다. 무엇보다도 학생들이 많은 정보 속에서 효과적이고 직무에 걸 맞는 커리어를 찾을 수 있게 도와주는 서비스를 제공했다(Career Counseling & Coaching, Resume Consulting Service, Interview Skills Service, Online Career Provision Service, Network Service with Companies and Organizations, Career Development Center Weekly Newsletter).

넷째, 취업 네트워크의 중요성을 일깨워주고 실전에서 근무하고 있는 실무자와의 교류를 통해 보다 생생한 정보를 얻을 수 있도록 도움을 주고 있었다. 예컨대 매년 11월에 진행하는 취업 탐방 프로젝트(Career Exploration Project)에서는 학생들의 관심도에 따라 해당 기업의 관계자와 연계해 주는 프로그램을 진행했다. 그리고 CEO급 멘토들의 도움으로 인성 및 태도에 대한 특강의 형태로 진행했다. 마지막으로 전문 취업 코치들과 학생들을 연계해서 학생들이 보다 정확하게 자신들의 직무를 찾아갈 수 있도록 자세한 도움을 주게 된다. 모두가 자원봉사로 자문을 해주셨는데 커리어 멘토는 취업 기술을, 코칭 멘토는 코칭을 지원해 주셨다. 기업 대표들은 영감을 주는 CEO멘토(Inspirational Mentor)로 그리고 창업을 위해서는 스타트업 멘토들이 전문 노하우를 소개하며 귀한 시간을 내어주셨다. 인재 육성의 비전과 재능기부의 중요성을 소개하면 대부분의 글로벌 리더들은 기꺼이 자원봉사로 참여해 주었다. 우리는 미래의 글로벌 리더들을 '함께' 키워가고 있었다.

다섯 번째, 학점인증 커리어 교과목 설립을 처음으로 추진한 것도 중요한 부분이다. 학점인증 교과목을 설립하고자 2016년 가을학기부터 CAR 210: Career Planning 수업을 개설 추진했다. 3-4학년들에게 취업과 관련된 수업을 듣게 해 학점을 부여했다. 무엇보다도 미국 홈 캠퍼스의 커리어센터장과 긴밀히 협력하여 한국적 상황에 맞춘 커리큘럼 개발을 시작했다. 학생들을 위해 협력하는 것이 보람이었다.

학생들은 연간 주제를 정해 진행한 한국뉴욕주립대학교 커리어 개발 센터의 특별한 테마 안에서 다양한 강점 개발이 가능했다. 1학년은 Design your dream!이라는 슬로건 하에 공격적인 자세로 자기 자신에 대한 궁금증을 만들어 내적 탐색을 시작했다. 2학년은 미국 본교 캠퍼스에서 생활하게 되므로 Experience the global standard!로 정하고 스토니브룩 커리어 센터장과 긴밀한 협력 하에 그들과의 상담이나 기업 방문을 논의했다. 3학년은 미국에서 돌아와 본격적으로 인턴십과 다양한 기업 경험 프로그램에 참여를 하게 되므로 Gear the entrepreneurship!을 선포하도록 했다. 4학년은 비로소 커리어 스킬을 배우는 컨설팅 단계로 Make your career choice!로 주제를 정해 일관성 있게 취업에 집중시켰다. 파트너들과 함께 하였기에 자원 개발 마케팅커뮤니케이션이 성공적으로 진행된 것이다.

이와 같이 커리어개발센터(Career Development Center)에서 글로벌 기관과 연계한 취업 네트워킹 등 '학년별 맞춤형 진로교육'을 제공했다. 학생들은 국제기구 및 유수의 글로벌 기업에 인턴으로 선발돼 현장 실무 경험을 통해 역량을 키워가면서 기업 담당자들로부터 좋은 평가를 받았다. 그것은 재학생들을 위한 맞춤형 상담을 위주로 다양한 활동을 제공했기 때문이라고 본다. 우선 1, 2학년들을 위해서는 매년 봄 학기에 Career Design School을 개설하여 학생들이 흥미와 적성, 자기 자신을 알아가도록 도와준 것이다. 그리고 3~4학년들에게는 매 학기마다 외부 전문 강사를 초빙하여 강연을 제공하고 인적성 검사와 각 기업의 채용 과정을 상세히 알려주었다. 전교생을 대상으로 각 분야에 종사하고 있는 실무진을 섭외하여 한 학기에 1번씩 커리어 톡투유(Career Talk to You)를 통해 학생들과 소통하는 시간을 갖는다. 또한, 직접 회사를 방문하여 실제적인 업무 환경을 보고 체험할 수 있는 Entrepreneurship Site Tour도 진행하고 있었다. 그리고 이메일로 발송되는 'Career Weekly' 뉴스레터를 통해서도 학생들은 다양한 취업 관련 소식을 전해 듣는데 그 내용에는 인턴십과 봉사활동의 기회를 주는 기업들, 업무에 필요한 비즈니스 용어들을 포함하고 있다. 마케팅 재능이 있는 학생에게 직접 뉴스레터 디자인과 작업을 해보도록 해 실무 경험을 쌓도록 했다. 학생들이 커리어개발센터를 방문하면 개인 상담 파일이 만들어지고 주기적으로 코칭의 기회가 제공되었다. 학생들은 자신의 코칭 내용이 축적되어 정리되는 것에 대해 정신적으로 안정되는 기분을 느꼈고 칭찬과 격려를 더해 진로 상담을 받으니 더욱 편안해졌다고 했다.

향후 취업의 트렌드는 단순히 한 분야만 열심히 하는 목표 지향적 스펙 쌓기가 아닐 것이다. 지원자가 다양한 경험들을 하고 그 경험들을 토대로 창의적인 아이디어를 제시하고 기업의 문화를 체험하며 본인만의 이야기를 만들어갈 수 있는 것이 추세이다. 이에 발

맞춰 학생들이 단순히 취업을 위한 스펙 쌓기가 아닌 대학생으로서 사회에서 체험할 수 있는 다양한 경험들을 제공하여 포트폴리오를 구성하게 도왔다. 무엇보다 본인만의 스토리와 강점을 발견할 수 있는 프로그램들을 지속적으로 발굴하고자 했다.

국내 대기업뿐만 아니라 외국계 기업, 국제기구 등 국내외 다양한 산업체, 연구기관과의 활발한 산학협력을 할 수 있었고 학생들이 재학 기간 중에 다양한 인턴 기회를 가질 수 있는 강점이 있었다. 삼성, 현대, LG, 두산 등 국내 대기업은 물론 HP 등 글로벌 기업 및 세계은행, UN 등 국제기구와 인천공항, GE 코리아, 세계은행, 노스페이스 등에서 인턴십 프로그램이 있었다. 본격적인 사회 활동을 시작하기 전부터 실무 경험을 쌓게 하고, 멘토와 멘티를 연결해 학생들을 직접 관리할 수 있도록 해 학생들은 견문을 넓히게 되었다. 기업에서는 역량 있고 인성이 준비된 젊은 인재를 육성할 수 있어 최고의 만남이었다. 실무에서 일하고 있는 내 지인들의 재능기부 덕분에 수업이 훨씬 풍성해지고 있었다. 자원봉사는 어떤 특정한 사람만이 하는 것이 아니고 이 시대를 살아가는 누구나 미래 세대를 돕기 위해 꼭 해주어야 하는 멋진 사랑법이다. 이처럼 취업에 있어 인적 네트워크는 상당히 중요하다. 현장에서 근무하고 있는 실무자와의 교류를 통해 더욱 생생한 정보를 얻을 수 있도록 하는 것이 중요하다. 학생들이 원하는 기업의 실무진과 연계를 해 학생들 스스로 직무에 대한 정보를 정확하게 파악하고 진로 방향을 찾아갈 수 있도록 하는 것이 핵심이다. 나의 오랜 커리어가 좋은 네트워크를 형성시켰고 학교를 소개하는 프레젠테이션과 특강을 통해 글로벌 인재육성의 비전을 공유할 수 있었다. 학교의 비전과 미션을 소개하러 다니느라 하루가 짧았지만 함께 해주신 분들 덕분에 더욱 보람 있고 후회 없는 시간들이었다.

한국뉴욕주립대학교는 1학년부터 4학년까지 커리어 개발을 위한 학년별 커리큘럼도 정해져 있다. 4년간 단순한 교양 수업이 아닌 윤리와 정의, 나의 가치와 비전 찾기, 대한민국의 발전 과정, 케이스 스터디, 나눔과 헌신 등 다양한 내용의 교육을 받는다. 또한 한국과 미국에서 대학 생활을 하면서 경제, 문화, 사회를 이해함으로써 더 넓은 시야와 경험의 폭을 보유할 수 있게 해 준다. 한국과 미국뿐 아니라 학교에 재학 중인 21개국 학생들의 나라와도 협력이 가능하기 때문에 한국뉴욕주립대학교 학생들의 최대 강점은 국내·외 어디든 노력하면 취업이 가능하다는 것이다. 특히 이곳에서 박사과정을 마친 학생들은 교수 임용도 가능했다.

05 ┆ '나다움'이 진정한 자존감

　　나는 다양한 나라에서 유학 온 국제 유학생을 대상으로 어떤 커리어 프로그램이 가장 효과적일지 24시간 고민하며 준비했다. 다양한 국가에서 온 학생들은 그만큼 다양한 문화와 언어를 사용하지만, 국제 공용어인 영어로 커뮤니케이션해야 한다. 그리고 그들은 졸업 후 국제 커리어를 개발하려는 공통의 꿈을 지닌 젊은 이들이다. 그들에게도 취업 준비는 인생이 걸린 중요한 사안이기 때문에 진심으로 잘 준비해보고 싶다는 욕구가 강하다. 그래서 단순 주입식 커리어 지식이 아니라 코칭을 통한 자발적인 자기 발견의 과정이 필요했고 개별 맞춤을 해야 했다. 그들은 학습 능력은 우수하지만 졸업 후 취업 문제에 대해서는 경험이나 네트워크가 없어 수많은 고민에 봉착했고 이러지도 저러지도 못하는 입장이었다.

대학 졸업 예정인 청년이라면 누구라도 그렇겠지만 낯선 타지에서 적응해야 하는 국제유학생의 경우이니 더 힘든 상황이었다.

"문화적 차이를 이해하고 싶어요. 좀 더 너른 폭으로 사람을 만나보고 싶어요."

"다양한 멘토를 만났는데 그들의 경험과 내가 책을 통해 간접적으로 알던 것은 많이 달랐거든요."

"무엇보다 문화의 차이는 쉽게 극복하기 어려운 요소에요. 언어도 낯설고, 어떤 곳에 지원할지도 막막하고. 사실 한국 회사들의 기대치가 높아 다른 나라의 회사들보다 훨씬 많은 것을 요구한다고 하는데 다른 문화에 적응하기 어려울 것이란 두려움도 있어요. 좀 더 편한 마음으로 지원해 보고 싶어요." 등등 커리어 수업이 진행될수록 학생들의 관심은 커져갔고 아는 만큼 보인다고 했듯이, 잘하고 싶은 마음도 강해지고 있었다. 물론 학생들은 그런 어려움이 빠른 시간 내에 해결되지 않을 것을 알고 있었고, 스스로 극복해야 한다는 것도 잘 알고는 있지만 방법을 모르니 힘들어했다. 게다가 요구사항이 많은 한국(demanding) 조직의 특수한 상황도 큰 도전으로 다가왔다. 취업 시장에 대해 모르니까 더욱 불안하다고 했다.

"취업에 대한 정보도 절대적으로 부족한데 어디서부터 시작해야 할지 모르겠고… 대학 생활 내내 타국에서 공부하게 되는 상황이라서 이젠, 나의 나라에 대한 정보도 부족하고 문화가 다른 한국의 정보도 어려워요."

이처럼 국제 유학생들에게 문화의 차이, 언어의 차이는 일반인이 상상하는 그 이상으로 복잡하고 힘겨운 당면 과제였고 짧은 시간 내에 극복하기 어려운 요소였다. 더 큰 문제는 오랜 유학 생활로 인해 본국에 돌아가서도 적응이 어려울 수도 있을 것 같아 학생들을 더욱 혼란스럽고 불안하게 만들었다.

하지만 다행히도 국제 유학생들은 다양한 커리어 프로그램을 통해 코칭이 진행되는 시간 동안 "커리어코칭으로 변화되어 가는 나"라는 희망을 갖게 되었다고 말해주었다.

"커리어코칭이 도움이 되었나요?"라고 물으니 이렇게 답해주었다.

"취업이나 진로를 위해 필요한 과정이었어요. 나 자신이 어떤 사람인지에 대한 질문을 받아본 적이 없어 처음에 코칭 질문을 받고는 당황스러웠어요. 하지만 나 자신에 대한 관심을 시작으로 근본적으로 원하는 것이 무엇인지 찾아가다 보니 어느새 가야 할 산업군에 대한 실제적 원츠(wants)도 생겨 적당히 취업하기보다는 오히려 진정으로 원하는 일을 찾아야겠다고 결심하게 되었어요."

동기 부여가 된 코칭 질문 덕분에 학생들은 스스로에 대한 관심을 시작으로 자신도 모르게 조금씩 성장해 가고 있음을 깨달았다. 여러 가지 커리어 프로그램을 경험하고 네트워킹을 하게 되면서 채워야 할 부분을 찾아 한 걸음씩 원하는 것을 찾아 나아갈 수 있었다고 말해주었다. 자기 자신에 대해 막연히 다 알고 있다는 착각에서 시작했지만 오히려 뭘 모르는지 찾아내고 알아차리게 된 것이다. 만약에 자기 자신에 대한 신뢰와 자신감 없이 사회생활을 시작한다면 쉽게 무너지고 쉽게 불안해지지만 자신에 대한 확신이 생기면 어떤 상황에 부딪혀도 당황하지 않고 극복할 힘이 생기기 마련이다. 취업 준비는 단순히 졸업 후 당장 취업하는 것만 목표가 아니라 취업한 후에 일터에서의 자신과 평생 나아갈 자기 자신에 대한 준비 과정이라고 봐야 한다.

"코칭의 과정이 무한한 자율을 부여해 주었고 자신의 내부를 들여다 볼 수 있는 여유도 가능케 했어요. 궁극에는 자신감이 회복되어 성장이 이루어지는 경험을 통해 '나다움'이 진정한 자존감으로 연결되는 모습이 된 것 같습니다."라고 학생 K는 자랑스럽게 답했다.

결과적으로 국제 유학생의 진로교육을 위해서는 개개인별 새로운 '맞춤형 커리어코칭'이 절대적으로 필요하다는 것을 다시 확인할 수 있었다. 국제 유학생에게 가장 시급한 것은 일시적이거나 단발적인 취업 기술이 아니라 3C(카운슬링, 코칭, 컨설팅)의 순차적 단계를 거쳐 마음의 준비가 되도록 기다려주는 것이다. 커리어코칭 프로그램을 통합적으로 경험하도록 새롭게 설계해 준비시켜 주는 것이다. 그래야 극복하기 힘든 현실에 처한 학생들이 자신에게 어울리는 방법을 찾아내어 꿈과 희망을 이루어 갈 해결안(solution)을 함께 찾아갈 수 있을 것이기 때문이다. 나는 학생들에게 처음부터 취업 스킬을 가르쳐주지 않은 것이 참 잘한 결정이라고 생각했다. 똑똑하고 지식이 많은 젊은이들에게 처음부터 기술(Skill)을 가르쳐 앵무새처럼 따라 하게 하는 것은 무척 위험한 일이다. 그것이 전부라고 생각하고 교만해질 수 있고 자신과의 깊이 있는 내면의 대화도 부족했을 것이다.

이와 같이 국제 유학생의 진로교육에서 커리어코칭 분석을 해보니 그들이 진로 선택에 있어 어려운 점은 크게 4가지로 분류되었다. 즉, 문화 이해의 한계, 네트워킹의 한계, 정보 수급 및 정보의 한계, 그리고 소통의 한계에 직면하고 있다는 것이다. 국제 유학생은 다양한 문화와 언어 그리고 다양한 인종의 학생들이 모여서 학습하고 경쟁에서 이겨내야 하는 특수 상황이었다. 그들의 진로교육은 기존의 방법으로 코칭의 대화 모델이나 취업 스킬만을 가르치는 일반적 방식에 더해 실제적 개별 맞춤 프로세스가 필요하다는 것이 다시 확인되었다. 하지만 국제 유학생들은 어려운 경제적 여건 하에 전공을 택할 때도 깊이 있는 고민을 할 겨를도 없이 타국에서 낯선 유학 생활을 시작하게 되었다고 토로했다. 그들은 재학 기간 동안에도 장학금을 받으려면 학점을 유지해야 하는 책임과 부담감을 느끼며 동시에 성숙한 직업인이 되기 위한 준비까지 해야 하는 입장이었다. 그들은 자신의 정체성과 적성, 관심과 흥미를 찾아 자신에게 맞는 진로와 직업을 결정하고 준비하는데 있어 도움이 필요했다. 그래서 그들을 대상으로 한 진로교육의 시작점은, 단계별로 그리고 종합적으로 진행되었다. (사실 이런 현실은 대한민국 학생들이 해외에서 유학 시 느끼는 어려움과 같은 입장으로 상황은 비슷할 것이다.)

국제 유학생이 겪는 어려움의 특징은 언어와 문화가 다른 낯선 타국에서 유학을 하고 있기에 정보 공유의 한계를 느끼는 것이다. 경쟁에서 이겨내야 하는 급박함 속에서도 네트워크의 부족으로 인한 인적, 사회적, 생활적 인프라가 한없이 아쉬웠다. 그들에게 절실한 것은 주입식으로 수많은 취업 정보를 일방적으로 주는 것이 아니라 스스로 타고난 재능을 바탕으로 자신에게 어울리는 적성을 찾아내는 '맞춤화된 진로교육'이었다. 그리고 커리어코칭을 통해 가능했다. 코칭은 개인의 목표를 성취할 수 있도록 자신감과 의욕을 고취시키고, 실력과 잠재력을 최대한 발휘할 수 있도록 돕는다. 그래서 커리어코칭 설계 시 고려 사항은 먼저, 이들이 자신의 꿈을 향해 도전하겠다고 결심하도록 격려하고 기다려주는 것이었다. 무엇보다 학생들은 인류애적인 비전으로 이웃을 사랑하고 배려하는 인성 교육을 먼저 받게 해야 했다. 가장 이타적인 사람은 주변을 이롭게 하므로 결국 주변 사람들과 함께 성공하기 때문이다.

　진로를 창의적으로 개발하고 지속적으로 발전시켜 세계 시민으로서 행복한 삶을 살아갈 수 있는 역량을 개발하는 것이 커리어코칭의 목표였다. 국제 유학생들의 진로교육에 커리어 개발 프로그램을 맞춤형으로 새롭게 설계해 코칭 대화와 함께 적용해 보니 효과가 4가지로 나타났다. 즉, 자기를 이해하게 되고, 자기 성찰이 이루어졌고, 비전이 설정되고, 자기 성장이 이루어졌음을 확인하였다. 학생들이 맞춤형 커리어코칭 프로세스를 통해 성장하게 되었음을 발견할 수 있었다. 먼저, 자기 이해(Self understanding)란 학생들 스스로가 자신이 어떤 사람인지, 어떤 장단점이 있는지를 깨닫게 되면서 자기 이해와 함께 주변에 대해 감사할 줄 아는 마음을 갖게 된 것을 의미한다. 둘째, 자기 성찰((Self) introspection)은 근본적으로 자신에 대한 질문의 시작으로 알아차림(Awareness)을 의미한다. 셋째, 비전 설정(Setting Vision)은 꿈이 무엇인지, 어떤 때 행복한지라는 질문에 동기부여가 되어 누군가에게 도움을 주는 리더가 되겠다는 다짐을 하게 되었다. 넷째, 자기 성장(Self development)은 다양한 커리어 프로그램과 멘토링을 통해 네트워크가 넓혀지고 담대함과 자신감이 생겨나는 것을 의미했다.

06 | 맞춤형 커리어 개발 3C 프로그램

한국 내 글로벌 캠퍼스에 위치한 미국 대학에서 다양한 국적의 학생들을 대상으로 교육 중인 학교의 특성상 차별화된 진로 및 취업 교육을 위해 창의적인 맞춤 커리어 프로그램을 디자인해야만 했다. 국제 유학생들의 직업 혹은 직무 관련 발달을 위해 학생의 '꿈'에 대해 상담하고 진단해 그에 맞는 설계를 해주는 것이다. 누구나 유사한 수준의 서비스를 제공할 수 있겠지만 내가 생각하는 커리어개발센터의 '가치 중심 교육'은 남다른 비전과 생각 때문에 모방할 수 없는 부분이 있었다.

무엇보다 학교의 비전과 최고 비저너리 리더인 총장의 미션이 일체감 있게 진행될 수 있어야 가능한 것이었다.

카운클링, 코칭, 컨설팅 계의 리더인 대표들을 만나 수많은 논의를 거친 끝에 우리 학교만의 유니크한 기획을 하게 되었다. 센터장이 직접 코칭을 공부하고 자격을 취득해 커리어 프로그램을 개발했다. 이른바 3C(Counseling · Coaching · Consulting) 전략이라 명칭을 정했고 단계별로 취업 역량을 쌓도록 세세한 지원을 하기로 했다.

그 시작은 서로의 마음을 여는 일대일 맞춤 상담(Counseling)이며 학생들의 적성을 파악하고 진정으로 자신의 꿈이 무엇인지, 그에 맞는 직업을 찾을 수 있도록 돕는 것이다. 카운슬링 단계에 학생별 총 관리 시간의 10%의 시간을 투자한다. 이후 국내 대기업과 아울러 외국계 기업, 국제기관 등에서의 인턴십, 현장 답사, 취업 탐방 프로젝트 등을 통해 다양한 경험을 접하고 구체적인 진로 설계와 방향을 잡기 위한 코칭(Coaching)은 70%의 기간을 소요해 이뤄진다.

마지막으로 목표 실현을 위해 기업 실무자와의 멘토링과 이력서 및 자기소개서 특강 등 실질적인 취업 전문가의 컨설팅(Counsulting)을 20%의 시간을 투자에 진행한다. 다시한번 강조하지만 컨설팅을 제일 뒤에 두는 이유는 상담과 코칭을 통해 학생들이 스스로 자기 자신을 알아가는 충분한 과정을 통해 자존감을 회복하여 성장하고 마음의 준비가 된 후, 컨설팅을 통해 취업 스킬을 추가하기 위해서였다. 3C의 과정 중에 지속된 것은 센터장의 코칭 질문이었다. 코칭은 커리어 프로그램들을 엮는 역할도 해주었고 학생별 동기부여의 역할을 톡톡히 해주었다. 과거보다는 미래의 계획을 세워나가는 코칭 프로세스는 학생들의 성장을 돕고 있는 윤활유 역할을 했다.

코치의 끊임없는 관심과 세심한 배려가 무엇보다 중요하다.

학생들은 급한 마음에 처음부터 취업 스킬을 배우고 싶어 했지만 코칭의 과정이 있은 후 자신에 대한 질문을 통해 내면이 단단해지고 나서 진행해야 재능을 발견할 수 있기에 컨설팅을 제일 뒤에 둔 것이다. 이 모든 과정을 거친 졸업생들은 코칭 질문을 통해 내면의 세계가 성숙했고 취업을 한 후에도 스스로에게 셀프코칭 질문을 할 수 있었다고 말했다. 취업 준비를 위해 마지막 단계에 이력서 및 자기소개서 특강(Resume & CV clinic)을 진행했고 기업이 추구하는 인재 요건과 이력서 작성법 등을 설명하니 쏙쏙 흡수했다. 분야별 전문가 특강을 열어 학생들이 현장의 생생하고 실질적인 정보를 습득할 기회도 제공했다. 카운슬링과 코칭을 거쳐 오랜 시간 준비하고 기다리던 컨설팅 강의였으므로 학생들은 흡수하듯 습득하기 시작했다.

국제 유학생을 위한 커리어코칭 프로세스 설계에 3C라고 정의한 카운슬링(Counseling), 코칭(Coaching), 컨설팅(Consulting)의 세 가지 영역을 단계적으로 진행하면서 동시에 6P(5가지 커리어 프로그램과 1개 커리어 수업) 프로그램과 결합해 종합적 설계를 시도했다. 그 결과 유학생들이 커리어코칭 종료 후에도 자기 계발과 학습을 통한 성장이 계속되었음을 발견하였다. 다시 말해, 커리어를 위한 코칭은 한 번으로 끝나는 것이 아니라 평생에 걸쳐 자기 성장을 지속하고 자신을 찾아가는 여행(Lifelong Journey)을 이끌어내는 성과가 있었다. 국제 유학생의 커리어 코칭 프로세스 설계 및 적용에 대해 다루면서 그들의 진로교육에 영향을 미치는 커리어코칭 프로그램도 제안하였다. 커리어코칭 프로세스 설계를 통해 현황을 진단하고 발전 방향을 설계해 커리어코칭 적용 방안도 제시할 수 있었다.

이를 위해 먼저, 세부적인 문헌 고찰 등을 통해 진로교육 환경 및 정책을 분석했고, 국제 유학생들의 진로교육 실태를 파악하고 그 특성, 한계, 제한점에 대해 연구의 필요성을 바탕으로 한 커리어코칭 방법을 설계했다. 먼저, 커리어코칭 연구의 필요에 의해 코칭 문헌조사를 해보니, 커리어코칭을 진로교육에 적용함에 있어 특성과 환경 조건상 바로 적용하기가 어려웠음을 알게 되었다. 그래서 국제 유학생을 위한 특징, 목표, 목적을 반영하기 위해 범주화하였고 커리어코칭 프로세스 차트를 만들고 설계된 커리어 프로그램 6가지를 실제 진로교육 상황에서 적용한 것이다.

심층 인터뷰를 통해 카운슬링, 코칭, 컨설팅이라는 세 가지를 종합적이고도 순차적으로 활용해야 효과가 있다는 결과를 확인할 수 있었다. 3C의 단계를 거치는 동안 병행하는 커리어 프로그램은 모두 5가지였고 미국 본교의 커리어 센터장과 논의된 커리큘럼으로 한 개의 커리어 수업(CAR210)이 지속적으로 병행되었다. 정보 수집을 돕는 현장답사 프로그램, 동기 유발을 위한 커리어 개발 프로젝트, 적성 진단을 위한 커리어 적성 검사, 실전 감각을 위한 모의 인터뷰, 스킬 배양을 위한 커리어 워크숍, 반복 학습을 위한 학점 인증 커리어 수업이었고, 이렇게 설계된 종합적인 프로그램을 통해 문화와 환경이 다른 국제 유학생들에게 적합한 커리어코칭이 자연스럽게 적용될 수 있었다. 이러한 시도는 학생 스스로가 단순히 취업을 위해서가(job seeking) 아니라 '취업 준비'라는 '과정'을 통하여, 스스로 자신감을 가지고 타고난 재능을 활용해 원하는 일터를 찾게 하고자 준비되었다.

나아가, 취업하고 성공한 후에도 가치 있는 삶을 통해 자신보다 어려운 상황에 처한 누군가를 돕고(to benefit others), 행복한 삶을 찾아가는 지혜를 깨닫도록 장기적이고 지속적인 측면에서 설계해 주어야 했다. 부모는 자식을 평생 따라다니며 도울 수 없고 교수도 학생을 졸업 후에도 계속 가르칠 수 없다. 우리가 해주어야 할 일은 학생들 스스로 자신을 진단할 줄 알고 자가발전 할 수 있도록 삶의 가치를 품고 지속적으로 나아가기 위해 '비전'이라는 엔진을 장착하도록 돕는 것이었다.

커리어코칭이 진행되기 전, 국제 유학생들은 언어와 문화가 다른 상황에서 커리어 개발이라는 낯선 시도에 대한 이해도 안 되어 무엇부터 해야 할지 몰라서 당황할 수 있다. 당연히 언어와 문화의 한계 등 여러 가지 이유로 네트워킹의 한계와 그로 인한 정보 수급 및 공유의 한계로도 이어지게 된다. 국제 유학생들은 자국에서 하는 취업도 어려운데 이어지는 문화의 차이와 소통의 한계로 인해 막막하고 가야 할 방향을 모르는 상황이기도 하다. 국제 유학생들에게 어울리는 맞춤형 설계를 위해서 그러한 과정들과 프로그램을 적용하기 위해 공감과 격려 그리고 이해를 돕는 열린 질문으로 코칭 대화를 수시로 나누었다.

　자신에게 맞는 일을 찾고 싶은 것은 모든 사람들이 원하는 바일 것이다. 하지만 아무것도 준비되지 않은 상황에 내 마음에 드는 일터를 당장 얻을 수는 없다. 설문에 답하고 코칭을 받은 학생들은 자신이 어떤 적성을 가지고 있는지, 그래서 어떤 일을 잘할 수 있는지에 대해 알고 싶어 했다. 첫 상담에 학생들은 커리어개발센터장이자 코치인 내가 직장을 소개해 줄 것이라는 기대감을 가지고 있었기에 코칭 시작 단계에서 코칭을 받는 학생들이 코칭에 집중하는 데 긍정적으로 작용했다. 전문 상담사 선생님들과 카운슬링(Counseling)을 시작으로 커리어코칭을 소개해 학생들이 비전을 정립하도록 제안하고, 2단계에서는 코칭(Coaching)을 통해 비전에 따른 자세한 프로세스 수립을 구체화하도록 6가지 커리어 프로그램으로 적용하였고, 3단계에서는 구체적 실행 안 등 5년 혹은 그 이후 청사진을 그릴 수 있도록 컨설팅(Consulting)을 통한 프로페셔널 스킬을 배울 기회도 제공하고 격려했다. 학생들은 이러한 프로세스를 거치며 스스로 자신에게 어울리는 미래에 대한 '희망'을 가지게 되었고, 인생 전반에 대한 맞춤형 커리어 개발 계획이 구체화되기 시작했다.(406페이지 손미향 3C 도표)

07 | 휴머니티 지닌 인재가 미래 글로벌 인재

커리어개발센터를 통해서 나는 한국뉴욕주립대학교가 추구하는 인재 양성 전략 중 하나로 한결같이 '인성' 교육을 강조해, 이른바 행동하는 인성(Humanity in Action) 코칭을 진행했다. 진로·취업 프로그램의 차별화된 강점은 학생들의 업무 능력도 중요하지만 올바른 가치관과 책임감, 배려심 등의 인성이 무엇보다 중요하기 때문이다. 이를 위해 정기적인 자원봉사와 기업 CEO 명사 특강을 통해 성공과 실패 등 그들의 경험담을 직간접적으로 체험하며 리더로서 갖춰야 할 덕목을 쌓는 데 집중했다. 특히 취업 멘토링과 특강은 업계 리더들의 동의하에 모두 재능기부로 이뤄지도록 했다. 그 이유는 향후 학생들도 글로벌 리더로 성장해 이들처럼 재능을 나누고 서로 베풀며 살자는 취지를 담고 있다. 향후 취업의 형태는 Apply job에서 Create job의 시대가 될 것이다. 기존의 직업들이 사라지고 상상도 못한 직업이 새로 창출될 것이다. 그러한 예측 불가의 상황 속에 단순히 기존의 지식만을 외워 답습하는 리더는 도태될 수밖에 없다. 그래서 취업뿐만 아니라 기업가 정신과 창의력을 키울 수 있는 창업 교육도 강화해 더욱 경쟁력 있는 인재로 성장시키는 것이 커리어개발센터의 주요 확장 목표였다. 그 모든 과정은 교수 한 사람의 노력을 넘어서 주변의 리더들과 동료들까지 합력하여 선을 이루는 과정이었다. 학생들은 자신들을 위해 그 멀리 송도까지 휴가를 내고 와서 귀한 시간과 재능기부를 해주시는 프로페셔널한 어른들을 보며 느끼는 것이 많았고 감동을 받아 닮아가겠다고 했다. 행동하는 인성코칭이 시작되었다.

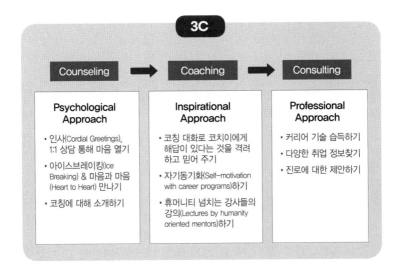

- 카운슬링으로 시작하는 자기 이해 단계(Psychological approach)

먼저, 3C의 시작은 첫 단계인 카운슬링(Counseling)을 통해 이른 바 열린 대화(Open Door Policy)로 시작한다. 학생들에게 언제든 방문해 상담 선생님에게 상담을 신청할 수 있으니 자유롭게 방문하라고 알려주며 언제나 돕는 자인 코치도 기다리고 있다는 사실을 알리고 심리적 안정을 돕는 것으로 시작한다. 언어와 문화가 다른 유학생들이 불안감을 조금이라도 떨쳐내고 취업 준비에 집중할 수 있게 하려면 코치와 코치이(Coachee)인 학생의 마음이 먼저 만나는 (Heart to Heart) 시작점이 필요했다. 그렇게 첫 만남은 학생이 편한 마음으로 만나러 오도록 체계를 잡았다. 학생들은 커리어개발 센터장이 직장을 구해 주거나 실제적인 도움을 당장 줄 수 있기를 바라는 마음에 조급해져 있고 더불어 특별 노하우를 당장 받아 가고 싶어 하므로 기대감이 가득한 상황이었다. 이때부터 코칭은 시작되지만 코칭에 대한 인식이 부족한 상황이기에 일단은 서로를 알아가는(Get to know each other) 노력부터 하게 된다. 이처럼 코치와의 만남이 처음인 학생들에게 가장 중요한 첫 1:1 카운슬링(Counseling)에서는 전문 상담 선생님과 첫인사를 통해 편한 장소에서 코치와 학생이 서로 소개하고 마음을 여는 심리적 접근(Psychological approach)을 하게 된다. 코칭이라는 생소한 프로세스를 소개하며 커리어 개발을 도울 것이라고 소개하는 단계이다.

1:1 카운슬링을 통해 학생 개개인의 니즈를 파악하고 개인별

발전 계획(Individual Development Plan)을 구체화하도록 지원함으로써 이 단계에서는 학생들에게 "먼저, 너 자신을 사랑하라.(FLY, First Love Yourself!)"라고 말해 준다. 그렇게 성공적인 커리어 전략의 시작점은 학생들이 자기 자신에 대해 궁금해 하고 자신을 연구하고 그래서 세상에 하나뿐인 유니크한 자신을 사랑하도록 제안한다. 상담이 시작되기 전, 커리어 코치는 학생들에게 상담 날짜, 이름, 나이, 국적, 전공, 흥미, 관심 직업, 꿈 등 학생 별 카운슬링 질문지(sheet)에 직접 자신의 프로필을 적는 시간을 30분 이내로 갖도록 한다. 이 과정은 자신이 어떤 사람인지에 대해 적어가며 상담에 임할 마음의 준비도 할 수 있는 시간이다. 상담 종이를 직접 들고 상담실로 들어오는 학생은 종이를 제출하는 행위를 통해 코치와 첫 교류를 시작한다. 상담 내용을 보며 학생의 태어난 나라에 대해, 요즘 다른 문화권에서의 생활이 어떠한지에 대해, 흔히 많이 받았을 질문을 통해 먼저 편하게 묻는다. 공감으로 라포를 형성하고 긍정의 관계를 형성하는 것이다. 적극 경청(Active Listening)으로 마음과 마음이 통하게 하며 자연스러운 개인 문제의 개입이 시작되면 코치이인 학생의 꿈에 대해 묻는다. 그리고 다음 만남 때 함께 직업이 아니라 꿈에 대해 나누고 싶다고 말해준다. 학생들은 전문 상담 선생님과도 상담을 수시로 하고 코치와도 코칭 대화를 시작할 마음의 준비가 되었다.

코치와의 첫 만남은 30분 이내로 짧게 하고 헤어지며 다음 시간부터 코칭을 하게 될 것인데 향후, 그 특별한 커리어코칭과 커리어 프로그램들이 취업 준비를 위해 도움이 될 것이라는 기대감도 살짝 전한다. 이 시기에는 커리어 프로그램 6P 중 첫 단계인 현장 답사(Site Tour)를 공기관이나 대기업 등으로 갈 수 있게 준비하고 있다고도 소개해 주는 시간이다. 코치와 코치이(Coachee)인 학생이 서로 처음 만나 서먹한 사이지만 정보 수집에 도움이 될 현장 체험을 통해 가까워지는 계기도 되고 다음부터 시작될 코칭에서 대화할 공통의 주제도 생겨 한 팀이 되어간다. 커리어 프로그램 중 1단계는, 정보 수집을 통한 프로그램으로 자연스럽게 관심이 시작된다. 즉, 학생들이 대기업을 단체로 방문해 거대한 사옥을 보여주고 홍보와 인사 담당자가 회사 소개 및 동영상을 통해 그 회사가 무엇을 하고 있는지를 전반적으로 보여주게 한다. 아직 사회생활을 경험해 보지 않은 학생들 입장에서는 인지도 있는 대기업에서 남들이 부러워하는 일을 하게 되길 꿈꾸어 보고 최고의 직장에 취업하고자 소망한다. 단순히 학벌, 어학 실력 등 업계 최고의 기술과 지식만 있으면 될 것이라고 착각하고 있기도 하기 때문에 반드시 필요한 경험이다.

- 코칭으로 자기 성찰과 비전 설정 단계(Inspirational approach)

이 단계부터 본격적인 커리어코칭이 시작된다. 학생들이 처한 특수한 상황이나 의견을 고려해 적합한 커리어패스(Career Path)를 찾는 작업에 서두르지 말고 서서히 돌입한다. 코칭의 과정에 대해 설명하면서 커리어 프로그램에도 자발적으로 참여하도록 정보를 제공한다. 코칭이라는 말은 국제유학생들에게는 낯선 표현이다. 스포츠에서 코치라는 단어가 흔하지만 커리어를 지도하는데 필요한 커리어코칭은 과연 어떤 프로세스를 거치는지 그 결과는 어떨지 등에 대해 학생들은 궁금해 하게 된다. 이것은 코칭 대화를 통해 '학생들 자신에게 문제 해결의 답이 있고 그들의 가능성이 무한대임을, 그리고 무엇보다 코치는 어린 학생들이지만 그들의 의견을 존중하며 들어주는 과정에서 동등한 파트너임'을 인지하게 한다. 이러한 코칭 질문과 대화를 해가며 학생들은 다양한 목적에 따라 맞춤화된 커리어 프로그램에 노출된다. 결국 자신들도 모르는 사이, 서서히 자기 동기화가 되며 시간이 갈수록 코칭 질문을 통해 배움에 주도적이 된다.

개별 코칭을 해나가는 단계에서 학생들의 집중력을 돕고 긍정적 자극이 될 프로그램이 필요했다. 다양한 커리어 프로그램에서 성공한 선배들의 멘토 특강을 통해 긍정의 자극으로 다가오도록 영감을 주는 접근(Inspirational approach)이 더욱 중요하다. 카운슬링과 컨설팅에 비해 코칭의 기간은 더 오랜 시간 인내심을 가지고 지속되어야 하고 이것이 컨설팅보다 선행되어야 하는 이유가 되었다. 컨설팅을 처음부터 직접 시도해 취업에 대한 정보와 지식만을 단순히 암기하도록 하는 방식은 그들의 마음속 깊이 취업에 대한 이해를 돕지 못한다. 어떻게 해서든 취업해야 한다는 목적에만 치우쳐 몸에 배어 있지 않은 스킬만 만들어주게 된다. 결국, 취업 후에도 그들이 지속 가능해야 할 직장 생활에 대한 근본적인 에너지를 준비하지 못할 수 있기 때문이다. 첫 상담(Counseling)이 있은 후 일주일 이내로 코칭을 시작하게 되며, 코칭(Coaching) 중 대화와 질문의 과정을 통해 코치이인 학생이 자기 주도적으로 취업에 대해 노력한 것을 격려한다. 그리고 그들이 내면에 관심을 갖도록 코칭 질문을 던져준다. "오늘은 무슨 대화를 나누어 볼까요? 코칭이 끝났을 때 어떻게 되기를 원하나요? 이루고자 하는 목표와 관련해 현재 상황은 어떤가요? 목표를 이루기 위한 방법은 무엇이 있을까요? 그 방법을 실현하기 위해 이번 주에 할 수 있는 것은 어떤 것이 있을까요? 무엇이 가장 걱정되나요? 도움을 줄 수 있는 사람이 있을까요? 이루어진 모습을 그려본다면 어떤 모습일까요?" 등 학생의 상황에 따라 다양한 코칭 질문을 한다.

학생들은 강압적 대화가 아닌, 배려하고 기다려주는 열린 질문의 과정을 거치면서 내 갈 길을 한번 고려해 보겠다는 긍정의 자세로 고심하고 태도가 변한다. 무엇보다 학생들에게 명령어를 쓰거나 따지듯 묻지 않고 "어떻게 도와주면 될까요?"(How can I help you? What can I do for you?)와 같이 학생에게 동등한 파트너라는 자세로 계속되는 코치의 질문에 학생들은 배려 받는 느낌을 받는다고 했다. 하지만 커리어 개발을 위한 코칭이 단순히 말로만 해결되는 것은 아니다. 정기적으로 만날 때 단순한 인사성 질문이 아니라 진심으로 "나는 너의 미래에 대해 관심이 있단다." 그리고 "넌, 혼자가 아니야.(You are not alone.)"라는 마음이 깃들게 하는 대화도 중요하고, 또한 스스로 체득할 커리어 프로그램의 기회를 니즈에 따라 제공해 실제적으로 도움이 되는 격려가 동시에 진행되어야 한다. 코칭 대화는 철저히 코칭의 철학에 기반을 두고 상대방의 개인적인 성장과 성과 향상이라는 기준으로 대화를 진행하므로 성과에 직접적 영향을 미칠 수 있다. 학생을 코칭 할 때도 서로 파트너로서 동등한 입장에서 진행하기에 코치와 코치이는 시간이 갈수록 무한한 신뢰를 쌓아가게 된다. 하지만 중요한 것은 단번에 모든 변화가 이루어지지는 않는다는 것이다. 변화가 시작되는 데 시간이 필요하다. 따라서 코칭을 하는 사람이나 받는 사람도 조작하기(manipulate)보다는 학생이 답을 찾도록(Aware) 기다려주는 인내심과 배려가 필요하다.

커리어 프로그램 2단계는, 동기유발을 하는 시기이므로 자기 주도적 커리어 개발을 시작하도록 권한다. 개별적으로 관심 있는 회사나 단체를 소그룹으로 직접 선택하고 콜드메일이나 전화로 약속을 정하고 만나도록 격려한다. 대신해 주기보다는 자신들이 직접 리서치해서 관심 있는 곳을 찾아가는 것이기에 코치이인 학생들은 만남에 대한 사전 준비(요청 메일, 질문 내용, 감사 편지)도 하게 된다. 소그룹으로 서로가 궁금한 점을 조율하는 과정은 3-5명으로 구성된 그룹으로 하게 되므로 학생들이 혼자가 아니라 다른 친구들도 비슷한 궁금증으로 고민 중이라는 것을 알고 동료애를 느끼기도 한다. 이때 학생들은 자신들이 상상해 온 피상적인 것들을 질문한다. 왜냐하면 이 단계에서는 아직 어느 산업 군에 취업할지가 확실히 정해지지 않았기 때문이다. 하지만 그 소그룹 구성원 중에는 다른 친구들보다 앞서 고민하고 조금 더 질문이 구체화된 동료들이 있어 리더십을 발휘하고 다른 친구들도 선의의 경쟁이 되고 자극이 된다. 이 경우 학생들은 현실적인 가능성에 대한 진단을 스스로 하고 취업에 대한 준비도 구체화된다. 그렇게 조금씩 꿈에 다가서기 시작한다. 열정과 의욕이 있는 학생들은 두세 곳을 방문하기도 했다.

커리어 프로그램 3단계에서는, 어느 정도 자신을 알아가기 시작하는 상황이므로 학생들이 전문적인 적성 진단이 필요하다. 스스로 타고난 재능이 정말 자신이 좋아하는 일과 일치하는지, 혹은 사회화를 겪으며 숨겨져 있는 전혀 다른 영역인지에 대한 고민을 해결해 주어야 한다. 아무리 코칭을 통해 자기 주도적이 되어도 학생들은 커리어 프로그램 중간에 자신들에 대한 과학적 진단과 객관적인 설명(Debriefing)을 해주어야 비로소 자기 탐험이 구체적으로 시작될 수 있다. 타고난 재능이 직업 분야와 겹쳐지고 자신을 알아가는 과정에서 느껴지는 희열은 기분 좋은 긍정의 에너지를 생산해낸다. 유학생들은 영어가 더 편한 학생들이므로 한국어보다는 영어로 된 진단을 해준다. 설명은 영어로 하지만 그 안에서 모국어와 매칭해서 이해할 부분들에 대한 모호함을 스스로 찾아내는 과정이 추가되어 시너지가 나기도 한다. 나는 컬러풀한 결과가 재미있는 버크만 메소드를 직접 교육받아 보고 학생들에게도 권유해 사용했다. 비주얼을 선호하는 시대이므로 학생들은 컬러로 표현된 자신의 검사 결과에 흥미를 가졌다.

커리어 프로그램 4단계는 실전 감각 키우기이다. 적성 검사까지 끝나고 나면 학생들은 자신감과 확신이 생긴다. 이때 중요한 것이 과연 "내가 지금 어느 정도 준비가 된 것인가?"에 대한 질문이다. 학생들은 모의 인터뷰(Mock Interview) 등을 통해 실제 기업 인사 담당자들에게 자신을 소개하고 인터뷰에 참여해 보는 기회를 제공받으면서 자발적으로 친구들과 모의 인터뷰를 위한 모의 인터뷰 연습도 하게 된다. 어느 정도의 긴장은 좋은 연습이 된다. 비록 아직은 서툴지만 정장을 입고 들어가서 인터뷰하고 나오는 과정까지의 연습을 하며 전문가들에게 친절하게 혹평이나 격려를 받아보는 경험은 떨리고 자극되는 도전의 시간이 된다. 또한 생각하고 있는 것을 타인에게 설명하는 과정을 통해 학생들은 자신이 부족한 점을 스스로 발견하고 다시 도전하는 계기가 된다.

- 컨설팅으로 자기 성장하는 단계 (Professional approach)

코칭이 다양한 커리어 프로그램과 함께 충분히 진행되고 나면, 비로소 전문가 집단의 취업 컨설팅(Consulting)이 시작될 수 있는 단계로 이동하게 된다. 커리어 전문 기술을 습득하고 진로에 대한 제안도 구체화시킬 수 있게 된다. 컨설팅은 코칭과 달리 전문가가 해답(solution)을 주게 되는 것이기에 학생들이 자신의 생각을 정립하기 전에 스킬에 먼저 노출되면 몸에 맞지 않는 남의 옷을 입게 되는 결과가 되어 불편해진다. 아무리 예쁜 옷도 불편하면 계속 입게 되지 않는다. 남의 얘기만 듣고 따라 하게 되면 스스로 트레이닝을 통해 맷집을 다질 기회는 놓치게 된다. 안타깝게도 학생들이 커리어코칭 과정을 충분히 거치지 않고 프로페셔널 접근(Professional Approach)인 컨설팅 상황을 먼저 접하는 경우 스스로 밥을 떠먹는 과정을 놓치게 된다. 인터뷰하는 법, 발표하는 법, 혹은 답변하는 제스처 등 외관에 치우치거나 남의 답을 외워서 준비하게 되면 확신과 자신감이 부족해 실패하게 되고, 쉽게 좌절할 수 있다. 이런 면에서, 코칭은 멘토의 전문 지식과 지혜를 기반으로 의견과 조언을 하는 멘토링이나 해결책을 처방하는 경향이 있는 컨설팅과는 구별된다. 코칭은 학생의 가능성에 기반을 두고 스스로 문제의 답을 찾게 하며 학생 자신의 가치, 비전과 기준을 개발하고 발굴하도록 돕는 것이다. 그 누구보다 자기 상황은 학생 본인이 가장 잘 알기 때문에 자신에게 적합하고 어울리고 실행 가능한 자신의 길을 <u>스스로</u> 찾게 되는 것이다.

자기 성장을 돕는 커리어 프로그램 5단계는, 스킬 배양 단계로 비로소 컨설팅과 만나는 영역이기도 하다. 학생들이 카운슬링과 코칭의 과정을 거치면서 다양한 커리어코칭 프로그램을 접하고 내면의 소리를 듣고 자신의 재능을 찾고 타인을 돕는 삶을 살고자 하는 마음의 준비가 되어야 한다. 비로소 전문가들의 컨설팅(Consulting)을 통해 일반적인 취업 스킬을 배울 기회를 얻게 된다. 내면이 준비되고 단단해지고 컨설팅을 통한 스킬이 더해지면 최상의 모습을 갖출 수 있게 된다. 코칭은 이처럼 일련의 지속되는 구조 속에서 학생들 스스로 자신에게 가장 어울리는 방법을 찾아갈 때 인정, 칭찬 그리고 격려를 잊지 않는다. 이와 같이 컨설팅에 이르기까지 단계별 접근(approach)이 필요한 이유는 처음부터 취업 스킬을 가르쳐 취업만을 목표로 하는 것이 아니라 취업 이후에도 일터에서 버티는 힘을 길러주기 위해서다. 즉 힘들어도 포기하지 않고 자신을 격려하며 자가발전하고 계속할 수 있는 역량을 강화해야 할 필요가 있기 때문이다. 코치는 코치이가 지속 가능 발전하도록 개발 및 육성을 목표로 하여 학생들이 평생 자신을 찾아가는 여행(Lifelong

Journey)을 시작하도록 격려하고 기다리고 응원해 주어야 한다.

이렇게 5가지 단계별 커리어코칭 프로그램이 진행되는 동안 지속적으로 시너지를 내기 위한 중요한 과정이 있다. 한 학기 동안 매주 1시간씩 진행되는 커리어 수업을 통해 같은 기간 내 정기적으로 학점에 대한 책임감으로 동기부여가 되어야 효과를 극대화한다. 사전 리서치와 과제 제출 그리고 프리젠테이션을 통한 기말 고사 등은 학생들 스스로 노력해야 하는 기회를 제공한다. 덕분에 커리어 프로그램 참여와 코칭 대화에 대한 집중도가 강화될 수밖에 없다. 미국 대학 본교와 같은 실라버스(syllabus)를 공유한 커리어 클래스를 통해 학점이 인정되는 정규 수업이 학생들에게는 학점 관리를 위해 성실하게 참여하고 집중할 수 있게 한다. 지속적인 과제 제출은 자신이 어느 정도까지 알고 있는가에 대해 스스로 가늠을 할 수 있도록 사전 지식을 얻게 한다. 나는 이 시간에 연구 교수로서 영어로 직접 강의를 하지만, 학생들이 가고자 하는 대기업에 임원으로 있는 지인들이나, 창업가 등 분야의 전문가들이 재능기부로 특강에 참여하도록 했다. 이 과정은 향후 자신들의 커리어패스에 대한 구체적인 도전이 된다. 닮고 싶은 선배이자 롤 모델의 멘토 특강이 커리어 관련 지식과 더불어 비전에 집중하는 삶이 되도록 한다.

취업 트렌드는 여전히 스토리텔링이다. 그래서 학생들은 다양한 경험을 통해 자신의 강점과 적성을 발견하고 이를 토대로 회사에 기여할 수 있는 본인만의 유니크한 스토리를 준비해야 한다. 학생들이 좀 더 많은 것을 체득하고 느낄 수 있도록 다각적인 커리어 프로그램을 지속적으로 계발하고 의지와 역량에 따라 차별화할 수 있도록 세밀하게 신경 써서 발굴하고자 했다.

학생들이, 눈에 보이는 스펙과 취업보다 무엇을 하면 행복한지, 진정으로 하고 싶은 일이 무엇인지 스스로 그 꿈을 찾고 이를 실현할 수 있도록 도와주는 취업 길잡이가 코칭을 통해 완성되고 있었다. 왜냐하면 자신이 좋아하는 일을 할 때 학생들은 당당하고 눈이 반짝이기 시작하기 때문이다. 물론 한국에 캠퍼스를 둔 미국 대학에 필요한 커리어 프로그램은 적용되는 부분에서 문화, 언어의 차이 등 한계도 있었다. 서로 다른 문화와 언어 그리고 구성원이 필요로 하는 국내외 네트워킹과 맞춤형 커리어 개발 프로그램이어야 했기에 많은 시간과 에너지가 요구되었다. 코칭을 포함시키지 않고 단순히 커리어 프로그램만 진행했다면 해낼 수 없었을 것이다. 하지만 맞춤형 코칭은 학생이 알아차림을 통해 스스로 모든 것을 창의적으로 개발하는 도전을 선택 하는 특별한 상황이었다. 그래서 나는 다양한 커리어 프로그램을 진행하면서 각 과정에서 코칭 대화를 잊지 않았다. 놀랍게도 모든 것은 학생들이 스스로 찾아내고 있었다. MZ세대는 무척 지혜롭다. 개발도상국에서 온 국제 유학생들이 포함된 다문화와 다언어 상황에 창의성과 특성을 훼손시키지 않고 오히려 향상시키는 동력이 되도록 만들어 가는 것은 쉽지 않았다. 하지만 학부모와 학생들의 니즈를 적어 옳은 제안을 하고 직접 개발해 관리해 주고 운영해 주어 기업도 이를 지원하는 데 믿고 환영해 주었다. 무엇이든 처음 시도하는 것은 쉽지 않다. 그래도 학생들의 의견과 반응이 나로 하여금 힘이 나게 했다.

"커리어 클래스를 시작했을 때만 해도 나는 나의 장점을 딱 집어내지는 못했는데 수업을 해 나가면서 나의 장점을 발견하게 되었고 내가 인지하지 못하는 사이 참여했던 다양한 커리어 프로그램 활동 중에 내가 해낸 것들을 발견하게 된 것이지요."

"그것이 의도적이고 강요된 것이었더라면 아마도 그렇게 효과적이지는 못했을 것 같아요. 하지만 마치 몸에 스며들 듯이 서서히 진행되었고 강요가 아니라 내 스스로가 찾아내도록 기다려 주시고 제가 주도적으로 진행하게 되어 더 의미가 있었어요. 주입된 것이 아니라 마치 내 안에 있던 것을 찾아내어 준 것 같아서 내 몸에 딱 맞는 옷을 입는 느낌이었어요."

한국뉴욕주립대학교는 "Beyond Learning"이라는 혁신적 콘셉트 하에 미래사회를 개척하는 학습역량을 키우기 위한 새로운 교육 패러다임을 과감히 도입하고 있다. 과거 전통적 교육훈련 및 단순 학습 방식의 틀을 과감히 파괴했다. 그리고 학생들이 새로운 '영감(inspiring)'을 받을 기회를 제공하고 자신뿐만 아니라 사회적 문제를 발견해 불확실한 미래를 '개척(pioneering)'할 수 있는 능력을 갖출 수 있도록 교육한다. '영감'은 단순한 배움이 있는 학(學)의 수준에서 자기 스스로 확실한 깨달음이 있는 각(覺)으로 발전하는 단계로서, 일종의 '지적 대각성의 과정'이라 사전적으로 정의한다.

단순한 배움에 그치지 않고 배운 것으로부터 확실한 영감을 얻어, 자신은 물론 조직이나 사회의 문제를 창조적으로 해결하는 솔루션을 만들고 공유할 수 있다. 영감의 단계를 넘어 새로운 영역에 대한 '개척'단계에 이르게 되면 이전에 보이지 않던 문제들을 스스로 발견하게 된다. 이를 주도적으로 해결하여 세상을 변화시키는 고도의 자기학습능력을 갖춘 인재 수준에 도달하게 된다. 세계 최고의 인재들이 특유의 상상력과 통찰력으로 아직 인류가 생각해내지 못한 기술과 제품과 서비스를 발명하고 개발함으로써 세상의 변화를 이끄는 사례는 수없이 찾아볼 수 있다. 나는 영감을 주는 코치가 되고자 했고 학생들의 가능성은 무한하게 느껴졌다.

08 커리어개발센터만의 6P 동기부여 프로그램

"내가 스스로 어떤 사람인지, 내 성격의 장단점은 무엇인지, 그리고 나의 업데이트와 관심사를 이해하게 되었고 나 자신에 대해 알게 되면서 주변 지인에게 감사할 줄도 알게 되었어요. 내가 알고자 했으나 잘 알지 못했던 것들이 서서히 몸에 스며들고 주도적으로 자신을 찾게 된 것 같습니다."

커리어코칭을 같이 시작하는 졸업생들끼리도 처음에는 서로가 서먹한 사이인지라 첫 수업에서 아이스브레이킹 시간(Ice Breaking)도 필요했다. 취업이 혼자만 하는 고민이 아니라 선의의 경쟁을 할 수 있는 공통된 입장이라는 점을 먼저 공유하게 해야 했다. 그래서 개별 카운슬링 후 학생들을 한곳에 모아 그룹 액티비티 프로그램을 시도했다. 먼저 친구들과 소통하고 함께 취업 준비를 할 수 있도록 둥글게 앉아 A4 용지에 이름과 전공을 적도록 했다. 그리고 본인의 얼굴 윤곽을 평소에 사용하지 않는 왼손으로 그리게 했다. 종이는 본인 기준 오른쪽 사람에게 넘겨졌다. 종이를 돌려가며 상대방의 이목구비를 그려주는 것이다. 각자 상대방을 본 그대로 그리면 되었다.

참가자들은 넘겨준 이의 얼굴을 바라보며 눈썹과 눈을 그린다. 결과적으로 코, 입, 귀 등이 각자 다른 사람의 손에서 그려졌다. 참여한 구성원들이 함께 완성한 그림은 처음에 자신이 시작하고 원했던 모습과 일치하지는 않았지만 남들이 보는 나를 생각해 볼 수 있었다. 참가한 학생들은 다시 본인 손에 돌아온 자신의 초상화를 보며 묘하게 닮기도 했지만 친구들이 완성시켜준 어설픈 모습에 웃음을 터뜨렸다. 그려진 초상화는 수업 중 본인을 소개하는 참고 자료로 활용했다. 이 작은 활동이 서로를 살펴보게 하는 시간을 가지게 했고 더불어 소통의 시작점이 되었다.

(지금부터 나는 커리어개발 프로그램을 진행하는 동안 직접 경험한 사례를 적을 예정이며 첨부된 도표는 그 모든 내용을 집약해 두었다. 부디 필자에 대한 언급 없이 도용하거나 개인적으로 무단으로 사용하지 않길 바란다. '손미향 3C 6P 프로그램'전체 표)

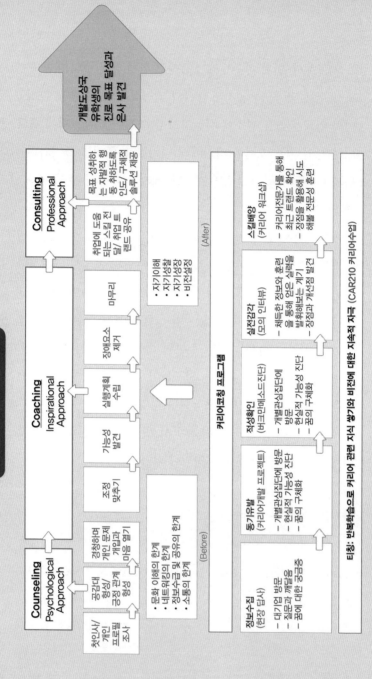

손미향 3C + 6P

Counseling
Psychological Approach

Coaching
Inspirational Approach

Consulting
Professional Approach

첫인사/
프로필
조사

공감대
형성/
긍정 관계
형성

경청하며
개인 문제
공감과
마음 열기

조정
맞추기

가능성
발견

실행계획
수립

장애요소
제거

마무리

취업에 도움
되는 소셜 전
달/ 취업 트
렌드 공유

목표 성취하
는 자발적 행
동 취하도록
인도/ 구체적
솔루션 제공

개발도상국
유학생이
진로 목표 달성과
은사 발견

• 문화 이해의 한계
• 네트워킹의 한계
• 정보수급 및 공유의 한계
• 소통의 한계

(Before)

• 자기이해
• 자기성찰
• 자기성장
• 비전성장

(After)

커리어코칭 프로그램

정보수집
(현장 답사)

- 대기업 방문
- 질문과 깨달음
- 꿈에 대한 궁금증

동기유발
(커리어개발 프로젝트)

- 개발관심분야에 방문
- 현실적 가능성 진단
- 꿈의 구체화

작성확인
(버그만메소드진단)

- 개발관심분야에
  방문
- 현실적 가능성 진단
- 꿈의 구체화

실전감각
(모의 인터뷰)

- 체득한 정보와 훈련
  을 통해 얻은 실력을
  발휘해보는 계기
- 장점과 개선점 발견

스킬배양
(커리어 워크샵)

- 커리어전문가를 통해
  최근 트렌드 확인
- 장점을 활용해 시도
  해볼 전략성 훈련

티칭: 반복학습으로 커리어 관련 지식 쌓기와 비전에 대한 지속적 자극 (CAR210 커리어수업)

'정보 수집'을 돕는 현장 체험 답사(Entrepreneurship Site Tour)의 목적은 이 프로그램을 통해 인사 담당자와 자연스럽게 만나고 대기업의 취업 트렌드 파악을 통해 직업에 대한 다양한 정보를 얻는 것이다. 미래의 진로를 선택하는 데 도움이 되는 기회를 제공받게 된다. 이러한 직업 체험 현장 답사의 핵심은 체득(Learn by Experience)이었다. 유학생들은 취업을 하더라도 직장 내부의 서열 이슈, 업무 후 개인적 문화 등에 적응하기 어려울 것이라는 막연한 두려움이 있었다. 상담만 했을 뿐 아직 개인이 구체적 커리어 교육이 되지 않은 시기였지만 한 기업 당 30명-50명 정도가 단체로 방문하도록 하여 호기심을 자극했다. 각 회사들의 공정 및 인사 시스템을 둘러보고 소개받는 과정 중에 오히려 학생들 자신의 꿈을 구체화하는 계기도 되었다. 학생들은 사회적으로 인지도 있는 기업을 방문해 관찰할 수 있는 기회를 얻었을 뿐 아니라 인사 담당 실무진에게 질문하며 고민도 털어놓았다. 별도의 시간을 허락받아 실제적으로 궁금한 점을 실무자들과 대화할 기회도 얻었다.

학생들에게 어느 곳에 들어가라고 한 적은 없다. 그것은 그들의 선택이었다. 다만 국제 유학생들의 네트워킹을 돕고 한국 기업에서 일하는 것에 대한 이해를 돕기 위해 연 2회 기업을 단체로 방문하여 그 기업의 인재상과 HR 스킬을 미리 경험하는 프로그램을 운영했다. 나는 방문 전에 기업 담당자와 사전에 다양한 이야기를 나누었다. 시기적으로 학생들에게는 이미 카운슬링 세션을 통해 마음을 열고 커리어코칭이 시작될 것임을 알린 상황이었다. 이제는 실제적인 기업의 현장을 느끼고 직접 눈으로 보고 자극받을 수 있도록 하고자 시도했다. 주로 학교에서 수업이 없는 앙트러프러너십데이(Entrepreneurship Day)에 두산인프라, 한국전력, 한국 지엠, LG CNS, 삼성 바이오 등 대기업으로 방문할 수 있게 하였다. 이 프로그램은 단체가 의무적(Mandatory) 참여로 진행되었기에 학생들 대부분이 참석하게 되었고 현장에 대한 기대감을 갖게 해 호기심을 불러일으키도록 사전에 미리 공지하였다. 그 결과 학생들은 새로운 세상에 대한 관심과 함께 막연했던 기대가 현장에서 직원들의 멘토링과 설명회, 투어와 더불어 기업 식당에서 점심 식사를 함께 해보는 것들도 미리 상상해 보고 무엇을 해야 할지에 대한 계획이 시작되었다. 학생별로 미리 질문할 내용을 두세 가지씩 준비해 가도록 지도하였다. 사전 오리엔테이션을 통해 매너 교육도 하고 필기구 등 준비 사항을 알려주었다. 그런 모든 과정이 학생들에게는 좋은 경험이었다. 기업은 지역사회를 돕기 위해 사회공헌 차원에서 큰 도움을 주었고 그들에 대한 학생들의 이미지는 아주 좋은 느낌으로 남게 되었다. 기업도 인재육성을 함께 해주었고 좋은 인재를 맞이할 준비를 하고 있었다.

현장 답사가 시작되면 학생들은 무엇보다도 평소에 만나기 어려운 국내 대기업이나 외국계 기업, 연구 기관 단체를 방문해 건물을 둘러보며 마음의 준비가 된다. 실무자로부터 생생한 정보를 듣게 되면서 자신의 꿈을 구체화하고 진로 방향을 찾아가는 데 있어 현실적 준비에 도움을 받는다. 한 학생은 기술경영학이라는 자신의 전공이 낯설어 국내 기업이 선택할 때 망설일 것 같다고 걱정했다. 그런데 한국전력의 인사 담당자가 외부 전문가로서 "우리는 학벌이나 전공보다는 사람에 집중합니다(We focus on the people.)."라고 정확히 답해주니 자신감을 얻었다. 인터뷰를 하면 프로필보다는 "얼마나 이 회사를 원하고 있는지, 그리고 이 회사에 오기 위해 얼마나 구체적인 노력을 기울이고 있는지, 얼마나 열정적인지에 대한 것을 중요 요소로 본다."라는 답을 듣는 순간, 학생들은 그동안 자신들이 중요하다고 예상한 최고의 학벌과 영어 능력보다 더 중요한 요소가 있음을 알게 된다. 즉 기업에서 진정으로 원하는 요소는 '열정과 태도, 그리고 인성'이라는 것임을 깨닫게 되었다. 결국 자신이 정말 하고 싶고 원하는 일을 목표로 정해야 하겠다는 결심을 하게 되고 깨닫는 순간이었다.

프로그램이 진행되면서 처음에 예상한 단순한 견학 차원을 넘어 산업별로 다양한 직업의 세계가 있다는 것을 듣게 되면서 학생들은 막연하게 생각했던 장래의 꿈이 구체화되는 계기가 되었다고 했다. 또한 직업을 갖는 이유가 단순히 돈을 벌기 위한 수단이 아니라 자기를 실현하여 보람 있는 삶을 살기 위한 것임을 알게 되었다.

결국, 진로와 직업 세계에 대해 폭넓은 이해를 하게 되면서 진로 인식 성숙도를 향상시킬 수 있을 뿐 아니라 자기 개념 형성에 긍정적 효과를 제공했다. 특히, 현장에서 투어의 끝에 그 감동이 사라지기 전 한 시간 동안 랩업 시간을 반드시 갖도록 해서 무엇을 느꼈는지 서로 발표하고 대화하고 나누는 시간을 갖고 귀가시켰다. 현장 답사(Entrepreneurship site tour)를 다녀온 후에도 일부 학생들은 기업 실무진과 개인적으로 연락해 멘토링을 받거나 추가 방문으로 대화할 수 있는 기회를 얻었다. 현장 답사의 일환으로 한국전력공사를 방문한 한 아프리카 학생은 현장 견학 초기에는 "나는 화이트칼라 업무가 좋아요."라고 했다. 하지만 하루의 프로그램이 끝난 후 한국전력공사의 놀라운 기술력과 시스템에 감동하고 나서 "기술을 배워 본국에 돌아가서 국민들에게 도움이 되도록 노력하겠다."라고 이야기하며 현장 답사가 자신의 생각을 바꾸게 된 터닝 포인트가 되었다고 말했다. 기업 현장 답사 후 얻은 근사한 결과물이었기에 가슴이 뿌듯해졌다. 그렇게 깨달음의 순간을 발견하도록 도왔다는 것만으로도 감사해서 가슴이 뜨거워졌다. 나의 선배들이 나를 귀하게 대했듯이 청년들은 내게 보물이고 기쁨이었다.

포스코 인재 창조원을 방문했을 때, 특별히 창의적 인재, HR 스킬 그리고 대기업 취업 트렌드 파악 등의 기회가 있었다. 국내외 다양한 산업체, 연구기관과 활발한 산학협력의 기회가 직무에 대한 정보를 정확하게 파악하게 해 주었다. 구체적으로 진로 방향을 찾아가도록 충분한 동기부여가 되어 방문한 회사의 인턴십에 도전하겠다는 희망을 품게 되었다고도 했다. 이와 같이 진로 체험 프로그램인 현장 답사 프로그램은 처음부터 학생들이 흥미를 가지고 적극적으로 참여하게 되어 학생들의 진로 인식에 관한 성숙도에 긍정적 효과가 나타나게 되었다. 캠퍼스를 벗어나서 체험하게 된 직접적인 경험 중심의 직업 체험 프로그램은 시간과 경비 및 노력이 필요한 어려움은 있었지만, 일과 직업 세계에 대해 빠르게 이해하도록 도왔다. 자신에 대한 종합적 이해를 가능하게 했고, 대인관계 및 의사소통 역량을 발전시킬 수 있었다. 알아차림은 사람을 성장시킨다. 체험한 일과 자신의 진로를 연결하려 노력하며, 일과 직업 세계에 대한 다양성을 인식하게 하고, 건강한 직업의식과 태도를 갖추도록 하는 데 도움을 주었다. 나아가 체험을 통한 커리어코칭은 희망하는 직업에 대한 구체적인 정보 탐색과 진로에 대한 합리적 결정을 내리는 데 도움이 되어, 체계적 계획을 수립하도록 도왔다.

그런데 우리나라에는 아직 직업 체험 활동이 활성화되어 있지 않아 학생들이 직업 체험을 할 수 있도록 허락되는 현장이 많지 않을 뿐 아니라, 이러한 활동에 대한 이해가 부족한 실정이었다. 조직의 입장에서는 학생들의 탐방이 업무에 지장을 주기도 하므로 방문을 꺼려하는 경우도 있었다. 직업 체험이라는 활동에 대하여 직업인들, 학부모, 교사들의 이해의 폭이 넓어지면 좋겠다. 무엇보다도 체험 활동에 대한 긍정적 반응과 기대효과 및 효율성이 높아질 것으로 생각된다. 학생들에게 도움이 되는 좋은 방문을 준비할 때마다 안타까웠던 것은 기업에서 쉽게 방문의 기회를 허가해 주지 않는 것이었다. 미래 인재 육성을 위해 이런 효과적인 체험 활동이 효율적으로 운영되도록 직업 현장에서도 더욱 적극적 투자와 협조가 필요하다. 학생들은 부모나 학교가 키우는 것이 아니라, 이 사회 전체가 동참해야 할 매우 중요한 것이다. 현장 답사를 허락하고 재능기부 해주신 단체와 관계자분들에게 다시한번 지면으로 감사의 말을 전한다.

"현장 답사 프로그램을 통해 국제 조직들에 대한 통찰력을 얻게 되었어요. 그리고 프로답게 일하는 법과 왜 윤리적인 문제들이 중요한지도 배웠어요. 단순히 교실에 앉아서 강의만 듣는 상황이 아니라 커리어개발센터를 통한 다양한 현장 학습의 기회와 다양한 멘토들과의 그룹 미팅도 좋았어요. 그리고 센터장이자 커리어 클래스 교수님과 커리어 개발을 위한 코칭 대화는 강압적이지 않고 배려하고 기다려주는 대화법이었어요. 자기 주도적으로 내 갈 길을 깊이 있게 생각해 보며, 때로는 서 있다가 때로는 가기도 하는 그런 시간을 만들어주어 감사합니다."

'동기 유발'을 돕는 커리어 개발 프로젝트(Career Exploration Project)는 현장 체험 답사 후, 주어지는 코칭과 동시에 이루어진다.

자기 성찰과 비전 설정을 위해 동기를 유발하는 2단계의 영감을 주는 접근이다. 대기업을 중심으로 한 현장 답사 이후에도 대부분의 학생은 자신의 진로에 대한 구체적 방향을 설정하지 못한 경우가 많았다. 이런 경우, 진행하는 커리어 프로그램은 동기 유발을 위한 커리어 개발 프로젝트(Career Exploration Project)였다. 특히, 개발도상국 출신 국제 유학생들은 한국에서 업무를 하게 되는 경우, 전문적인 업무 환경에 들어가 성공적으로 일하고 흡수될 수 있는지가 관건이라고 생각했다. 외국인으로서 다른 환경과 문화에서 살아왔으므로 두 개 나라의 이질적인 문화에서 어떻게 균형을 잡을 수 있을지가 도전이었다. 그런 경우, 학생들 스스로 멘토들을 찾아가 구체적인 질문을 하는 과정에서 그러한 두려움을 다소 제거하도록 돕고자 준비한 프로그램이다.

이 시기부터 어느 정도 마음의 준비가 된 학생들에게 코칭이 본격적으로 시작되었다. 학생들에게 아직은 낯선 개념인 코칭을 설명하기보다는 다양한 코칭 질문을 통해 스스로가 관심을 갖고 답을 찾도록 기다려주는 과정이 계속되었다. 이때는 단순히 코칭 질문만 하는 것이 아니라 다양한 멘토들을 스스로 찾아가 만나도록 하는 커리어 개발 프로젝트(Career Exploration Project)를 병행하도록 격려했다. 멘토를 만나기 전 나의 코칭 질문을 통해 학생들은 무언가 시도하려는 마음이 시작되었다고 한다. 자신이 관심 있는 분야의 선배들을 찾아가 만나고 질문하는 도전의 과정을 통해 작은 성취감과 자신감을 부여하게 되었다.

커리어 개발 프로젝트(Career Exploration Project)는 2015년부터 연간 수시로 진행된 프로젝트로 학생들이 3~5명씩 그룹으로 직무에 대한 정보를 정확하게 파악하고 진로 방향을 찾아가도록 돕는 것이었다. 다양한 네트워크를 활용하여 도전과 기업가 정신(Challenge & Entrepreneurship)이라는 기치 하에 커리어개발센터의 인턴십 프로그램과 병행하여 진행되었다. 커리어 개발 프로젝트는 다양한 네트워크를 통해 국내의 인천공항이나 한국전력 등 공공기관, 인텔이나 GE 등 글로벌 기업, 방송국, 다양한 비영리 단체, 월드뱅크 등 국제기구와 노스페이스 등의 경영진과 실무자를 만날 수 있는 기회로 학생들에게 다양한 멘토들을 소개해 주었다. 기관 방문과 달리 각 조직의 담당자들이 실제적인 도움을 준 재능기부였기에 각 개인 멘토들은 강의 후에도 다른 많은 단체들과 글로벌 네트워킹을 할 수 있도록 적극 지원해 주었다. 사회생활을 하며 쌓은 인맥을 통해 나의 지인들에게 왜 우리가 이 학생들을 함께 키워야 하는지 그리고 그들의 재능기부가 얼마나 큰 영향을 주는지 미리 설명해 동의를 구해두었다. 감사하게도 귀한 가치를 공유하는 리더들이 이해와 함께 적극적으로 재능기부를 지원해 주었다.

무엇보다도 가장 차별화된 상황은, 개발도상국에서 온 국제 유학생들 모두가 공존번영장학금(Shared Prosperity scholarship)을 받고 있어 그 후원자인 Grace & Mercy 재단, 삼성꿈장학재단, AMCHAM 미래의 동반자 재단 후원 등에서 멘토링을 받을 기회를 제공해 주었다. 학생들은 장학금을 받고 있기에 더욱 열심히 해서 보답하고 싶다고 언급했다. 조직의 사회공헌 프로젝이 수혜자에게 최대한 효과를 내도록 지원된 것이다. 나의 20여년 비영리 섹터에서의 경력과 전문성이 빛을 발하는 순간이었다. 펀드레이징을 통한 사회공헌 장학 프로그램이 커리어 개발 프로그램을 만나 시너지를 내고 있었다. 특별히 후원자인 삼성꿈장학재단의 경우는 장학생들에게 방학 중 특별히 한국어 공부와 캠프를 진행해 주어 학생들의 언어와 문화에 대한 이해에 도움이 되었다. 한국어 시험에 합격해야 계속 장학금이 지급되는 학생들이었기에 한국에서 취업할 때 가장 중요한 문제인 언어 훈련에 큰 도움이 되는 사례였다. 커리어 개발 프로젝트는 학생들이 졸업 전에 자기 주도적 학습을 통한 본인의 희망 커리어 찾아가기 프로젝트였다. 본인이 가고 싶은 산업군의 관련된 기업이나 단체에 콜드메일을 써서 멘토링을 요청하고 직접 방문해 궁금한 점을 묻고 돌아와 감사 편지를 보냈다.

학생 스스로 혼자 혹은 2~3명 그룹을 지어 사전 준비를 하고 이미 업계에서 자신이 하고 싶어 하는 일을 하고 있는 사회생활 선배들을 만나 그룹 멘토링을 통해 질문하고 실제적인 조언을 얻었다.

이것은 다양한 상황에 노출되는 동시에 본인이 생각한 것을 확인하는 인식의 과정이 포함되기도 했다. 이 시기에 코치는 강요하기보다 들어주며 학생들이 마음을 정리하는 계기가 되도록 코칭 대화를 하게 된다.

덕분에 학생들은 자신의 진로에 대한 방향을 바꾸기도 했고, 더 많이 고민한 학생들은 더 깊이 있는 질문을 했다. 먼저, 관심 분야를 리서치하고 각 회사의 실무 담당자들에게 만나러 가고 싶다는 편지를 쓰고 허락을 받은 후, 친구들과 그룹으로 방문해 준비해 간 질문들을 하는 과정은 작은 도전이지만 더 큰 한 걸음을 위한 시간이 되었다. 미팅을 다녀온 이후에는 감사의 편지를 쓰고 다시 자신을 돌아보는 시간을 갖게 했다. 이것은 결과적으로 그다음 행보를 위한 커리어 코칭의 자연스러운 과정으로 연결되었다.

나는 수시로 학생들에게 질문을 했었다. 경청을 통해서 내가 궁금한 것을 묻는 것이 아니라 그들에게 영감을 주는 열린 질문을 통해 학생들은 대화중에 생각지도 못했던 것을 깨닫기도 했다고 한다. 단체가 아니라 소수의 학생이 개별적으로 만나러 가는 것이기에 단체 견학보다 더 신중하고 성실히 준비해야 했다. 하지만 그만큼 개별 만남이라는 부담이 있어 많은 학생이 신청하지는 못한 프로그램이기도 했다. 아직 사회생활을 경험하지 못한 학생들의 입장에서는 다양한 단체에서 업무를 하고 있는 인생 선배인 기업 담당자들이 열정적으로 일하는 모습을 지켜보는 기회를 얻었다. 함께 실제 업무를 하듯이 실무자들과 워킹런치(Working Lunch)를 하는 경험들이 취업을 준비하는 과정에 오래도록 큰 에너지로 남아 있었다고 토로했다. 학생들은 삼삼오오 자신이 관심 있는 기관이나 단체에 스스로 콜드메일을 써서 만날 장소와 시간을 정했다. 방문할 때는 세미 정장을 입고 가도록 미리 지도했기에 한 스리랑카 학생은 잠시나마 출근하는 기분을 느끼며 준비 기간 내내 두근거리는 체험이었다고도 했다. 그렇게 작은 경험의 조각들이 퍼즐처럼 맞추어지며 학생들은 스스로 성장하고 있음을 인지하고 있었다.

고맙게도 멘토들은 흔쾌히 재능기부로 시간을 내서 기쁜 마음으로 지원해 주었는데, 학생들에게 점심을 사주면서 편하게 질문하도록 해주었다. 프로들의 재능기부는 이 사회를 변화시키고 있었다. 학생들은 보고 배운대로 자신들도 베풀 준비를 하기 시작했다. 평소에 궁금했지만 망설였던 질문들을 하며 학생들은 자신이 착각하고 있던 사실도 알게 되었다고 한다. 때로는 진로를 바꾸는 계기도 되었으며 자신들의 재능에 맞춘 구체적인 고민을 시작할 수 있게 되었다고 했다. 이 탐방을 마친 후에는 재능기부를 해준 분들께 편지나 전화로 감사의 표현을 하도록 독려하였기에 스스로 감사하는 법도 배웠다고 전했다. 한 학생의 경우는 주고받는 대화법을 몰라서 일방적으로 질문만 하다가 약간의 조언을 받기도 하면서 자기 자신이 어떤 태도를 가지고 있는지 알게 되었다고 했다. 이 모든 과정이 학생들에게는 귀한 배움이었다. 어떤 학생들은 탐방을 다녀와 부러운 마음에 방문한 기업에 인턴십 도전도 하게 되었고 방글라데시 학생은 자신도 나중에 취업을 하고 성공하게 되면 재능기부로 누군가를 돕겠다는 소감을 전해주었다. 재능기부를 해주신 어른들 덕분에 학생들은 변화되어가고 있었다. 말로 하는 잔소리보다 행동으로 보여주는 따스한 인성이 그들을 닮고 싶어 하게 동기부여 해주었다. 한국GM을 방문했을 때는 유명한 브랜드 커피를 큰 드럼통으로 주문해 설치해두고 입구에서 반갑게 맞아주셨다. 게다가 메이저급 홍보, 인사, 사회 공헌 각 팀 팀장들께서 모두 나와 학생들과 대화를 해주셨다. 사장님의 특별 배려로 방문 기념 감사패도 전해주셨다. 학생들은 귀한 대접에 스스로 자부심을 느껴 인턴에 지원해 보고 싶은 좋은 회사라고 행복해했다. 잠시 방문하는 몇 시간이었지만 기업으로서도 좋은 이미지를 얻고 역량 있는 좋은 인재를 품을 기회였다.

사실 커리어 개발 프로젝트를 할 수 있게 돕고자 중간에 커리어 코칭데이(Career Coaching Day)라는 행사를 기획했다. 당시 월드뱅크 한국대표인 조이스 음수야(Joyce Msuya)의 기조 강연으로 학생들에게 비전과 꿈을 자극하고, 홍의숙 인코칭 대표를 통해 전문 코치 네 명을 초대해 재능기부 그룹 코칭을 부탁했다. 조이스 월드뱅크 대

418

표는 학생들에 대한 애정이 대단해 강의 후 쏟아지는 질문에 모두 답해주는 애정을 보여주었다. 조이스는 아프리카 출신으로 두 아이를 둔 워킹맘이고 매우 스마트하고 특별한 여성 리더였다. 학생들이 나눈 고민은 비슷했다. '해외 취업을 고민하는데, 정보를 어떻게 구해야 할지 막막하다.', '한국사, 토익 점수, 컴퓨터 자격증을 따야 할지 고민이다. 남들이 다 가진 스펙이 차별화가 될까?', 혹은 '그렇다고 혼자만 영어 점수가 없으면 불안하다.', '전공을 옮기거나, 복수 전공이 취업에 도움이 되는지 궁금하다.'등의 질문이 오고 갔다.

재능기부로 이루어진 기업 실무자들과 함께하는 소통의 시간이 학생들에게는 진정한 자기 발견의 기회가 되어 긍정적인 태도로 변하기도 했다. 자기 이해를 통하여 상대방을 더 잘 이해하고 배려할 줄 아는 고운 심성이 길러지도록 하는 계기가 되었다. 학생들은 듣고 배우기도 하지만 분명 보고 배우며 성숙해지고 있었다. 무엇보다 원만한 대인관계를 형성할 수 있는 능력이 길러지게 하며, 자기 이해 과정을 통해 타인의 입장을 좀더 깊이 이해하게 되었다. 코칭은 사회의 구성원으로서 역할과 리더로서 자질에 대하여 알아가는 체험을 통해 희망 직업에 대한 구체적인 정보 탐색과 진로에 대한 합리적인 결정을 내리도록 도왔다. 결국 다양한 직업 체험 프로그램을 통해 체계적인 계획을 수립하도록 리드하게 되었다. 단순 직업 탐방이 아니라 세상으로 나아가기 위한 준비의 과정들이었다.

"나에 대한 근본적인 관심사를 찾다 보니 자신에 대해 깊이 있게 발전하고 싶다는 간절함이 생겨 내면의 자아를 들여다볼 수 있게 되었어요. 그리고 깊이 있는 나 자신과의 만남으로 이어졌고 나 자신에게 근본적인 '나'에 대한 질문을 용기 내서 물어보게 되었고 어떤 것을 원하는지 궁금해지기 시작했어요."

이 시기에 오면 학생들이 좋아하고 흥미를 느끼는 직업을 먼저 선정하도록 돕고자 '개별 적성'을 확인해 주는 버크만 메소드 진단(Birkman Methods)으로 진로 탐색 검사를 실시하였다. 본인이 어떠한 유형의 성격을 가지고 있는지를 분석하여 자신에게 맞는 직업을 찾아볼 수 있는 기회를 제공했다. 보다 많은 정보를 통하여 자신의 진로를 구체적으로 준비할 수 있도록 수집된 자료들을 분석해 전문 코치와 구체적인 커리어코칭이 이루어졌다. 무엇보다 영어로 소통해야 하는 학생들이기에 미국의 진단 프로그램이 도움이 되었다. 커리어클래스를 수강한 학생들에게 코칭 과정 중에(특히 커리어개발 프로젝트를 다녀온 후에) 개인의 적성 검사(Birkman Methods)를 실시해서 진로 결정에 도움을 주었다. 이것을 활용해 학생들 개별 코칭을 하면서 자기 자신에 대한 객관적 이해를 하도록 도왔다.

이 테스트는 사전에 학생들의 신청을 받아 진단 회사에 이름을 등록시킨 후 메일 주소를 알려주면 직접 학생들 메일로 테스트 받으라는 연락이 도착하도록 했다. 학생들은 자율적으로 자신이 편한 시간을 정해 모바일 상에서 300개 정도의 문항에 직접 답하고 나면 그 결과를 설명(Debriefing)할 수 있는 결과지가 학생들에게 도착했다. 학생들은 진단을 통해 센터장과 개별 코칭 시간을 갖고 자신과 같은 성향의 친구들이 있다는 것도 알게 되었다. 사람은 모두 각각 다른 재능과 특징을 지닌다는 것도 인정하고 소통의 중요성을 이해하는 계기가 되었다.

수많은 적성검사가 있지만 버크만 메소드는 영어로 되어 있어 별도의 해석이 필요하지 않았다. 사실 국제 학생들에게 적용 가능한 진단 검사를 찾고 있었다. 어느 날 버크만 국제 CEO가 한국에 온다는 정보를 얻게 되어 컨퍼런스 행사장에 가서 직접 그녀를 만났다. 아담한 옷매무새와 우아한 태도가 돋보이는 샤론 버크만 핑크(Sharon Birkman Fink) 대표와 대화를 나누게 되었다. 그녀는 버크만 메소드를 'More Than a Personality Test'라고 표현했다. 즐거운 대화를 나눈 후 우리 글로벌 학생들에게 가장 적절하다고 확신이 들어 적용했고 학생들은 사전 테스트를 통해 즐겁게 참여해 주었다. 개인적으로 그 회사를 잘 알지는 못하지만 우리 학생들에게 적절한 검사라고 판단했기 때문에 선택했고 학생들도 결과물을 보며 즐거워했다.

어느 정도 코칭이 진행되자 학생들은 지금까지 자신이 알고 있는 적성이 과연 맞는지를 신뢰할 만한 진단을 통해 알고 싶어 했다. 회사에서 결과지를 설명과 함께 보내주었기에 학생들은 자신이 재능에 따라 맞게 가고 있는지 확인하는 객관적 기회가 되었다. 도표와 수치화된 적성과 성향이 스스로 작성한 테스트의 결과로 나왔을 때 학생들은 자기 자신을 거울을 통해 바라보듯 세심히 검토하게 되었다. 이러한 커리어 적성진단은 개인의 삶을 모니터링하고 타인에 대한 폭넓은 이해를 통해 사회관계의 유연성을 길러 주었다. 물론 진단지가 절대적 로드맵이 되지는 않지만 막연하게 알고 있던 자신의 성향에 대해 확인하는 부분들이 있었다.

버크만 진단은 개인이 가진 고유한 특성을 다양한 관점으로 보여주는 진단 도구이다. 자신이 세상을 바라보는 관점이 어떤지, 타인에게 어떻게 보이는지, 그리고 내면에 숨어 있는 욕구를 찾아 관계 갈등을 최소화시켜줄 수 있는 도구이다. 버크만 인터내셔널은 Roser W Birkman 박사에 의해 설립되었고 버크만 이론을 확립하여 약 60여 년 동안 발전시켜왔다고 한다. 지속적인 연구 개발로 직업 환경의 패러다임과 변화에 따라 대응하고 있으며 여러 경험적 데이터와 실증적, 이론적 배경에 따라 R & D를 실천하고 있다고 한다. 50개가 넘는 나라에서 수백만 명이 버크만 진단을 받았고 다양한 글로벌 기업에서 사용되고 있다고 했다. 영어로 수업하는 학생들이기에 영어로 된 진단 테스트를 한 것은 도움이 되었다.

"저는 개인적으로 버크만 메소드 검사를 받은 것이 그 무엇보다 도움이 되었어요. 왜냐하면 커리어 목표를 위해 내부에서 외부로의 어프로치를 해주었거든요. 테스트와 디브리핑 결과는 자신의 자아를 들여다볼 수 있게 하는 데 도움이 되었어요. 버크만 메소드는 효과적인 자기실현을 하는 질문들이었어요. 저에게는 다른 방법들보다 자신의 성격을 더 잘 알게 해주었습니다."

진단 검사까지 마치면 드디어 '실전 감각'을 키워 줄 모의 인터뷰(Mock Interview)의 시간이 다가왔다. 학생들은 현장 답사로 이미 정보 수집을 했고, 커리어 개발 프로젝트를 통해 동기 유발이 되었다. 버크만 메소드 진단으로 적성이 확인되고 나면, 스스로 자신들이 맞는 방향으로 나아가고 있는지에 대한 중간 점검이 필요하다고 생각했다. 업계 산업군 별 팀장급의 실무진이나 전문가들이 학교에 방문해 학생들을 대상으로 모의 인터뷰를 하게 되면 학생들은 긴장과 더불어 설렘이 생긴다고 했다. 심지어 학생들끼리 모의 인터뷰를 위한 모의 인터뷰(Mock interview for Mock interview)를 준비하며 친구들과 예상 질문으로 열심히 연습하곤 했다. 그런 과정에서 동료 집단 간의 피드백이 있었고 실제 멘토들의 인터뷰가 시작되면 분명 모의 인터뷰인데도 무척 당황해하며 실전같이 성실히 임하게 되었다. 긴장된 상황에서 준비하니 어느 커리어 프로그램보다도 효과가 컸었다고 말했다. 그룹을 지어 4~5명의 인터뷰어들이 기다리는 방으로 들어가게 되며, 실제 인터뷰를 하듯이 질문을 받게 되었다.

10~15분 정도의 인터뷰 후, 학생들은 잠시 나가서 대기하게 되고 인터뷰어끼리 서로의 의견을 조율한다. 대개의 경우 각자의 의견을 말하지만 학생들에 대한 코멘트가 비슷했다. 인터뷰어들은 다양한 산업군을 대표하는 분들을 초대해서 각 개인별 장점과 개선점을 분석해 주고 실전에서 기억해야 할 주의 사항을 설명해 주었다. 학생들이 향후 실제 상황을 준비할 때 잊지 못할 기억으로 남게 되는 아주 특별한 시간이 되었다고 한다. 커리어 수업 중 가장 효과적이고 생생하게 기억에 남는 시간이었다는 평이었다. 인터뷰를 하는 동안 의자에 등을 붙이고 반듯하게 앉아야 하고 인터뷰어를 바라볼 때 눈을 피하지 말고 부드러운 눈으로 바라보아야 한다는 등의 구체적인 코멘트가 학생들에게는 큰 도움이 되었다고 했다.

인상적인 학생들이 있었다. 한 그룹이 아프리카 학생을 시작으로 스리랑카와 한국 학생들로 구성되어 들어왔는데 제일 먼저 들어 온 아프리카 학생이 "May I~?"라고 말하며 우아하게 선 채로 바라보았다. 인터뷰어들에게 앉아도 될까요?'라고 물어봐 주면서 의자 등받이를 가볍게 잡고 서 있었다. 덕분에 함께 들어온 학생들도 다 서 있는 상태였다. 배려하는 모습이 참으로 보기 좋았기에 칭찬을 통해 그 우아한 태도를 함께 한 모든 학생들이 그대로 보고 배우는 시간이었다. 아프리카에서 왔지만 5개 언어에 능통하고 평소에도 다양한 분야에 대한 관심이 많아 준비된 리더였기에 모두에게 귀감이 되었다. 물론 맨 마지막에 나가면서 문을 닫고 나갈까요? 라는 질문도 잊지 않았다.

왜 이 업무에 지원했는가? 입사가 허용된다면 어떤 직원이 되려고 각오하고 있는가? 십 년 후 당신의 모습은 어떤가? 우리 회사가 당신을 고용해야 하는 이유를 설명해 보라는 등 다양한 질문을 받은 학생들은 방을 나와서는 심각하게 서로가 어떤 답을 했는지 논의하고 이어서 들어가 듣게 된다. 이러한 모든 일련의 과정들이 학생들이 자신들을 알아가도록 좋은 자극이 되고 있었다. (모든 것이 그렇지만 학생들을 상대하는 것을 기뻐하는 사람들이 커리어 담당자가 되면 좋겠다. 기쁜 마음으로 세세히 준비하는 모습을 보면서 감동되고 학생들은 변화되고 있기 때문이다.) 이어지는 피드백 세션에서는 학생들의 태도, 시선 처리, 답하는 방법, 몸의 자세는 어떤 것이 좋은지 등 인터뷰 들어가서 끝내고 마무리에 대한 코멘트들까지 세세하게 이어져 수업 시간을 초과할 정도로 열정의 시간이 이어졌다.

인터뷰가 끝나고 나면 학생들은 취업을 대하는 자세가 조금 더 신중 해졌다. 모의 인터뷰 시간이 학생들에게는 구체적으로 자신이 무엇을 준비하고 보완해야 하는지를 스스로 가늠해보는 귀한 시간이었음을 확인할 수 있었다. 인터뷰는 얼굴을 보는 것이 아니라 태도와 마음가짐 그리고 인터뷰어의 생각을 들여다보는 과정이다. 취업 준비 과정을 통해 겉모습 보다 핵심을 볼 줄 아는 일련의 기회를 제공하였기에 행동하는 인성코칭은 효과가 있었다. 부디 학생들이 이 책을 읽는다면 바라건대, 인터뷰하는 회사에 방문 전, 근처 대중교통 이용 시, 길거리, 회사 근처, 회사 로비, 카페 그리고 엘리베이터 등 근처에서 항상 말조심, 행동 조심을 당부한다. 회사 관계자가 우연히 지켜보고 있을 수 있다는 것을 꼭 기억하길 바란다.

'스킬 배양'에 유용한 커리어 워크숍(Career Workshop)은 코칭 과정을 마치고 만나게 되는 컨설팅인 3단계에서 진행된다. 즉, 자기 성장을 위해 스킬 배양을 통한 전문가적 접근(professional approach)이 시작될 수 있는 단계를 준비한 것이다. 모의 인터뷰가 끝나게 되면 학생들은 구체적인 커리어 개발을 위한 나름의 발전 방안에 대해 여러 가지 시도를 한다. 이때, 전문가의 컨설팅이 있어 스킬을 추가해 주면 충분한 자기 성장이 이루어져 좀 더 구체적인 시도를 할 수 있게 된다. 컨설팅을 가장 마지막 단계에 넣어주는 이유는, 먼저 자신이 누구인지 무엇을 원하는지 근본적인 자기 자신에 대한 질문이 우선되어야 하기 때문이다. 이제 학생들은 커리어워크숍(Career workshop)을 통해 노하우를 배우게 된다. 학생들은 전문가들의 도움으로 이력서 작성법부터 프레젠테이션 등을 어느 정도 할 수 있는지 스스로 가늠해 보는 시간을 갖게 되었다. 학생들 스스로 장점과 단점을 찾아내게 되어 강점을 보강하는 노력이 시작되었다.

커리어워크숍은 하루 날을 정해 한국데일카네기와 진행했고 전문적으로 프레젠테이션 스킬(High Impact Presentation Skills, Resume Tips & CV Revision Session: Presentation Skills)을 배우도록 배려했다. 보다 효과적인 발표 방법에 대한 교육으로 강점(Strength) 찾기, 개선점 발견 등을 동영상으로 녹화해 본인의 프레젠테이션 자세 및 능력을 그 자리에서 바로 컨설팅 했다. 커리어 전문 컨설턴트들과 함께 1:1 커리어 코칭 및 면담 등을 개최하면서 경험하는 이력서 클리닉 시간은 글로벌 컨설팅 회사의 전문 컨설턴트가 재능기부로 진행하게 되었다. 학생들은 각자 자신의 이력서와 커버 레터를 직접 준비해 보도록 했다. 서툴지라도 자신만의 장점을 포함해 자신의 스타일로 작성하고 와야 무엇이 부족한지가 명확해진다. 리서치를 통해 다른 사람들의 이력서를 흉내 내어 보는 것도 훌륭한 시도였기에 다양한 샘플을 전달해 주었다. 학생들에게 자신이 택한 스타일로 직접 준비해 와서 리뷰 받고 수정하는 기회를 제공했다.

커리어 역량 강화 프로그램을 통한 진로교육에서 이력서(CV & Resume) 클리닉은 데일카네기와 월드뱅크 컨설턴트가 재능기부로 참여했다. 실제적으로 효과적인 이력서를 쓸 수 있도록 구체적으로 사례를 들어 강의하고 개별적으로 메일을 통해 요청하는 학생의 경우 답변을 했다. 학생들은 시간이 갈수록 자신의 이력서의 방향을 자신만의 스타일로 만들어 가장 어울리는 형태로 완성해 가고 있었다. 그들은 타고난 재능에 맞추어 알맞은 인턴십 리서치를 시작하였다. 이렇게 코칭과 함께 한 컨설팅을 통해 강해져 가는 학생들은 자기 탐색과 자기 이해를 우선으로 하여 자신의 강점이 무엇이며, 무엇을 잘하고 흥미를 가지는지 탐색하게 했다. 특히, 이력서 작성법 강사는 유명한 컨설팅 회사의 전문가이지만 커리어 멘토로서 재능기부를 자처해 목표 실현을 돕기 위한 실질적인 취업 컨설팅을 해주고자 했다. 그래서 이력서 및 자기소개서 특강을 구체적으로 진행, 기업이 추구하는 인재 요건과 이력서 작성법을 사례별로 설명해 주었다. 참여해 주신 전문가들은 모두 재능기부라는 사실을 강조해 소개해주고 학생들도 꼭 후배들에게 같은 재능기부로 보답하라고 권했다. 리더들의 재능기부를 말로 배우는 것이 아니라 체득하면 그들도 언젠가 똑같이 섬기게 될 것이기 때문이다. 행동하는 인성코칭(Humanity in Action)은 그렇게 시간이 갈수록 학생들의 마음에 스며들고 있었다. 멘토들에게는 감사패를 전달하고 학생들과 사진을 찍어 그 귀한 행보를 오래 기억하도록 했다.

최근의 직업 트렌드와 효과적인 이력서 작성 요령(Current job trends and effective resume writing & resume tips)을 통해 학생들에게 국·영문

이력서/자기소개서 작성법 교육을 진행했다. 신청하는 학생들에게는 개인 면담의 기회도 제공해 주었다. 전문가들은 기업이 추구하는 인재 요건과 이력서 작성법을 구체적으로 설명해 주었다. 이렇게 분야별 전문가의 초대 특강을 열어 학생들이 현장에서 실질적인 살아있는 정보를 습득할 기회도 제공하였다. 카운슬링으로 마음을 열고, 코칭 과정 중에 다양한 자기 주도적 학습이 이루어져 비전을 찾게 된 후였기에 마지막에 취업 스킬이 더해져 그 효과가 극대화되었다. 이와 같이 모든 커리어 프로그램은 커리어 개발을 위한 코칭의 과정과 병행되었기에 학생들의 성장하는 모습이 점차 발견되고 있었다. 무엇보다도 이와 동시에 수시로 개방적인 정책(Open Door Policy)하에 1:1 맞춤형 코칭을 실시해, 언제든지 학생들이 상담하러 올 수 있도록 기다리고 환영해 주었다. 이력서 리뷰를 도와 수정과 클리닉을 해주니 언제든 찾아와 대화할 수 있다는 편안함을 느낄 수 있었다며 학생들은 진심으로 고마움을 표했다. 혼자가 아니라 언제나 나에게 문을 열어주고 함께 생각해 주는 멘토인 코치가 있다는 것이 학생들의 마음을 안정되게 했다고 한다. 나는 항상 그들이 방문해주길 기다렸고 이렇게 말할 준비가 되어 있었다. You are not alone~!

"사실 공부하는 것은 혼자 도서관이나 교실에서도 가능하지만 사람과의 관계 속에서 배우는 것들은 어디에서나 쉽게 얻을 수 없는 귀한 상황이었습니다. 네트워크가 풍부한 교수님과 학교의 배려 덕분에 IT 관련 기업들, 두산 인프라코어, LG CNS, MBC, 삼성 바이오로직스, 지엠, 한전 등 다양한 곳을 방문해 보며 나의 방식으로 소화시키고 배우는 기회가 주어졌기 때문입니다. 다만 시간이 주어져서 좀 더 깊이 있게 만남들이 이어졌으면 하는 욕심은 있었어요. 하지만 내가 한국어도 아직 안 되고 부족한 부분이 있음을 알기에 여전히 스스로 채워야 할 부분을 조금씩 지속적으로 개발해가고 있습니다."

"꿈이 무엇인지, 무엇을 할 때 행복한지… 이런 질문이 동기부여가 되었고 내가 가야 할 길을 스스로 찾아가야 하고 내 나라에서 도움을 주는 리더가 되고 싶다는 꿈도 생겼어요. 코칭이 내게 목표를 만들어 주었고 가야 할 방향을 알게 하고 내가 옳은 방향으로 가도록 해주었습니다."

"한국에서 많이 부족할 수밖에 없는 나의 네트워크를 넓혀주고 두려움도 사라지고 마음도 가벼워지고 조금씩 성장하게 되었어요. 멘토 중 한 분은 내가 흥미를 느끼는 일을 찾아 목록화하라고 알려주셨어요. 전혀 몰랐던 부분에 흥미가 생기고 새로운 직업도 알게 되고 취업에 대한 담대함도 생겼어요. 자신감이 쌓여가며 포기하지 않고 나아갈 수 있는 용기가 생기고 내가 성장한다는 것을 느끼게 되었어요. 진정한 자존감이 생기는 것을 느끼게 됩니다. 나와 나 자신에 대해 채워야 할 부분을 더 배우게 되었어요."

사실 이 모든 동기부여 프로그램들이 효과적이었던 중요한 이유는 미국 대학이고 본교의 커리어개발센터와 협업이 되며 주 1회 학점 인정 코스인 커리어 수업이 가능했다는 점이 크게 작용했다. 무엇보다 미국 본교의 커리어개발센터장과 나는 수시로 연락하며 함께 커리어 클래스의 구성을 논의하였다. 한국의 특성을 고려해 나에게 다양하고 창의적인 방식으로 활용할 여지를 주었다. 그래서 전문가들의 교육 기부에 정기적으로 노출되도록 하여 롤 모델을 통한 비전 제시를 했고 자연스럽게 강사와의 개별 멘토링으로 연결할 수도 있었다. 내 수업이었기에 사회적으로 성공한 리더들의 실제적인 현장 소식을 듣는 기회를 포함할 수 있었다. 특강에 참여해주신 분들이 강사비 대신 모두 재능기부를 한다는 사실 때문에 학생들에게는 감사의 마음과 더불어 자신도 누군가를 위해 언젠가는 재능기부를 하겠다는 의지가 생기는 동기부여가 되었다고 했다. 즉, 자신만을 위해 사는 것이 아니라 누군가에게 도움이 되는 리더가 되겠다는 결심을 스스로 보고 배우게 되었다. 커리어 수업을 등록한 학생들 중 요청이 있을 때 상담을 통해 개별 맞춤형 코칭을 수시로 진행 하였다.

커리어 수업의 내용은 학기별로 달라지기는 하지만 대체적으로 코스 소개, 기업이 원하는 기술, 기업 리서치, 인사담당자와 소통 방법, 이력서 작성법, 네트워킹 기술, 모의 인터뷰, 프레젠테이션, 잡서치 기술 등을 순차적으로 배우게 한다. 취업 접근법에 대한 수업이 진행될수록 자기 자신을 더 잘 알게 되고 취업을 준비하는 마음에 익숙해지게 하였다. 무엇보다 10회의 과제(Assignment) 제출이 매 수업 전에 이루어 진 것이 효과적이었다. 매주 그다음 수업 시간 전까지 한 가지씩 미리 숙제를 제출해야 하는데 그 내용은 리서치를 통해 작성 가능한 수준으로 관심을 가지고 시도한다면 얼마든지 제출 가능한 과제물들이다. 학생들이 이것을 왜 미리 제출해야 하는지에 대한 의문점은 수업 시간을 통해 바로 해소되었다. 직접 준비하는 동안 학생들은 그 시간 다루게 될 주제에 익숙해져 참여하게 되었다.

주 1회 일정한 기간을 두고 주기적으로 자극이 될 수 있었다. 과제 10개의 가이드라인을 다음 수업 전에 이메일로 전달하고 스스로 온라인 리서치와 학습으로 나름대로 준비해 수업 전 그날의 관련 과제를 미리 제출할 수 있게 했다. 미리 제출한 덕분에 학생들은 수업 시간에는 자신이 궁금한 점을 질문할 수 있는 시간과 마음의 여유도 있었다고 했다. 커리어 수업이 진행되는 동안 집중하는 내용은 코스 소개를 시작으로 기업이 원하는 기술, 기업 리서치, 인사

담당자와 소통법, 이력서 작성법, 네트워킹 기술, 모의 인터뷰, 프레젠테이션, 잡서치 기술 등을 순차적으로 배우게 하여 취업에 대한 접근법에 익숙해지게 한다. 이 모든 과정은, 학기 중 진행되는 학점 인정 수업인 커리어 클래스를 통해 주 1회 반복 진행을 통해 지속적인 정보 습득 및 현직 전문가들의 특강으로 주기적으로 동기부여가 되었다.

　학생들은 서툴지만 나름대로 과제를 준비해 제출했다. 미리 제출하게 하는 자기 주도 학습 과정을 통해 학생들은 궁금증이 가득한 상태로 수업에 들어왔다. 그리고 관련 내용을 설명해 주므로 온라인 선행학습을 거쳐 동기유발에 도움이 되는 시간이었다고 답했다. 실제로 포스코, IBM 등 많은 기업에서 이러한 플립 러닝을 사용해 HRD를 시행하고 있다는 것에서 착안한 것이었다. 그리고 마지막 수업은 발표(Presentation)를 통해 배운 점(Lessons Learned), 커리어 목표(Career Goals), 개선점(Things to develop)을 스스로 준비해 2분 동안 발표하는 시간을 갖는다. 이것이 바로 기말고사였고 이 프로그램을 진행하는 동안 어느 정도 트레이닝이 되기 시작한 학생들은 멋지게 해냈다. 그리고 그들에게는 여름과 겨울 방학에 각각 월드뱅크 그룹, UN-ISDR, UN-ESCAP, ICN International Airport, UN-OSD, 국제 비영리 단체 등에서의 인턴십 기회가 자연스럽게 이어졌다. 미국 대학생으로 영어가 강점인 학생들에게 어울리는 일터를 주로 소개했다. 인터뷰를 다녀오면서 학생들의 성장이 눈에 띄게 보이기 시작했다.

"내게 가장 궁금한 것은 과연 리쿠르터들이 무엇을 기대하고 찾고 있는가 하는 것이었어요. 내가 다른 회사들과 다른 문화들에 대해 알아가는 데 매우 중요한 부분이었어요. 커리어 클래스에서 만난 다양한 영역의 강사들의 강의와 대화 덕분에 어떤 회사를 선택하고, 일해야 하는지 알 수 있게 해주었습니다."

커리어 컨설팅을 통해 커리어 스킬 연습 및 실제적인 프레젠테이션 교육을 했고 종합적인 자기완성의 시간을 주었다. 사람은 자신을 잘 안다고 느끼지만 사실 그렇지 않다. 학생들은 다양한 인터뷰를 대비하여 한 명씩 앞으로 나와 2~3분간 짧게 프레젠테이션을 했다. 물론 사전에 교육을 통해 그들은 제스처를 하는 방법과 시선을 처리하는 방법, 목소리 톤에 대해 배웠지만 실제 자신이 나가서 발표하게 될 때 그대로 하기는 어렵다는 것을 알게 되었다. 친구들이 하는 것을 지켜보며 자신이 어떻게 해야 할지를 고민할 수 있었고, 동영상 촬영을 통해 전문가들이 옆방에서 대기하며 컨설팅을 준비했다.

한쪽 교실에서는 프레젠테이션과 동영상 촬영이, 바로 옆 교실에서는 발표를 끝마친 학생들이 따끈따끈한 코멘트를 받는 시간이

Part 2 학부모와 진로 담당 교수진을 위해

었다. 실수를 인정하기에 즉각 수정이 가능했다. 고쳐야 할 점을 알려주기보다는 Advanced 즉, 개선할 점이 무엇인지 동영상을 보고 스스로 찾아보라고 제안해 주었다. 컨설턴트들이 직접 말해주는 것도 좋지만 잘못한 부분은 본인이 더 잘 느끼기에 스스로 개선점을 말하게 하고 잘했다고 말해주면 되는 것이었다. 영어로 하는 프레젠테이션이었기에 당황스럽고 강도 높은 준비가 필요했지만 시간이 갈수록 연습을 통해 학생들은 두려움이 없어지고 있었다. 우리는 서로가 성장을 위해 하나가 되었고 수많은 실수와 실패를 통해 완성되어가고 있어 행복했다. 그 모든 코칭의 과정에서 인정, 칭찬, 격려, 공감은 최고의 선물이었다.

"코칭을 통해 현재 취업 시장에서 요구되는 중요한 스킬을 배우게 되었어요. 나는 좀 더 자신감을 갖게 되었고 나의 가치 제안을 정의할 수 있게 되었어요. 코칭을 통해 배운 교훈들로 나의 커리어 경로에 대해 충분한 지식을 가지고 결정할 수 있었습니다."

09 | 역사를 만드는 사람들

내가 한국뉴욕주립대학교에서 일하겠다고 결심했던 이유는 개발도상국에서 온 젊은이들에게 나의 재능을 나누어 일터에서 노하우와 사랑을 전하고 싶었기 때문이었다. 나의 어머니와 아버지는 아주 어린 시절에 전쟁을 겪으셨다. 지금 80대이신 두 분의 이야기를 듣는 것이 내게는 생경한 감동이었다. 옛날이야기 듣기 좋아할 젊은이들이 없을지라도 나는 이 말을 지면을 통해 조금은 나누고 싶다. 전쟁으로 모든 것을 잃었던 나라, 대한민국은 일본의 식민지배를 벗어났지만 너무도 가혹한 현실을 마주했다고 한다. 전쟁으로 인해 붙잡고 일어설 자원도 없던 상황이었다고 한다.

최근에 벌어진 우크라이나 상황을 SNS로 지켜보며 마음이 아팠다. 간접적으로 전쟁이 얼마나 많은 것을 우리 모두에게서 앗아 가는지 알 수 있었다. 6.25 한국전쟁에서도 누구도 미래나 내일 같은 섣부른 희망의 말들을 하지 못했다고 한다. 그들에게 내일이란 생존을 장담할 수 없는 또 다른 오늘이었을 뿐이고 허락된 것이라고는 생존을 위한 기도뿐이었다고 한다.

　당시에 전 세계 어느 나라도 대한민국 보다 못한 나라가 없었다고 한다. 꿈이라는 것은 그저 오늘 하루 죽지 않고 넘기는 것이었고 내 자식들에게만큼은 배고픔이 대물림되지 않기만 바랐기에 처절할 만큼 살아냈다고 한다. 삶은 너무도 가혹했지만 포기하거나 도망가지 않았던 이유는 자신들에게는 내일이 없을지라도 자식들에게 있을 내일을 위해 하루하루를 버텼다고 한다. 내게도 나의 부모님 세대의 삶이 얼마나 어려웠는지 감히 상상이 되지 않기에 이 말들이 미래의 여러분에게도 와 닿지 않으리라 생각한다. 그럴지라도 나는 기록으로 남겨주고 싶다. 유엔에 등록된 나라는 당시 120개국이었고, 국민소득이 태국은 220불, 필리핀이 170불이었고 한국은 76불이었다고 한다. 인도 다음으로 못사는 나라가 대한민국이었다니 지금 우리에게는 상상도 안 되는, 믿을 수 없는 현실이다. 그래도 우리 부모님 세대는 버텨냈고 살아내셨기에 그분들에게 진심으로 온 마음 다해 감사드린다.

지난 20여 년 간 나는 다양한 일터에서 국제개발협력으로 커리어를 쌓으며 개발도상국에 출장을 많이 다녔다. 최근에는 예전과 달리 전 세계가 대한민국에 감동하고 있는 것이 자랑스러웠다. 그리고 한편으로는 우리가 도와야 할 이들이 얼마나 많은지를 체감하고 있다. 현재 우리에게는 와 닿지 않는 과거 한국의 역사도 다시 떠올랐다. 내 기억 속 어머니의 친구 분은 독일에 간호사로 다녀왔다고 했다. 독일 간호사로 간 그 분들은 굳어버린 신체를 알코올로 닦는 일을 했고, 광부들은 지하 천 미터 이상 깊은 땅속에서 열심히 일했다고 한다. 서독이 필요로 하는 간호사와 광부를 보내고 봉급을 담보로, 그리고 월남전 파병 용사들의 전투 수당으로 고속도로가 건설되고 한반도의 동맥이 힘차게 흐르기 시작했다. 한국 근대화는 중동 건설 현장에서, 국내의 가발공장에서부터 시작되었다.

　어린 소녀들이 동생 학비를 벌기 위해, 그리고 후손들은 어렵게 살지 않도록 누구나 할 것 없이 열심히 살았다고 한다. 민주화를 통해 기적을 일으킨 대한민국 국민이라는 사실이 나도 자랑스럽다. 우리 선조들은 우리의 혈관을 타고 흐르는 가슴 아픈 역사가 반복되지 않길 바라는 고귀한 마음으로 버텨냈다. 나는 우리 자식들에게 좋은 나라를 물려주겠다고 다짐하신 분들이 무척 자랑스럽다. 내가 지켜본 부모님도 자식의 교육을 위해서라면 모든 것을 감내하는 분들이었다.

그렇게 어렵게 경제를 회복해 지금의 자랑스러운 대한민국을 만들 밑거름이 완성되었고, 결국 미래 세대를 위해 선배들이 흘린 땀과 희생, 과학기술의 발전이 그 성장을 가속화시켰다. 나는 개발도상국에서 온 국제 유학생들도 가난한 나라에 태어나고 싶어 선택한 것이 아님을 알기에 그 젊은 리더들에게 대한민국의 경제발전 노하우를 전하고 싶었다. 그들도 그 나라 국민을 위해, 세상의 어려운 이들을 위해 눈물을 닦아줄 줄 아는 리더로 세우고 싶었다. 그래서 나의 매일은 기쁨과 감사가 가득했던 것 같다.

이제 졸업생들이 글로벌 기업에 취업하고 학교를 도와서 역사를 완성하는 역할을 다해 또 멋진 한 페이지를 작성하고 있다. 더 이상 내 나라 남의 나라가 아니라 전 세계가 그들이 섬겨야 할 무대가 될 것이다. 그리고 글로벌한 인재를 육성하는 세계 시민 교육의 장이 바로 대한민국이 될 것이다. 향후 학교의 글로벌 연구 역량이 한국이 추진하는 ODA(공적개발원조) 등 국제개발협력을 과학기술 측면에서 연구하고 교육하는 것도 필요할 것이다. 언젠가는 베트남, 가나 등 아시아 및 아프리카 국가에서 온 학생들이 한국 정부와 세계은행(WB)과 함께 국제개발협력 사업을 수행하는 역할을 잘 해낼 것이다. 지금도 나의 소중한 지인이며 안부를 묻고 지내는 Joyce Msuya 전 월드뱅크 한국 대표는 언제나 학생들의 열정과 가능성에 감동했고 꿈을 펼치도록 격려해 주었다. 우리는 그 청년들을 세워

개발도상국 리더의 역할을 해낼 수 있도록 격려하자고 손을 잡았었다. 4차 산업혁명의 핵심기술이 발달할수록 모든 분야에서 여론수렴 및 문제 해결, 가치 창출의 방식이 구조적으로 바뀌고 구체화되고 있다. 이제 기업도 가치를 중시하는 대학도 우리 경제의 성장동인이었던 과학기술의 경쟁력을 제고 하는 데 일조할 수 있을 것으로 기대된다.

4차 산업혁명 시대에는 정보의 공급자와 수요자의 구분이 명확하지 않을 것이다. 일반 대중의 정보 접근성이 높아져 더 빨리 더좋은 정보를 만들어내는 상황이 본격화되었다. COVID-19 상황에서도 정부 발표보다 SNS가 더 빨리 업데이트되고 있었다. 국가가정보를 국민들과 공유하고, 국민들도 사회적 거리 두기에 적극적으로 참여해 문제 해결의 실마리를 잡아 나갈 것을 기대한다. 물론앞으로도 해결해야 할 난제들은 여전하지만, 우리의 미래 리더들이 살아갈 세상을 위해 우리가 최선을 다해야 하는 것은 분명하다. 그리고 온라인으로 소통이 가속화되면서 정해진 룰에 따라 정해진정답을 말하기보다는 급변하는 상황에 대처하는 역량을 키워야 한다는 것은 명백하다. 개별 맞춤형 코칭을 통해 커리어 개발에 대한융통성과 신속한 대응도 더욱 활발해질 것으로 기대된다.

"국제 유학생인 내게 코칭은 크게 작용했어요. 나의 친구들과 동료들은 이러한 커리어 패스에 대해, 자신이 하는 일의 방향성이나 지식이 부족했거든요. 그들도 이런 혜택을 받게 되면 큰 효과가 있을 것 같아요. 나같이 막막하고 어디로 가야 할지 전혀 모르는 국제 유학생들에게는 참으로 귀하고 소중한 기회였지요. 포기하지 않고 나아갈 수 있는 에너지가 되어주어 감사했고 코칭의 과정을 통해 내가 잘 되어야 하는 이유가 단순히 직업을 얻는 것이 아니라 가난한 나의 나라에 돌아가 내가 리더로서 받은 혜택을 전달해야 한다는 것까지도 생각할 수 있게 해주었어요. 직업을 선택하고 돈을 벌고 성공해야 하는 이유들이 더욱 명확해졌습니다."

이와 같이 학생들은 자신에 대해 알아가면서 오히려 주변에 감사할 줄도 알게 되었고 삶에 있어서 중요한 것이 무엇인지도 알게 되었기에 결과적으로 '취업에 대한 담대함'도 생겼다는 것이다. 특히 강압적이지 않고 기다려주고 배려하는 코칭 대화가 삶을 들여다보게 하고 스스로 채워야 할 부분을 배워가며 옳은 방향으로 향해 가는 것에 긍정적 도움을 주었다고도 했다. 커리어 수업을 해나가면서 그들은 서서히 자신의 장점을 발견하게 되면서 무한한 자율이 주어졌다. 결국 '나다워지는 것(Be myself)'에서 진정한 자존감이 생기게 되었다고 했다.

진로에 대한 교육은 누군가에게 배운다는 의미보다는 자기 주도적이어야 한다. 즉, 학생들의 자발적 참여 의사를 통한 능동적 참여로 이뤄지는 커리어 프로그램을 통하여 학생들의 잠재 가능성을 신뢰해야 한다. 나는 불안해하는 국제 유학생들의 진로 결정에 대한 압박감을 낮추어 가는 방향으로 교육을 했다. 지속적인 코칭 과정을 통해 격려해 주고 지지해 주니, 학생들은 감사의 마음과 함께 즐겁게 헌신하는 봉사의 마음까지도 갖게 되었다. 가능성과 성장의 욕구를 채워주기 위해서는 코칭의 효율적 과정을 실제적으로 이끌어낼 수 있는 것이 유효했다. 즉, 학생들 내면에 있는 창조성과 탁월성을 불러일으키기 위해 일방적으로 조언하기보다는 학생들을 향한 질문과 경청을 통해 스스로 생각하게 만들고 긍정의 피드백이 그들의 무한한 가능성을 이끌어 낼 수 있었다. 나는 함께 생각하는 파트너였다.

개발도상국에서 온 국제 유학생들은 직업을 갖는 이유가 단순히 돈을 벌기 위한 수단이 아니라 자기를 실현하여 보람 있는 삶을 살기 위한 것이라는 것을 깨닫게 되었다. 진로와 직업 세계에 대한 폭넓은 이해를 통해 진로에 대한 인식이 성숙해졌고 자기 개념 형성에 긍정적 효과를 제공했다고 한다. 자기 자신에 대한 여러 가지 커리어 프로그램을 통한 탐색 활동으로 자신을 인지하도록 도와주니 긍정적인 생각을 가지게 되어 바람직한 방향으로 변화했음을 알 수 있었던 것 같다. 코칭 중에 나는 역할 모델이 되어 멘토 역할을 하기도 했고 필요에 따라 정보 공유를 위해 커리어 수업 중에 교수로서 교육(teaching)하기도 했다. 코칭을 하는 과정 중에 전문 코치로서 코칭 및 커리어에 대한 지식과 실무 경험 그리고, 커리어코칭에 관계되는 분야의 지식이 코치에게 요구되는 중요한 지식임을 확인했다. 또한 코치인 나의 다양한 삶의 경험이 중요했고 다양한 사람들을 접한 전문적 경험을 통한 네트워킹 능력이 학생들에게 신뢰를 더해주었다고 한다. 다양한 국적과 언어, 문화 그리고 특징을 지닌 국제 유학생들에게는 고향을 떠나 타국에서 외로운 자기와의 싸움을 하고 있는 상황에 그 무엇보다 자신을 잘 이해해 주고 자기 편이 되어 함께 공감하고 고민해 줄 누군가가 필요했다. 단계별로 학생들은 코칭을 통해 비전이 정립되었고 비전에 따른 취업에 대한 프로세스가 설립되었고 마지막 단계에서는 구체적으로 지원하려는 실행 안을 스스로 만들어냈다.

심지어 졸업 후에는 자신의 미래에 대한 희망과 평생 지속될 셀프코칭의 필요성까지도 스스로 깨닫게 되었다. 하지만 무엇보다 중요한 것은 실행이었다. 코칭을 통해 비로소 자기 이해를 한 학생들은 스스로 적합한 직업을 탐색하고 진로 계획 및 목표를 구체적이고 지속적으로 향상할 수 있게 되었다. 즉, 실제적인 커리어 프로그램과 코칭을 통해 각 개인에게 직업적 소명의 참되고 옳은 의미를 깨닫게 하는 것이 무엇보다 중요했음이 확인되었다. 국제 유학생 대상 맞춤형 커리어코칭 프로세스 설계를 적용하여 알게 된 것은 커리어코칭 과정을 통해 학생들이 자신의 삶에 대해 더 깊이 알아가도록 도울 수 있었다는 것이다. 국제 유학생으로서 그들은 한국어 등 한국에 대한 지식이 부족해 자신감이 없었지만 수많은 장애요인 속에서도 커리어코칭을 통해 자신에 대한 신뢰가 회복되었다. 스스로 성공해야 하는 이유가 명확해졌다.

커리어 코칭은 지식으로 취업 연계만 하는 것이 아니다(Career Development is not just job about seeking). 코칭 덕분에 울림이 있는 내적 변화가 생겨서, 가치 있는 직업(Valuable job)을 찾아야 하겠다는 긍정적 자기 성찰을 하게 되는 질문(Joyful ASK: Ask Seek Knock - 손미향 개발 코칭 프로그램)이었다. 또한 교육 방법적인 면에서도 커리어 코칭을 도입하고 심화시켜 적용한다면 개개인의 역량 중심 진로교육 체제로 개편될 것이다. 결국 보다 효율적이고 체계적인 진로교육을 할 수 있을 것임을 기대하게 되었다. 무엇보다 기존의 주입식 교육이 아니라 커리어 코칭을 통한 '자기 탐색 과정'을 거치면서 자기 주도적으로 인재를 길러내기 위해 노력했다. 교수이자 코치인 저자가 정한 루트대로 따라온 것이 아니었다. 학생들로 하여금 창의적으로 진로를 설계하고 나아가 평생 진로개발 역량을 길러주는 등의 시도였다. 인생은 남이 만들어주는 것이 아니라 스스로 자신에게 어울리는 길을 찾아가는 것이며 맞춤형 커리어코칭 프로세스 설계를 통해 학생들은 그 길을 스스로 찾아낸 것이다. 학생들은 스스로 종합적인 커리어코칭 프로세스 설계를 경험하는 과정에서 알아차리고(Awareness), 세상으로 나아갈 수 있도록 성숙하였다(Growth). 그리고 자신의 길을 선택할 만큼 훌륭히 변화(transformation)되어 세상을 향해 출발(Departure)할 수 있을 만큼 성장하였다.

A-G-T-D 프로세스로 글로벌 인재육성이 가능했다. 지금도 나는 각 대학 취업 담당 교수진들에게 행동하는 인성코칭을 강의하며 컨설팅과 코칭을 돕고 있다. 취업 기술이 아니라 학생 개개인의 숨어 있는 재능을 찾아 강점으로 자신의 길을 찾도록 우리는 '함께' 기쁨 가득한 매일을 만들어 가고 있다.

10 코칭 철학을 만나 타인을 세우는 삶
- 에필로그 JOY to the world!

필자는 영어가 좋아서 영어로 일할 곳을 찾으니 글로벌 광고회사에 브랜드 PR AE가 되었고 마케팅PR이 좋아 커뮤니케이션을 대학원에서 공부하며 준비하니 지미 카터 대통령 특별 프로젝트 홍보실장이 되었다. 전 세계에 대한민국을 알리고자 간절히 소망하니 국제기구 펀드레이징 헤드인 자원개발본부장이 되었고 개발도상국 인재를 가르쳐 그 나라의 리더로 세워 개도국을 돕고자 소망하니 새로운 길이 열렸다. 인재육성을 기뻐하고 간구하니 미국 대학의 국제개발연구원장에서 커리어개발센터장으로 그리고 연구교수로서 커리어 강의도 하게 되었다. 나는 커리어개발을 하려고 이력서를 내고 쫓아다닌 것이 아니라 주어진 곳에서 최선을 다하며 자기 계발을 충실히 하며 간절히 구하는 마음을 가졌다. 그렇게 나의 선한 의지와 바람이 끊임없이 나를 준비하고 단련시켜 때가 되면 그곳으로 이끌었다. 이제는 백세 시대 인생 하반기를 전문 코치로서 글로벌 인재 육성을 하고자 간구하고 있다. 청년들의 타고난 재능이 무엇인지 경청하고 찾아내도록 도와, 그들이 세상을 변화시키는데 일조하고자 소원하니 영감을 주며 '함께 생각하는 파트너 코치'의 길을 가고 있다.

현재는 개발도상국 학생을 코칭 했던 경험에 비추어 국내에서 유학중인 학생들에게도 코칭을 하고 있다. 여러 가지 계기로 각 대학에 글로벌 학생들이 타지에서 유학중인데 그들에게 가장 필요한 것은 지식을 전하는 것 이상으로 가장 나다운 모습을 찾도록 돕는 것이다. 코칭은 환경과 언어 그리고 문화를 넘어 그들 내부의 가능성을 스스로 발견하도록 하는 멋진 소통의 툴이기에 무엇보다 효과적인 지원법이다. 시간이 갈수록 놀라운 결과물이 기대 된다. 왜냐하면 해답은 이미 그들 안에 있기 때문이다. 더불어 국내 기업에서 일하고 있는 외국인 근로자들에게도 커리어개발 및 코칭을 진행하고 있다. 특히 지난 20여년 비영리 기관에서 인적 물적 자원개발을 통해 쌓아온 업력과 네트워킹으로 재단과 기업의 사회공헌 CSR/CSV 컨설팅과 코칭을 진행 중이다.

지금까지 사회생활을 하며 걸어온 길이 헛되지 않고 오히려 융합의 시대에 전문성을 인정받으며 코칭을 만나 시너지를 내고 있어 감사하다. 무엇보다 기업과의 사회공헌 마케팅PR 커뮤니케이션 활동을 지원한 경력으로 공익코칭에도 기여하고 있다. 2020년부터 한국코치협회의 교육과 대외협력위원회 활동을 했었고 지난해부터 공익코칭위원회에서 위원으로 활동하고 있다. 만 명이 넘는 코치들이 참여하는 대한민국코칭컨페스티벌에서는 '사회적 가치 확산을 위한 공익적 연대-코칭을 통한 공익과 공존'이라는 제하에 재능기부 특강을 하였다. 나의 재능이 누군가에게 도움이 된다는 것은 삶을 살아가는데 큰 기쁨이다. 작년부터 국제코칭연맹코리아에서도 공익코칭위원으로 활동하고 있어 더욱 다양한 프로보노 코칭을 할 수 있게 되었다.

최근에는 자립청년을 대상으로 코칭을 진행하고 있다. 자립준비 청년은 보호기간 종료 시 사회로 나와 자립을 준비해야 한다. 청년들에게는 경제적 지원뿐 아니라 꿈을 이루기 위한 자립도 준비되어야 한다. 맞춤형 진로상담과 체험 프로그램 그리고 진학기회 및 전문기술 훈련을 정부가 확대하고자 하지만 청년들에게는 좀 더 특화된 취업지원체계가 마련되어야 한다. 즉 스스로 자신의 재능을 찾아 업을 삼을 수 있도록 사회진출에 자존감을 확대시켜 줄 수 있어야 한다. 누군가 정해 주는 것보다는 스스로 자신 안의 보물을 찾아 나서게 한 걸음 한 걸음 같이 걸어가 줄 코치가 필요하다. 나는 전문코치로서 청년들을 우리 사회의 당당한 주역으로 성장시켜 함께 잘 사는 세상에 대한 꿈을 키워주는 보람에 행복을 느낀다. 자기 자신의 재능을 찾고 강점으로 삼아 단단하게 성장하고 그렇게 성숙해진 후, 다시 혜택이 필요한 누군가에게 도움이 될 청년들의 성장을 응원하고 있다. 결국 청년들은 내적 대화로 마음 근육이 단단해지고 자기 주도적으로 타인을 돕는 자랑스러운 휴머니테리안이 될 것이다.

교육은 백년지대계라고 한다. 스마트폰과 SNS로 전하는 단발적인 생각들이 빛의 속도로 전달되는 시대에 지루하고 고루한 말이라고 할 수 있을 것이다. 하지만 대한민국이 지난 70여 년간 경제발전으로 한강의 기적을 이룬 이유도 우리 부모 세대의 교육열이 한몫 했음을 잊지 말아야 한다. 가난한 나라들이 스스로 설수 있게 하는 최고의 기회는 교육이다. 이제 대한민국은 가난한 나라에서 세계를 도울 수 있는 나라로 성장하고 있다. 하지만 안타깝게도 우리는 요즈음 바쁘게 산다는 이유로 여전히 놓치는 것들이 많다. 스킬과 기술을 전하지만 생명 존중과 세계 평화의 중요성을 간과하고 있다. 교사도, 교수도 그리고 학부모도 모두 바쁜 시대를 살아가다 보니 본의 아니게 우리 아이들은 휴머니티의 중요성을 놓치고 있었다.

이 책이 교육계 뿐 아니라 학부모들에게 잠깐이라도 아이들과의 소통을 할 수 있는 기회를 제공해 주길 바란다. 잘 아시겠지만, 아이들은 혼자 성장하는 것이 아니다. 학부모, 교사, 그리고 아이를 둘러싼 구성원 모두가 이 사회의 일꾼을 함께 키우는 것이다. 우리는 그들을 다그치기보다는 잘 키우려는 선한 의지로 서로가 비전을 제시하는 역할을 해주어야 한다. 우리 아이들도 그리고 우리 자신에게도 가장 필요한 존재는 곁에서 '함께 생각하는 파트너'일 것이다. 혼자가 아니라고(You are not alone) 생각될 때 우리의 마음은 따스해지고 무엇이든 할 수 있을 듯 벅차오른다. 내가 코칭에 매료된 이유이기도 하다.

4차 산업시대가 도래하면서 우리가 인생을 살아가며 겪을 외로운 도전은 더욱 심화 될 것이다. 하지만 우리 곁에 인정, 칭찬, 격려로 공감 해주는 누군가가 있다면 얼마나 힘이 나겠는가. 함께 해서 기뻐할 수 있다면 우리 삶은 좀 더 풍요롭고 불안하지 않을 것이다. 청년들이 불안을 스스로 컨트롤 하도록 마음 근육이 단단해지고 역량이 강화되도록 돕는 보람으로 가슴이 두근거린다. 이 시대를 살아갈 우리에게 필요한 코칭리더십은 리더가 구성원과 가치와 목표를 공유하고 그들의 발전을 코칭해주는 것이다. 성공적인 코칭리더십은 구성원이 새로운 기술을 습득하고 상황에 적응해 자신을 발전시키고자 하는 열망을 높여줄 것이다. 구성원과 리더의 수평적 관계를 통해 구성원의 잠재력을 발휘하도록 이끌어 유능감과 자율성을 체화하도록 돕게 될 것이다. 이 책이 국내뿐 아니라 전 세계에 나가 있는 대한민국 국민의 마음을 부드럽게 만져주며 그들에게 큰 공감을 주는 역할을 할 수 있길 기대해 본다. 무엇보다 진정한 선진국 국민으로서 삶의 10% 이상 누군가를 위해 도네이션하고 재능기부 하는 일상이 자연스러워지고 더욱 '품격 있는' 대한민국이 되도록 선도해 주길 바란다.

세상을 이롭게 하는 마음 따스한 리더가 될 여러분의 세상 하나뿐인 인생 여정 커리어와 재도약을 진심으로 응원한다!!

2022년 3월의 마지막 날

Joyful Career
나눔과 헌신, 인성을 겸비한 글로벌 인재 육성 코치
영감을 주는 사람 손미향

앞으로 20년 후에 당신은 자신이 한 일보다는 하지 않은 일로 인해 더 실망하게 될 것이다. 그러니 밧줄을 풀고 안전한 항구를 벗어나 항해를 떠나라. 돛에 무역풍을 가득 담고 탐험하고, 꿈꾸고 발견하라.

마크 트웨인

| 도전받은 책들 |

- With 우리
  김춘호, 두란노서원, 2017

- 핸드백 속 스니커즈
  홍의숙, 정혜선 외 1명, 피그마리온 출판사, 2016

- 나는 한국이 두렵다
  제프리 존스, 중앙 M&B, 2000

- 고난이 선물이다
  조정민, 두란노서원, 2018

- 리부트
  김미경, 웅진지식하우스, 2020

- 탁월성을 일깨우는 알아차림
  김만수, 부크크, 2021

- ICF 8가지 코칭핵심역량
  도미향/김두언/유충열/최동하/황현호 공저, 신정, 2021

- 코칭알레프
  박중호, 기독교연합신문사, 2013

- 코칭, 나를 살리다
  박용권, 생각나눔, 2020

- P31
  하형록, 두란노, 2015

- STOP PLAYING SAFE
  Dr. Margie Warrell John Wiley & Sons, Australia Ltd, 2021